英米文学における〈危機〉を読み解く

ダモクレスの剣の変容

植月惠一郎
山木聖史
編著

音羽書房鶴見書店

まえがき

植月恵一郎

本書は、主に、英米文学作品に見られる様々な〈危機〉について考察した論文集である。

契機となったのは、やはり、戦争とパンデミックで、令和二（二〇二〇）年早々に始まった新型コロナウイルスの蔓延と、令和四（二〇二二）年二月にロシアがウクライナに攻め入ったことの衝撃が大きい。感染症については、「三密」を避け、「ステイホーム」で、とにかく「集まる」ことは禁止された。当時、大学ではすべてオンライン授業を余儀なくされ、機材が扱えないという理由で、退職者も出たことがある。数年を経て、感染症法での位置づけが二類から五類に移行したのが令和五（二〇二三）年五月のこと。まだ一年半ほど前の出来事なのに、人々はあの頃の三年に及ぶ出来事をもう忘れ去ってしまったかのようだ。

二〇二四年八月には、防戦一方であったウクライナが、以来初めて、ロシア側に攻め入った。こうした中、中東では二〇二三年一〇月ガザ地区で、イスラエルとハマス（イスラーム抵抗運動）の民間人も巻き込んだ戦闘が始まり、レバノンでは、イスラエルとヒズボラ（アッラーの党）との戦闘も始まった。後者の場合、この十一月には一応六〇日間の停戦交渉が何とかまとまったが、そのまま鎮静化しそうにはない。

中国の台湾に対する動向も危ういと言われる極東に居ながら、こうした疫病と戦争の〈危機〉をひしひしと感じていた。そういえば、メアリー・シェリーの『最後の人』（一八二六）は、この二つの〈危機〉によって地球に最後一人取り残される男ライオネルの近未来小説であったし、すでに二〇一五年にパンデミックに対して警鐘を鳴らしていたビル・ゲイツも「世の中には非常に悲惨な出来事がいくつかあります。戦争とパンデミックはその最たるものです」と言っている。

こうしたとき、山木聖史氏から〈危機〉をテーマに論集を組んでみたいと云う話があった。一口に〈危機〉と言っても様々あり、それぞれの研究者がその専門分野で〈危機〉を扱ったと思える作品に関する論考を募集したところ、十七篇が集まり、それを八つの〈危機〉に分類した。掲載順に、感染症、戦争、環境、食糧・エネルギー、ジェンダー・人種、内面、宗教、分断の〈危機〉である。それぞれの詳細・紹介については、後述する。

この企画が進行中、折しも、「危機の時代と批評」というシンポジウムが、今年（二〇二四年五月五日、東北大学）の日本英文学会第九六回大会で開かれた。『アメリカン・クライシス――危機の時代の物語のかたち』（松柏社、二〇二三年五月）の著者、ハーン小路恭子氏を中心とする方々の有意義な取り組みであった。本書は、そうした議論も敷衍したものである。

＊＊＊

まず、疫病・感染症を取り上げたのは、冒頭で述べた理由による。ここで取り上げたのは、一七世紀イギリスの王党派詩人ヘリックの対応と一八世紀デフォーの『疫病の年の記録』（一七二二）に関する論考が寄せられた。もちろん、関連作品では他にも多数、ポウの『赤死病の仮面』（一八四二）やマーガレット・アトウッドの『洪水の年』（二〇〇九）などもあろうが、このテーマではイギリス近代の二篇だけとした。

続いて取り上げるべき〈危機〉は、同じく冒頭で言及した戦争である。本書には、サリンジャーが『ライ麦畑でつかまえて』（一九五一）で主人公ホールデンに戦争という危機的体験を通して託したもの、および広島、長崎の原爆投下、ヴェトナム戦争、九・一一同時多発テロの〈危機〉にアメリカ詩はどのように対峙してきたかをそれぞれ分析した論考が寄せられた。

三番目には、先月もアゼルバイジャンでCOP29（国連気候変動枠組条約第二九回締約国会議）が開かれたが、とくに地球全体の自然環境の変化が著しい昨今、この惑星全体に関わる自然環境の〈危機〉を取り上げた。東洋篇として、ラフカディオ・ハーンの『怪談』（一九〇四）を中心に、鳥・虫・樹木、さらには死者と共生する神道的世界観および人類規模の〈危機〉を考察し、西洋篇として、「地球に人がいなくなった時」と題して、テッド・ヒューズの環境危機についての論考を収録した。病気に急性と慢性があるように、〈危機〉には急迫するものと刻一刻徐々に忍び寄るものがある。地震や洪水は前者で、地球温暖化／沸騰化というものは後者だろうが、ここでは後者の方に重点を置いている。

四番目は、食糧・エネルギーの〈危機〉である。食糧とエネルギーの安定供給によって、我々は日々の生活を安心して営むことができる。平和であることがもちろん大前提だが、電気やガスが自由に使え、必要な食べ物を口にすることができるなら、何とか生活を営むことはできる。極端な例を挙げれば、再生可能エネルギーで自家発電し、食糧も自給自足すれば、最低限生きてはいける。そういう意味で、食糧とエネルギーを同項目とした。取り上げた作品では、一九世紀アイルランドのじゃがいも大飢饉は有名だが、それを扱った児童のための歴史小説『サンザシの木の下に』（一九九〇）の作品分析と、自動車の登場以来、切っても切り離せない化石燃料に関する「石油美学（ペトロ・フィクション）」と題する論考を配した。

五番目のジェンダー・人種の〈危機〉のみ三篇を集めた。一般に三大差別と言われる、性、人種、年齢の差別のうち、セックス、ジェンダー、人種の〈危機〉を集めたことになる。当然、民族、宗教なども切り離せず、分断から、さらには戦闘へと展開しかねない領域が、この五番目以降最後に至る分類である。さて、ここではまず、二〇世紀前半のアメリカ小説に見られる「歪められた母性」がもたらす〈危機〉を考察する。次に、母はユダヤ人、父はアフリカ系アメリカ人という出自の作家、ウォルター・モズリィの『赤い死』（一九九一）と人種について、最後に、レオ・ベルサーニとアダム・フィリップスの『親密性』（二〇〇八）に関する哲学的論考で「危機回避としてのホモネス」に関するものだ。

六番目は、内面の〈危機〉で、殊更に言挙げしなくても、人間の内面については、文学全般でテーマとしてもっとも得意とするところであろう。ここでは、二人の著名な小説家、エミリ・ブロンテとトマス・ハーディに関する論考を配した。

七番目は、個人の内面とも関わるが、中でも、宗教の〈危機〉とした。信仰の〈危機〉の時代にあって、サミュエル・テイラー・コウルリッジの聖書解釈の立場を明らかにし、および、デイヴィッド・ロッジの『どこまでいけるか』（一九八〇）に見られるアイデンティティの〈危機〉に直面するカトリック教徒たちを論じている。

最後は、分断の〈危機〉である。ここで、〈危機〉(crisis) の語源に立ち還ってみることも無駄ではないだろう。crisis はギリシア語の「分離、切断」(krinein) に由来し、元来は医学用語「分利」とか「クリーゼ」の意味で、俗には「(病気の) 峠」を意味し、「病気がよくなるか悪くなるかの境目、主に快復に向かう時期」のことであり、生と死の分岐点、分水嶺を意味する。おそらく、二〇二〇年代は時代の分水嶺であり、様々な領域で相反するものの分岐点に直面している状況ではないだろうか。

遡ることになるが、とくに、五番目以降の分類は、ジェンダー、人種、年齢、民族、宗教、経済格差などに伴う様々な「分断」に連関するものであり、まとめて第二部インターセクショナリティ（多層交錯性）とでもしたいところだ。というのは、最後の八番目に挙げた「分断」を引き起こす要因について、次のような見解もあるからだ。「恋愛・性愛・出産・家族・親子のあり方こそが世界的な分断と対立の争点であり、昨今のＳＮＳではそれが顕著に浮かび上がっている」（『朝日新聞』二〇二四年九月二一日土曜夕刊二頁）。

この点に関して、本書では、アラスター・グレイの『ラナーク』（一九八一）と『歴史を作る者』（一九九四）に見られる「協働」についての考察を取り上げた。ここまでがほぼ文学を扱っているのだが、最後の論考は文学というより文化論である。ここでの議論は、最近のＳＮＳなどの発達で図らずも「分断」を煽ってしまうことがあるのだが、外国文学研究を志す者として、より正確な表現、訳語を選び取ることがまず重要ではないかと思い、「文化盗用」(cultural appropriation) は、果たしてこの日本語訳でいいのかという素朴な問いかけだ。

＊＊＊

地球のすべての住人は、いずれこの星が居住に適さなくなってしまう可能性に思いをはせるべきであろう。〈危機〉を図像化すれば、「ダモクレスの剣」だろう。一九六一年九月の国連総会で、J・F・ケネディ大統領が行なった演説のなかでこの言葉を使い、特に有名になったと言われる。その演説とは次のような内容である。老若男女あらゆる人が、核というダモクレスの剣の下で暮らしている。世にもか細い糸でつるされたその剣は、事故か誤算か狂気により、いつ切れても不思議はないのだ。

本来の故事では、紀元前四世紀頃のシラクサの僭主ディオニュシオス一世の廷臣ダモクレス（Damocles）が王者の幸福を称えたので、ある宴席で王はダモクレスを王座につかせ、その頭上に毛髪一本で抜き身の剣を吊るし、王には常に危険がつきまとっていることを悟らせたと云うことであり、つねに身に迫る一触即発の危険な状態をいう。

一般庶民であるわれわれの周囲、否、わが身、わが心でさえ多くの危険をつねにすでに孕んでいると言っても過言ではない。もちろん、今に始まったことではない。人類開闢以来、そういう〈危機〉を乗り越えて今日の繁栄があるのだが、近年、とみにそうした〈危機〉を増々身近に感じてしまうようになった。

こうした〈危機〉に際して、文学に何ができるだろうか。たしかに、文学そのものだけでは、問題提起はできても、解決策までは行きつかないかもしれない。他分野、社会科学、自然科学の助けは必至であろう。言うまでもなく、文学は言語芸術で、他の芸術分野、美術でも音楽でもいいのだが、それがそれだけで問題解決には至らないのと同じだ。しかし、文学や芸術は人々の直観に、とくにその情念に訴えかけることに関しては優れている。哲学的に難解な思考でもなく、法的なかしこまった措置や、政治的な手法でもない、理性的にも情念的にも心の琴線に触れ、その作品で問いかける問題提起はいっそう明確になってくるはずだ。これこそ文学の持つ大きな機能の一つであり、ここに収録した八つの〈危機〉は、これから人々が解決へと取り組んで行かねばならない大きな課題を提示している。

危機、危険を示す英語には、crisis, exigency, emergency, danger, peril, jeopardy, hazard, risk などがあるが、「ピンチ」pinch という言葉でも〈危機〉を示すことがある。よく言われるように、ピンチはチャンスでもある。生きている以上、〈危機〉に見舞われるのは止むを得まい。むしろ、「せっかくの〈危機〉を無駄にしてはいけない」(“Never let a good crisis go to waste” by Winston Churchill) 精神こそが大切だ。これこそ危機管理の基本の心構えであり、一種の失敗学でもあるだろう。

折しも、被団協（日本原水爆被害者団体協議会）が、二〇二四年度のノーベル平和賞を受賞した。原水爆への危機感、被爆者の体験や証言を無に帰さないという意識から始まり、核廃絶へ向けての国際的意見の醸成に貢献した活動が評価された。受賞したからといって、〈ダモクレスの剣〉が除去されるわけでもない。素直に、受賞を祝うとともに、これから数々の〈危機〉に見舞われても、それを乗り越え、新たな好機に転じられるよう願っている。

令和六（二〇二四）年　師走

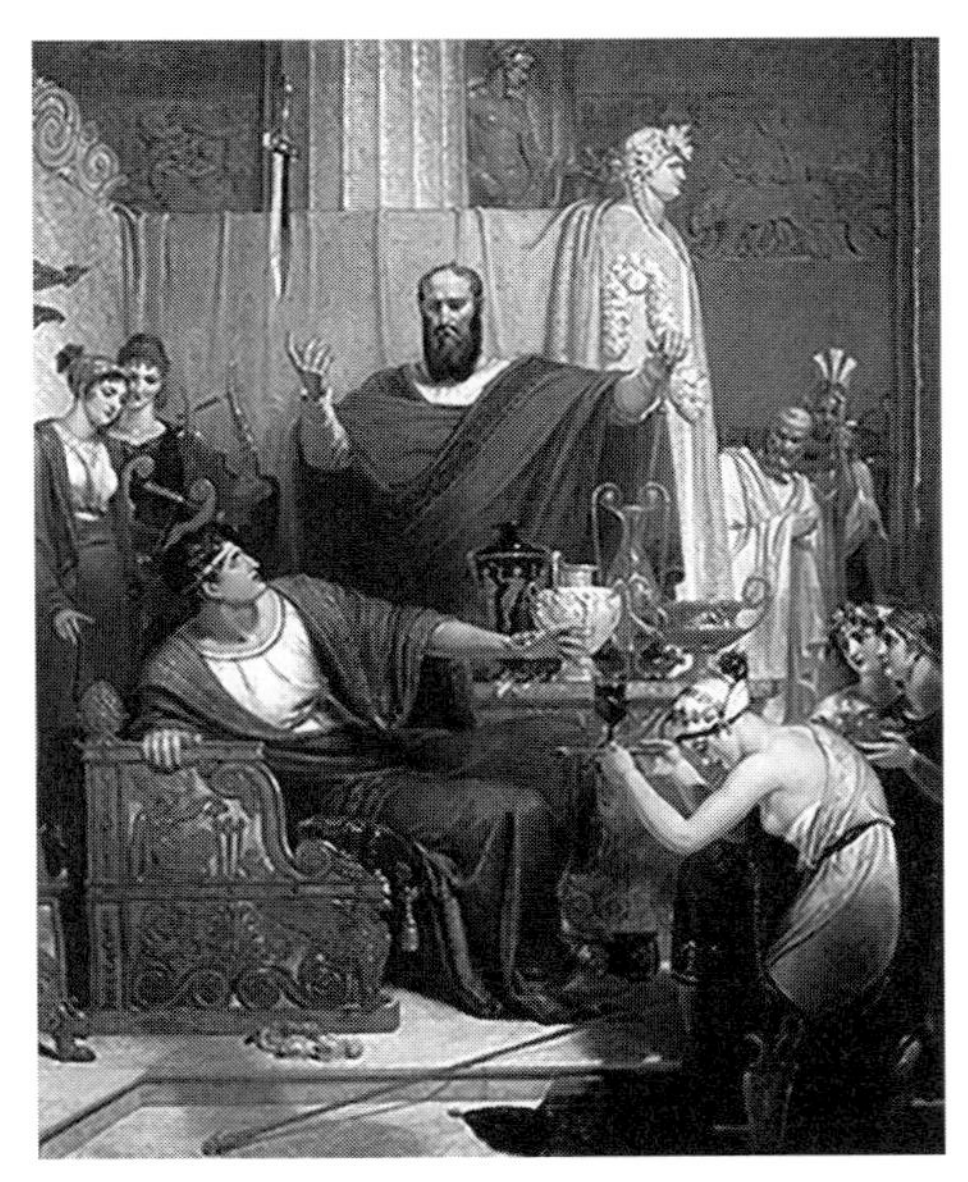

リチャード・ウェストール『ダモクレスの剣』（The Sword of Damocles, 1812、油彩画、130×103×8.3 cm、Ackland Art Museum, Chapel Hill, North Carolina, United States of America）

目次

I

感染症の危機とイギリス近代

I

1 危機的な時代を生きる

——ロバート・ヘリックと病

古河　美喜子

はじめに

二〇一九年に発見され、世界を震撼とさせた新型コロナウイルス（COVID-19）感染症は二〇二三年に入り緊急事態宣言が解除された後も終息には至らず、集団免疫の獲得が社会的に求められる等、コロナ禍による社会の不安定化は未だに深刻な課題となっている。こうした中で、歴史を見つめ直し、歳月を隔てて作家たちが書き残してきた感染症が描かれた文学を読んだり、作品が表現している病、或いは生／死の形象について思量することは、新たな気づきや、今抱えている社会問題を改めて可視化する契機を与えてくれるだろう。

本論では、イギリス一七世紀の王党派詩人ロバート・ヘリック（Robert Herrick, 1591-1674）が当時ヨーロッパ全土で大流行していたペストの第二波が猛威を振るう危機的な時代にあって、どのように「生死」と向き合ったのか、詩という形態を通じて示そうとした思想とは何かについて考察を試みたい。ヘリックが生きた時代は、チャールズ一世の統治下、ついにピューリタン革命が勃発するなど、まさに動乱の時代でもあった。

一　疫病とヘリック

ペストの大流行は三度に渡っており、

・第一波　西暦五四一～七五〇年（エジプトから地中海一帯、ヨーロッパ北西部へ）
・第二波　一三三一～一八五五年（中央アジアから地中海、ヨーロッパへ。恐らくは中国にも伝わった）
・第三波　一八五五～一九六〇年（中国から世界各地へ）

とされている。[1]

第二波、ヨーロッパにおいて一三四七年に南イタリアのシチリア島にある港町メッシーナで発生したこの疫病[2]は、主にノミを宿主として皮膚感染する伝染病であった。症状が重症化すると敗血症ペストとなり、発熱、リンパ腺の腫れ、皮膚の黒変が相次ぎ、やがて死に至ったことから「黒死病」とも呼ばれた。交易路を通じてペスト菌は広まり、すぐに地中海全域へと広がった。流行はその後、中世以降も断続的に続き、一七世紀に至るまで絶えることがなかった。

一七世紀のイギリスでは、間違いなく人々にとって、死は目前の事実であった。災害も多く、相次ぐ水害や飢饉、疫病による社会不安も深刻な時代にあって、ヘリックは「人生は儚く命は短い。だからできるうちに今日を楽しもうではないか」というローマ詩人ホラティウスの系譜を引くヨーロッパの伝統的な思想 "carpe diem"（「カルペ・ディエム」）を重んじた。死を意識することで生について改めて問いかけ、詩人は「いま」の大切さを代表作「乙女たちに時間を大事にするように」('To the Virgins, to make much of Time') 詩の中で高らかに謳っている。[3]

Gather ye Rose-buds while ye may,
　Old Time is still a flying:
And this same flower that smiles to day,
　To morrow will be dying. ('To the Virgins' 1–4, *Hesperides* 80)

できる間にバラの蕾を集めなさい
　古い時はいつでも飛び去るのだから
今日微笑むこの花も
　明日は萎れてしまうでしょう。（「乙女たちに」）

ホラティウスも『カルミナ』（第一巻第一一歌）の中で「人生は短い……この日を楽しめ。明日の日はどうなることか分からぬから。」と謳っており伝統的な“carpe florem”（=“carpe diem”）による書き出しである。尚、カルペ・ディエムの同義語としてよく用いられるカルペ・フロレムの視点から考えて、この「フロラ」すなわち「花」とは勿論象徴的な「花」であって、特にルネサンスの恋愛詩にみられるように、妙齢の女性であることがほとんどである。[4]

二　「カルペ・ディエム」と「メメント・モリ」

死はヘリックにとって日常的に対峙せざるを得ないものであった。つまりヘリックにとっての「カルペ・ディエム」（いまを生きよ）という享楽的思想の陰には常に死に対する“memento mori”「メメント・モリ」（死を想え／忘れるな）或いは“meditation”「瞑想」の思想があった。ヘリックの瞑想の思想について考えるためには恐らく一五世紀の修道士にまで遡って考えなければならない。「死についての瞑想」（‘His Meditation upon Death,’ 376）という作品では「私が過ごすべき残りの数刻が／私の終わりについての瞑想に恵まれたものでありますように」[5]（‘Be those few hours, which I have yet to spend,/Blest with the Meditation of my end’ 1-2）という書き出しで始まる。そして「それを果たすために、人の死を告げる鐘の音が／私の思いを占め、次は自分の弔鐘が鳴る番だと思うように」('Which to effect, let ev'ry passing Bell/Possesse my thoughts, next comes my dolefull knell' 11-12) という記述以降、死と対決し瞑想を深めてゆく構成になっているが、ヘリックの手法は例えばイグナティウス・ロヨラが『霊操』で提案した瞑想の手法とも違うようである。そこでこのロヨラが影響を受けている中世の修道士や、一五世紀からの死の思想について見てゆこうと思う。

ホイジンガは著書『中世の秋』の中で、「メメント・モリ」の叫びが生のあらゆる局面に途切れることなく響き渡っていた一五世紀という時代にあって、『貴族生活指導の書』を草した修道士ドニ・ル・シャルトルーが次のように説いたと記した。「ベッドに横になるとき、想うがよい、いまこうしてベッドに横たわっているように、じきにこのからだは、他人の手で、墓のなかに横たえられることになるのだと」。[6] この時代の死の幻像を描くための唯一の特性は、生者必滅の無常観であった。先ず、第一には、かつてはその栄光一世を風靡したすべての人々はいずこにある、という主題。第二はかつて美しさを誇ったすべての人々の腐れ果てた姿を見て恐れおののくという主題。その第三は死の舞踏の主題である。すなわち、死は職業、貴賤、老幼を問わず、あらゆる人間を引きずり込む、というのだ。[7] また死の舞踏の起源の地フランスで「ダンス・マカーブル」、マカーブル、もともとの形ではマカブレという不思議な言葉が現れたのは一四世紀のことであったという。[8]

一五三八年、死の表現形態として描かれたハンス・ホルバインの木版画『死の舞踏』の初版がリヨンで出版された。擬人化された死（髑髏）によって「来たり踊れ」と命令されると、人間は身分はどうあれ、誰も死の命令から逃れることができないという根本主題が、このホルバインの木版画シリーズ『死の舞踏』の多彩なモティーフにあらわれている。教皇は皇帝に王冠を授与する瞬間に死にとらえられる（図参照）。死はその場その場で衣装を変え、態度を変え、手段を変える。この連作において続いて登場するのは、皇帝、国王、枢密卿、皇妃、王妃、司教、公爵、修道院長、女子修道院長、紳士、僧会議員、裁判官、弁護士、市参事会員、説教修道士、司祭、修道士、修道女、老婆、医者、天文学者、金持、商人、水夫、騎士、伯爵、老人、伯爵夫人、貴婦人、公爵

夫人、行商人、農夫、幼児であり、初版では前述の三四人の人間の死が描写されている。(9)

「カルペ・ディエム」が生を強く意識する思想ならば、「メメント・モリ」は死を強く意識する思想である。ヘリックにおいては、当初「カルペ・ディエム」として受け止めていた生が、「メメント・モリ」との間で行き交う、その詩作態度の揺らぎを確認したい。

ヘリックの詩集は『ヘスペリディーズ』(*Hesperides: Or, The Works Both Humane and Divine of Robert Herrick Esq.*) というタイトルからも解るように、世俗詩『ヘスペリディーズ』(*Hesperides*) と宗教詩『ノーブル・ナンバーズ』(*Noble Numbers*: 刊行年は一六四七年) の所謂合本というスタイルを取っているが、聖と俗という内容、込められた意図等、詩人の内面がそのまま二重写しとなるユニークなデュアリズムの構成となっている。前出の「乙女たちに時間を大事にするように」は世俗詩篇のほうに所収されている詩であるが、「生」を楽しむことに意識が向けられている。一方「死についての瞑想」は宗教詩篇に収められている作品だが、「死」と相対しての心構えについて語られている。

図　ハンス・ホルバイン「教皇」（初版 1538 年）

宗教詩は世俗詩のあとに綴じ合わされたもので、数的には一一三〇篇からなる世俗詩より数的に少なく二七二篇から成っている。その『ノーブル・ナンバーズ』中の宗教詩の冒頭に配置されているのは、悔悛の「わが告白」('His Confession') である。

Look how our foule Dayes do exceed our faire;
And as our bad, more then our good Works are:
Ev'n so those Lines, pen'd by my wanton Wit,

Treble the number of these good I've writ.
Things precious are least num'rous: Men are prone
To do ten Bad, for one Good Action. ('His Confession,' *Noble Numbers* 325)

見よ、われらが汚れたる日々は美しき日々より遥かに多きことを。
また、悪しき業(わざ)は良き業より数においてまさるもの。
そのように、かつてのわが歌は、戯(ざ)れ心を筆にしたるもの。
以下に集めたるわが作なる良き歌の数の三倍に及ぶ。
世に貴きものはまことに少なく、人はえてして
一つの善行に対し十の邪悪をなすものなのだ。（「わが告白」二八一）

「わが告白」で詩人は"foule Dayes"が"fair (Dyes)"に比べて遙かに多いと言い、また"bad (works)"が"good works"よりやはり多いこと、自分の詩においてはよい出来のものがそうではないものの三分の一に過ぎないと嘆いている。(10) 貴重なものの数の少なさ、最終行においては、「(人間は) 一つの善行に対して十の悪を犯しがちだ」と告白をするのである。これは自らの宗教詩『ノーブル・ナンバーズ』の作品数が世俗詩『ヘスペリディーズ』に比して少ないことを宗教詩篇の最初に懺悔しているようでもあり、続いて配した「赦免のための祈り」に繋がっている。世俗詩篇の内容に関し、悔い改めているのである。

For Those my unbaptized Rhimes,
Writ in my wild unhallowed Times;

For every sentence, clause and word,
That's not inlaid with Thee, (my Lord)
Forgive me God, and blot each Line
Out of my Book, that is not Thine.
But if, 'mongst all, find'st here one
Worthy thy Benediction;
That One of all the rest, shall be
The Glory of my Work, and Me. ('His Prayer for Absolution', *Noble Numbers* 325)

わたしの浄められていない歌のかずかず、
勝手気ままな、聖なる思いから離れた時に書かれたものに対し、
ひとつびとつの文や、節や語で、
神よ、あなたの御事（おんこと）がちりばめられていないものに対し、
何とぞわたくしをお許しくださって、それぞれの行を
わたくしの本からお消し下さい、あなたのものとは申せませんから。
けれども、もし、すべての歌のなかに、一篇なりとお目にとまり
あなたの祝福を受けるにふさわしいものがありましたなら、
そのひとつが、ほかのすべてのもののなかで、
わたくしの仕事の、わたくしという人間の、栄光となりますでしょう。（「赦免のための祈り」二八一）

世俗詩篇においては、前口上である「もっとも輝かしく、もっとも頼もしい皇太子、チャールズ王子に捧ぐ」という文言から始まり、「私はうたう」("I sing")という詩行で始まる序詩「その著書の梗概（あらまし）」("The Argument of his Book")において、この詩集の内容（牧歌・田園詩・民俗詩・妖精詩・恋愛詩・祝婚歌・自画像詩・寓成詩・訓戒詩・贈答詩・挽歌・墓碑銘・エピグラム等）がカタログのように次々と紹介・提示されており、対照的である。このように、詩集の構成、形式、内容など全てにおいて二重構造が意識されつつ、作品が配置されていると思われる。

詩人が最後に辿りついたのは、すべては滅んでゆくという思想であった。

　　Time was upon
The wing, to flie away;
　　And I cal'd on
Him but a whikle to stay;
　　But he'd be gone,
For ought that I could say.

　　He held out then,
A Writing, as he went;
　　And askt me, when
False man would be content

To pay agen,
What God and Nature lent.
An houre-glasse,
In which were sands but few,
As he did passe,
He shew'd, and told me too,
Mine end near was,
And so away he flew. ('Upon Time', *Noble Numbers* 331)

「時」は翼をひろげて
飛び去ろうとしていた、
わたしは声をかけ
暫く留るようにと言ったが、
その言葉に耳もかさず
行ってしまおうとした。
が、立ち去りぎわに
書きものをさし出し、
わたしに尋ねた、いつ

偽り多い人間はその気になって
　返そうとするのか
神と自然が貸し与えたものを、と。

　　ひとつの砂時計、
なかには僅かの砂しかなかったが、
　去りゆきながら
「時」はわたしに示し、かつ告げた
　わたしの最期も近いことを、
そしてたちまち飛び去った。（「『時』について」二八三）

ヘリックが死を恐れるのはあらゆる悦びや楽しみ、あらゆる希望の光が消え去るためでもあった。生と死は、世の中が乱れたこの時代にあって表裏一体となるべきものであった。これを裏付けるものとして彼自身やはり詩集の序詩「その著書の梗概（あらまし）」の中で「地獄について述べ、天国について歌う」とも言っている。詩人は、一見明るく楽しいと思える世界に生きていても人も花もその生は儚く短いものであること、人間は結局のところ「死」から逃れられないことも忘れていない。移ろいゆく時間に抗して永遠の生を持つ詩を生み出すことはヘリックの生涯を通じての願望であったと考えられる。

ホラティウスの「カルペ・ディエム」即ち「今日を楽しめ」という享楽的風潮は死との対決の反立でもあり、しばしば自分を死の相において見つめていたであろうヘリックも、自身の墓碑銘をエピタフの詩群に託して次のような四行詩を書いている。

Let me sleep this night away,
Till the Dawning of the day:
Then at th'opening of mine eyes,
I, and all the world shall rise. ('Upon himselfe being buried,' 188)

今夜は眠らせておくれ
夜明けまで
そして目が開けば
私もまた全世界も立ち上がるのだ（「自らを葬るの墓碑銘」）

ヘリックが今日を楽しもうと謳えば謳うほど、その根底にある無常さへの認識、ペーソスが伝わってくるような死を意識する時代にあって、人の命の短さや花の命の短さに、詩人の心は諦観と満足、「カルペ・ディエム」と「メメント・モリ」の間で揺れ動く。その一過性の本質と現実の「リアリティの欠如」の狭間の中で、両者が行き交い、時に融合する詩を創作したのである。

おわりに

生と死は、世の中が乱れたヘリックの時代にあっては、隣り合わせで、分ち難く結びついたいわば表裏一体のものであった。それを肯定的に受け止めれば「カルペ・ディエム」となる。「人生は短いのだから」として傍らにある死を意識する「メメント・モリ」と根底に流れるものは同じだ。共に生と死の黙想でありながら、前者は生を強く意識する、いわば激しい黙想であり、後者は死を意識するいわば静かな黙想（"meditation"）または「メメント・モリ」と言える。これは一方で、決して二項対立的な単純化はできず多義的で重層的な思想ではあるものの、「ギリシャ・ローマ的」伝統と「中世キリスト教的」教えという括り方もある種出来るのではないだろうか。加えて、ヘリックにおいては、若い頃には、「カルペ・ディエム」として受け止めていた生が、晩年の頃になると「メディテーション」へと変化していったのかもしれない。

「カルペ・ディエム」を経て、「メメント・モリ」や黙想「メディテーション」へと至ってゆくヘリックの死生観の始源は、中世の修道士の在り方の中にも見出せる。かつてキリスト教だけでなく、ローマの学問を保存し、次の代につなぎ伝えてゆく重要な役割を果たした修道士たちは、ローマ詩人を憧憬してやまないヘリックにとっては身近な目標になり得たのではないかと考える。

＊＊＊＊＊

本論は作品世界につき考察したものである。文学における病や生の表象について読み解き、伝統的な文学観を土台として作品論という形で示すことは無意味ではないと感じている。

例えば世界で最初に公衆衛生制度を確立したイギリスにおいて公衆衛生危機が文学に与える影響や文学が果たすべき役割を検証すること等は、医科学・人文社会科学両方の視点から、興味深いテーマであろう。イギリスの公衆衛生制度の発展史としては、一七世紀に救貧法が制定され、一九世紀にチャドウィック（Edwin Chadwick）によって改革が進められ、今日では世界の標準形とされるまでに至っているが、イギリス文学上での受容と展開も含めて、こうした中で文学は医療・医学にどのような形で貢献できたのか。或いは今後貢献できるのか。

感染症における対応策として、人的資源・物質の確保、システム構築、公衆衛生教育の普及など課題は多々ある。実学を根底で支える学問であり、人間研究でもある文学は、社会が危機に直面した時、人間性に基づく良い判断ができるよう、課題解決のための選択・判断に寄与するものであると思う。これらを踏まえ思い至るのは、文学の変容（影響・受容・展開・変換・再生）というよりは一貫した災害文学（英文学に限らず）における記憶・共有・伝播という役割である。

デフォー (Daniel Defoe) の『疫病の年の記録』(*A Journal of the Plague Year*, 1722) やカミュ (Albert Camus) の『ペスト』(*La Peste*, 1947) は記録文学として、現在も多くの示唆を私たちに与えてくれている。記録は忘れてはいけない過去の記憶へと繋がり、ひいては私たちの現在にも影響を及ぼす。医学や科学が現在より発達していなかった頃は、未知の感染症だったものが、その実態を知るにつれ恐れの対象となっていく。しかし一方で終息後には遠い記憶となってしまう。データとしての記録ではなく、文学としての記録の持つ多様な可能性に作家たちはその責務を見出したのではないだろうか。

新型コロナウイルス感染症のパンデミックをきっかけに、人文学者も医療や公衆衛生について論じる機会が多くなってきている。人文学の立場から、医療の発展や医学研究に役立てるように職分である文学批評を通じて、ささやかながら社会をよりよいものにしてゆく手助けができればと希望している。

＊本論は「イギリス文学と病――ロバート・ヘリックとペスト――」（日本大学工学部学術研究報告会 第六四回、二〇二一年一二月四日）に加筆修正したものでJSPS KAKENHI 22K00387の助成を受けています。

注

ヘリック詩の引用は Tom Cain and Ruth Connolly, eds., *The Complete Poetry of Robert Herrick*. 2 vols. (Oxford UP, 2013) に依っている。また邦訳については石井正之助『ロバート・ヘリック研究』（研究社、一九八七年）巻末の抄訳を参照し、引用した。

テクストからの引用については括弧内に行数、頁数、邦訳の引用については、括弧内にその頁数をいれて示す。

（1）（石　一七）。数世代にわたったペストの大流行を解りやすく図式化している。見開きの形で前頁に解説文が施されており、「系統樹によると、三回の大流行はいずれも中国が起源とみられる」と言及している。

（2）（宮崎　三二）。第二章「黒死病の侵攻」において「慣例により一三四七～五二年のペストに限り黒死病とする」（二四）とした上で、黒死病という名称について、その原発地、ヨーロッパへの侵入、黒死病の伝播（地中海域・イタリア・フランス・フランドルとスイス・イベリア半島・ブリテン諸島とオランダ・オーストリアとドイツ・スカンディナヴィア諸国・東ヨーロッパとロシア）について纏められている。そして、黒死病の終息についてはヨーロッパ世界では完全に消滅せず、ペスト菌の常在化により一八世紀、場所によっては一九世紀まで大小の流行を引き起こすに至った（六八）と結んでいる。

（3）「カルペ・ディエム」の思想は、ヘリックの人生観の根本であったといってよいと考えられるものだが、ある種刹那主義的な態度は禁欲と勤勉を説くピューリタンの思想と対峙するものであった。ここには英国国教会の聖職者として、国教会を支持する立場をとっていたヘリックの政治的な態度もみてとれる。

（4）（鈴木訳　三一〇）。

（5）Tom Cain and Ruth Connolly 版のヘリック詩集 Commentary によるとこの詩は一六二三年またはそれ以前に書かれたものとされ、教区牧師として南西部のデヴォンシアに赴く前、ロンドンに居た頃の比較的若い時期の作品である (Cain and Connolly, 798)。

（6）（塚越訳　三三三）。

（7）（塚越訳　三三四―三三五）。

(8)(塚越訳　三四八―四九)。
(9)(梅津　二一)。
(10) Commentaryには、実際、世俗詩は四倍以上あり、行数は五倍以上あると記されている。(Cain and Connolly, 771)。

引用・参考文献

Herrick, Robert. *The Complete Poetry of Robert Herrick*. Edited by Tom Cain and Ruth Connolly, Oxford UP, 2013, 2 vols.

Horace. *Horace The Odes and Epodes*. 1914. The Loeb classical library, translated by C. E. Bennett, edited by T. E. Page, et al., Harvard UP, 1927.

――『ホラティウス全集』鈴木一郎訳、玉川大学出版部、二〇〇一年。

石井正之助『ロバート・ヘリック研究』研究社、一九八七年。

石弘之『図解 感染症の世界史』KADOKAWA、二〇二一年。

梅津忠雄編集・解説『ホルバイン　死の舞踏』岩崎美術社、一九七二年。

宮崎揚弘『ペストの歴史』山川出版社、二〇一五年。

村上陽一郎『ペスト大流行――ヨーロッパ中世の崩壊――』岩波書店、二〇二〇年。

ヨハン・ホイジンガ著、塚越孝一訳『中世の秋』I　中央公論新社、二〇〇一年。

脇村孝平監修『10の「感染症」からよむ世界史』日本経済新聞出版本部、二〇二〇年。

I

2 疫病の危機とプロテスタントのエートス
――ダニエル・デフォー『疫病の年の記録』のリアリティ

山木　聖史

はじめに

ダニエル・デフォー(Daniel Defoe, 1660–1731)は生涯を通じてイギリス社会に訴えかけた作家だった。『ロビンソン・クルーソー』は孤島に取り残された危機、『疫病の年の記録』(*A Journal of the Plague Year*)はロンドンを疫病が襲った危機といずれの作品も「危機」に遭遇した人間のありようが描かれている。デフォーが「危機」をいかに受け止め記述したのか。一六六四年の年末に発生して一六六五年に大流行したペストはその年の年末には終息に向かうこととなる。デフォー自身が一六六〇年生まれであるから、幼い頃の強烈な記憶として彼の脳裏に残っていたのかもしれない。デフォーは父親ジェイムズ・フォーがロンドン郊外に疎開することを決断したことにより難を逃れることになる。ジェイムズの兄ヘンリー・フォーがロンドン市内に残ることになる。

ペストは元々インド近辺の風土病だったようである。貿易や征服活動で人間の移動とともにペストは世界に感染領域を拡大してきたのである。ペストはウイルスではなく「ペスト菌」で感染を引き起こす。ペストは通常、腺ペスト・肺ペスト・敗血症性ペストの三つのタイプに分けられるという。(1) 肺ペストは、感染者のクシャミや咳など飛沫により人から人へと感染する。腺ペストは一番典型的なタイプであり、クマネズミに寄生した蚤に哺乳動物が噛まれると、噛み傷からリンパ管を通じて最も近いリンパ節でペスト菌が増殖する。いずれのタイプもペスト菌に感染すると、皮膚が内出血を引き起こして黒い斑点が見られるようになる。このことから中世ヨーロッパでは「黒死病」と言われた。ペスト感染によってリンパ節が腫れると、高熱と激烈な痛みが症状となって現れて、患者はせん妄を引き起こして高い確率で死に至ると言われている。一六〇三年と一六二五年にもイギリスをペストが襲った。なかでも一六六五年のペストは死者数がとびぬけて多く、したがってこの時のペスト流行は「大ペスト」(the Great Plague) と呼ばれることになる。一六六五年のイングランドの「大ペスト」は腺ペストが主流であったと言われている。

一　執筆の背景

『疫病の年の記録』は一七二二年に出版された。[2] 一六六〇年生まれのデフォーは、一六六五年のペスト流行時は五才に過ぎず、強烈な印象を残したかもしれないが、家族とともにロンドンから郊外へ脱出したため、この作品に描かれたエピソードをそのまま体験したわけではないであろうが、五才と言えば物心がつく年代であるので、幼な心にもペストの惨状の強烈な印象が刻まれたであろうし、周囲の大人たちから実体験に基づく恐ろしいエピソードを繰り返し耳にしていたことが推測される。

この作品はH・Fという男が語り手となっている。この人物はデフォーの伯父、父の兄（ヘンリー・フォー）がモデルではないかと考えられている。実際、ヘンリー・フォーもH・Fと同じくロンドンのホワイトチャペルで馬具を扱う商売をしていた。この伯父の語るペスト流行譚や実体験を持つ大人たちの話と当時の記録を元にデフォーが創作したものが本作品である。したがって、一六六五年のペストの大流行の資料を丹念に検証した歴史家ウォルター・ジョージ・ベル[3]からはいくつかの事実誤認を指摘されている。かといってこの「作品」は価値の無いものであるとは思わない。疫病が流行して、社会と人々はどのように反応してどのように対処したかについてつぶさに語っている人間の記録としての価値は認めなければならないと筆者は考える。デフォーは語り手H・F

の姿勢を以下のように述べている。

私がとくにこのことをくわしくここに書き残すゆえんのものは、後に来る人々が、われわれと同じような災難にぶつかり、同じような選択の必要にせまられるようなことがあった場合、多少なりとも役に立たないものでもあるまいと思うからである。（一九）

一七二〇年、マルセイユでペストが大流行して、五万人が死亡したと言われている。綿布をよく検査せずに港に運び上げたため、ペスト菌に感染した蚤が綿布についているのを見逃したことが原因とされている。イギリスでは朝野を問わず大変な騒ぎとなった。マルセイユでペスト大流行の報を受けて、一七二二年にデフォーは『魂と体のための疫病に対する適切な備え』(*Due Preparations for the Plague as well for Soul as Body*)というパンフレットを発表する。これはこれから来るペストに対処するためのいわゆるマニュアルとして書かれたものと考えられる。その後、H・Fを語り手として『疫病の年の記録』を書くことになるのだ。このデフォーのペルソナとしてのH・Fの姿勢が興味深い。ペストが徐々にロンドンの街の中に感染が拡大するのを目の当たりにして、人々がどのように反応し行動したかを冷静な見地からつぶさに書き留めている。混乱に乗じて乱暴なふるまいをする者たちに対しては怒り、ペストの犠牲者に対しては同情している。王族や貴族が市民を守ることもなく、我先にとロンドンを出て郊外のオックスフォードに疎開したことも、かなり批判的に記述している。なぜデフォーが社会階級に忖度することなくこれほど率直に人々のふるまいを書き記したかは彼の宗教的立場に由来する。デフォーの家系フォー(Foe)家は数代前にフランドルから移住してきた家柄であり、父ジェイムズの代に非国教徒（長老派）となったディセンターつまりプロテスタントだった。デフォーは『生粋のイギリス人』[4](*The True-born Englishman*)ではあるものの、そのバックグラウンドからアウトサイダーであり同時にインサイダーともいえる視点からこの作品を描いたと言える。

この作品はマルセイユでペストが大流行した一七二〇年から書き始められたようである。作品内で設定されている執筆時期は、語り手H・Fが一六六六年のロンドン大火をも経験し、一六六五年のペスト流行から二〇年後にこの出来事を書いたという設定である。

二　ペスト来襲による恐慌

さて、いよいよペストがロンドンに入ってくるとなるときに、人々は恐慌状態に陥る。疫病が入ってくる直前にロンドンから彗星がみられるという天文現象が起きる。この現象を人々は何らかの「凶兆」と受け取ることになる。

まず第一にあげたいのは、疫病の流行する前に、光り輝く一彗星が数か月の長きにわたって表れたということである。これは、その翌々年、ちょうどあの大火のあるちょっとした前にやはり同じような彗星が現れたのとじつによく似ていた。（……）ロンドンに、なんだかよくわからないが、とにかく恐るべき異変が起こる。恐るべき神の審判が下される、といった暗澹たる恐怖感が市民全体の心をしっかりと捉えてしまった。

（四〇―四二）

ロンドンの住民たちはすっかり動揺してしまい、オカルト的な占いや予言の類の流言飛語を信じ込んでしまう。かく言うH・F自身もその俗説をいったんは信じ込んでしまったが、彗星も他の星とおなじように定まった軌道上を移動しているという天文の知識を思い出し合理的に理解することで、天文現象であると考え直した。

偽薬を売りさばく者や夢占いをする老婆などが跋扈することになる。とりわけ人々の不安と動揺に拍車をかけたのは、彼らが心のよりどころとしている牧師たちの説教である。

　私はまた、聴衆の心を昂めるよりも、かえって滅入らせるような説教をした牧師たちのことも、ただでもすまされぬと思っている。彼らが信者の覚悟をうながし、とくに悔い改めをうながすために、そういった説教をしたことは疑う余地はないかもしれない。しかし、それが所期の目的を全然達しなかったということ、少なくともほかの面で与えた悪影響に比べた場合、まったくその目的を逸したということ。これもまた疑う余地がないことだった。（五二）

牧師たちは聴衆に向かって、今回の災いはこれまでの人々の不行跡（罪）の罰であると説教したのである。H・F（デフォー）はこれらの牧師に対してかなり批判的であった。というのも、宗教的ドグマに陥っている人間であれば、大災害や疫病蔓延を何らかの罪に対する罰という思考に陥りやすい。牧師たちが「かえって滅入らせるような説教」をしたところで何かの事態の改善は図られるだろうか。疫病の感染対策に気を配り、人々を救うことに前向きになるどころか、かえって委縮して後ろ向きになった人間たちは感染対策どころではなく、さらに事態が悪化することが予測できるからである。彼はむしろ聖書に示される神を引き合いに出してイエスに倣うべきと主張している。つまり疫病は神罰と説教する牧師たちの姿勢そのものが、危機における各人のふるまいに反映する。

疫病に対して、とるべき方向性は冷静・客観的な感染防止策であって、いたずらに人心を動揺させる占い師やペテン師、偏狭な牧師たちのことをデフォーは許さなかったのである。

The Diſeaſes and Caſualties this Week.

Abortive	4
Aged	45
Bleeding	1
Broken legge	1
Broke her ſcull by a fall in the ſtreet at St. Mary VVool-church	1
Childbed	28
Chriſomes	9
Conſumption	126
Convulſion	89
Cough	1
Dropſie	53
Feaver	348
Flox and Small-pox	11
Flux	1
Frighted	2
Gowt	1
Grief	3
Griping in the Guts	79
Head-mould-ſhot	1
Jaundies	7
Impoſthume	8
Infants	22
Kingſevil	4
Lethargy	1
Livergrown	1
Meagrome	1
Palſie	1
Plague	4237
Purples	2
Quinſie	5
Rickets	23
Riſing of the Lights	18
Rupture	1
Scurvy	3
Shingles	1
Spotted Feaver	166
Stilborn	4
Stone	2
Stopping of the ſtomach	17
Strangury	3
Suddenly	2
Surfeit	74
Teeth	111
Thruſh	6
Tiſſick	9
Ulcer	1
Vomiting	10
Winde	4
Wormes	20

Chriſtned		Buried		
Males	90	Males	2777	Plague—4237
Females	81	Females	2791	
In all	171	In all	5568	

Increaſed in the Burials this Week — 249

Pariſhes clear of the Plague — 27　Pariſhes Infected — 103

The Aſſize of Bread ſet forth by Order of the Lord Maior and Court of Aldermen,
A penny Wheaten Loaf to contain Nine Ounces and a half, and three half-penny White Loaves the like weight.

THE SAME BILL OF MORTALITY. (REVERSE)

死亡週報（死因別の表）

London 35	From the 15 of August to the 22.	1665

	Bur.	Plag.		Bur.	Plag.		Bur.	Plag.
St Alban Woodstreet	11	8	St George Botolphlane			St Martin Ludgate	4	4
Alhallows Barking	13	11	St Gregory by St Pauls	9	5	St Martin Orgars	8	6
Alhallows Breadstreet	1	1	St Hellen	11	11	St Martin Outwitch	1	
Alhallows Great	6	5	St James Dukes place	7	5	St Martin Vintrey	17	17
Alhallows Honylane			St James Garlickhithe	3	1	St Matthew Fridaystreet	1	
Alhallows Lesse	3	2	St John Baptist	7	4	St Maudlin Milkstreet	2	2
Alhallows Lumbardstreet	6	4	St John Evangelist			St Maudlin Oldfishstreet	8	4
Alhallows Staining	7	5	St John Zachary	1	1	St Michael Bassishaw	12	11
Alhallows the Wall	23	11	St Katharine Coleman	5	1	St Michael Cornhil	3	1
St Alphage	18	10	St Katharine Creechurch	7	4	St Michael Crookedlane	7	4
St Andrew Hubbard	1		St Lawrence Jewry	2	1	St Michael Queenhithe	7	6
St Andrew Undershaft	14	9	St Lawrence Pountney	6	5	St Michael Quern	1	
St Andrew Wardrobe	21	16	St Leonard Eastcheap	1	1	St Michael Royal	2	1
St Ann Aldersgate	18	11	St Leonard Fosterlane	17	13	St Michael Woodstreet	2	1
St Ann Blackfryers	22	17	St Magnus Parish	2	2	St Mildred Breadstreet	2	1
St Antholins Parish			St Margaret Lothbury	2	1	St Mildred Poultrey	4	3
St Austins Parish			St Margaret Moses	1		St Nicholas Acons		
St Bartholomew Exchange	2	2	St Margaret Newfishstreet	1		St Nicholas Coleabby	1	
St Bennet Fynck	2	2	St Margaret Pattons	1		St Nicholas Olaves	3	1
St Bennet Gracechurch			St Mary Abchurch	1		St Olave Hartstreet	7	4
St Bennet Paulswharf	16	8	St Mary Aldermanbury	11	5	St Olave Jewry	1	1
St Bennet Sherehog			St Mary Aldermary	2	1	St Olave Silverstreet	23	15
St Botolph Billingsgate	2		St Mary le Bow	6	6	St Pancras Soperlane		
Christs Church	27	22	St Mary Bothaw	1	1	St Peter Cheap	1	1
St Christophers	1		St Mary Colechurch			St Peter Cornhil	7	6
St Clement Eastcheap	2	2	St Mary Hill	2	1	St Peter Paulswharf	5	2
St Dionis Backchurch	2	1	St Mary Mounthaw	1		St Peter Poor	3	2
St Dunstan East	7	2	St Mary Sommerset	6	5	St Steven Colemanstreet	15	11
St Edmund Lumbardstr.	2	2	St Mary Stayning	1		St Steven Walbrook		
St Ethelborough	13	7	St Mary Woolchurch	1		St Swithin	2	2
St Faith	6	6	St Mary Woolnoth	1	1	St Thomas Apostle	8	7
St Foster	13	11	St Martin Iremongerlane			Trinity Parish	5	3
St Gabriel Fenchurch	1							

Christned in the 97 Parishes within the Walls — 34 *Buried* — 538 *Plague* — 366

	Bur.	Plag.		Bur.	Plag.		Bur.	Plag.
St Andrew Holborn	432	220	St Botolph Aldgate	238	212	Saviours Southwark	160	120
St Bartholomew Great	58	50	St Botolph Bishopsgate	288	236	S. Sepulchres Parish	403	274
St Bartholomew Lesse	19	15	St Dunstan West	36	29	St Thomas Southwark	24	21
St Bridget	147	119	St George Southwark	80	60	Trinity Minories	8	5
Bridewel Precinct	7	5	St Giles Cripplegate	847	572	At the Pesthouse	9	9
St Botolph Aldersgate	70	61	St Olave Southwark	235	131			

Christned in the 16 Parishes without the Walls — 61 *Buried, and at the Pesthouse* — 2861 *Plague* — 2139

	Bur.	Plag.		Bur.	Plag.		Bur.	Plag.
St Giles in the fields	204	175	Lambeth Parish	13	9	St Mary Islington	50	45
Hackney Parish	12	8	St Leonard Shoreditch	252	168	St Mary Whitechappel	319	270
St James Clerkenwel	172	172	St Magdalen Bermondsey	57	36	Rothorith Parish	7	2
St Kath. near the Tower	40	34	St Mary Newington	74	52	Stepney Parish	371	273

Christned in the 12 out Parishes in Middlesex *and* Surry — 49 *Buried* — 1571 *Plague* — 1244

	Bur.	Plag.		Bur.	Plag.		Bur.	Plag.
St Clement Danes	94	78	St Martin in the fields	255	193	St Margaret Westminster	220	191
St Paul Covent Garden	18	16	St Mary Savoy	11	10	*Whereof at the* Pesthouse		13

Christned in the 5 Parishes in the City and Liberties of Westminster — 27 *Buried* — 598 *Plague* — 488

A LONDON BILL OF MORTALITY. (OBVERSE)

ペストの死者の教区別リスト

Walter George Bell. *The Great Plague in London in 1665*. The Bodley Head (First published 1924) Revised edition 1951, folded between pp. 20–21.

三　感染状況把握と感染対策

H・Fが語るところによれば、前年の九月に近所の噂話ですでにオランダのアムステルダムやロッテルダムでペストが流行しているとの風聞が伝えられていたようである。当時のロンドンの人々は、役所が発行する「死亡週報」(the weekly bill)[5]（二三―二四頁参照）を根拠に感染が拡大しているのかどうかを判断していたのである。この統計には、ペストの死者数もチフスの死者数も一目でわかるようになっている。見市雅俊『ロンドン＝炎の生んだ世界都市』[6]によれば、「死亡週報」は一五八〇年にペストが流行した際、教区毎に二人の調査員を派遣して教区内の死者数と死亡原因をカウントしたものを「死亡週報」ということで発表することになったということである。その後、ペスト流行の時期以外でも毎週この「死亡週報」が発行され、当時の人々がどのくらい疫病が蔓延しているかの判断根拠になったのである。「死亡週報」の数字のもととなる調査員は年配の女性が二人選ばれることが多く、救貧目的があったとされている。彼女らは一般の人々との接触は禁じられており、それぞれの教区の死亡者と死因を調査していく。しかし、ペスト蔓延期となるとその死者数も死亡原因も漏れがあるのではないかと人々は考えていた。H・Fも「死亡週報」は報告する役人の不正が疑われるので[7]「必ずしも信用がおけない」（三七〇）と記している。

一六六二年年一二月にホワイトホール宮殿の西側で二人（フランス人であったらしい）がペストで死亡したことを皮切りにセント・ジャイルズ・イン・ザ・フィールド教区で死者が増えていく（死亡者統計は教会の教区ごとにカウントされている）。このセント・ジャイルズ地区は、特に貧困層が多く住む地区であった。H・Fによると、一六六五年六月第二週までこのセント・ジャイルズ教区では、一二〇名の死者が出てそのうちの六八名がペストで死亡したとあったが、ペストの死者が増えていることを肌で感じていた人々はペストの死者が一〇〇名はいたはずだと噂していた。六月第三週目にシティの内側で四名の死者が出始める。いよいよ人々は避難をしはじめることになる。まずロンドンから避難をしたのは、王室や貴族と富裕層の人々であった。

でも同じ町の反対側では、みんながパニック状態だった。カネのある人たち、特に貴族とか上流の紳士たちは、家族や召使もひき連れ、いつもの奥ゆかしさはどこへやら、市街地の西側からひしめきあって町を駆け抜けた。……まったく、目に入るものといったら、家財道具や女や従者や子供を積んだ二輪や四輪の荷馬車、もっとお偉い方々が詰め込まれた立派な馬車、それと馬を操る御者たちばかりだ。（一〇）

……………

神の思し召しによるとみえ、宮廷人たちは皆ここで無事に災禍を免れることができた。私の聞いたところでは、病気は彼らには一指も触れなかったそうである。これに対して宮廷人たちが、また感謝のしるしも改心の実もあげなかったことは……残念なことだったと思う。（三二）

王と廷臣はいち早くオックスフォードに避難したためか命が助かったことに対して神への感謝がまるで見えないし、改心した様子もないと皮肉な調子でこき下ろしている。

このようにどこで何人ペストによって死亡したかが一目でわかる「死亡週報」が（数字に若干正確さを欠いていたとしても）彼らが避難する材料となった。疎開する場所を確保することができ、馬や馬車など移動手段が確保できる人々はロンドンから郊外へと避難することができたのである。また疎開する人々のために、ロンドン市は「健康証明書」を発行することで、疎開する人々は道すがらこの証明書を提示することで宿に泊まることができ、安全に街道を通行することも出来たのだ。ただ、ロンドン市内から避難した豊かな人たちの中には、残された人々の助けとなればと募金する人たちもいた。動揺してロンドン郊外へ疎開した中でも慈善の精神を持ち続けた人々がいたことは興味深い。

それにつけても、生命の安全を求めて田舎に疎開した市民たちが、自分自身は逃げはしたものの、後に残した者の福祉に多大の関心を示していたことははっきりと示しておかなければならない。彼らはロンドンに残留している貧民の救済のためには、惜し気もなく多大の寄付をしたのである。（一七二）

感染者が出たシティーからテムズ川に沿って東側に感染地域が拡大していく（二八頁地図参照）。最初にペスト死亡者が発生した場所からシティを隔てて反対側のホワイトチャペルに住んでいたため、H・Fはこれらのことを呑気に観察していた。いよいよシティにまで感染が拡がってくるとH・Fが住んでいたホワイトチャペルに感染が拡大するのは時間の問題となる。そのとき避難すべきであったのだがH・Fが頭を悩ませている問題があった。それは、彼が営んでいる馬具の商いがうまくいっているので、使用人や召使をどうするのか、店を閉じるにしても在庫やその後の管理を誰に任せるのかについて悩んでいるうちに時間を空費していた。ちょうどその頃、H・Fはポルトガルから戻った帽子商である兄から呼び出され、兄とその家族たちとベッドフォードシャーに一緒に疎開することを勧められる。兄としてはH・Fが独身だったため、ロンドンから避難するのも比較的容易だと考えたようである。H・Fは商売の後の管理を誰に任せるか目処が立ったし兄の勧めに応じて避難を決意するも、その時期にはすでにどの馬を借りることができなかった。そこで馬で避難することを諦めて、使用人を一人連れて徒歩で避難することを決意する。その使用人もなかなか避難しようとしない主人のH・Fに痺れを切らして、主人に無断で勝手に避難してしまった。ここまで避難することに支障が出るのは神がここに留まれと言っているのではとH・F は考え始めて、兄にロンドンに留まることを告げる。兄は弟の決意を一笑に付して馬が手に入らないとか連れて行くはずの従者が逃げてしまったからロンドンから避難しないというのは、それを神の啓示だというのは馬鹿げていると反論される。一晩考えさせてくれと兄に頼み一人になってから、無作為に聖書を開いてみたところ、詩篇第九一篇の箇所が開いていた。そこであらためてロンドンに残る決心をする。

① ペスト発生地区　② シティー区域（City Wall 内斜線部分）③ H・F 居住地　④ ジョン、トマス、リチャードら（三人組）の元の居住地

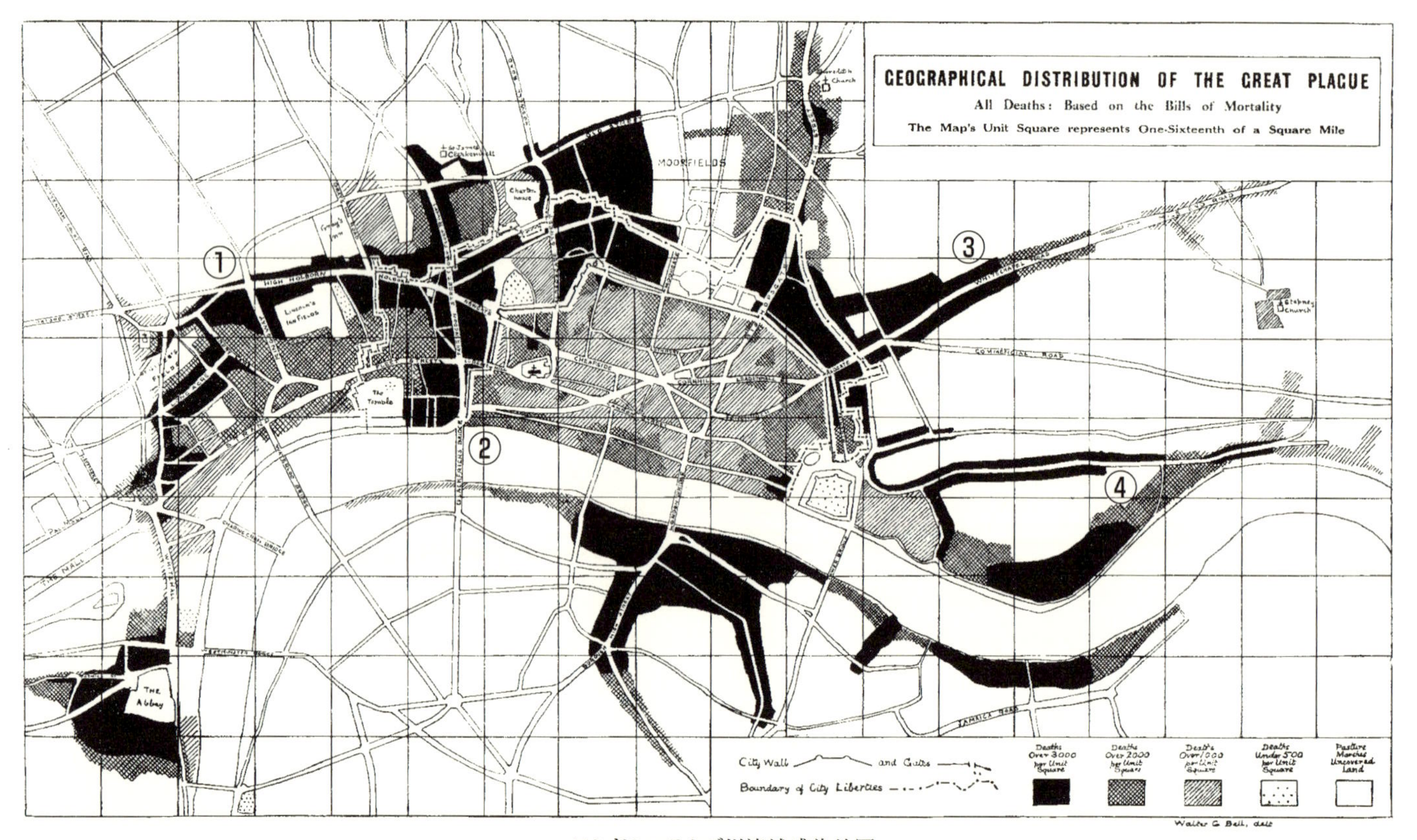

ロンドン・テムズ川流域感染地図

Walter George Bell. *The Great Plague in London in 1665*. The Bodley Head (First published 1924) Revised edition 1951, folded between pp. 158–59

幽暗(くらき)にはあゆむ疫癘(えやみ)あり日午(ひる)にはそこなう励(はげ)しきあり。されどなんじ畏(おそ)るることあらじ、千人はなんじの左にたおれ万人はなんじの右にたおる。されどその災害(わざわい)はなんじに近づくことなからん。なんじの眼はただこのことを見るのみ。（詩篇第九一篇五―八節、傍線は筆者）（二七）

開いた聖書のページにまさに疫病が言及されていた。この箇所を見たH・Fは神意が示唆されているものと感じていよいよロンドンに残る決心を固める。特に「なんじの眼はただこのことを見るのみ」の箇所にH・Fは特別な意味を読み込むことになる。このH・Fの決意に関してはあらためて後述する。

その後、H・Fが雇っていた女性からなんらかの病気が感染したらしく、ペスト感染したのではないかと不安を感じつつ数日間床に臥せっているうちに遂にはロンドンから避難する機会を逸してしまう。

当時のロンドンの人々は「死亡週報」の数字を妄信しないまでも、ペストの被害を把握する一手段としていたことがわかる。

もう一方で、商店を閉じることができないH・Fのような商人や雇われた人々、ロンドン市役所のしかるべき立場の人々は敢えて市内に残ることになった。それでも避難したくても疎開する場所も見つからず、市内に留まらざるを得ない人々は貧しい人々だった。ここに疫病感染数に関して貧富の格差が明瞭に現れるのである。

ロンドン市内に残らざるをない人々でペスト流行が収まるまで食糧の備蓄ができない人々は市場に出かけなければならない。民衆は彼らなりの感染対策をしていたのだ。市場で商品を買うときも、釣り銭をもらわなくて済むように細かいコインを所持するようになった。肉屋では、客が鉤にぶら下がる肉を客自ら降ろして、肉の代金は酢を満たした壺に入れて支払うなどして直接コインのやり取りをして接触しないように心がけていた。香水や香料の入った壜を持ち歩いて、振りかけるなどして「消毒」もしていたようだ（一四五）。死体運搬や埋葬に従事したり、ペスト感染者の看護など「エッセンシャル・ワーク」に従事した者も描いている。墓掘りの仕事をしていたジョン・ヘワードとその妻である。ジョンは死体を家屋から運び出し、埋葬する仕事をしていた。ヘワードの妻もペスト感染者を看護していた。彼らの感染対策は以下のようである。

彼は病気の予防法としては、大蒜（にんにく）と藝香（うんこう）を口の中に入れ、煙草をふかす以外には何もしていなかった。……女房の方は、頭髪をつねに香酢で洗い、また頭髪にいつも湿り気をあたえておくために、その頭巾にこれまた香酢をふりかけておく、という方法以外にはべつに大した方法も試みていなかったそうである。（二六六）

H・Fによるとエッセンシャル・ワーカーとして黙々と危険な責務を全うしたジョン・ヘワードとその妻は大ペストを生き抜いたという。現世で勤勉に職務を全うする意義を高く評価するデフォーの考えがここに反映されている。

四　感染者の惨状

ペストの感染者や死亡者は数字でカウントは出来ても、その悲惨さは伝わらない。デフォーはなんとか文章でペスト感染の症状の凄まじさ、むごたらしさを伝えようとしている。

H・Fによれば、ペストは患者の体質によってさまざまに症状が異なると伝えている。

ある者は急激な作用をうけ、高熱や吐瀉や耐え難いほどの頭痛や背部の疼痛に見舞われ、やがてこういう苦痛が減じないまません妄症状起こすにいたった。またある者は、頸部か鼠径部か脇の下にぐりぐりができた。……また一方では、いつの間にか冒されていて、熱が生気を気が付かないうちにむしばんでいるという

場合もあった。本人も知らないでいるが、そのうちに急に気絶して、何の苦痛もなしに死んでゆく。（三六三―六四）

あきらかにペストに感染した患者の治療を施す手立てはあるにはあったらしい。これはリンパにペスト菌が増殖して腫れあがった箇所を温めたり冷やすなどして患部の鎮痛・安静を図った。それでも効果がないと薬品で灼いたり最終的には切開した。この治療は患者に大変な苦痛を与えたらしいことが描かれている。

膨張の苦痛はとくにはなはだしいものがあったらしく、ある人々にとっては我慢しようにもしきれないものであった。医者（内科も外科も両方だが）にかかると患者はいびられて、下手をすると殺されてしまう、などといわれたりしていた。人によって違うが、この膨張というやつは非常に硬くなることがあったが、そういう際には、それをつぶすために、強烈な吸出膏薬をはったり、罨法（あんぽう）をほどこしたりした。それでもうまくゆかないと、しまいには情け容赦もなく切開し、乱切りを行った。ところがまた、なかには、一面には病気の力そのものの然らしめたためであり、他面にはあまりきつくしこりができたためであろうが、そこのところがとても固くなりすぎてしまって、どんな器具をもってしても切開することもできなくなってしまう場合があった。（二五一）

自分が感染者だと自覚しているにもかかわらず、それを黙って泊めてもらった家で感染を広げてしまう不届き者もいたらしい。こうしてロンドン市内のみならず、郊外にまで感染は拡大していったのだ。

Ｈ・Ｆが好奇心に駆られて、運搬車 (dead cart) で運ばれて死者の遺体をまとめて葬る墓穴を見に行ったときのことである。墓堀り人夫以外に奇妙な男が大穴の淵であたふたとしている。当時は絶望のあまり正気を失った、墓穴に身を投げる者もいたが、自殺する様子はない。その男は妻と数人の子供たちをペストで失った男であるということだった。痛ましいほど悲嘆に暮れてはいたが落ち着いた様子だったという。彼は人夫たちに、せめて妻子の遺体が葬られるのを一目だけでも見せて欲しいと懇願しているのだった。

が、いざ運搬車がひっくり返されてて中に入っていた死骸がごちゃごちゃに穴の中に捨てられるのを見たとき、……山のような死骸が捨てられているこの光景を見た時、いや、まさしくこの瞬間、彼はわれを忘れて何だかわめきはじめた。……彼は二、三歩さがったかと思うと、ばったりと気絶してしまった。（一一六）

悲嘆に暮れてはいるが冷静な姿勢を保っている男でも、愛する妻子がたくさんの遺体と一緒に無造作に大穴に捨てられている光景を見たとたん気を失ってしまうほど凄惨なものだったのである。その男は、大穴のすぐ目の前にあるパイ亭で主人によって介抱されているとのことだった。

家に落ち着いてみると、再びあのかわいそうな紳士の悲しみが私の心によみがえってきた。考えれば考えるほど、涙が止めどなくあふれてきた。……それでもなお、紳士のことが気がかりでならなかったので、ついに意を決して、家を飛び出しパイ亭まで出かけていってそのあとのようすを尋ねてみることにした。（一一九）

H・Fが目の当たりにしたのは、感染しているかもしれないのに倒れた男を介抱するパイ亭の主人の姿と、妻子を失って悲嘆に暮れる男をせせら笑い嘲笑する柄の悪い酔客たちの姿であった。彼らの行為をたしなめるH・Fも酔客たちに罵倒されることになった。このようにペスト流行によって、家族を失い悲しむ人間の姿、リスクがあるのに介抱する店の主人の姿、悲嘆に暮れる人間を罵倒し嘲笑する酔客の姿など描き出している。

五　行政の統治と秩序維持

感染が拡大しつつあったロンドン市内では人々はパニックを起こし、郊外へと避難しつつあったとき、ロンドン市としてはどうしたのであろうか。ロンドン市は手をこまねいていたわけではない。一六六五年の六月にロンドン市内から人々が避難しはじめると同時に、ロンドン市長と市参事会はロンドン市の秩序維持の方策を検討しはじめた。ミドルセックス州治安判事は、セント・ジャイルズ・イン・ザ・フィールズ、セント・マーティンズ、セント・クレメント・デインズ等々のペスト死者が出た家屋の遺体を埋葬し、感染者の出た家屋を閉鎖したのである。この家屋閉鎖という「封じ込め」は一定の効果を上げたとある。行政として秩序を維持するために「感染防止」と「食糧不安解消」をしなければならなかった。

二種類の感染説と感染対策

見市氏によれば、ペスト感染についてはヒポクラテス以来、汚染された空気を吸って感染する「空気汚染説」とペスト感染から学んだスペインやフランスから、保菌者と接触して感染するという新しい「接触説」とがあり、それぞれの説に基づく感染対策の意見が対立していた。作品にも硫黄・香料を焚く場面が数か所あるが、それは汚染された空気を浄化する目的だからである。行政は、感染対策には両説に対応する方法で行われた。ロンドン市が発布した条例は、感染者の家屋の「家具の空気消毒」以外は「接触説」に重きを置いている。

大ペストより以前の一六〇三年にペストが蔓延したジェイムズ一世治世のときに、疫病蔓延の際の取り決めがあった。これをもとに以下の条例を発布した。「感染防止」にかかわる箇所を抜粋する。

悪疫流行に関するロンドン市長ならびに市参事会の布告。一六六五年故ジェイムズ王の御代、悪疫に感染した国民の救助と保護のために一条の法令が発布され、これによって治安判事、市長、町長その他の主管者に、その各自の権限内において患者および感染区域に対する検察院、調査員、監視人、看守、埋葬人を指定する職権と、以上の者にその職務を忠実に履行するよう宣誓を行わしめる職権が与えられた。

［検察員は各教区ごとに任命されるべきこと］

第一、各教区ごとに一名または二名、ないしはそれ以上数名の信頼するに足る有徳の士を、区長、助役、区会の手によって選び、かつ任命することをわれわれは最も適当であると認め、これを命ずる。

［検察員の職務］

検察員は教区内のいかなる家庭に病気が生じ、いかなるものが病気にかかり、しかしてその病気がどんなものであるかを、察知しえられる限り、つねに調査確認することを区長に宣誓しなければならない。……悪疫に感染したものを発見した場合には、その家屋を閉鎖するよう経理に命令しなければならない

［監視人］

すべての感染家庭には二名の監視人を置く必要がある。一名は昼勤とし、一名は夜勤とする。監視人は監視を命ぜられた感染家屋に対していかなる者も出入りしないよう厳重に注意しなければならない。

［調査員］

各教区ごとに数名の婦人調査員を任命するよう、特別な考慮を払う必要がある。婦人調査員は淑徳の誉れ高い婦人で、かつこういう方面の任務に最も適した者であることが必要である。婦人調査員は、死体調査を命じられた場合、その死亡者がはたして悪疫によるものであるか、もしそうであれば他のいかなる病気であるものであるかを可能な限り正確に調べ、報告することを任務とする。

［外科医］
病名を誤って報告し、ために悪疫の蔓延を招いた苦い経験にかんがみ、調査員の活動を補佐充実するため、有能で経験豊かな外科医を選抜任命することを命ずる。

感染家屋および患者に関する法規
［病気について報告提出のこと］
各家庭の戸主は、家人が身体のいかなる部分を問わず腫物、紫斑、または腫脹の徴候を訴えた時、あるいは何ら明白な病因が他に存在しないにもかかわらず、危篤に陥った時は、二時間以内に健康検察員にその旨を報告しなければならない。
［患者の隔離］
調査の結果、悪疫であると診断された患者には、ただちに自宅内において隔離されなければならない。患者が隔離された場合、たとえ後日死亡しない時といえども、患者発生の家は一ヵ月の閉鎖を命じられる。
［家具類の空気消毒］
病毒に冒された家具類の隔離としては、これを火気、およびこのような感染家屋に必要なその他各種の香料をもって充分に消毒すること。消毒済みの家具類のほかは、使用を禁ずる。
［感染家屋の閉鎖］
もし健康人で、悪疫に感染していることが判明した患者を訪問し、または許可なく感染家屋に故意に出入りした場合は、その当人の居住している家屋は、検査員の命令により一定期間閉鎖を命じられる。
［死者の埋葬］
今次の悪疫流行による死者の埋葬は、日の出前または日没後最も適当な時に、教区委員または経理の同意

を得て行われることを要する。いかなる知己、隣人といえども、柩にしたがって教会に到ること、または死者の家屋を弔問することを禁ずる。

感染の結果死亡した死体は、教会において公禱、説教、講話の行われている時、教会内におくこと、およびその墓地において埋葬することを禁ずる。なお、教会、教会墓地、埋葬地における死体埋葬の時、死体、柩、墓穴に小児の接近することを固く禁ずる。墓穴の深さはすべて最小限六フィートとする。(七六―八二)※他にも感染対策として劇場封鎖や集会・宴会の禁止、犬・猫・兎などペットを殺処分など実施した。


ロンドン市の行政が実施した感染対策を吟味してみよう。調査員が突き止めた患者がペストかどうかを確実にするために外科医を任命している。いわば「索敵」である。「家屋閉鎖」と「死者の埋葬」はいわば「ペスト封じ込め」である。さらにペストによる死者を人が集まる場所の近くには埋葬することを禁じたり、墓穴をかなり深く指定するなど感染にはかなり注意を払っている。死者が路上に放置されることもなかったという。また死体運搬(dead cart)には日の出前や日没後の人目に付きにくい時間に運搬するように命じて、衆目にさらして人々が動揺しないように気を配っている。一方で、感染対策だとしてもH・Fは「家屋閉鎖」措置についてはかなり批判をしている。条例を制定したロンドン市からすれば、家屋閉鎖措置で感染者とその家族を市内に出歩くことを禁じて「封鎖・隔離」することで管理しようとしたが、それがかえって逆効果を生んでしまうことになる。「閉鎖家屋」からの逃亡者が相次いだのだ。

というのも、前に記載したロンドン市の条例によれば、家族の一員(召使でも)にペストに感染したと考えられる病変が出たら少なくとも二時間以内に通報する義務があり、そこにいた家族もろとも閉じ込められてしまう(行政から指名を受けた監視人に二四時間監視される)。患者が出た家屋からロンドン市内へ感染を拡大させないためだとはいえ、まだ感染していなかったほかの者まで封じ込めてしまうことで彼らをも感染させ、一家全滅ということも珍しくなかったからである。

H・Fは一時監視人を命じられて、閉鎖家屋を監視したこともあり、感染者から他の家族を感染させてしまう懸念、そして家屋閉鎖に指定された家のものたちが監視人に暴力をふるうことまでして逃亡する事例が相次いだことで家屋閉鎖措置には効果がない現場を目の当たりにしていたのだった。

家屋閉鎖というこのやり方が所期の目的を達成するには不十分だということは、常識のある人々には納得していただけよう。いかにも公益ということがいわれていたが、家を閉ざされてしまった特定の家族のこうむる深刻な重荷に匹敵するだけの、あるいは釣り合うだけの公益がそこにあるとも思えなかったのである。そのような苛酷な役目を当局から仰せつかって実際に見聞したかぎりでは、この方策は目的にそうといえないものであることを私は再三思い知らされたのである。たとえば、私は見廻り、つまり検察員として、いくつかの感染家族の病状をくわしく調べることを要求されたのであるが、われわれ見廻りが、明らかに家族のだれかが悪疫にかかっていることがわかっている家に行った場合、そこの者が逃亡していないということはまずなかったのである。（三〇五―〇六）

H・Fが述べているように、家屋閉鎖措置によって感染防止となるどころか、感染拡大の原因ともなりかねないことも指摘していた。H・Fの提言[8]にも出てくるが、やはり家族の中での「感染者／非感染者」をきちんと隔離して、感染した者は療養施設で適切な治療を受けるべきであるという主張は当然である。H・Fは感染者の家族とはいえ個人の意思を無視して一律に家屋を強制閉鎖する措置に反発しており、個人の意思の抑圧に対しては強く批判する。このH・F（デフォー）の姿勢は信仰そのものにも反映されているのである。

食糧不安を払拭する施策

　それにしても問題なのは、ロンドンに残らざるを得なかった貧しい人々のことである。疫病流行によるパニックのため、生産や流通は平時のように動かなくなり市場が停止する可能性があったため、当然のように食糧が乏しくなり、買い占めや物価高騰で食糧が手に入りにくくなることが容易に予想された。特に金銭的に余裕のない貧困層にとっては、食糧に関する不安が大きかった。そこで行政がとった措置は以下のとおりである。市長がパンの価格を指定し、それが守られているかどうかを市場で調査を行った。またパン屋に対しては、パンを焼く窯の火を落とさず、パンを焼き続けるように命じた。これらの施策によって、パンの価格が高騰したり、食糧が欠乏したり、入手できなくなるようなことはなく食糧不安は完全に払拭されたのだ。これは当然のことながら、暴動の抑止にもなったのである。

　　パン屋もまた特別な条例による取締りを受けた。パン屋組合の組合長は組合幹部の者とともに、パン統制に関する市長の条例が実施され、毎週市長が指定するパン価格が守られているか否か確かめるように命ぜられた。あらゆるパン屋はそのパン焼竈の火を瞬時もおとさないように強制された。それにそむいた場合には、ロンドン市の公民としての特権を剥奪された。……こういう措置がとられた結果、前にもいったように、パンはいつも豊富に、しかも平常どおり安価に手に入れることができた。市場では、またどんな種類のものでも食料品の不足をみることはなかった。ほとんど平常と変わらないその状態を見て、実は私自身驚嘆することもしばしばであった。（三三六）

　ロンドンでは暴動は発生しなかった。上記のように、行政が食糧不安払拭に注力したということもある。なぜ掠奪が起きなかったのかについては、他にも理由をあげている。それはロンドン市長や参事会員、近郊の治安判事などが全国から集まった募金（救恤金）を貧困対策に充てたということがある。

だが市長をはじめ、市参事会員、近郊の治安判事等の賢明なる判断は、各地から寄せられる多額の救恤金と相まってたくみに効を奏し、貧乏人たちはおとなしくしていたし、その窮乏も最大限まで救われたのである。（一七九）

ただ、暴動が起きなかったことには残酷な現実も背景にあったことを語っている。富裕層が食糧をストックしていなかったため、富裕層の家屋を襲っても意味がなかったことと、ペストの猛威があまりにも激しかったため、暴動を起こしそうな貧しい人たちが死亡してしまったことにあった。

しかし、なおこのほかに暴民の蜂起を食い止めるのに役立った二つの事情があった。その一つは、金持ちたち自身が食料を自宅に貯蔵していなかったということである。……ところでここに一つ、それ自身としてはいかにも悲惨事だが、ある意味では一種の天の配剤というべきことが起こった。つまり、八月の中ごろから一〇月の中ごろにかけて猛烈な勢いで荒れ狂ったペストが、その間に、およそ三〇、〇〇〇から四〇、〇〇〇の、貧乏人の生命を奪ったのである。もし、それだけのものが依然として残っていたら、それこそとことんまで窮乏したであろうし、そうなれば、彼らが耐え難い重荷になったことは明らかであった。……それに、彼らが生きてゆくためには、否が応でもやがては市および近郊で掠奪が、遅かれ早かれロンドン市はもちろん全国民を極度の恐怖と混乱のるつぼに投げ込むことも明らかだった。（一七九―八一）

とはいえ、こう述べているH・Fは決して貧しい人たちの生命を軽んじていたわけではない。彼が恐れていたのは、理性を失った無秩序で破壊的な集団暴動である。Ｈ・Ｆは一方で貧しい人たちには同情を惜しまず、ロンドン郊外を散策してブラックウォール辺りに来たときに一人の船頭に出会う。船上生活者に物資を運ぶ仕事を細々としている船頭は、ペストに感染して臥せっている妻と子供たちのために、グリニッジまで船で赴き食糧を運んでいるという。それでも神に感謝する船頭の健気な姿にＨ・Ｆは感銘を受け少なくない募金まで与えている。

六　零（こぼ）れ落ちた者たちとペスト終息

これまで見てきたように、ロンドン市の行政は現代のわれわれの目から見ても、感染拡大防止と不安払拭のためにできる限りの施策を行っている。当時のロンドン市の統治能力には感心せざるを得ない。しかしどれだけの施策をおこなっていても、そこから零（こぼ）れ落ちてしまう人たちもいるのだ。Ｈ・Ｆから効果が無かったと批判されている「家屋閉鎖」で、閉鎖家屋から逃亡した人たちである。彼らは逃亡して行政の管理下から零（こぼ）れ落ちてしまったため、感染治療を受けることも出来ず、街路の片隅や見知らぬ山野で倒れたままこと切れてしまった者たちが少なくなかった。

それが死亡記録（「死亡週報」）には載らない死者たちである。彼らは元の居住地の教区から逃亡してしまったため、調査員の目も届かず、逃亡した土地で、感染を恐れる人たちからも見捨てられて人知れず倒れて死んでしまうよりほかはなかったのだ。

逃亡した連中の多くは、かくして、恐ろしい絶対絶命の土壇場に追い込まれ、食うものにさえ事欠いて街頭や野辺の一角にむなしく息絶えてゆき、襲い来る高熱の焼き尽くす苦しみに耐えかねてばったりと倒れていった。ある者は田舎に流れ出していった。どこへ行くというあてもなく、ただ、苦し紛れに前へ前へと歩い

デフォーによるペスト死亡者数推移表

A Journal of the Plague Year. Blackwell, 1928. The Shakespeare Head Edition of the Novels of Daniel Defoe, 1974, pp. 228–29, 230–31.

	7/25~8/1	9/12~9/19	9/19~9/26	9/26~10/3
セント・ジャイルズ・クリップルゲート	554	456	277	196
セント・ジャイルズ・イン・ザ・フィールズ		140	119	95
セント・セパルカーズ	250	214	193	137
クラーケンウェル	103	77	76	48
ビショップスゲート	116			
ショアディッチ	110			
ショアディッチのセント・レナード		183	146	128
ステップニー教区	127	716	616	674
オールドゲイト	92	623	496	372
ホワイトチャペル	104	532	346	328
シティーの壁内側 97 教区	228	1,493	1,268	1,149
サザーク側の8教区		1,636	1,390	1,201
サザークの全教区	205			
合計	1,889	6,060	4,900	4,328

て行った。やがて疲労と困憊がやってきたが、彼らに救いの手を差しのべる者はいなかった。……路傍で死んでいたのはこれらの人々であった。（一〇二）

宮崎楊弘『ペストの歴史』によれば、「死亡週報」に掲載された一六六四―六五年のペストの死者数を六八、九五六人としている。一六六五年にはロンドン市には約四六万人が居住していたことから、記録として数字に表れた人数だけでも概算で六分の一がペストで死亡したことになる。ロンドンから出て地方の山野でこと切れた者も少なくないことから上記から鑑みるに、出ている死者数より実際ははるかにもっと多かったことが推測される。H・Fは「鬼籍に入る者その数（かず）十万」（四四五）と記している。

H・Fはこの大ペストから以下の三つを教訓として挙げている（一三七）。「ペストは市に行って物資を家庭に持ち込む奉公人によってもちこまれたこと」、「ペスト治療のために療養所（ペスト・ハウス）が一つしかないこと」[9]（W・G・ベルによれば大ペスト流行期にはロンドン周辺に五つのペスト・ハウスがあったとのことである）(*The Great Plague in London in 1665*. 2nd ed. 39)、感染は「医師が発散物と呼ぶなんらかの蒸気か煙が原因」、あるいは「病人の息か汗か爛れた皮膚の悪臭」からか、あるいは想像のできない別のなにかと結論付けている。（一九世紀（一八九四年）になってやっと北里柴三郎とアレクザンダー・エルザンが同時にこの疫病の原因がペスト菌であると突き止めた。）

一六六五年に猛威を振るったさしものペストも一六六五年の九月を境に徐々に感染死者に変化が見られる（四一頁参照）。

さて、いよいよこの恐るべき裁きのもつ、恩恵にみちた面について話す必要が生じたようである。九月の最後の週になると、疫病はその危機に達し、したがってその猛威は漸次衰えはじめた。友人のヒース博士がその前の週に私のところへやって来て、今でこそ流行は猖獗をきわめているが、あと数日たてば衰えるだろう、と私に語ったことを記憶している。（四〇二）

現代から見ると、この現象はペスト菌の変異により、致死的毒性が弱まって死者が減ったからだと考えられる。ヒース博士も統計的に考えて「病気の悪性は弱まったからだ」と言い、「こんどの伝染病は峠を越して、しだいに弱まっている」（四〇三）と語った。（※ここでいったんペスト死者が減少したことで、完全に危機が去ったと思い込んだロンドン市民は疎開した者も戻り、早計にも以前と同じ生活をするようになって再び死者数は増加するが、ペスト菌の毒性は弱まっていたようである）

七　カルヴィニズムと予定説

以上見てきたように、デフォーはH・Fの目を通して、ペストの襲来から蔓延、そして終息に至る過程までを描いた。疫病は人々の虚飾を剥ぎ取り、生身の人間性を露わにする。そして社会構造の脆弱性を暴露してしまう。デフォーはそこに居合わせた人々がどのように生きようとしたかその奮闘ぶり、感染者の苦しみや家族を失った悲しみをありありと描いた。このように当時のロンドンの人々と行政は疫病の襲来に過去の経験を踏まえてあらゆる知識と知恵を用いてペストの蔓延を防ごうとした。それでもＨ・Ｆはそれらの施策について有効だったものと不適切だったものも躊躇なく指摘している。

デフォーはペスト流行という出来事全体を何ものにも忖度することなく、またあらゆる教条的な考えとはまったく自由な立場で描いている。では、ドキュメント（実録）ともフィクションともつかない奇妙な書き物をデフォーがなぜ書き残したのか考えてみたい。

デフォーがいかなる姿勢でこの作品を執筆したのか。いかなる動機（エートス）がデフォーをしてこの書物を書き綴らせたのか。もちろん冒頭に触れたようにマルセイユで実際にペストが大流行していたので、ペストが間もなくイギリスを襲うかもしれないという差し迫った危機感で書かれたことは間違いない。筆者はその切迫感の奥底に宗教的なものがあるのではないかと推測する。

デフォーの代表作『ロビンソン・クルーソー』では、不信心者と自認するクルーソーが漂着した島で孤独と戦いながら神を再び見出し、フライデーと出会ってフライデーにキリスト教を説明するために聖書を再読しながら、真の信仰に目覚める様子が描かれていた。この『疫病の年の記録』では信仰をどう捉えているのか。実際、Ｈ・Ｆは何度も神に言及している。現代人のわれわれがたびたび神に言及するデフォーの言辞を非科学的であると嗤うのは容易である。しかし、「大ペスト」の時代、あるいはデフォーが執筆した時代も（科学が発達した現代でさえも）最後の最後は神にすがらざるをえないのは理解できる。我々がしなければならないのはこの作品を執筆したデフォーの深層に降りて行って、なぜこの作品を書かざるをえなかったのかやむにやまれぬ動機を探ることである。本作品の疫病蔓延を神との関係でどうとらえているのかが考える手がかりになるだろう。

デフォーの属する非国教会のもとであるピューリタニズムは、カルヴァン主義の影響を受けて、エリザベス一世の宗教改革が不徹底であるとして英国国教会の改革を求める運動である。

カルヴィニズムはイングランド、スコットランドとオランダで特に大きな影響を与えた。ルター（Martin Luther, 1483–1546）は「信仰のみ」と内面を重視する傾向があり現実の君主制や身分制を追認する保守性があったが、一方のカルヴァン（Jean Calvin, 1509–64）は「聖書主義」（ソラ・スクリプトラ：sola Scriptula）を徹底するラディカルな姿勢を取った。カルヴァンは自らの信条にしたがって教会・政治・教育の徹底した改革を志向した。カルヴァンの教説とは、罪によって人間はすでに堕落しているため、旧約聖書の律法が示すように神への絶対的帰依と、神の予定説を主張したのである。これは当時「ヨーロッパ化」したキリスト教のヘブライズムへの回帰を意味していた。

カルヴァンはパウロの「神は人々のうちから選び出した者たちを召し、召した者だけを義とし、義とした者に栄光を与える」（ローマ人への手紙八章）を根拠にして予定説を展開する。

こうして主は、その民を召し、義化し、栄光を与えるとき、ほかならぬ彼の永遠のえらびを宣言しているのであって、このえらびは彼らの生まれる前から神が彼らに定めていたものである。そこでこのようにして召され、義とされた者でなければ御国の栄光に入ることができない。主はただ一つの例外もなくこの仕方で、そのえらびをすべて彼の選んだ者の中にあらわし、示すのであるから。

（『キリスト教綱要』第二章「信仰について」）[9]

カルヴァンの教説がイギリスに伝播して、その教説を要約していると言われる「ウェストミンスター信仰告白」（Westminster Confession of Faith）[10]を抜粋しておく。[11]

第三章「神の永遠の聖定について」第三項　神の聖定により、神の栄光が現されるために、ある人間たちと天使たちは永遠の命に予定されており、また他の者たちは永遠の死にあらかじめ定められている。
第九章「自由意志について」第三項　人間は罪の状態に堕落することによって、救いに伴ういかなる霊的善にも向かう意思の能力をすべて全く失っている。したがって、生まれながらの人間は、そのような善に全く逆らい、罪の中に死んでいるので、自分自身の力では、自分で回心することも、回心の備えをすることもできない。

この「ウェストミンスター信仰告白」の第三章において「予定説」、第九章において「自由意志の否定」が明確に示されている。ではデフォーのマウスピースであるH・Fはこれらの論点についてはどう捉えているのだろうか。

一六六五年の夏、ロンドンにペストが蔓延しはじめ、兄に一緒に避難することを勧められたことは以前触れた。しかし、H・Fは疎開するか残留するか迷った挙句、ロンドンに残ることになったのは以下のように考えたからだった。

こんどのような危機に再び会うこともあるいはあるかもしれない人々の参考として、これからの話をしたいと思うのだが、とくに、このような場面に出会った際、自分の義務を良心的に遂行しようとする人、何をなすべきかについて神に導きを求めようとする人に、いいたい。かかる人は、こういう時におこる神のさまざまな導きにじっと凝視の眼をそそぐべきであり、さらに、その導きと導きとの相互の関係、また自分の眼前の問題との関係をよくよく考えたあげく、それらの導きを一つの全体として十分に見なければならない。そうしたときにはじめて、かかる場合にのぞみ、われ何をなすべきや、という問題に関する神からの啓示を、それらの導きのなかに見出すことができよう。つまり、疫病に見舞われた時、現在住んでいる場所からただちに立ち退くべきか、それともそのままそこにとどまるべきか、という問題に関する啓示が示されようというのだ。（三二―三三、傍線は筆者）

まず「神のさまざまな導きにじっと凝視の眼をそそぐべき」とはじめ神の導きを対象として観察する客観的姿勢を取る。そして「神の導きと導きの相互の関係」、「神の導きと目下の問題との関係性」と「神の導きを一つの全体の系」として考える姿勢は極めて合理的である。神に関してとはいえ、対象への客観的姿勢と事象に関してのデフォーが見せたこの「合理的」な姿勢には驚嘆せざるをえない。当時のイギリスにはすでに客観的合理精神が普及していたことの証左である。

かつてプラトン研究が盛んだったケンブリッジ大学では、一七世紀にカルヴィニズム由来のピューリタン思想が熱狂的に受け入れられた。教会と社会全体のピューリタン的改革を目指すクラシス運動を主導したトマス・カートライト（Thomas Cartwright）[12]はケンブリッジでは教授を務めていた。ケンブリッジの学徒らは理性を重視しつつ経験的・実験的な探求方法を模索した。彼らはケンブリッジ・プラトニスト[13]と称された。ケンブリッジ・プラトニストらは、神を信じつつ、理性に照らして科学的探究をすることは、互いに排除することのない相補的な関係であると考えた。ケンブリッジ大出身のアイザック・ニュートンは信仰を持ちながら数学と物理学に大きな足跡を残した。Ｈ・Ｆの考えも「神への敬虔」と「合理性」とが同居しているが[14]、おそらくケンブリッジ・プラトニストの考え方と同じように、Ｈ・Ｆの中では整合性が取れていると思ったに違いない。

それでは「予定説」についてはどのようにとらえているのだろうか。Ｈ・Ｆを疎開させようとする兄の語ったエピソードに「予定説」は出てくる。

そういうわけで、自分（H・Fの兄）がかつていったことのある、アジア地方その他における、トルコ人や回教徒の妙な傲慢さから生ずる悲惨な事態についても、説明してくれた。彼らはその宗教独特の予定説、とくにあらゆる人間の死は前もって予定され、絶対に変更されえないものだ、という信念を、かたくなに信じているということであった。そのような信念にもとづいて、彼らはまるで他人事のように、平気で悪疫の流行しているところへ出入りするし、患者とも接するという始末で、その結果、一週間に一〇、〇〇〇人から一五、〇〇〇人の割合で死者が出たという。これに反して、ヨーロッパ人、つまり、キリスト教徒たる貿易商たちは、いち早く避難し疎開するので、いつも感染を免れていたということであった。

（二五）（カッコ内筆者）

H・Fの兄は、ペスト流行の地から避難したヨーロッパ商人は感染しないで済んだのだからと弟であるH・Fに避難するよう勧めている。兄の話によって残留しようとするH・Fの決心がぐらつきはじめる。しかし、ここにはデフォー自身の予定説に関する姿勢が現れていると考えられる。

ここでは「カルヴァン」と言及はないものの、イスラム教の予定説を引き合いに出して、予定説を妄信して（今まで無事だったから自分は感染しないと思い込み）患者に接して感染して死んだ者たちが、合理的な回避行動をとらなかったことを批判的に取り上げている。はたして、疫病に直面したH・Fには恩寵はあるのだろうか。

ある朝のことであった。私はこの疎開の問題について考え込んでいたが、ふと次のような考えが湧き上がってきた。それは、神のお力の導きと許しがなければいかなることも人間には起こりえないとすれば、私の再三再四の蹉跌はけっしてただごとではない、ということだった。それは、私がロンドンから出てゆかないことが結局神の意志であるということを、明らかに示し、告げているのではないか。私はそこで、もし自分が残留することがほんとうに神の意志であるとするならば、必ずや神は、やがて襲い来るべき死と危険の渦中においても、自分をしっかりとお守りくださるにちがいない。と考えざるをえなかった。

（二三、傍線は筆者）

予定説をあまりに強調するゆえ自由意志を否定するカルヴィニズムとは異なり、ここでは予定説を否定まではしないものの、神が何を望むか神意を忖度し、あくまで理性的に自らの意志で「すべきこと」を選ぶ姿勢がみられるのである。

ここにおいて、H・Fは厳格で教条的な予定説を取るよりはむしろ「神は自分をお守りくださる」と神の意向（摂理）[16]にしたがえば、恩寵に授かれると考えているのである。つまり摂理を踏まえた現世でのふるまいが救済につながるのだ。H・Fがロンドンに残ることにしたのはまさにこの理由であった。ロンドンに疫病が蔓延しても、H・Fは自らの意志で神の神意にかなう道を選択したと言える。

私がこの瞬間から、ロンドンに残留することを決意し、己が全身全霊をあげてことごとく全能の神の仁意と加護に委ね、ほかのいかなる避難所をも求めないことを決意したことを、あえて読者諸君に告げる必要はなかろうと思う。「わが時は神の御手の中にあり」（詩篇第三一編一五節）……神は、健康の時にも、災厄の時にも、ひとしく私を守ってくださることを私は信じた。（二八）

H・F（デフォー）が考える神のイメージは、カルヴィニズムにあるような罰を与える厳格な神というよりは、誰にでも恩寵を施し、悔い改めた者をも受け入れる寛容な人格神であるイエスなのである。一方で予定説信奉者は「悔い改め」を容認しないのだ。

カルヴィニズムの厳格さを巧みに和らげた教説を流布したリチャード・バクスター(Richard Baxter, 1615–91)[17]は、予定説に関して不安にかられる平信徒たちに対し、「救済される確証」を得るために懸命に勤労することを奨励した。カルヴィニズムでは救済されるかどうかの確証は生きているうちに得られることはないが、バクスターは与えられた仕事 (calling) を勤勉に実行することのうちに「救済の確証」を見出すということで、現世における勤労に価値を見出した。[18] このバクスターの説教とデフォー（H・F）の信仰のありようとは非常に親和性が高い。デフォーはどこかでバクスターの教説に触れていた可能性が高い。

八　隣人愛と召命

さて、父親ジェイムズ・フォーの代から家族で「ディセンター」となったデフォーは、英国国教会の学校に通うことができず、プロテスタント系の学校で教育を受けることになる。当然、官職には就けないため、デフォー自身は非国教派の牧師になろうと思ったらしい。しかし、少なくともこの作品のどこからも国教徒や他の宗派に対する僻みや憎悪は感じられない。それどころか、ペストの蔓延状況が苛烈になったとき国教会の牧師と非国教会の牧師との分け隔てなく聴衆は説教を熱心に聴くようになり、いわゆる「党派争い」が無くなったことを評価している。

従来、英国国教会を支持する人たちもこの時機に際しては、非国教派の牧師が説教するのを喜んで聞くほどまでになっていた。……非国教派の人々も、この際、喜んで教区教会に……礼拝に参加した。（三二一）

デフォー本人は、英国国教徒であろうと非国教徒であろうとはたまたカトリックであろうと、クリスチャンでありさえすればあまり気にしなかったのかもしれない。デフォー（H・F）のクリスチャンとしての神の捉え方は以下の文章が手掛かりになるだろう。来たる疫病の来襲に対して、牧師たちが到来する疫病が信徒たちの罪に対する罰だと説教したことを非難するくだりがある。これから神罰としての疫病が来ると恐怖を煽った牧師たちは、あまりにも（罪を犯したことを前提にしている）予定説に囚われているか、聴衆を罪人と見なしているかどちらかであり、どちらにしても聖書の本旨から逸脱しているからである。そうではなくて、以下のようにすべきだとH・Fは考えた。

事実、聖書に示されている神は、つねに温かくわれわれを招き給い、われに来りて生命を得よと仰せられており、絶対に脅かしたり驚かしたりしてわれわれを退けようとはされなかったはずである。もしそうであれば、いやしくも牧師たるものは、ただひたすらにわれわれの主、イエス・キリストに倣うべきではなかったろうか。すなわち、主がつねに天上よりの神の恵みを伝え、改悛者を喜んで受け入れ、これを許し、しかも「汝ら生命を得んために我に来るを欲せ」ず［新約聖書「ヨハネ伝」五章四〇節］と心を悩まし給うたことを深く心に銘記して、これに倣うべきであったと思うのだ。（五二）

これはカルヴァンが説いた「予め救われる者（選ばれた者）のみ救済され選ばれなかった者たちは救済されずに罰を受ける「旧約」的な神」ではなく、「イエス・キリストに倣うべき」とデフォーが主張するように、「過ちを悔い改め信じる者みなが救済される「新約」的なイエスたる神」をイメージしていたことを示している。

宗教社会学者ロドニー・スタークは『キリスト教とローマ帝国』[19]において、膨大な資料とデータからローマ帝国においてキリスト教徒が急増したことを明らかにした。帝国の辺境で起こったキリスト教がなぜ広まったのかについて考察している。ローマ帝国時代の二世紀後半にアントニヌス帝の治世に「アントニヌスのペスト」、六世紀中頃のユスティニアヌス帝治世に「ユスティニアヌスのペスト」と呼ばれるペストが大流行し大きな人的被害を被った。ローマ帝国当時では捧げ物をしてご利益を祈願する多神教だったのに対して、キリスト教に関しては、イエスが説いた「隣人愛」により、信者たちが病で伏せる者たちを看護したのでペスト感染者でも生き残る者が増え、病者に付き添い不安を和らげようとするキリスト教徒の「互助」ネットワークの積極的活動によって、キリスト教徒が激増したことを実証している。三世紀のディオニシウスの手紙、ユスティニアヌス帝の手紙などを丹念に検証することでそれを裏付けた。キリスト教は疫病という逆境のときこそ、その力を発揮する。

デフォー（H・F）は「イエスの精神」すなわちキリスト教の本質を十分に理解していた。デフォーの信仰のありかたはイエス・キリストへの原点回帰だとも言える。したがって、ペスト来襲を神の罰であると説教する牧師たちを批判し、また大ペストを生き残った者たちがペストの犠牲になった者たちを嘲ることを、おそらくは教条的予定説に囚われている者として非難したのである。予定説へのこだわりは偏頗な選民意識を生み党派争いの原因となる。むしろイエスのように隣人愛の行為を実践することが、神の意志にかなうことだと主張する。

もし神が、他の者よりいっそう大きな力をあるものに与えたとしたら、それははたしてその人が、苦難に耐えるその能力を誇るためであり、同じ賜物と援助とを与えられなかった他人を非難するためであったろうか、ということだ。それとも、自分がほかの同胞よりも世間の人々のためになるように定められたことに対し、心からへりくだって神に感謝の誠をささげるためではなかったか、ということだ。（四二四―二五）

ここでデフォー（H・F）がいわんとしているのは、生き残った者が「救われる」と予定されていたから生き残ったと考えるのは傲慢である。むしろ神の（遠い未来を見据えた）「大いなる計画」の中で、隣人である「世間の人々のため」になるよう「隣人愛」に力を発揮せよという神の意志 (Providence) なのであり、それこそが神の召命 (Call) にほかならないということである。では、H・Fの言辞から召命に言及されている箇所を見てみよう。

　夜、ひとり静かに、自分のなすべき義務は何か、という問題をまず初めに解決したいと思った。……次に、ロンドンに残らなければならないように感ずる私自身の強い気持ちを、それと対照して並べてみた。すると、自分の職業(コーリング)の特殊な事情から、および、いわば私の全財産ともいうべき家財類の保管という、当然私自身が負うべき責任の点から、どうしても残留しなければならない、明白な召命(コール)を受けたような気がした。（二六）

H・Fが言う「自分の職業(コーリング)」とはアメリカ植民地[20]に馬具を商う貿易業を指している。H・Fはロンドンに残って、馬具の在庫を管理しながら商売を続けるのである。一方で「召命(コール)」とは何を指すのであろうか。これは単にロンドンに留まるということのみを指すのではない。ロンドン残留を決意する契機となった詩篇第九一編に「なんじの眼はただこのことを見るのみ」とあるように、「神のみ手の業」（一二四）である疫病がどのように蔓延し、終息していくのか目の当たりにして[21]「疫病の記憶」を後の世代に伝えることを指していると考えられる。H・Fはそういう使命感を持って、ペストによって起きた出来事を記憶して後世に伝えているのである。

九　三人組のグループと信団（ゼクテ）

　最後にどうやって疫病流行下を生き抜くかという課題について、三人組とグループのエピソードを取り上げる。これはペストが蔓延するロンドン市内から逃れ出てきた人たちであるが、立派に生き残ったのである。

それよりまず、例の三人組の男たちのことを話したい。どの部分をとってもこの話はいたるところに教訓があり、もし今後同じようなことが生ずるようなことがあれば、この三人のとった行動、および彼らと行をともにした一団の連中の行動は、男といわず女といわず、あらゆる貧乏人にとってはまさに絶好の手本となろう。（二二六）

…………

三人のうち二人は兄弟で、一人は古い兵隊上がりで、今はパン屋をやっているという男、他の一人はびっこの船乗りで、今は帆作りであった。第三番目の男は指物師だった。そこで、このパン屋のジョンが、ある日帆作りの弟トマスに向かっていうことには、「おい、おれたち、いったいどうなるんだろうなぁ。市では疫病がひどくはやりやがるし、そろそろこっちも危なくなってきたんだ。ええおい、おれたちどうしたもんだろうなあ」（二二七）

このような話をしたのが七月初旬であり、テムズ川両岸にもまだそれほど疫病の死者は出ていなかった。ところが、七月中旬ともなると死亡週報が伝える死者数が激増しはじめる。帆作りのトマスは下宿を追い出されることになり、兄のジョンに相談しにいくが、ジョンはすでに下宿を追い出され、頼み込んでパン工場の一角に寝起きさせてもらっていた。そのパン製造の仕事も失いそうということで、ジョン、弟のトマス、指物師リチャードはロンドンから疎開することにする。彼らは所持金を一つにまとめ、平等に支出することにし、トマスが親方からもらった大型テントをやはり親方からもらった馬に乗せて徒歩で出ることにする。彼らの出発点はウォピングであり、これはテムズ川北岸のホワイトチャペルに近い位置にあたる。ペスト蔓延地域からの風を受けないようにラトクリフ街道をたどって北北西に向かうことにする。ハクニーの裏街道近くの納屋の隣にテントを張ったが、そこで男女が混じった十数人ほどのグループと出会った。彼らはクリプルゲイト教区の者がほとんどでペストが流行してからイズリントンにしばらく滞在したが、そこにもペスト感染が広がったので、疎開してきたと語る。互いの健康状態を確認しあったのちに、三人は自分たちがテントを使うから彼らには納屋を使うように勧める。三人組と十数人のグループは一緒に北を目指して移動することになるが、ロンドンから地方に移動するのはそう簡単なことではない。地方では、ロンドンからペスト感染者が町や村に感染を拡げていったという話が伝わっているため、宿泊させるどころか街道を封鎖してしまい通行することすら許さない状況であった。彼らはウォールタムストウの入り口で足止めを食らうことになる。

ジョンは一計を案じて、グループを兵士の一団に偽装した。この町の人たちは仰天して治安判事から派遣された警吏と交渉することとなる。ジョンは通行を許可するか町から離れた野原に宿営するから食料を分けてくれるように依頼した。何度かの押し問答の末、町には近づかないことを条件に食糧を置いておくと食糧確保に成功する。ところが、兵士の一団に偽装したことが騒ぎになり、鎮圧のために騎兵と歩兵の数隊が彼らを探し回っているという情報を得る。ジョン達は身の危険を感じたため、ウォールタムストウからグループを分けてエピングに移動することにした。エピングの村外れに野宿していると、教区の代表者たちがやってきて立ち退いてくれと要求する。彼らは、二〇〇人もの武装集団が食糧を強奪したという噂があると伝えた。これに対してジョンは正直に話すことにする。私たちのグループが強奪した事実はない。ペストが蔓延しているロンドンから避難していて、たまたま合流した者たちなのだ。エピングの町には入れそうもないので、村外れの森に宿営しているしかないことを伝えた。

ただ、町の人たちに知ってもらいたいことは、自分たちはせめて露命だけでもつないでいたいということ、健康にいい森の中で命を長らえるせめてもの自由を与えてもらいたいということ、ただそれだけなのだ。健康によくないところではとても滞在することなどできないし、もしよくないとわかったらただちに宿営をや

めるつもりである。（二六四）

ただ、当座の上をしのぐだけでよござんすがね、少々食べ物を恵んでくだされば、恩に着ますよ。自分の家にいた時分だって慈善を受けて生きてきたわけじゃなし、もし神様の思し召しで家にもどれ、おれたちロンドンの者が元どおりの元気な姿に戻れたら、お礼はちゃんとさせてもらいますよ。（二六五）

……………

ジョンの言葉によってエピングの住民の理解を得て、森の中のジョン達のグループの一時の滞在を認めてもらえることになる。やがてグループの所持金を村人に渡して、必要なものを買ってきてもらうことになった。彼らは出歩くこともなく規則正しく生活し、礼拝などもおこなった。住民たちは彼らの敬虔な生活ぶりに心を動かされた。土地の有力者と牧師が避難小屋の屋根に葺くための藁を寄付してくれた。住民たちも毛布や調理器具、食器などを与えてくれた。指物師のリチャードはこれに大いに励まされて、立派な避難施設を森の中に建設した。しばらく滞在したあと、エピングの周辺でペスト感染者が出たのを機に、土地の有力者に相談してその地を立ち退くことにする。しかし、どこに移動してもペストはあちらこちらに蔓延しており、自暴自棄になった者たちの強盗略奪があり物騒なので、ジョンたちのグループはエピングに戻ることにする。ジョンは町の有力者に相談したうえ、彼らの忠告にしたがって街道から離れたもっと森の奥に宿営することになった。そこでも有力者たちから物資の支援を受けた。彼らは一六六五年の一二月にロンドンのペスト蔓延が収束してからロンドンに無事に戻っていったという。

このエピソードをH・Fがなぜ「まさに絶好の手本」とまで評価しているのだろうか。ジョンはパン作り職人で弁が立つうえ機転が利く。弟のトムは帆作り職人で一時避難所を作るのがうまい、リチャードは指物師であるから、木材で建物を建てたり、細工ものをこしらえるのが得意である。おのおのが得意分野に専念することによって、窮地に立ったグループを何度も救ったことが描かれている。なかでもジョンは統率者の能力があり、グループをまとめあげるだけではなくエピングでは、自分で窯をこしらえて、グループの食糧のためにパンを焼くなどしている。とりわけ街道沿いの町で足止めをくらうときの相手側との交渉では、こちらは乱暴なことをする意図はないし迷惑をかけないことを示して相手を安心させ、機転を利かせて短期間そこにとどまることと食糧支援を相手側に認めさせている。上に引用したエピングの町でのエピソードでは、住民から食糧や物資の支援をしてもらい、今後のグループの身の振り方を土地の有力者に相談してアドバイスまでもらっている。ジョンが見せた率直な誠実さが行く先々の住民の心を動かし、また彼の機転が交渉で功を奏したといってもよい。グループはこれらのメンバーたちがそれぞれの役割を果たすことで、短期間といえども安心してその地に滞在することができ、規則正しく生活をして礼拝を行った。個人としてグループとして最善を尽くしたうえで、ジョンは「神の思し召し」という文言を何度か用いている。人の手でやるだけのことをやって人事を尽くしたら、あとは神の手に委ねるしかないという敬虔な姿勢を示唆している。

このエピソードをH・Fが評価しているのは、疫病流行という危機にあってどうやって生き抜くべきなのか「絶好の手本」をジョンのグループは示しているからである。プロテスタントとしての「信団」グループとしてあるべき姿を描いているといっても良い。すなわち、生存を脅かされる地から離れてどこへ移動しようとも、その地で一時といえどもおのれの担当する役割に従事し、住居を作り、食糧を得て、礼拝をともにする自発的かつ自律的に秩序を持った同じ信仰を持つグループのことである。マックス・ウェーバーの言う「信団（ゼクテ）Zechte」にほかならない。生存のために「新天地」に赴くのは大木英夫が指摘したピューリタンの「エミグレ」の特徴である。

デフォーは無秩序な民衆の暴動を恐れ警戒していたが、民衆のエネルギーが党派関係なくキリスト教の信仰でまとまったとき、おのおのの力が発揮でき、効率よく機能することをよく理解していた。それゆえ、三人組とそのグループの生存するための奮闘を高く評価したのである。『ロビンソン・クルーソー』ではクルーソーが孤島のサバイバルを通じて信仰に目覚める姿を描いていたが、『疫病の年の記録』は疫病に襲われた社会と疫病から逃れた貧しいクリスチャンの集団（ゼクテ）が信仰を拠り所として何とか生き抜いていくありさまを描いた。

一〇　『疫病の年の記録』のリアリティ

クラシス運動の指導者だったトマス・カートライトは、カルヴァンのように教会・政治・社会の全面的改革を目指したが、首長令[22]を発布したエリザベス女王を頂点とするアングリカン・チャーチの体制強化の流れと対立して弾圧され[23]、この運動の指導者たちは処刑されてカートライトは一五九〇年に逮捕投獄されて運動は挫折せざるをえなかった。ピューリタン革命が成功するもオリバー・クロムウェルの死後、プロテクター政権はあえなく瓦解し王政復古によりイギリスでは反動の嵐が吹き荒れた。しかし、皮肉なことに一六六五年の大ペストと一六六六年のロンドン大火によって、イギリス社会全体は否が応でも変わることを余儀なくされた。デフォーは、イギリスが新たな国に変わるためには、党派には拘ることはなかった。従来の自分のホイッグ党的立場と対立するトーリー党のロバート・ハーレー卿の支持するパンフレットを執筆し、ハーレー卿が主導したイングランド―スコットランド連合王国成立（一七〇七年）のために、スコットランドでこのプロジェクトを説得するエージェントとして活躍している。カートライトの意図とはだいぶ異なるであろうが、イギリスの社会は疫病と大火のために近代へ向けた脱皮を果たしたと言えるだろう。デフォーは一六六五年の大ペストが新時代への転機となったことがわかっていたのだ。一七二二年にふたたびペストが蔓延する危機が迫った時、イギリスが党派に拘泥せずキリスト教信仰で一致団結して対応するならば、ペストが蔓延して人的資源をそれほど失うこともなく、国王・貴族・ジェントリーと民衆とが連携しあたかも一つの「ゼクテ」となる新たな体制構築も可能と考えたのであろう。デフォーは「新天地」としての「ユナイテッド・キングダム」を構想したプランナーだった。

歴史家のW・G・ベルに指摘されているように、デフォーのこの『疫病の年の記録』の記述には事実誤認や誇張や矛盾も多い。フィクションというにはまだ未熟と言えるかもしれない。

マーケティングでは定量情報 (quantitative information) と定性情報 (qualitative information) をつかむことで現実の情況把握をするという。デフォーはこの作品で、ペスト感染死者数などの定量情報を提示し、ペストに悪戦苦闘するロンドンの人々の姿を手に取るように事細かく描写することで定性状況をも提示している。デフォーは両情報を提示することで、読者が状況をありありと想像して危機感を持ってもらえるように「リアリティ」を創造しているのだ。デフォーのこの作品は「フィクション」としては未成熟かもしれないが、画期的な企てと言ってよいだろう。デフォーにとってリアリティを創出するこの試みがまさに「新天地」なのだ。デフォーはリアルな作品を生み出すパイオニアだった。

おわりに

疫病の危機は、なるほど甚大な被害とトラウマを生み出す。しかし疫病の危機によって自らのありようや社会のありようを、未来を見据え根本から見直す契機にもなりうる。デフォーがペストを「神の計画の一部」と見なしてクリスチャンの立場から、ペストの脅威から人々の命を守り、信仰により心の平安を取り戻し一致団結することで社会の秩序安定と繁栄を目指してこの作品を執筆したことは宗教的といえども「合理的」である。デフォーをこの作品の執筆に突き動かしたものは、まさにプロテスタントのエートスに駆り立てられた「使命感」だった。カルヴィニズムの予定説イデオロギーに捉われることなくイエスに倣おうとしたデフォーは確かに理想主義者であったが、迫りくる危機に対処し、人々を救おうとした現実主義者でもあった。

テキスト――*A Journal of the Plague Year*. 1722. Blackwell, 1928. The Shakespeare Head Edition of the Novels of Danie Defoe, 1974.

※作品からの引用は平井正穂訳『ペスト』中央公論社（一九七三年）中公文庫（二〇二〇年版）に依った。

注

（1）宮崎揚弘『ペストの歴史』山川出版社、二〇一五年。

（2）一七七二年はダニエル・デフォーの脅威の年である。『疫病の年の記録』だけでなく『モル・フランダース』も出版している。一七一九年の『ロビンソン・クルーソー』出版以来、『海賊シングルトン』に続いてたて続けに執筆出版している。

（3）Bell, Walter George. *The Great Plague in London in 1665*. William Crowes and Sons, 1924.

（4）『生粋のイギリス人』（一七〇一年）名誉革命で王位についたウィリアム三世をもとはオランダ人だという批判があることに対して、デフォーが擁護する意図で作った詩作品。やはり祖先が同じ地域から移住してきた自らのことも投影していると思われる。

（5）the weekly bill――「死亡週報」は一六〇三年以降、一週毎に教区別に死者数と死亡原因を調べて市が発行し一ペニーで販売され、誰でも購入できた。

（6）見市雅俊『ロンドン＝炎が生んだ世界都市――大火・ペスト・反カトリック』講談社、一九九九年。

（7）H・Fはペストの死者の家族が役人に別の病で死亡したと記載するよう依頼していた疑惑を指摘している（三七〇―七一）。また一六六五年八月三〇日付のサミュエル・ピープス (Samuel Pepys, 1633-1703) の日記によると、「死亡週報」にデータを上げる職務に就く教区書記であるハドリーが担当教区でペスト死者数を少なく記載する不正は行われていたと記されている。『サミュエル・ピープスの日記』第六巻、二六八ページ、臼田昭訳、国文社、一九九〇年。

（8）H・Fは大ペストの教訓を生かして、疫病に際してはロンドン市民を（三人組とグループの逸話のように）小グループに分け疎開させ、都市の過密情況を緩和することなど提言している。

（9）『疫病の年の記録』にバンヒル・フィールズの向こう側に二〇〇―三〇〇人収容できるロンドン唯一のペスト・ハウスがあったとの記述があるが（一三七）、W・G・ベルがデフォーの記述を不正確であると指摘している。(*The Great Plague in London in 1665* 39)

(10) カルヴァン、ジャン『キリスト教綱要』（一五三六年版）久米あつみ訳、教文館、二〇〇〇年。

(11) 一六四三年、イングランド議会がウエストミンスター会議に教理について勧告を出すよう要請され、一六四六年に作成された文書。スコットランド教会で聖書に次ぐ教理基準とされた。

(12) 『ウェストミンスター信仰告白』村川満＋袴田康裕訳の三七、六四ページから引用

(13) トマス・カートライト (Thomas Cartwright, 1535–1603) が指導者の一員だったクラシス運動は国教会の主教制度を撤廃して長老制度に変えようとする運動である。

(14) 塚田理「ピューリタニズムから理性の時代へ」（『イギリスの宗教』塚田理編、聖公会出版、一九五五年）

(15) 黒崎政男「デフォー『ペストの記憶』とカント『地震論』——大災害と世界観の変容」（『脱領域・脱構築・脱半球』小鳥遊書房、二〇二一年）三六〇ページに同様の指摘がある。

(16) Providence「摂理」はラテン語「pro（先に）-videre（見る）」『救済史の神学』二四一）に由来する。「キリスト教においては、この人間の《自由》が参与し協力しうる領域が《摂理》との管理する歴史の領域だとみなされる。これに反して決定——自然必然の、ないしは運命の決定ではなくして、自由な神の御意の、永遠からの《救い》に関する決定——は《予定》とされている。」（「キリスト教歴史論の構造⑴予定と摂理」二二八）山本和『救済史の神学』（創文社、一九七二年）

(17) リチャード・バクスター『聖徒の永遠の憩い』(*The Saints' Everlasting Rest*) "O Christian, hollow thy work, look to thy dangers, hold on to the end, win the field, and come off the ground before thou think of settled rest." (Chapter X, p. 167)

(18) マックス・ウェーバー (Max Weber 一八六四—一九二〇) は『プロテスタンティズムの倫理と資本主義の精神』（岩波文庫）において、現世におけるこの勤労の価値を見出した点を強調している。大塚久雄訳本書の二九三ページ。

(19) スターク、ロドニー (Rodney Stark)『キリスト教とローマ帝国——小さなメシア運動から帝国に広がった理由』穐田信子訳、新教出版社、二〇一四年。(*The Rise of Christianity*. Princeton UP, 1996.)

(20) デフォーが描く「大ペスト」当時（一六六五年）は、アメリカ合衆国が建国されてはおらず、ピューリタン（分離派）たちが一六二〇年にメイフラワー号でプリマスに上陸してからまだ四五年しか経過していない。ピューリタンはアメリカ北東部（ニューイングランド）に多かった。

(21) 神の御業は事後に確認される。『ロビンソン・クルーソー』においても事後に振り返って神の摂理を確認するのである。

武田将明「名誉革命とフィクションの言説空間――デフォー作品の神意の事後性」(『名誉革命とイギリス文学：新しい言説空間の誕生』春風社、二〇一四年）においてもクルーソーが事後から遡及して神意の確認をすることが指摘されている。

(22) 一五五九年、礼拝法の統一を求める首長令を発布した。この法は統一法 (Act of Uniformity) とも言い、イングランドのナショナリズム高揚を目的とした。

(23) 大木英夫『ピューリタン――近代化の精神構造』(中公新書、一九六八年）によれば、従来の教会と国家が信者を地縁・血縁で結びつける「コルプス・クリスチアヌス」体制から離れた個々人が契約によって連帯する特徴をピューリタンは持つ。したがって、ピューリタンは「エミグレ」の性格を持つと論じた。国家を離れてユニバーサルな志向を持つピューリタンと英国国教会のイングランド化を強化するエリザベス女王とは対立せざるをえなかった。カートライト自身も体制の弾圧によって一六八五年に帰国するまでジュネーブやオランダでエミグレ生活を送った。

参考文献

Baxter, Richard. *The Saints' Everlasting Rest*. 1650.

Bell, Walter George. *The Great Plague in London in 1665*. William Crowes and Sons, 1924.

Hodges, Nathaniel. *Loimologia: or an historical account of the plague of London in directions against the like contagion*. British Library, 1721.

Vincent, Thomas. *Gods Terrible Voice in the City*. 1667.

織田稔『ダニエル・デフォーの生涯と時代――疫病・大火・陰謀・反乱・革命』ユニオンプレス、二〇二一年。

今関恒夫『バクスターとピューリタニズム――一七世紀イングランドの社会と思想』ミネルヴァ書房、二〇〇六年。

今関恒夫『ピューリタニズムと近代市民社会――リチャード・バクスター研究』みすず書房、一九八九年。

塩谷清人『ダニエル・デフォーの世界』世界思想社、二〇一一年。

山田園子『イギリス革命とアルミニウス主義』聖学院大学出版会、一九九七年。

II

戦争の危機と二〇世紀アメリカ

I

1 ライ麦畑を語らせて
——サリンジャーがホールデンに戦争という危機的体験を通して託したもの

関戸　冬彦

はじめに

戦争小説とは何だろうか。単純に考えれば戦争について書かれた小説、となるだろう。恋愛小説も推理小説も、小説内で登場人物たちが恋愛模様を展開したり、事件を推理して解決へと至るものと考えるのが普通だ。しかし、戦争の場面が直接なかったとしても、ある作家が戦争を経験し、その結果生まれた、生まれざるをえなかった小説があったとしたら、それはどう捉えたらよいのだろうか。先の恋愛小説を同様に考えてみると作家が恋愛をし、その結果書かれた作品で恋愛場面が直接はないとしたら、この場合はあまり恋愛小説とは呼ばれないかもしれない。となると戦争小説というのはやや扱いが他とは異なる感じもある。本論では第二次世界大戦後のアメリカ文学において金字塔とも呼ばれうるJ・D・サリンジャーの『ライ麦畑でつかまえて』（以下『ライ麦』）をそんな観点から、そしてあえて今、戦争、そして戦時下における危機、ここでいう危機とは悲惨な戦地や戦火という実質的な被害だけでなく作家自身の人間的な危機も含む、という点からその人生と創作過程にも切り込み、サリンジャーがこの物語の主人公であるホールデン・コールフィールドに作家自身の戦争体験を通して一体何を託したのかを今一度改めて考察し、論じることを試みるものである。

一　第二次世界大戦とサリンジャー

はじめに、サリンジャーの伝記的な部分を追えばその人生が第二次世界大戦と切り離しては語れないことはすぐにわかる。伝記的資料、たとえばケネス・スラウェンスキーの『サリンジャー　生涯91年の真実』[1]にはそうしたサリンジャーと戦争関連のことが時系列的に多々綴られているのでそれらをもとに端的に史実をまとめてみる。サリンジャーは一九一九年一月一日に生まれ、一九三四年にヴァレーフォージ軍学校に入学する。ここでの学校生活は『ライ麦』でのホールデンの学校生活のモデルとも言われている。また、そこでの経験を経て一九三八年の暮れには作家になることを決意していたという。翌一九三九年一月にはコロンビア大学に入学し、作家デビュー後もしばらく関わることになるストーリー誌編集者であるウィット・バーネットの短編小説創作の授業にも出る。一年後の一九四〇年にはそのストーリー誌に短編「若者たち」の掲載が決まる。とはいえその夏にはいくつか不採用もあり、作家人生が順風満帆だったわけでもない。一九四一年には徴兵登録所に兵役を志願したものの不合格になるが、基準の変更に伴い一九四二年には合格となる。よって同年四月から兵卒になった。数回の転属の後、一九四三年七月には軍曹になる。この間に短編を複数書いては雑誌に掲載されてもいる。大きな転機は一九四四年六月六日のいわゆるＤデー（ノルマンディー上陸作戦決行日）で、以後数か月に渡り凄惨な光景を目にすることになる。極めつけはその年の冬のヒュルトゲンの森で、サリンジャー自身凍死寸前を経験する。なんとか生き延びるものの、一九四五年夏にはそれらの経験がもとであろうＰＴＳＤ（心的外傷後ストレス傷害）[2]となり、ニュルンベルクの総合病院に入院した。

このように、サリンジャーは当初自ら志願して兵士となった。またその時点で彼はすでに作家だった。よってＤデー前までは兵士でありながらその経験などを織り込みながら作品を書いては送るという、いわば兵士兼作家だったことになる。しかし、前述のＤデー、ヒュルトゲンの森での壮絶な体験は彼のひとりの人間としての精神に支障をきたした。それはスラウェンスキーが「第12歩兵連隊における数かずの行動や試練は、J・D・サリンジャーの人生と作品にとって、たんなる付け足しではない。それらは彼という人間の内部に、彼が創った作品の内部に、しみこんでいる。」（スラウェンスキー　一九三）と述べるように、志願して兵士になった経験は皮肉にも作品と創作、それ以前に一個人としての人間の精神に相当な影響を与えることになったのだ。

またこの間、サリンジャーはわかりやすく言えば失恋している。相手はウーナ・オニール、あの劇作家ユージン・オニールの娘である。彼らの出会いは戦争前、一九四一年夏で、その当時のサリンジャーは作家として「若者たち」でデビューした後であった。詳しい伝記的事実によるとサリンジャーが戦地に赴く前にすでに関係はうまくいかない兆しもあったようだが、破局が決定的になったのはウーナがチャーリー・チャップリンと交際を始めたからだった。スラウェンスキーはこのことを「ウーナがサリンジャーと別れ、チャップリンと結ばれたことは、ジェリーの人生における大恋愛悲劇だった。」（スラウェンスキー　九九）と述べている。実際、一九四三年六月に彼らは結婚し、サリンジャーはそれを戦地で知った。それは、あたかも戦地でデイジーからの手紙を受け取ったギャツビーのようであったともいえよう。

よって、サリンジャーは第二次世界大戦への従軍によりある種の危機を経験したことになる。最大のものはやはり人格にも影響を及ぼしかねない戦地での凄惨な経験とその後のPTSDであり、加えて戦地で知った失恋という痛手、『ライ麦』は結果としてこうした末に完成した作品であったという事実をまずはおさえておきたい。なお、冒頭の戦争小説に関して、田中啓史によるとサリンジャーはアーウィン・ショーと論争したという。戦争経験を活かすべきと主張するショーに対し、サリンジャーは「『戦争についての小説とは違う戦争小説』を書きたい」（田中「戦争作家」　四）と述べ、それを田中は「単なる戦争を扱った小説ではなく、戦争がいかに人間の生き方に関わるか、という小説を書く決意の表明だろう」（同　四）と分析[3]している。

二　ホールデン誕生／登場

さて、『ライ麦』が出版されたのは一九五一年七月であったが、最初にこの作品の着想が生まれたのはいつだったのだろうか。実は結構な時間、それは作家初期の頃にまで遡り、『ライ麦』が完成する前にその片鱗とでも呼ぶべき短編をいくつか書いて発表している。ホールデンという登場人物は『ライ麦』という完成された作品で初めて登場したわけではないことは田中らの先行研究(4)でも明らかにされてはいるが、本論でもその点は改めて強調しておきたい。

よって前項同様スラウェンスキーを参照しながらその経緯をまとめてみると、ホールデン・コールフィールドが登場する最初の作品は一九四一年にニューヨーカー誌一二月号に掲載される予定だった「マディソン街はずれのささやかな反乱」であった。(5)とはいえ、『ライ麦』と物語的な設定は似通ってはいるものの、スラウェンスキーは「『キャッチャー』のホールデンと「ささやかな反乱」のホールデンは、それぞれ異なる行動原理によって動いており、そのちがいは登場人物だけでなく、作品の根本思想をも変えている。」（スラウェンスキー　七八）とその違いを指摘している。その後サリンジャーは「バスに乗ったホールデン」、「最後で最高のピーターパン」などホールデンないしホールデンの兄弟たちが登場する短編作品を書いていく。

また、サリンジャー本人の意向とは関係なく、先述のウィット・バーネットはかねてよりサリンジャーに長編小説を書くように求めていた。一九四三年、その再三の要請に応えるかのように、「「ぼくはいま書いている少年のことをよく知っている。彼は長編小説にするに値する」とバーネットに宣言した」（スラウェンスキー　一一二）という。翌一九四四年七月には「最後の休暇の最後の日」が発表される。この作品に関してスラウェンスキーは「休暇」はその登場人物とテーマの両方で、小説『キャッチャー・イン・ザ・ライ』に向かっている。ヴィンセントがホールデンの戦闘中行方不明について語るとき、それはもろに『キャッチャー』という小説にかかわっている。」（スラウェンスキー　一二二）と述べている。

さらに、セントラルパークのメリーゴーランドと青いスーツにベレー帽の男の子が登場する「子供たちの部隊」という作品もあり、結果として一九四四年にはホールデン・コールフィールドに関する作品は「ぼくはイカれてる」を加えた六つが存在していた。「ぼくはイカれてる」は『ライ麦』におけるスペンサー先生を訪ね、ペンシー高校を出ていく場面、そしてフィービーとの会話の場面に相当するのだが、もちろん全く同じというわけではなく、スラウェンスキーによると『『キャッチャー』ではクライマックスがセントラルパークの回転木馬の場面にくるが、「ぼくはイカれてる」ではホールデンの妹のベッドわきの場面」（スラウェンスキー　一四三）だという。一九四五年一〇月にスクワイア誌に掲載されたが正確な執筆時期がわかってはいない作品、「マヨネーズぬきのサンドイッチ」という作品にもホールデンが登場している。この作品に関してスラウェンスキーは一九四四年末に書かれたとしたら、の仮定をもとにではあるが「サリンジャーは死と取り組みながら、作家としての自分をヴィンセント・コールフィールドに託して、自分の感情を抑える姿勢と、自分が巻きこまれた現実を認める姿勢とにひきさかれたままなのだ。」（スラウェンスキー　一九七）と当時のサリンジャーの状況を分析している。

その後、コールフィールド兄妹関係の二作品「ボウリングボールでいっぱいの海」、「よそ者」を書き、一九四五年となる。スラウェンスキーはこうした一連の戦争でのサリンジャーの経験を踏まえ、「彼は、自分では表現する言葉を持たないすべての兵士たちについて、そしてそんなすべての兵士たちのために書いたのだ。著作をつうじて、自分の戦争体験がつきつけた疑問、生と死の問題、神の問題、そして我われはおたがいにどういう存在なのかという問題への解答を追及しつづけたのだ。」（スラウェンスキー　二一九）と戦争体験と作家活動の接点を見いだしている。田中も一連の短編作品におけるホールデン関係をまとめながら「ホールデンやコールフィールド家をあつかったものは、そのほとんどすべてが戦争と関わっていて、しかもその一家の息子は三人とも死亡」（田中「戦争作家」　五）していることに着目し、「ホールデンが高校生になって復活、死んだ弟と作家の兄は名前を変えて再登場する」（同　五）と指摘している。

最終的にサリンジャーはこれらのホールデンに関する作品群を一冊の長編小説にまとめるべく、一九四九年から一九五〇年にかけて他の仕事を一旦排して集中的に取り組むことになる。つまり、『ライ麦』という作品、そして主人公であるホールデンが誕生／登場するにあたっては上述のようなサリンジャーのおおよそ一〇年に渡る執筆と格闘の結果であり、そういう意味では『ライ麦』は直截的な戦争場面の描写の有無に関わらず、これまで見てきたような背景があることを考慮するならば、田中が「サリンジャーが戦争を書いても、戦場、戦闘はけして描かないこと、あるいは戦場から遠く離れたアメリカ本国、それも戦後数年を経た「平和な」日常のなかに戦争を描くこと、これがサリンジャーの決意の実践であったろう。[6]」（田中「戦争作家」　四）と述べその関連性を強く指摘しているように、戦争によって生み出された戦争小説というカテゴリーに属するといってもあながち間違いとは言えないだろう。

三　サリンジャーがホールデンに託したもの

ではここからは『ライ麦』作品内におけるホールデンの行動や振る舞いについて見ていこう。『ライ麦』は改めて言うまでもなく、ホールデンが一二月にニューヨークの街を三日間放浪するという物語で、物語そのものにはこれまで述べてきたような戦争体験やそれに類する場面が直接的に描かれているわけではない。それはつまり、先に確認した一連のホールデン関連の短編を整理し長編としてまとめる際にそうした戦時中のエピソード的なもの、たとえば戦闘場面ではないにせよ戦時中とわかる描写や情報、はあえて入れなかった、あるいは省いたことになる。そうなると直截的には描かず、しかし先にスラウェンスキーが述べたようにどこかに兵士たちへの想いを作品内にねじ込ませたのであればそれは一体どういうことだったのか、換言するならばそうした戦争経験を経たサリンジャーはホールデンに何を託したのか、それが探るのが本論のここからの意義である。

ホールデンには基本的な行動パターンがあり、また作品に多く含まれる謎のようなものに関しては竹内康浩の先行研究[7]が詳しいし、それらを基に拙論[8]もいくつか書いたので本論にてその詳細はあまり深く繰り返さず、論を展開する上で肝心なところのみ記しておく。ホールデンの行動で繰り返される特徴のひとつとして、やろうとしてやめるというのがある。たとえば、「誰かに電話したいと思ったんだ。」（サリンジャー　九四）と電話ボックスに入って相手を思いめぐらすものの「誰にもかけずじまいに終わったわけさ。」（同　九五）と電話すること自体をやめてしまう。また、女の子といい雰囲気になっても「僕の困ったとこは、そこでやめちゃうんだよ。」（同　一四四）、「やっぱし僕はやめてばかりいるんだ。」（同　一四五）と途中でやめることを自認している。それは結果としてどちらか一方を選択するという選択そのものをやめるという、いわば判断を下さないという判断を下していることになる。それを作品全体の流れに相似形のようにしてあてはめるなら、ホールデンは物理的にも時間的にも先に進む、進まない、の選択をせず、結果としていわば回転木馬のように同じ場所で堂々めぐりしていることになる。これはすでに竹内が「過去と現在、生と死、男と女、大人と子供、という二つの対立するものの境界が取り払われ、すべてが往復可能な解放された状態の中にホールデンはいるのだ。」（竹内『何も言いたくない』二〇〇一）と指摘したように、小説を最後まで読むとどこか最初に戻ってしまう感じ、それは始まりと終わりの区別すら取っ払ってしまう雰囲気、を醸し出している。

さて、上記パターンを拙論で論じた際、本論で先述したようなサリンジャーの戦争体験、あるいはその創作過程の流れは考慮には入れていなかった。あくまで作品内でのホールデンの動きを分析して論じたわけで、ではこれまで述べてきたような戦争体験、特にDデー、ヒュルトゲンの森やその後のPTSDなどを考慮に入れた上で作品を読むとどう違って見えるのだろうか。

まず、よく議論の対象となるセントラルパークのアヒルについて考えてみる。この点に関しては、アヒルよりも魚に注目すべきというのは竹内の論だった。[9] そして、凍った魚は博物館に閉じ込められた展示物、そしてミイラを連想させた。それらは「時間の流れの中で変化することなく保存されていた」（竹内『何も言いたくない』六六）という点で一致している。仮にその凍った魚やミイラというイメージをホールデン、そしてサリンジャーを重ねるとどうなるだろうか。ここで想起されるのがヒュルトゲンの森の塹壕での経験である。映画『ライ麦畑の反逆児』での場面が[10]印象的であるが、サリンジャーは塹壕にはまり、凍死寸前まで追い込まれていた。これはサリンジャー自身が実体験として凍った魚になる寸前であったことを連想させる。あるいはそれは自分が生身の人間ではなくミイラ的な存在になるということでもあり、いわば魚もミイラも閉じ込められることで時間が停止してしまうという感覚はここからきているのではないだろうか。また田中が指摘した、ホールデンは死んで復活しているということ、[11] それに関連して先の映画の冒頭開始約一分のところで「ホールデン・コールフィールドは死んだ」とのサリンジャー自身[12]の語りがあるように、実はホールデンは一度死んで復活したという意識が、それをどこまで明確に意識していたかどうか別にして、サリンジャーにはあったのかもしれない。ゆえに、竹内をして「そんな凍った魚は、生と死の中間点にいる。」（竹内『何も言いたくない』二〇七）と言わしめているのではないかとも思えてくる。

次にイノセンスに関してだが、イノセンスというとすぐに想起されるのは妹フィービーである。フィービーはホールデン関連の短編のひとつである「ぼくはイカれてる」にもすでに登場しており、イノセンスを重んずるというサリンジャーの考えは一連の創作活動ですでにあったのだろう。この点に関して新田啓子は「成長とは、漠然と「イノセンス」と呼んでもよい、自己存在の均衡の支柱を失って、組み直すことでもあるのだろう。しかしそのような喪失を、成長と引き換えの当然の現象として諦めずに、失ったものの正体を探し、それをまっとうに悲しむこと。『ライ麦畑』とは、そのような物語を描いた作品ともいえるのではないか。」（新田　七九―八〇）と指摘している。新田のこの指摘、特に「失ったものの正体を探し、それをまっとうに悲しむこと」は先に紹介した田中の分析、創作上の成り行きとはいえホールデンが一度死んで復活していること、また竹内の分析、「死は再生でもあるのである。」（竹内『ミステリー』一八五）を重ね合わせるとやはり先の凍った魚のイメージ同様、戦争体験においてサリンジャー自身が一旦死に近いものを経験し、それを経てたどり着いた再生の境地というモチーフがイノセンスとして『ライ麦』には作品全体を通して散在しているように捉えられる。

さらにライ麦のキャッチャーの意味に関して、田中の詳細な分析によるとこの章そのものはすでに短編「ぼくはイカれてる」でも描かれていたのだがホールデンが口にするかの有名な場面、「ライ麦畑のつかまえ役、そういったものに僕はなりたいんだよ。」（サリンジャー　二六九）は戦後になって、あえてここで強調するなら戦争体験後に、加えられたことになる。これは崖から落ちてしまうかもしれない子どもをつかまえたいというのが文字通りの意味であるが、落ちる／つかまえる、のイメージは竹内によると堕落と救済[13]ともつながるという。そうするとここもやはりサリンジャー自身がヒュルトゲンの森で一度死にかけて復活したこととの繋がりが見えてくる。また、再び竹内の論ではあるが「矛盾してしまう二つの状態が同時に沸き起こってきて、もうどっちがどっちだか決定できない状態」（竹内『何も言いたくない』一二四）が『ライ麦』の境地であるならば、生と死が混然一体となり時間を超越するという感覚の根源はやはりサリンジャー自身の戦争体験に起因しているように思えてならない。

そして『ライ麦』ではホールデンが誰かと入れ替わるという場面が多数出て来る。詳細については竹内の分析[14]が詳しいのでここではそのいくつかを絞って記しておくと、妹フィービーとホールデンとは赤いハンチング帽を渡したり渡されたりしている。具体例を挙げるならば、物語終盤で彼らが落ち合う際、「彼女は僕のあのスットンキョウなハンチングをかぶってたんだよ」（サリンジャー　三一九）という場面があり、それらのやりとりを通してサリンジャーは彼らの外見はもちろん、存在そのものも行ったり来たりさせている。死んだ弟アリーとはアリーが赤毛であったこととハンチング帽が赤いことでのつながりがあるし、野球のミットから利き手のことを分析するならば「左利きのアリーが死んだ晩、ホールデンは自分の右手を潰したのだ。それは右利きの自分を殺して、左利きのアリーへと変身するため」(竹内『何も言いたくない』五四)となる。こうした入れ替わりは実は兄妹間だけでなく、物語序盤に登場するペンシー高校の同級生のストラドレイターや後半にエピソード的に語られるエルクトン・ヒルズで知り合って自殺してしまったジェイムズ・キャッスルとの間でも起きている。ストラドレーターとは宿題やブレザーを入れ替え、つまりストラドレーダーがやるべき宿題をホールデンがやり、ホールデンのブレザーを着てかつてホールデンが一緒にチェッカーをやった女の子とストラドレーターはデートに出かける。ジェイムズ・キャッスルはホールデンが貸したタートルネックのセーターを着て飛び降り自殺する。一体これは何を意味するのだろうか。それらを竹内は「生者と死者の「入れ替わり」」(竹内『謎とき』二一三)と表現しているが、ホールデンが絶えず誰かと入れ替わる、誰かに成りうる存在であるならば、ホールデン自身のアイデンティはむしろ希薄になってしまわないか。ここで先に引用したスラウェンスキーの言葉、「彼は、自分では表現する言葉を持たないすべての兵士たちについて、そしてそんなすべての兵士たちのために書いたのだ。」(スラウェンスキー　二一九)を想起すると、サリンジャーはこうした死んでいってしまった兵士たち、もちろん生き残った兵士たちも含め、とも入れ替わりが可能、つまり生きてもいるし死んでもいるという意識だったのではないか。

なお、先述した失恋については、ウーナ・オニールの面影はサリー・ヘイズに投影されている。サリーに関してはすでに短編「マディソン街はずれのささやかな反抗」[15]で描かれており、また映画『ライ麦畑の反逆児』でもウーナとのやりとりの後にサリーに関する場面を描くサリンジャーの姿がある。史実的には先述したように一九四三年にはウーナはチャプリンと結婚しているので、もしそれがなかったならばサリーも違った登場人物になっていたかもしれない。田中によると『ライ麦』の第二四章は戦後に書かれた章になるのだが、そこではホールデンはアントリーニ先生に「サリーはどうした?」(サリンジャー　二九七)と聞かれた際、「今ではもう、お互いに共通するとこが、あまり、なくなりました」(同、二九七)と答えているのはどこか物悲しげに響く。

こうしてみると『ライ麦』を作品だけでその主題を解読しようとしていた時以上のものが見てくるのがわかるだろう。本論ではあえてサリンジャーとホールデンを戦争、そしてそれにより引き起こされた危機的状況という観点から作品を今一度眺めてみた。『ライ麦』は、具体的にはDデーやヒュルトゲンの森での経験を経て、そして戦後の禅などの影響(16)を加味して完成へと至ったわけで、そうした観点からサリンジャーの意図、つまりはホールデンに託したものとは何だったのかと考えてみると、まずは進む、進まないという二項対立、どちらかのみを選択するということからの脱却、それは生死という区分からの脱却も意味する。そしてイノセンスを大事に、新田の言葉を再び借りるならば「失ったものの正体を探し、それをまっとうに悲しむこと。」（新田　八〇）ということになる。もちろん、これらは作品だけを読んでも導き出せるものかもしれないが、なぜサリンジャーがこれらにこだわったのか、こだわらなければならなかったのかと考えてみると、そこにはやはりヒュルトゲンの森での瀕死の体験に突き動かされている衝動のようなものがあるように思われ、それは先にも引用したスラウェンスキーの指摘、「第12歩兵連隊における数かずの行動や試練は、J・D・サリンジャーの人生と作品にとって、たんなる付け足しではない。」（スラウェンスキー　一九三）を思い返さずにはいられない。そうしたとき、「ライ麦畑のつかまえ役、そういったものに僕はなりたいんだよ。」（サリンジャー　二六九）という言葉に託された意味は、文字通りの意味だけでなく生死を強く意識し、逆説的ではあるがそれはそもそも混然一体、言葉を変えるなら入れ替わり可能、であるというメッセージではないかと思えてくるのである。また、こうした戦争体験なくしては、とても皮肉ではあるが、現在のような、そしてこれまで述べてきたような『ライ麦』という作品には決してなりえなかっただろう。

おわりに

本論ではまず第二次世界大戦とサリンジャーの史実関係について概観した。サリンジャーは志願して兵士となりその間に作品、主に短編小説、を書きつつその後『ライ麦』へとつながる作品群も書いていった。一九四四、四五年に経験したDデー、ヒュルトゲンの森などといった壮絶な体験は後にPTSDを引き起こし、ひとりの人間としての危機に見舞われた。次に、ホールデン誕生／登場の経緯を先の史実関係と共に確認した。一九四一年に書かれた「マディソン街はずれのささやかな反乱」を筆頭に、複数のホールデン関連の短編を重ね合わせ、その後戦後になり集中的に編纂したことから『ライ麦』という作品が完成に至るまでには一〇年近くの歳月を要したことも事実である。また、その創作過程の時期には先述の戦争体験の時期も含まれていた。そうした部分を考慮に入れた上でホールデンの作品内での振る舞いを改めて考えてみると。つまりサリンジャーが戦争体験を通してホールデンに託したものとは何だったのかを様々な角度から検証してみると、凍った魚とミイラという時間の流れが止まっているというイメージ、死と再生とも言い換えられるイノセンス、落ちる／つかまえるが混然一体であることの象徴でもある「ライ麦畑のつかまえ役」、そして生死を横断した状況にあることを示唆する入れ替わり、ではなかっただろうかと結論づけられよう。

最後になるが、われわれは今この二一世紀の時代において『ライ麦』から何を学ぶべきなのだろうか。新型コロナウィルスの蔓延やウクライナでの戦争といった状況にサリンジャーが、あるいはホールデンが居合わせたら何というだろうか。戦争を直接的に描かないサリンジャーが託した戦争小説の主人公であるホールデンの声に耳をすまして一考してみる価値はあるだろう。先に田中が「「平和な」日常のなかに戦争を描くこと」（田中「戦争小説」四）がサリンジャーの決意だったのではと述べたように、争いの火種も解決の糸口も、その相似形は実は日常の一場面にも戦火の中にも、そのどちらにもあるのではないか、それこそ竹内のいう「「矛盾してしまう二つの状態が同時に沸き起こって」（竹内『何も言いたくない』　一二四）いることをわれわれはホールデンを思うにつけ、意識すべきなのかもしれない。

注

（1）サリンジャーに関する映画『ライ麦畑の反逆児』（二〇一七年公開）はこれを基に制作された。新田啓子は「ケネス・スラウェンスキーの『サリンジャー――生涯91年の真実』（原著、二〇一一年）は、日本では井上謙治や野間正二といった研究者が早くから注目してきた第二次世界大戦における従軍経験から『ライ麦畑』成立の背景を説明しており、映画が依拠した主要な資料となっている。」（新田　七九）とその価値を指摘している。

（2）シールズ＆サレルノによる『サリンジャー』ではエバーハート・アルセンが「彼の神経衰弱は戦闘のストレスによるものではなかった。カウフェリンクⅣがサリンジャーを壊したのだ。」（二〇八）と述べている。カウフェリンクⅣとは強制収容所のことで、サリンジャー自身の言葉、「どれだけ長く生きても、あの燃える人肉のにおいが鼻から完全に消えることはないだろう。」（一九五）が同書には収録されている。

（3）田中は「「サリンジャーの文学は基本的には『戦争文学』だ」」（田中「戦争作家」　一）というスタンスを取っている。

（4）田中啓史による『ミステリアス・サリンジャー』、特に七六―七八ページが詳しい。

（5）実際は真珠湾攻撃の影響により掲載は無期延期となった（スラウェンスキー　八一）が、戦後の一九四六年一二月に掲載された。

（6）シールズ＆サレルノは作家アンディ・ロジャースの理論に触れながら「戦争小説である。」（サレルノ　三二〇）と述べ、「サリンジャーは、敵との戦争を行う兵士についての本を書いたわけではない。彼が書いたのは、社会と自分自身との戦争を行う若者についての本だ。」（同　三二一）と指摘している。新田も映画と関連させて、「サリンジャーが従軍経験で得た痛みと重ねあわせて読みなおす時、『ライ麦畑』を一種の戦争小説だと論じてきた批評の系譜が、腑に落ちるものとなるのではないか。本作の監督であるダニー・ストロングのサリンジャー解釈の面白さもここにある。この映画の企画当初のタイトルは、奇しくもSalinger's Warつまり『サリンジャーの戦争』であった。」（新田　七九）と述べている。加えて、竹内康浩もホールデンの兄であるDBが第二次世界大戦から帰還したばかりのことと関連させて「『ライ麦』もひとつの「戦争小説」なのかしれない。」（竹内『謎とき』　一七九）としている。

（7）『ライ麦畑でつかまえて』について何も言いたくない』、『ライ麦畑のミステリー』の二冊が顕著で、朴舜起との共著『謎ときサリンジャー「自殺」したのは誰なのか』では後半でホールデン、特に入れ替わり、に関して詳しく論じられている。

（8）拙論とは「ライ麦畑ではげまして――『ライ麦畑でつかまえて』と励ましとの相関性に関する一考察」、「かたつけたくないホールデン――『ライ麦畑でつかまえて』を整理学の観点から考察する」、「小説における語りの円環――『ライ麦畑でつかまえて』と『異邦人』を対比して」の三つ論文のことを指す。

（9）たとえば「雨の中にとどまるホールデンに近いのは、池からいなくなってしまうアヒルよりも、池の中にとどまりつづけている魚のほうといえるだろう。」（竹内『何も言いたくない』　二〇九）

（10）映画では四七分前後にその場面が登場する。

（11）田中は「ホールデンもその兄妹も戦争中に死に絶えているのだ。死んでしまったホールデン兄妹を復活させて完成した『ライ麦』は、それゆえ、戦争の影を色濃く落としている。」（田中「世界大戦」　八六）とも述べ、戦争と作品との関連性を指摘している。

（12）映画ではサリンジャーを演じている俳優ニコラス・ホルトの語りになっている。

（13）これに関しては『ライ麦畑のミステリー』の第六章、第七章が詳しい。

（14）『ライ麦畑でつかまえて』について何も言いたくない』の第九章や『謎ときサリンジャー「自殺」したのは誰なのか』の第四章を参照。

（15）映画では三〇分前後にウーナとのことを「マディソン街のはずれのささやかな反抗」の一節として書き込む場面がある。

（16）一九五〇年頃、『ライ麦』執筆時に禅の師、鈴木大拙と知り合いになっている。（スラウェンスキー　二〇五）

引用文献

Salinger, J. D. *The Catcher in the Rye.* Little Brown and Company, 1991, 1st ed. 1951.『ライ麦畑でつかまえて』野崎孝訳、白水社、一九八四年。

ケネス・スラウェンスキー著『サリンジャー　生涯91年の真実』田中啓史訳、晶文社、二〇一三年。

デイヴィッド・シールズ、シェーン・サレルノ著『サリンジャー』坪野圭介、樋口武志訳、角川書店、二〇一五年。

竹内康浩『サリンジャー解体新書『ライ麦畑でつかまえて』についてもう何も言いたくない』荒地出版社、一九九八年。

――『ライ麦畑のミステリー』せりか書房、二〇〇五年。

――、朴舜起『謎ときサリンジャー「自殺」したのは誰なのか』新潮社、二〇二一年。

田中啓史『ミステリアス・サリンジャー　隠されたものがたり』南雲堂、一九九六年。

――「戦争作家としてのJ. D. Salinger」『英文学思潮』八四号、一―八、二〇一一年。

――「世界大戦を越えて――サリンジャーとフィッツジェラルド」青山学院大学文学紀要五三号、八一――一〇〇、二〇一一年。

新田啓子「生誕一〇〇年のJ・D・サリンジャーを読む――『ライ麦畑の反逆児』特別試写会開催にあたって」、『立教アメリカン・スタディーズ』四一号、七五―八一、二〇一九年。

『ライ麦畑の反逆児』ダニー・ストロング監督、二〇一七年、アマゾンプライムビデオ。

II

2 戦争とテロの危機に詩はどのように対峙してきたか

高橋　綾子

はじめに

二〇二二年のロシアのウクライナ侵攻により、旧ソ連崩壊から三〇年程続いた冷戦後の国際協調の時代が終わりを告げた。Covid-19によるパンデミックによる世界激変の痕跡が癒えないまま、ウクライナ紛争がもたらす世界の分断を目の当たりにすることになる。ウクライナ紛争を契機として、日本では第二次世界大戦後七〇年を経て、継承の難しかった戦争経験が再び語り継がれた。

アメリカ合衆国バイデン政権は、コロナ禍からの回復とイラクからの完全撤退を進め、ウクライナへの軍事支援を行っている。アメリカ合衆国は、アフガン危機以後、二〇〇一年の同時多発テロを経て、二〇二一年までイラクに駐屯した。同時多発テロ事件以後、合衆国はテロとの対決を大義として、テロ対策へ舵を切った。このような戦争状態に対して、これまで詩人たちはどのように対峙してきたのだろうか。

本論では、戦争による暴力や環境破壊に詩人がどのように対処してきたかについて考察を行う。第一節では詩人たちと反戦として、ベトナム戦争時における現代アメリカ女性詩人のデニス・レヴァトフ (Denise Levertov, 1923–97) とアメリカの第一七代桂冠詩人W・S・マーウィン (W. S. Merwin, 1927–2019) を取り上げ考察する。第二節では、湾岸・イラク戦争について、エリオット・ワインバーガー (Eliot Weinberger, 1949–) の『イラクについて聞いたこと』(*What I Heard About Iraq*, 2005) をとりあげ、第三節はアメリカの代表的な環境詩人ゲーリー・スナイダーの詩集『頂上の危機』(*Danger on Peaks*, 2004) をとりあげ、戦争と詩、詩人に関して考察を行う。

一　ベトナム反戦　デニス・レヴァトフとW・S・マーウィン

アメリカ合衆国は一九六一年にベトナムでの戦争に介入した。その後一九七三年の撤退までの間、ベトナム戦争は、合衆国の歴史において最も長く、最も矛盾に満ちた戦争の一つとなった。およそ二〇〇万のベトナム市民が犠牲となり、五八、〇〇〇人のアメリカ兵が戦死した。この戦争は世界のアメリカの軍事的地位のターニングポイントにもなっている。若者の徴兵拒否や反戦運動が各地で起こる中、詩人や芸術家たちも抗議運動を行った。ベトナム戦争への反戦抗議を行った詩人として、アレン・ギンズバーグ (Alen Ginsberg, 1926–97)、デニス・レヴァトフ、W・S・マーウィンがあげられる。

ギンズバーグは一九六七年、ニューヨークでの反戦運動のために逮捕される。一九六八年、シカゴで民主党大会での抗議では催涙ガスをかけられている。一九七二年にマイアミの共和党大会でリチャード・ニクソン大統領への反対デモにより投獄されている。

アメリカのポエトリー財団は、ベトナムへの介入を記憶に留めるため、戦争を伝える詩のアーカイブ化『ベトナム戦争詩――アメリカのベトナムへの介入をめぐる詩』(*The Poetry of the Vietnam War: Poems from and about the American Involvement in Vietnam*) を進めた。その選詩集は、詩人だけでなく、退役軍人や新聞記者、避難民、市民の作品を収録している。『ベトナム戦争詩』には、一九七二年九月発行の詩の雑誌「戦争反対」(*Against the War*) からの詩が数編収められており、その中にレヴァトフの作品が一篇ある。レヴァトフはイギリス生まれで、一二歳の時にT・S・エリオットに自作の詩を送ったほど早熟であり、第二次世界大戦においては看護婦として従軍した。アメリカに渡って以後、彼女はケネス・レクスロス (Kenneth Rexroth, 1905–82) の支援を受け、ウィリアム・カルロス・ウィリアムズ (William Carlos Williams, 1883–1963) やブラック・マウンテン派のチャールズ・オルソン (Charles Olson, 1910–70) 等の影響を受けている。ベトナム戦争時、彼女はその戦争の不正を指摘した政治詩を書き、またアクティビストとして活動した。レヴァトフの戦争詩集としては『戦争中の生活』(*Life at War*, 1966) が知られているが、次に引用する「距離」は収録されていない。それでは、『ベトナム戦争詩』に収められた距離 ("The Distance") を以下に引用する。

私たちが道路に身を横たえ空軍基地から出てくる車輛を阻止しようとしている間に、
彼方では死者たちが道々に散乱している。

私たちがバスに乗せられ「起訴される」ために留置場に向かっている間に、
彼方では、焼け焦げた木々や破壊された壁に、生者の四肢が引き裂かれぶら下がっている。

私たちが、汚くとも住めなくもない独房で歌いながら待っているうちに、
男も女も身を曲げられ、目隠しされて虎の檻に入れられるが、舌を噛んで、
互いのために苦悩の叫びを押し殺す。
そして、そういう残酷な檻はアメリカで作られている。

私たちは、数時間経てば、まともな食事にありつけるとわかっているので、
刑務所の定番メニュー、レバーソーセージ・サンドイッチを拒否している間に、
彼方では老若の無給の戦士らは、片時も銃を手放さず、わずかの米粒を食べながら、
ホー（・チ・ミン）爺も長年せいぜいその程度しか食べていないのを思い出し、微笑む。

そして、私たちが、
互いの美しき同志の交わりを歌い、喜び合うとはいえ、
地上での生活の終わりを恐れている間に、

彼方で彼らは死者を悼み、
どの人も手足を失くした人々を目にしている。

彼らが目にし耳にしてきた
私たちがしようとするのは
想像し、理解に向かうような
努力だけだと……。(*September* 1972, "The Distance" 346)

本詩は口語自由詩であるが、"While"と"Over there"の繰り返しによって形成される韻律を基調とする。この韻律は、語り手がアメリカ国内で反戦運動をしていることを「～の間」、ベトナムで起こっていることを「むこうで」と対象化しながら、そのタイトルである「距離」を際立たせている。語り手が空軍基地の前でベトナム戦争へと向かう車輛を封鎖する場面から始まる。語り手は、起訴され、刑務所に向かい、刑務所でも抗議を詩や歌の非暴力で訴える。「むこうでは」と同時性が明示され、「男女が舌を噛み切り窒息死する」、「手足が切断された互いを見る」といった戦争の残忍さを敢えて描写する。「私たちが地球の命の終わりを恐れている」では、環境的終末（エコロジカル・アポカリプス）を前景化する。本詩は、ベトナム戦争への米国の介入への抗議が米国で行われていることをベトナムの市民に伝えるところで終わる。戦争がもたらす無差別な暴力を容認せず、本国から

投獄されても抗議する語り手とエコロジカル・アポカリプスの前景化が際立っている。

次にもう一人のベトナム反戦詩人として位置づけられるマーウィンの作品について考察する。マーウィンは、一九二七年スコットランド系で長老派牧師のウィリアム・ステージ・マーウィンとオランダ・イギリス系のアナ・ジェインズの次男としてニューヨーク市で生まれる。マーウィンは幼年期、森に暮らすインディアンの物語や森への愛着が深かった。プリンストン大学に進み、文学研究者のR・P・ブラックマー、詩人のジョン・ベリマン (John Berryman, 1914–72) の教えを受ける。一九六四年、エズラ・パウンド (Ezra Pound, 1885–1909) に師事し、マーウィンは強い影響を受けた。卒業式では、卒業生総代として自作の詩を朗読した。修士課程在学中に、ヨーロッパに渡る。イギリスの文化人類学者ロバート・グレイブス (Robert Graves, 1895–1985) を訪ね、著書の補遺の仕事を任され、子息の家庭教師に雇われる。一九五二年第一詩集『ヤヌスの面』(*A Mask For Janus*, 1952) でエール大学新人賞を受賞した。六〇年、ロンドンで原子兵器反対運動に参加、マンハッタンに引越。環境、人権、社会問題への意識も高く、ベトナム反戦詩の朗読会に参加する。七一年、第七詩集『梯子を担ぐ者』(*The Carrier of Ladders*, 1970) がピューリッツァ賞を受賞するが、ベトナム戦争での米国の行為は恥ずべきもので、賞金を受け取る気になれない、として反戦活動家を指名して賞金の分配を求める (マーウィン、連東孝子訳　五―七)。マーウィンの第六詩集である『虱』(*The Lice*) は、ベトナム戦争期に創作されており、自然破壊、ベトナム戦争の惨状、神話を題材にした詩などが含まれる。次に「アジア人が死んでいる」("The Asians Dying") の冒頭を引用する。第一スタンザは、ベトナムで起こる戦闘により、森林の破壊の場面から始まる。

森林が破壊されるとき　その闇は
灰となり　偉大な行商人は占領者に従う
これからも

彼らがやって来るなんてことはない
あってても長くは続かない
水路の上を生きる
アヒルの時間のように
村々の幽霊たちは　空をそぞろ歩き
新たな薄明となる　(Merwin 301)

「偉大な行商人」(the great walker) は、ホー・チ・ミンが政治家を志していた頃の職業を指し、レヴァトフの「距離」における「ホーおじさん」という呼称に類似する。「占領者」は、ベトナム共和国を支援したアメリカ合衆国を指すだろう。ベトナム人が営む生活が蹂躙される様子は、「アヒルの時間の中のアヒル」という隠喩、「村々の幽霊たち」の比喩として表象され、戦争抗議の姿勢がメタファーとして提示される。次のスタンザから終わりを見てみよう。

雨は死者の見開いた目に落ちていき
何度も何度も鈍い音がする
月がその目を見つければ　すべての色にかわる
夜は傷跡のように消えるけれど何も癒しはしない
死者たちは傷跡のように消え去り
地平線を痛みつける

毒に侵された農地に血液は消えていき
年月を経て
石になる
それらは架空の鐘
死に絶えた世界に呼びかける

占領者は「死」の下でどこへでも進んでいき
彼らの星は煙の柱のよう
占領者たちは光の無い
薄炎のように闇を進む
彼らには過去はなく
未来だけを燃え立たせる　(Merwin 301–02)

「雨は死者の見開いた目に落ちていき　何度も何度も鈍い音がする」は本詩における戦争の最も残忍な描写の一つである。レヴァトフの「むこうでは　燃えた木々や爆破された壁に人間の裂かれた脚や腕が引っかかる」を再度想起させる。同時に「地平線を痛みつける　毒に侵された農地に血液は消えていき」は、人間のもつ破壊性により、生命と共に森林や農地が毒に侵され、人々が死にゆく惨劇が描かれる。最終スタンザは、アメリカ軍への痛烈な批判である。後に、マーウィンは、『虱』を書いたあとに感じた絶望、そして萎れたゴミ捨て場のようなヴィジョンを越えて確かに進んでいる。人は何かを守るときに怒りを結局なくさなければ、絶望の中だけでは生きていられない。世界はいまだにこの状態にあり、人間生活は純粋に破壊的ではなく、私たちがそのようなものや世界に囲まれており、これらのものに注意を払っていかねばならない。」と戦争期における絶望を越えて果たす詩人の社会的な役割を提示する。

二　イラク戦争とエリオット・ワインバーガー

エリオット・ワインバーガーはニューヨーク生まれの作家、翻訳家であり、本節でとりあげる詩集『イラクについて聞いたこと』で図書批評会賞を受賞している。『イラクについて聞いたこと』の初出は、ワインバーガーが『ロンドン書評』に掲載した記事であり、イラク戦争に至る過程について、聞いたことや読んだことをもとにして書かれている。冒頭部分を引用してみよう。

二〇〇一年二月、サダム・フセインは大量破壊兵器に関する重要な能力を備えていないとコリン・パウエルが言うのを聞いた。フセインは隣国に対して通常兵力を発揮することはできない。(Weinberger 7)

二〇〇一年九月一一日同時多発テロの六時間後にラムズフェルド長官がイラクを「攻撃する」チャンスかもしれないと僕は聞いた。「大攻撃、一掃しろ。関係しようとなかろうと。」と言ったと聞いた。(Weinberger 8)

コンデローザ・ライスが「この機会をどうやって利用するのか」と尋ねたと聞いた。(Weinberger 8)

九月一七日に大統領は、侵攻を開始するとペンタゴンに指示を出す「国家機密」と刻印された文書に署名したと聞いた、数か月後、大統領はアフガニスタンの軍事作戦のために議会に七〇億円もの資金を承認させ

るよう、秘密裏に、違法に仕向けた。(Weinberger 8)

副大統領が「端的に言うと、今サダム・フセインが大量破壊兵器を所有していると言って疑いはない」と言ったと聞いた。(Weinberger 9)

EUのアメリカ大使がヨーロッパ人に向けて、「ヨーロッパにかつてヒトラーがいた、彼のようなことが出来る人は誰もいない。同じタイプの人間がバクダッドにいる。」と言ったのを聞いた。(Weinberger 11)

トニー・ブレアが、巨大なシステムをもつ秘密実験室に大量破壊兵器の証拠がある、と言ったのを聞いた。(Weinberger 11)

副大統領はアルカイダとイラク政府との関係に圧倒的な証拠がある、と。確立した関係があったことに自信を持っていると言ったのを聞いた。(Weinberger 13)

コリン・パウエルは、「イラク高官はアルカイダとの関係の告発を否定している。これらの否定は端的で信用できない」と語っていると聞いた。(Weinberger 13)

コンデローザ・ライスが「明らかにアルカイダとサダム・フセインとは関係があり、文書が示している」と語るのを聞いた。(Weinberger 13)

大統領が「アルカイダとサダム・フセインを区別することはできない」と語っているのを聞いた。(Weinberger 13)

まず、ワインバーガーの用いた文体について述べていきたい。本詩集の、終始一貫「～と聞いている」の文体は、一九世紀のアメリカ詩人ウォルト・ホイットマン (Walt Whitman, 1819–92) の『草の葉』(*Leaves of Grass*) において、一貫して用いられたフレーズの反復に遡ることができる。二〇世紀においては、ビート・ジェネレーションの代表的詩人であるギンズバーグは、代表作『吠える』(*Howl*, 1956) において、ホイットマン以来の伝統的詩形である「カタログ」法を用いている。ギンズバーグに影響を受けたビートの女性詩人とも言えるアン・ウォルドマン (Anne Waldman, 1945–) は、ロッキーフラッツ原子力発電所の核燃料処分を巡ってギンズバーグとともに抗議運動をしたことを記録した詩「私は逮捕されたことを覚えている」("I Remember I Arrested") では、「私は～を覚えている」という文体で抗議する。もっとも、「私は～を覚えている」という文体は、ジョー・ブレイナード (Joe Brainard, 1942–94) の『僕は覚えている』(*I Remember*, 1965) へのオマージュとして書かれている。このように、ホイットマンに遡る伝統的詩形である「カタログ」は、一貫した表現がもつ韻律とともに、自由を希求する意志や政治的プロテストの詩形として、定着している。本詩は、「～を聞いた」の目的語の変化により、政治的抗議を高めている。

引用の時期は、同時多発テロの半年前からテロ直後である。二〇〇一年のアメリカ同時多発テロの半年前にパウエルの発言「大量破壊兵器がない」とあるが、ラムズフェルドを経て、ライスの「この機会をどうやって利用するのか」の言動にあるように、同時多発テロ事件がイラク攻撃の理由になっている。その後、副大統領の「サダム・フセインが大量破壊兵器を所有している」、「ヨーロッパにヒトラーがいた、彼のようなことが出来る人は誰もいない。同じタイプの人間がバクダッドにいる。」という発言に続いていく。その後、ライス国務長官の「明らかにアルカイダとサダム・フセインとは関係がある」という発言に続き、ブッシュ大統領の「アルカイダとサダム・フセインを区別することはできない」という発言となる。一見したところ錯綜した情報であるが、事実認識に伴う見解が時系列に配置され、徐々にエスカレーションしていくプロセスが、「僕が聞いたこと」の内容として浮き彫りになる。このエスカレーションによる判断の過ちのプロセスが提示され、ワインバーガーが本著で目的としたネオコンを巡る戦争責任の追及とこのような情報を受け取る市民としての責任、不正の監視とその追求の権利が貫かれている。

二〇一四年、合衆国政府はイラクに大量破壊兵器を発見することができなかったと認め、これは同時に、対イラク戦争の意義を覆すことであったため、アフガニスタン、イラン、イラクにおけるアメリカ合衆国の信用が失墜した。二〇二一年バイデン政権は、イラクからのアメリカ軍の撤退を宣言した。

ここまで、ワインバーガーの「僕がイラクで聞いたこと」を通して、イラク戦争の勃発について考察をしてきた。それでは、イラク戦争への関与から戦争に向けて合衆国が変化していく中で、詩人たちはどのように詩に描いてきただろうか。

三　ゲーリー・スナイダーにおける戦争と平和

本節では、現代詩人、環境アクティヴィティスト、仏教徒、現在では環境詩人として知られるゲーリー・スナイダー(Gary Snyder, 1931-)の『頂上の危機』(*Danger on Peaks*, 2004)をとりあげ、本論の主題である詩人と戦争について考察を行う。環境文学及び環境詩の代表的な詩人であるスナイダーの作品は、これまで、主に生態学的かつ神話的、そして仏教的アプローチから、自然と人間との根源的な関係を問いかけてきている。しかしながら、本節では、新たにスナイダーと戦争との関係に新たに焦点を当て考察をしてみたい。

それでは、まず、スナイダーの『頂上の危機』の構成について触れてみよう。詩集は六部構成となっており、第一部は一九四五年の八月、詩人が一五歳の時に初めてセントヘレンズ山に登った時の作品から始まる。そして、第六部では、二〇〇一年三月のタリバンによるバーミヤン大仏の破壊、九月の世界貿易センタービル（ツインタワー）同時多発テロでの犠牲者を悼み祈る詩となっている。第二部から第五部の詩は、スナイダーの登山経験や生活の記録に加え、場所、バイオリージョン（生態学的地域）、宗教といった広範囲な問題性を孕んでいる。またセクション毎に、散文、短詩形式、短詩と散文、つまり俳文に類する形式のように、文体上変化に富んでいることも特徴的である。

次に、『頂上の危機』のタイトルは、二〇〇六年に闘病生活の後に亡くなった妻キャロルに捧げた詩「キャロルへ」の詩文に「頂上の危険」として使われているが、登山の危険に加え、この世の繁栄や権力の頂点にいることの危険など複数の意味が重ねられている。

それでは、戦争に関する第一部と第六部を順に考察する。

第一部では、スナイダーの詩人としての出発点に、山に対する独自な感情を垣間見ることができる。例えば、「登山」では、「私は美しい山々に祈りを捧げた。どうかこの生をお助けください。」、「私はセントヘレンズ山に助けを請うた。」という表現がある。これは、スナイダーにとって、山は美しい存在であるだけでなく、信仰心を象徴する聖なる存在であることを示唆するものである。それでは、セントヘレンズ山に初登頂したときの経験をもとに書かれた「原子の夜明け」“Atomic Dawn” (Snyder 9) を以下に全文を引用する。

セントヘレンズ山に最初に登ったのは、一九四五年八月一三日だった。ふもとのスピリット湖は、谷間にある町から遠く離れていたため、ニュースが伝わるのは遅かった。最初の原爆が、八月六日広島に、二番目が八月九日長崎に投下されたが、八月一二日になってようやく「ポートランド・オレゴニアン」紙に写真が掲載された。翌一三日には、新聞はスピリット湖に届いていたに違いない。一四日早朝、私は掲示板を見るのに歩いて集会所まで行くと、新聞の全ページがピンで留めてあった。焦土と化した町の航空写真、広島だけで推定一五万人の人々が亡くなったこと、「七〇年間、そこには何も生えないだろう」というアメリカ科学者のコメントが引用されていた。私の両肩には朝日を、モミの森の香り、大木の木陰を感じた。薄手のモカシンを履いた両足は大地を感じ、心はまだ背後にあるあの雪の峰々とともにあった。恐しいと思い、世界中の科学者や政治家、そして政府を非難しながら、私自身一つの誓いを立てた。「セントヘレンズ山の純粋さ、美しさ、そして永遠性にかけて、こんな残酷な破壊力とそれを行使しようとする人々と、生涯をかけて戦おう。」(Snyder 9)

スナイダーは、アメリカの科学者が「七〇年間、そこには何も生えないだろう」とコメントしたことを引用し、原子爆弾投下への怒りと、セントヘレンズ山の山道のモミの香り、太陽の日向と日陰、モカシンを通して地面から感じる雪の静寂な風景とを対比している。これはつまり、スナイダーの外界に対する直接的な接触、肉体感覚とともに、原爆への恐怖、終末的世界への恐怖である。セントヘレンズ山の初登頂は、スナイダーにとって、美しさと怒り、黙示録（アポカリプス）への恐怖の混在を象徴する体験となった。スナイダーは、原爆を投下した国の国民でありながら、アメリカ及び西洋諸国の一部が推し進める「破壊的な力」に対する怒りを示す。スナイダーの環境正義の決意は、原爆投下、戦争に導く力との闘いから始まっている。

それでは、スナイダーは同時多発テロにどのように向き合っただろうか。スナイダーは、タリバンによる仏教遺跡の破壊を問題視し、その問題の根幹に、「女性――自然を否定する権威主義者の世界観」を見ている。戦争というテロリズムや暴力によって、不寛容な信条により文化的遺産や自然環境が破壊されていることを捉えている。

二〇〇一年九月
　世界貿易センターで
　亡くなった男、女

バーミヤンの仏陀とともに
塵のなかに避難する　(Snyder 102)

上記の引用直前の詩「祇園精舎の鐘の音」(“The Great Bell of the Gion”)には、『平家物語』の冒頭「猛き者もついには滅びぬ、偏へに風の前の塵に同じ」(The courageous and aggressive person too will vanish like a swirl of dust in the wind.)」(Snyder 97)が引用され、この翻訳文の末尾の“a swirl of dust in the wind”が第五部のDust in the Wind（風塵）のタイトルとして使用されている。「バーミヤン、その後」は、「祇園精舎の鐘の音」の次に配列されており、“a swirl of dust in the wind”のコンセプトと関わっていると考えてよいだろう。上記引用部分では、タリバンによって破壊されたバーミヤンの仏陀が塵に埋もれ、世界貿易センターの倒壊による粉塵や瓦礫の中で多くの人が亡くなったことが並列され、「死」や儚いものやこの世の無常であるだろう。「塵の中に避難する」ことは、世俗から目を反らさずに諸行無常の中に身を委ね、それを永遠の修行とする精神と言えるだろう。

世界貿易センタービルはハイジャックされた旅客機の激突によって引き起こされた大規模な爆発と火災により倒壊した。炎や瓦礫のためツインタワーにいた人々の避難が困難を極める中、窓から飛び降りる人々を捉えた写真をもとに書いた「高所から、手をつなぎ落下する」“Falling from a Height, Holding Hands”を引用してみよう。

あれ、何だ？
飛び散るガラスの嵐
燃え上がる炎

遠くの空まで見えるほど晴れわたった日――

燃えるよりいい
手をつなごう。
わたしたちは
二羽の　ハヤブサになって　急降下してゆこう

どこまでも　(Snyder 104)

ツインタワーから多数の人々が飛び降りるという悲劇が後に報告されている。「高所から、手をつなぎ落下する」では、詩行に今まさに高層ビルの窓から飛び込もうとする二人が見た地獄と対照的な晴れ渡る空、風景が読み取れる。また二人の死への覚悟は「ハヤブサになって」や「どこまでも」にあらわれ、本詩集のテーマの命の儚さに集約されていく。戦争の恐怖に立ち向かった人々への共感と慈愛は最終の詩「無数の存在に向けた詩」へと向かっていく。

わたしたちは、世界を清める不知の呪文を再び唱えました
　　　　　　　　　　　　　　　　　　　　　その徳と力が
戦争で――陸で――海で、死んだ人々に　届くように
そして、形ある世界、形なき世界、あるいは熱き願望の世界にいる
無数の霊に届くように　(Snyder 107)

本詩集は、戦争で亡くなった命の儚さ、そして無念の死を遂げた人々への祈りで終わり、その目的が第二次世界

大戦を経て尚繰り返される擾乱への強烈な批判である。二〇〇七年、スナイダーは、シカゴ人文学フェスティバルでの平和と戦争の詩のパネルディスカッションにおいて、「戦争と平和についての詩」という講演を行い、その記録がポエトリー財団のウェブサイトに残されている。スナイダーは、紀元前三、四世紀のローマ時代において、攻撃と自己防衛が恒常的状態だったことに触れ、ブッシュ大統領補佐を務めたスクーター・リービ (Scooter Livy) を引き合いに出し、ネオコンとして知られている政治家たちがシカゴ大学でレオ・シュトラウス (Leo Strauss) を学び、アメリカ合衆国が世界帝国の覇者となることを諦めるべきではないという思想を拠り所にしていることに言及する。これらの政治家たちによるアメリカ社会と政治の急激な変化の時代において、多くの詩人たちが詩を通して抗議行ったが、スナイダーの本詩集でも抗議と祈りが前景化する。[1]

ワインバーガーは、戦争の正当性について『僕が聞いたこと』で疑問を投げかけた。スナイダーは、タリバンによって、人間の営みである文化遺産が破壊されたことに、「人間の生命と文化の一部、つまり芸術作品」、「その根底にあるのは女性——自然を否定する権威主義者の世界観である」と指摘し、戦争に内在する女性と自然を否定する生命感への軽視を痛烈に訴える。また、スナイダーの環境詩人、環境正義の詩人としての出発点に戦争、破壊兵器による世界の終末の予見、戦争と破壊を繰り返す世界への深い憂いが内在し、詩を通して抗議を表明している。

おわりに

ベトナム反戦についてレヴァトフとマーウィンを取り上げ考察した。また、湾岸・戦争について、スナイダーの詩集『頂上の危機』とワインバーガーの『私イラクから何を学んだか』をとりあげた。レヴァトフの「距離」は米国本土とベトナムの距離を韻律により際立たせ、声に出して読まれる抗議の詩であると言えるだろう。ワインバーガーは、「僕は聞いた」というカタログ法を効果的に用い、情報がエスカレートしながら戦争に向かう危険なプロセスであると同時に判断の過ちのプロセスを提示する。そこでは、ネオコンを巡る戦争責任の追及、情報を受け取る市民としての責任、不正の監視とその追求の権利が貫かれている。スナイダーは、タリバンによって、人間の営みである文化遺産が破壊されたことを指摘し、戦争に内在する女性と自然を否定するような暴力を痛烈に訴える。また、スナイダーとマーウィンは、環境詩人として捉えられているが、詩人の出発点に戦争、破壊兵器による世界の終末への恐怖や、戦争と破壊を繰り返す世界への絶望や深い憂いが内在するが、その恐怖や絶望を越えて、詩がもたらすコミュニティ形成の力に希望を見出している。今回とりあげた四人の詩人において、戦争と暴力に関しての抗議は共通するが、レヴァトフとスナイダーには、エコロジカル・アポカリプスの言説、ワインバーガーにはカタログ法による反復の韻律、マーウィンには、伝統的な韻律と隠喩の効果的な使用、抗議に関する詩的技法が用いられていることを考察した。

注

（1）アメリカにおける新保守主義（Neoconservatism）。ベトナム戦争後に民主党の右派の少数派が共和党保守派に合流したことに始まる。

引用文献

Ginsberg, Allen. *Howl and Other Poems*. City Lights Books, 1956.
Hillman, Brenda. *Extra Hidden Life, Among the Days*. Wesleyan, 2018.
Levertov, Denise. *Poems 1960–1967*. A New Directions Book, 1983.

Merwin, W. S. *Merwin Collected Poems 1952–1993*. The Library of America, 2013.
Snyder, Gary. *Dander on Peaks*. Shoemaker, 2004.
Weinberger, Eliot. *What I Heard About Iraq*. Verso, 2005.
W・S・マーウィン『W・S・マーウィン選詩集１９８３―２０１４』連東孝子訳、思潮社、二〇二二年。
Available at https://www.poetryfoundation.org/poetrymagazine/issue/71033/september-1972#toc (accessed May 11, 2023)
Available at https://www.poetryfoundation.org/collections/144186/the-poetry-of-the-vietnam-war (accessed May 11, 2023)
Available at https://www.poetryfoundation.org/poets/w-s-merwin (accessed May 11, 2023)
Available at https://www.poetryfoundation.org/podcasts/74700/poems-of-peace-and-war-gary-snyder (accessed May 11, 2023)

III

環境の危機と東洋と西洋

II

1 人類滅亡の危機とラフカディオ・ハーンの『怪談』
――死者・鳥・虫・樹木と共生する神道的世界観

横山　孝一

はじめに――人類滅亡の危機とキリスト教

私たち人類はいま、どのような状況にあるのだろうか。一部の日本人は、一九九九年七の月に地球が滅亡するという五島勉（一九二九―二〇二〇）の「ノストラダムスの大予言」を信じて失笑を買ったが、その後つづいている二一世紀は決して明るい時代ではない。あるテレビドラマによると、一九九五年から二〇二〇年になるまで事故で意識を失っていた人が突然目を覚ました場合、親が離婚して家庭が崩壊しているだけでなく、次のような変化を知らされることになる。

「今はおまえが夢見ていたような未来じゃないから。温暖化やら差別やら原発やらいっぱいあって、みんな自分が得することばっかり考えてるから。おまえもずっと寝てた方が良かったんじゃねーか。あと何年持つかわからないこの星で生きていく心配しなくて済んだから！」（遊川　二〇二一―〇三）

一九九五年の阪神淡路大震災とオウム真理教による地下鉄サリン事件は日本国内の出来事だったが、二〇〇一年にはアメリカで同時多発テロが起こり、血生臭いアフガニスタン紛争へと発展、二〇一一年の東日本大震災と福島第一原子力発電所事故を経て、二〇二〇年には、新型コロナウイルス感染症が世界中で猛威を振るっている。異常気象は常態化し、二〇世紀末の知識人の想像以上に、地球温暖化問題は深刻さを増して、地球は「あと何年持つかわからない」状況になっている。ノストラダムス騒ぎのときと違って、いまでは人類滅亡を冗談と笑う人はいない。ドキュメンタリー映画『グレタ ひとりぼっちの挑戦』（二〇二〇年）で悪夢的近未来を肌で感じて声を上げたスウェーデンの環境活動家グレタ・トゥーンベリ（二〇〇三―）は、映画公開の翌年、地球温暖化の危機について次のように述べている。

気候と生態系の危機は、個人個人が行動を変えるだけでは解決できない。「市場」を変えるだけでも不可能だ。「気候変動に関する政府間パネル（IPCC）」から引用すると、「社会のあらゆる面において」、前例のないスケールでの、大規模で広範囲にわたる政治的で構造的な変化が必要なのである。しかし、いま現在そんな変化はどこにも見当たらないし、すぐに見えてくる兆しもない。（トゥーンベリ　一〇）

「私たちはいまだ、間違った方向に向けて猛スピードで進んでいる」「控えめに言っても、気候と生態系の危機を解決する見通しはあまり明るくない」（一一）と悲観的なグレタは、この危機感が共有されていないことに苛立ちながら、それを周知させる活動を必死で続けている。そして、この序文を載せた『地球の限界――温暖化と地球の危機を解決する方法』(*Breaking Boundaries: The Science of Our Planet*, 2021) も、「時間は刻々と失われている。私たちが足を踏み入れた「激動の二〇二〇年代」は、人類にとって決定的な時代となるだろう」（ガフニー　一四）と、いまが最後のチャンスと位置づけ、「人類はとにかく、地球のすぐれた管理者にならなければならない。さもないと、それほど長くは存在しつづけられないだろう」（一九）と訴えている。専門家でさえも、近い将来の人類滅亡をほのめかしているのだ。そうならないように、私たちは意識を変えて努力すべきだが、「地球の管理者」(planetary steward) という発想に、筆者は違和感を覚える。これは、『聖書』に基づいた考え方ではないか。

神は人間にこう言ったという。「海の魚、空の鳥、地の上を這う生き物をすべて支配せよ」「見よ、全地に生える、種を持つ草と種を持つ実をつける木を、すべてあなたたちに与えよう」（「創世記」『聖書』新共同訳）。地球上のものはすべて神様が人類に与えてくれた資源だから、正しく管理して、いまの豊かな生活が末永く持続可能なように使おう、という考え方は、国連主導の「持続可能な開発目標」SDGs（Sustainable Development Goals）にも見られ、何の疑問も持たずに受け入れている人がほとんどだろう。明治時代の文明開化以来、私たち日本人はキリスト教のおかげで個人の自由を知り、先の大戦の敗戦後は、アメリカ人の豊かな生活をまねて大量消費の心地よさを学んだ。基本的人権が保障され、いつでも食べたいものが食べられるいまの生活が長くつづいて欲しい、とみんなが思うのは当然かもしれない。

一　ラフカディオ・ハーンと神道の出会い

ところが、このような人間中心主義に異を唱えた作家がいた。わが国に帰化して小泉八雲となったラフカディオ・ハーン（Lafcadio Hearn, 1850–1904）である。ハーンは一八九〇年に来日してすぐ、「どうして日本の樹木は、こんなにも美しいのか」と感嘆し、日本時代第一作目の『知られぬ日本の面影』（*Glimpses of Unfamiliar Japan*, 1894）の巻頭作品「東洋の第一日目」（"My First Day in the Orient"）で、こう考えた。「この神々の国では、樹木は人間から大切に育てられ、可愛がられてきたので、木にも魂が宿り、愛される女のように樹木はさらに美しさを増して、人間への感謝を示そうとするのであろうか」（Hearn V 26–27　以下、池田雅之訳）。ロマンチックな夢想だと笑ってはいけない。（決して荒唐無稽な話でないことは、本論で『怪談』と結びつけて論じるつもりだ。）

ここでは、横浜に上陸したばかりのハーンの感性の鋭さに注目しよう。ハーンはこのあと、"IT IS FORBIDDEN TO INJURE THE TREES" と書かれた看板を見て、こう締め括る。「「樹木を傷つけるべからず」。こんな立て札が英語で掲げられている。そんな必要があるとは、きっとここにも野蛮な外国人旅行客がやって来たのであろう」(Hearn V 27)。「野蛮な外国人旅行客」とは欧米諸国から来た白人観光客のことで、むろん皮肉で書いている。ずばり言えば、人間以外に魂の存在を認めない「キリスト教徒」を意味しているのだ。『聖書』どおり、木は人間のためにあり、魂などないと信じていれば、好き勝手に折ることもできよう。

しかし、樹木が人間のためにあるというのは本当だろうか。キリスト教の教会は森を破壊して切り開いてできた町の中心に建てるが、神道の神社は森の中、場合によっては明治神宮のようにわざわざ森を移植してその中に建てる。八百万（やおよろず）の神々が集う「神々の首都」出雲に英語教師として赴任し、外国人として初めて出雲大社に昇殿参拝したハーンは、キリスト教を嫌い、日本の神道世界の研究に着手する。武家屋敷に住み、学校の仕事を終えると、着物に着がえて庭を眺めてくつろぐハーンは、「日本の庭にて」("In a Japanese Garden")で、日本の樹木には魂があると感じる理由についてさらに考察を加えている。

> 樹木には――少なくとも、日本の樹木には魂(souls)があるという考えは、梅や桜の木に花が咲いているのを見たことのある人なら、突拍子もない幻想だとは思わないであろう。それは、出雲を始めとしてどの地域でも、あまねく信じられていることである。仏教哲学に沿った考えではないが、この信仰は、ある意味で、樹木を「人間のために創られたもの」("things created for the use of man")とする西洋古来の正統思想よりは、ずっと宇宙真理(cosmic truth)に近いという印象を受ける。(Hearn Ⅵ 20　池田雅之訳、原語の追加は引用者)

ハーンは『聖書』の「創世記」を信じなかった。人間だけでなく、樹にも同じように魂があると考えることを「宇宙真理」に近いと感じた。これが仏教哲学でないとすると、いったい何なのか。「日本の庭にて」の最後でハーンが引く「草木国土、皆入涅槃」(Hearn Ⅵ 51)がヒントになるだろう。平川祐弘・東京大学名誉教授によると、これは有名な「山水草木、悉皆成仏」と同様に、日本人に浸透している神道のアニミズム的感情を表わし、仏教が日本化した一例と見なすことができる (Hirakawa 570–71)。要するに、日本の樹木に魂があると信じるのは、仏教伝来以前からある、古い日本の神道的感情なのだ。

二　ラフカディオ・ハーンの宇宙観

ラフカディオ・ハーンには『霊の日本』(*In Ghostly Japan*, 1899) という本があるが、平川教授によると、「神道の国・日本」を意味している。ハーンが亡くなる年に出した最高傑作『怪談』(*Kwaidan*, 1904) も、神道的世界を描いた作品だったのだ。[1] 日本人読者におなじみの岩波文庫版の目次を写すと、「耳なし芳一のはなし」「おしどり」「お貞のはなし」「うばざくら」「かけひき」「鏡と鐘」「食人鬼」「むじな」「ろくろ首」「葬られた秘密」「雪おんな」「青柳ものがたり」「十六ざくら」「安芸之介の夢」「力ばか」「日まわり」「蓬莱」と〈虫の研究〉「蝶」「蚊」「蟻」、合計二〇編を収める。わが国の『怪談』の翻訳本は、〈虫の研究〉を蛇足として省いてしまったり、他の本から怪談話をさらに加えたりして出版する傾向があるが、神道的世界、つまり「自然界のあらゆる事物に霊魂（アニマ）が宿る」(『明鏡国語辞典』) アニミズムの世界を描いた本と見なせば、〈虫の研究〉は絶対に外せないことがわかる。

ハーンが東京の自宅で虫かごに入れて飼っていた小さな草ひばりの餓死を悲しんだ実話「草ひばり」(“Kusa-Hibari”)『骨董』*Kotto* 一九〇二年）には、題名とともに「一寸の虫にも五分の魂——日本のことわざ」“Issun no mushi ni mo gobu no tamashii. *Japanese Proverb*,” (Hearn XI 144) が掲げられている。人間にしか魂を認めないキリスト教徒には挑発的な内容であるため、英訳はあえてしなかったのだろう。日本語のわからない西洋人読者には意味不明だが、本文中で、美しい虫の音を聞くハーンは「小さな籠にいる微小な魂 (the atom of ghost) と、わたし

の内なる微小な魂 (the atom of ghost) とが、実在の広大な深淵にあって永遠に同一のものである」(Hearn XI 148　上田和夫訳、原語の追加は引用者）と書き、えさがなくて自分の脚を食って死んでいた草ひばりに、己の心を食らいながら作品を書いている作家の自分自身を重ねている。

キリスト教徒に限らず、現代の読者も、微小な虫と人間を平等と見ているところに新鮮な驚きを感じるだろう。この考え方は、東京帝国大学講師として東京に住むようになってから避暑で滞在した、焼津の海での体験が深く関わっている。「焼津の海は、彼の作家体験を深めるのに是非とも必要な場所であった」（村松　九八）と村松眞一・静岡大学名誉教授が指摘しているように、『影』(*Shadowings*, 1900) 所収の「夜光虫」(“Noctilucae”) では夜光虫の群れの中で泳ぎ、天上の星と海上の無数の虫の光を眺めながら、「絶えず続く解体・流転のただ中にあっては、太陽の数十億年のよわいが、いのち尽きようとする一匹の夜光虫の束の間のきらめきと比べて、どれだけより大きい意味を持っているのか」(Hearn X 140　森亮訳）と感じ、自分も一匹の夜光虫なのだと認識する。森亮・島根大学名誉教授は、この散文詩を「「夜光虫」では格が落ちる」（森　八九）と思い、邦題を「夜光るもの」とした。村松眞一教授も「彼の、燐光の一点としての自覚は、品位、格調が高く、森亮氏が言われるように、この作品の標題“Noctilucae”を「夜光虫」と訳すのを憚らせるものがある」（村松　九八）と賛同しているが、微小な「虫」の魂に、人間と星の命と同じ価値を見出しているのだから、「草ひばり」同様、「夜光虫」のままでよいのではないか。

宇宙的視野に立てば、人間は『聖書』が説くような神に似せて創造された特別な存在などでは決してなく、虫と大差ない微弱な存在なのである。焼津の海で到達したハーンの英知は、日本人の「草木国土、皆入涅槃」の実感に接近している。『骨董』に収録されている「露のひとしずく」(“A Drop of Dew”) では、題名のあとに「露の命——仏教のことわざ」(Tsuyu no inochi—Buddhist proverb.) をやはり日本語で掲げ、[2] 本文中で仏教が露のひとしずくを「魂」(Soul) の象徴と見ることを紹介し、「消え行く露と、消え行く人と、そのあいだになんの差別があろう。ただ、ことばのちがいだけである」(Hearn XI 110 平井呈一訳) と言い切っている。

大自然の営みの中で、露のひとしずくがさまざまな原子と結合して雨・樹液・血・汗・涙などに姿を変えて循環しつづけるように、人間もまた原子に解体されて新たな生命の誕生に関わることになる。この世のすべての物が魂を宿し尊いことをハーンは実感したようだ。ハーバート・スペンサー (Herbert Spencer, 1820–1903) の進化論哲学を信奉するハーンは、『霊の日本』で分かちがたく結びついた神道と日本の仏教を取り入れて、宇宙の進化という壮大な観点から、キリスト教の傲慢な人間観に挑んだのである。

三 『怪談』の幽霊――「耳なし芳一のはなし」「かけひき」「鏡と鐘」「食人鬼」「葬られた秘密」

それでは、ハーンの晩年の宇宙観を意識しながら、傑作『怪談』を読んでみることにしよう。怪談の世界は、人類が自然界の支配者として君臨するのを当然視する西洋流の考え方とはまったく異なる、神道的世界 (Ghostly Japan) であることがすぐにわかるだろう。この事実は、『怪談』の目次を同じ種類で再構成してみると、より明白になる。

怪談と言えば、まずは幽霊だろう。目次から幽霊 (この世に残る死者の思いも含める) を扱った作品を順番に抜き出してみると、「耳なし芳一のはなし」「かけひき」「鏡と鐘」「食人鬼」「葬られた秘密」の五作品が並ぶ。意外に少ない気もするが、巻頭を飾る、日本人なら誰でも知っている「耳なし芳一のはなし」("The Story of Mimi-nashi-Hoichi") から考えてみよう。

この物語では、壇ノ浦で滅んだ平家の怨霊が、盲人の琵琶法師と対峙する。芳一の琵琶の腕前に魅せられた幽霊の一団が自分たちの死の世界に引き込もうとするのを、阿弥陀寺の住職が芳一の全身に経を書いて守ろうとする。経文を書き忘れた両耳を引きちぎって持ち去られる恐怖の結末は、怨霊の恐ろしさを強く印象づける。日本の神道的世界では、死者は、生きている人間と同じかそれ以上の力を保持しつづける。だから、恨みを残した死者は丁重に供養される必要があるのだ。

そもそも阿弥陀寺は平家の怨霊を供養するために建立されたのであり、墓碑が立てられ、毎年、法会が営まれたのである。本文中、平家の亡霊たちの前で、芳一が壇ノ浦の合戦の段を語ったとき、「一門の女・子どもたちの哀れな最期、ご幼帝をいだきまいらせた二位の局の入水のくだりにさしかかったとき、聞き入るものはいずれもみな、長い長いおののくような苦悶の音を発し、はてははげしい嗚咽の声をあげて、深い悲歎に泣きくずれだした」（Hearn XI 167『怪談』は「おしどり」以外、岩波文庫版の平井呈一訳）。この描写を読むと、現代の日本人も、幼い安徳天皇に同情するのではないか。節子夫人の『思い出の記』によると、ハーンは芳一になり切ってこの物語を書いた。書斎のそばの竹藪からサラサラと葉ずれの音がするのを聞いて「あれ、平家が亡びて行きます」（小泉節子　一六〇）と言ったのは、悲運の死者たちに深い憐みを感じていたからだろう。

「かけひき」（"Diplomacy"）は、「耳なし芳一のはなし」で見たような怨霊の恐怖におびえる侍たちを描いている。屋敷の庭先で主人が科人を打ち首にする。斬るなら死後に報復すると脅す科人に対して、主人は証拠を見せろと迫り、首を切ったあとに飛び石に噛みつかせる。その光景に家来たちは度肝を抜かれ、施餓鬼供養を嘆願するが、主人は自分の誘導で恨みを忘れさせたから無用だと答える。

「鏡と鐘」（"Of a Mirror and a Bell"）では、寺が釣鐘をつくるのに檀家から銅の鏡を集めたとき、亡き母からもらった鏡が未練のために溶けなかったことで恥をかいた女は、できた鐘をつき破った者に財宝を与えると遺言して自殺。死者の力を信じる人々が鐘を始終打ち鳴らすようになり、うるさいので結局、寺は鐘を沼に沈めてしまう。

「食人鬼」（"Jikininki"）では、私欲にまみれて死んだ僧が死人を食う化け物になっていたのを、旅の僧が施餓鬼供養で成仏させる。ここでも、死後に残った思い（この世の未練）が生きている者たちを脅かしていたので、供養の意義がよくわかる。

「葬られた秘密」(“A Dead Secret”) では、幸せな結婚をして母親になったお園が病気で亡くなる。結婚前に別の男性からもらった恋文をたんすに隠していたことを悔やみ、幽霊になって出現。寺の住職が秘密を守って適切に処分する。

以上、『怪談』の幽霊話に共通しているのは、死者は生者同様、現世に影響を与える存在であり、その残した思いが何であれ、丁重に供養しなければならないということだ。背景には、神道と仏教が混ざり合った日本の祖先崇拝がある。

四　『怪談』の化け物――「むじな」「ろくろ首」「雪おんな」

幽霊の次は、化け物である。「食人鬼」はここにも分類できるが、「むじな」「ろくろ首」「雪おんな」がその代表だ。古い日本では、人間は化け物とも遭遇した。商人は、顔のない女（むじな）からひたすら逃げる。元サムライの雲水は、「かけひき」の主人に似て、知恵と度胸で、山で暮らすろくろ首の一団を棒きれ一本で退治する。木こりの巳之吉は、相方の茂作を殺されるが、雪おんなと結婚し、一〇人もの子供をもうける。

注目したいのは、化け物の出る場所だ。「むじな」(“Mujina”) は、赤坂の紀の国坂が舞台だが、「まだ街灯や人力車なんぞのなかった時代には、このへんは夜になると、人っ子ひとり通らない、ごく寂しいところであった」(Hearn, XI 205)。「ろくろ首」(“Rokuro-Kubi”) では、「山国の峯から峯をつたい歩いて、旅をつづけているうちに、どちらの村へ出るにも、一里あまり歩かねばならぬような、とある人里離れたところで、とうとうあたりが暗くなってしまった」(Hearn, XI 209)。

そして、「雪おんな」(“Yuki-Onna”) で、一八歳の巳之吉と老人の茂作が雪の化け物に襲われる場所についてはこう語られている。「ふたりは、毎日つれだって、村から二、三里はなれた森へ行く。森へ行く途中に大きな川があって、そこに渡し舟がかかっている」(Hearn XI 206)。雪おんなが出現するのは、吹雪で渡し守が帰ったあとだ。大きな川で村から隔たった小屋は、火を焚く場所もない。やはり、暗闇が支配する化け物の領域だったのだ。いわゆる文明開化以前の日本の未開地には、このような化け物が跋扈していた。すべてが電灯で照らされる現代はなんと安全で便利になったことかと喜ぶ読者も多いだろうが、環境問題の観点から読み直すと、印象はだいぶ違う。開発が進む前、人間は文字どおり自然の一部だった。それゆえ未開の地を恐れ、雪おんなとの結婚に象徴されるような、やさしくもきびしい大自然との共生が想像できたのだ。

五　『怪談』の樹木と花——「うばざくら」「青柳ものがたり」「十六ざくら」「日まわり」

「雪おんな」における巳之吉とお雪の唐突の別れは、茂作を凍死させた大自然の非情さを口にした巳之吉の不注意によって、意図せずもたらされた。この切ない別離は、「青柳ものがたり」にも見られる。「うばざくら」「青柳ものがたり」「十六ざくら」は、本論の冒頭で触れた樹木との共生をテーマにしている。

「青柳ものがたり」("The Story of Aoyagi") は美しいラブストーリーだが、やはり出会いの場所は「ろくろ首」にそっくりな山の中である。「道を山国のほうへととって行くので、道中は人家もまれに、村里から村里のあいだは、遠く隔たっていた」(Hearn XI 206)。馬に乗った若侍の友忠は、吹雪の中、柳の木が立つ陰に家を見つける。もちろんそこは人間の領域ではない。老夫婦と暮らす美しい娘・青柳は、伏線があるとおり、柳の精だ。恋敵となる細川候をも感動させる熱愛で、二人はめでたく結婚。幸せな新婚生活を送る最中に、突然の悲劇が襲う。青柳の悲痛な叫びは、現代の環境問題の観点からすると無視できない重要性を帯びる。

「じつは、わたくしは、もと、人間ではござりませぬ。わたくしの魂は、木の魂、心は木の心でござります。

柳の生がわたくしの命なのでござります。それを、たれやら意地わるな、いまの今、わたくしの元木を刈り倒しておりまする。それで死なねばなりませぬ。泣いても、わめいても、もう追いつきませぬ。早く、早く、どうかお念仏を唱えてくださりませ。早く、ああ……」(Hearn XI 243)

すでに確認済みだが、"The soul of a tree is my soul" とハーンが書いているように、日本では、西洋のキリスト教諸国と違い、木にも「魂」(soul) を認める。そして、人間だけでなく、木にも「祈り」(the Nembutsu-prayer) を捧げて冥福を祈る。この物語が、単なる再話ではなく、現実を踏まえた環境保護の重要な主張を含んでいることを、節子夫人の回想を引いて指摘しておきたい。

ある時、いつものように瘤寺に散歩致しました。私も一緒に参りました。ヘルンが「おお、おお」と申しまして、びっくりしましたから、何かと思って、私も驚きました。大きい杉の樹が三本、切り倒されているのを見つめているのです。「何故、この樹切りました」「今このお寺、少し貧乏です。金欲しいのであろうと思います」「ああ、何故私に申しません。少し金やる、むつかしくないです。私樹切るより如何に如何に喜ぶでした。この樹幾年、この山に生きるでしたろう、小さいあの芽から」と言って大層な失望でした。

（小泉節子　一五三―五四）

「ヘルンさん言葉」と呼ばれるハーン独特の日本語の嘆きはまだつづくが、このあたりで引用をやめておく。杉と柳の違いはあるものの、「三本」というのが、青柳の死後、彼女の生家を友忠が再訪して、「ただそこには、柳の切り株が三株のこっているばかりであった」(Hearn XI 244) と知る結末を思い起こさせる。青柳と両親の「霊魂」(the spirits) のために「ねんごろに供養を営んだ」のは、樹木の魂を信じるハーン自身の真情と見なしてよい。

長男の一雄も、「瘤寺の山の木が伐られるのをまるで自分の手足を斬られるようだと苦痛に思って逃げ出してきた」（小泉一雄　五五八）と記憶している。

このように考えると、太田雄三氏が『ラフカディオ・ハーン——虚像と実像——』でハーンの「十六桜」("Jiu-roku-zakura")が、先祖の時代から庭にある桜の老木が枯れてしまったのを、ただ悲しむ原話から、切腹して甦らせる「（ゲイシャ・フジヤマ的）ステレオタイプにのった典型的な話」（太田　一七五）に変えたと酷評しているのは、とんでもない的はずれだとわかる。子供時代から親しんできた樹木の死は、親しい人の死と同様に感じられたのだ。「年老いたその侍は、この木のためにたいそう歎いた」(Hearn, XI 246)という文は、瘤寺の伐採をひどく悲しんだ著者のハーンの気持ちと呼応しており、老侍の切腹に託して、木の甦りを切に願ったことが想像できる。

晩年、自宅の庭で「やがては立枯になる庭の老竹」を庭師が無断で切ってしまったとき、ハーンは「間もなく枯死する物でもまだ生のある間はそのままにして天寿を全うさせてやってくれ」（小泉一雄　五四三）と言ったという。「十六桜」は、老木の命にも普段から注意を払っていたハーンが本気で書いた作品なのである。

なお、〈身代わり〉はハーンが日本で感銘を受けた最たる行為だ。「十六桜」とセットになる「うばさくら」("Ubazakura")では、乳母のお袖が自ら進んで、大病に倒れた一五歳のお露の身代わりになる。全快した娘のため父親が祝宴を催したその夜、大病にかかったお袖は「じつは、わたくしのかけました願がかなえられたのでございます。わたくし、お嬢さまのお身がわりに立とうと存じまして、それでお不動さまにお願いをいたしました」(Hearn, XI 185)と真相を明かす。「青柳ものがたり」の死の床の告白に似た衝撃的場面だが、死後、願望成就のお礼に不動明王に寄進された桜の木は、お袖の命日に花開き、その色から「うばざくら」と名づけられる。ここでも、花と人は等価で、互いに感応する関係だ。

現代の読者はそんなのはご都合主義の絵空事と思われるかもしれない。ところが、これは現実にも起こりえることなのだ。ハーンは日頃から草木に声をかけていた。「私はよく朝顔のことを思い出します」と節子夫人は語っている。秋の終わりにハーンは、「心細げに咲いていた」一輪の朝顔を見て「美しい勇気と、如何に正直の心」と絶賛し、「枯れようとする最後まで、こう美しく咲いているのが感心だ。賞めてやれ」（小泉節子　一六八）と言ったという。

桜についても同じだった。来日してすぐ、日本人が桜の木を大切にしてそれに桜の花が応えていると感じたハーンは、見習って日々愛情を注いだようだ。「亡くなります二、三日前の事でした。書斎の庭にある桜の一枝がかえり咲きを致しました」と節子夫人は回想している。報告を聞いたハーンは喜んで「ハロー」と呼びかけたあと、「可哀相です、今に寒くなります、驚いて凋みましょう」と花の短い命に同情した。そして、その二、三日後、ハーン自身が心臓発作で亡くなったのだ。花と人の命が交錯するこの出来事について、夫人はこう語る。「この桜は年々ヘルンに可愛がられて、賞められていましたから、それを思うてお暇乞いを申しに咲いたのだと思われます」（小泉節子　一七三）。桜の木もまた、寿命まで正直に生きるハーンを称賛したのかもしれない。『怪談』の作中に描かれた人と樹木の密接な関係には、現代人が再考すべき真実があると言えよう。

アイルランドでの子供時代を回想したハーンの自伝的な「日まわり」（“Hi-mawari”）は、古い日本を舞台にした『怪談』の中では異質な物語と見なされがちだが、[3]「うばざくら」「青柳ものがたり」「十六ざくら」と同じ植物のグループに加えることができる。七歳のとき、八歳のロバートと、ジプシーらしき醜い竪琴弾きの歌を聴き、図らずも感動の涙を流してしまう掌編で、その歌詞の中に“the Sunflower”(Hearn XI 262) が出てくる。花との交流は描かれていないが、「人、その友のためにおのれの命を捨つ。愛のこれより大なるはなし」と、キリスト教嫌いのハーンにしては珍しく『聖書』（ヨハネ　一五：一三）から引き、ロバートの死を悼んでいる。長男の一雄が聞いた話によると、ロバートは海軍士官になり、海に落ちた部下を救おうとして亡くなったという（小泉一雄　三六九）。「うばざくら」のお袖に連なる自己犠牲だ。ハーンは人間の利己主義を嫌い、他者への思いやりを重んじる人だった。

六　『怪談』と輪廻――「お貞のはなし」「力ばか」

「お貞のはなし」「力ばか」は民間で信じられていた〈輪廻〉を扱った物語だ。[4]「お貞のはなし」("The Story of O-Tei") では、病気で死んだ許嫁のお貞は一七年の時を経て生まれ変わり、約束どおり、愛する長尾のもとに戻ってくる。伊香保温泉の宿で仲居として再会し、お貞の生まれ変わりであることを述べて昏睡し、幸せな結婚後は前世の記憶を完全に失う。美しいラブストーリーだが、太田雄三氏は、原話では「妾」にするだけで「西洋的価値観に合わせた」点を攻撃している（太田　一七五―七七）。なるほど、ハーンは「日まわり」で、アイルランドで少年時代を過ごしたことを明かした西洋人だ。しかし、ここで重視すべきは、物語の西洋化ではなく、キリスト教にはない、生命の循環を紹介している点なのだ。「一度きりの人生」が決まり文句になっている現代日本と違い、ハーンが住んだ明治期の日本には、まだまだ輪廻転生を信じる日本人が多かったのだ。

「力ばか」("Riki-baka") は、ハーン自身が近所でよく見かけていた知的障害者の少年が、息子を憐れむ母親の願いどおり、「もっとしあわせな身分」(Hearn XI 257) に生まれ変わる実話風の物語である。仏教の通俗的な受容なのだろうが、循環的な自然観に合致し、一度きりしか生きられないと欲張る現代人の利己心とは対照的な、おおらかさが感じられる。

お貞と力ばかは、前世よりも幸せな人間に生まれ変わることができた幸運の例だが、輪廻の考え方では、誰でも再び人間になれるわけではなかった。すでに見たように、「食人鬼」の僧は死人を食う化け物に生まれ変わった。ということは、雪の精である雪おんなや、柳の木であった青柳の前世は、人間の女性だったとも考えられる。「露のひとしずく」を想起してみれば、突飛な話ではないだろう。ハーンが書いているように、水滴は、雪や樹液や女性の血液に変わりえるのだから。

七　『怪談』の鳥と虫――「おしどり」「安芸之介の夢」「蝶」「蚊」「蟻」

昔の日本人の間では、人間が鳥や虫に生まれ変わることも信じられていた。(5)「おしどり」は人間と変わらぬ鳥のつがいの愛を、「安芸之介の夢」は人間の姿をした蟻の世界を描いており、付録の〈虫の研究〉は、物語の背景を補足するエッセー「蝶」「蚊」「蟻」を集めている。これらの動物は、「露のひとしずく」で示されたハーンの自然観によれば、死んだ人間の原子を受け継いでおり、通俗的な輪廻観では、人間の生まれ変わりと見なされた。いずれにせよ『怪談』の世界では、人間は自然の一部であり、鳥と虫も人間と平等なのである。

「おしどり」("Oshidori")は、人間が、殺された鳥の側から告発される恐ろしい怪談だ。猟師は食うために、つがいのおしどりの雄を矢で殺したのだが、夜、夢の中に、美しい女の姿をしたおしどりの雌が抗議に現われる。その内容は辛辣で、口調が丁寧すぎる平井呈一訳よりも平川祐弘訳のほうが適切だ。「なぜ、ああなぜ、あの人を殺したのです？　あの人に何の罪があったというのです？　赤沼でわたくしたちは一緒にとても仕合せでした。それなのにあなたはあの人を殺した。（略）」(Hearn XI 176　以下、平川訳)。読者にとっては、何の罪もない動物の命を私たち人間が無自覚に奪っていることを痛感させる痛切な叫びだ。しかも、このおしどりの雌は翌日、猟師の目の前で自殺を遂げる。「雌鳥はまっすぐに男めがけて泳いで来る。奇妙なじっと据った目付で尊允を見詰めたままである。と、突然、雌鳥は己れの嘴でわれとわが腹を引き裂いたかと見る間に、猟師の目の前で死んだ」(Hearn XI 178)。平川教授は「原作の日本女性を西洋化」したと解釈したが（平川　一三四）、激しい告発をした雌鳥はハーン自身であろう。

「安芸之介の夢」("The Dream of Akinosuke")では、蟻の世界が擬人化される。ここでは、人間と蟻が平等に扱われる。庭の杉の木の下で、五、六分まどろんだ安芸之介が、常世の国の王女と結婚し、七人の子を産んだ彼女が亡くなるまで二四年間、莱州という島を治める夢を見る。近くにいた男が、蝶が蟻の巣に引き込まれ、また出てきて安芸之介の顔のあたりで消えたのを目撃していた。それが蟻の巣を調べるきっかけとなる。〈虫の研究〉(Insect-Studies)の「蝶」("Butterflies")で補足的な説明と類似の伝説が加えられているが、蝶は人間の魂の化身で、この場合は、安芸之介の魂が蟻の世界で過ごしてきたことを意味する。物語は「女蟻の死骸」(Hearn XI 255)を見つけるところで終わる。『怪談』で人間の男性は、雪の精、柳の木、そして蟻さえも、妻とした。自然の事物が人間の生活と深く結びついていたことがよくわかる。西洋の物質文明が古い日本を呑み込んだ科学の時代に、ハーンは昔にさかのぼって自然との共生を望んだように思える。

なお、「父の歿する日私は怪談中の「安芸之介の夢」を丁度読了したのでした」(小泉一雄　二七二)という長男一雄の回想は重要だ。学んだのは英語だけではなかったろう。「おしどり」と「安芸之介の夢」を書いたハーンは、「鳥でも虫でも捕えて父に見せたら必ず逃してやれと申しては放させてしまう人でした」(小泉一雄　二〇六)と記憶されている。一雄が大きな蟻をつぶして殺したとき、「父は棄てて置け、罪もない者を殺すなと申しました」。しかし、一雄は言うことを聞かずになおも蟻を殺しつづける。「私が草履の爪先へ力を込めてキューッと人知れず蟻を踏み付けた刹那、ピシャーリと父の平手が私の頬へ飛んで来ました」(小泉一雄　二〇八)。何の罪もない夫を殺されたおしどりの怒りは、やはり、ハーンの怒りだったのだ。本気で叱られた一雄は「今日でもなおあの柄の大きな蟻を潰すことに躊躇を覚えます」(小泉一雄　二〇九)と告白している。〈虫の研究〉の「蟻」("Ants")で詳述されるが、ハーンは利他的な蟻の社会に特別の興味と愛着を持っていた。

「蚊」("Mosquitoes")では、日本の墓の水溜めと花立から増殖する「わたくしを苦しめる強敵」について書いているが、「仏教の教えにしたがうと、この蚊のなかのあるものは、あるいは前世の悪業によって食血餓鬼に生まれかわる運命をもった、死者自身の化身したものもいるかもしれない」(Hearn XI 290)とキリスト教からかけ離れた、輪廻転生の考え方に触れ、ハーンは自分の死後、墓から蚊の姿になって知人を噛みに行くことを空想して筆を置いている。

おわりに　古い日本の終焉とハーンの問い――「蓬莱」

「焼津へ行かなかった三十六年の夏は父は、毎日庭へ出て虫と遊びました。ほとんど終日蟻の穴やハチの巣の傍の地面に新聞紙を敷いてその上に坐って彼等の生活状態を面白がって観察していました」（小泉一雄　五三七）。明治三六年、西暦一九〇三年は、『怪談』の出る前年だ。『怪談』の最後に掲載されている〈虫の研究〉の「蟻」はそのときの成果だろう。

ハーンは、一雄が蟻を潰しつづけたとき、「殺すないよき。貞実によく働くの虫を……」（小泉一雄　二〇八）と言った。ハーンは、共同体のために黙々と働く蟻の社会に理想郷を見ていたのだ。尊敬するハーバート・スペンサーを引き、「蟻は、真の意味において、経済的にも、また倫理的にも、人類よりもはるかに進歩している。その証拠には、蟻の生活は、徹頭徹尾、他を利する目的にささげられているから」(Hearn XI 296) という指摘を受け入れている。原文では、「倫理的にも」の "*ethically*" がイタリック体で強調され、「他を利する」の "altruistic" がキーワードになっている。つまり、利他主義こそ、人類の進化の究極の姿なのだ。

「安芸之介の夢」で主人公が訪れた莱州という島について、「この国では、病や貧困というものをまったく知らない。それほど、この国は健やかに肥えているのである。島民はみな善良で、おきてを破るものはひとりもいない」(Hearn XI 252) と語られているのは、経済的にも倫理的にも進化した蟻が達成している利他的な理想社会だ。『怪談』の物語の最後に配置された、莱州の元ネタである「蓬莱」("Horai") は、研究者の間では古い日本の挽歌として知られている（横山参照）。ハーンは自宅の床の間に掛けてある「蜃気楼」を眺め、そこに描かれた中国の「蓬莱」に思いを致す。死も苦しみも、冬もなく、飢えとは無縁の理想郷である。しかし、中国の伝説のありえない空想を羅列したあと、ハーンはそのすべてを否定して、「蓬莱の冬は、やっぱり、寒い」(Hearn XI 265) と、愛する松江で体験した冬の寒さを語っている。以下は、ハーンがイメージした古い日本の生活である。

蓬莱の国では、邪悪の何たるかを知らない。だから、人の心は、けっして老いるということがない。心がつねに若いから、蓬莱の国の人は、生まれ落ちるとから死に到るまで、神が悲しみをあたえる時――その時は、悲しみが去るまで、顔を蔽われている――以外は、いつもにこやかにほほえんでいる。蓬莱の国の人は、だれでもみな、ちょうど一軒の家の家族のように、たがいに睦みあい、信じあっている。(Hearn XI 265)

関連して、すぐれた日本人論「日本人の微笑み」("The Japanese Smile") で考察した、他人を不快にさせないための日本の礼儀作法が思い浮かぶ。「心は千々に乱れているような時でも、顔には凛とした笑顔をたたえているというのが、社交上の義務なのである」(Hearn VI 370　平井呈一訳)。「人間の楽しさは、当然自分の周囲の人たちのしあわせにあるのだから、それにはおのれを虚しくして、なにごとも辛抱我慢すること、この修養にまつよりほかにない。この真理を、日本人ほどあまねく会得している国民は、ほかにないだろう」(Hearn VI 375–76) とハーンは考え、経験的に「住んでみるにはやはり日本人は世界でいちばんいい国民だ」(Hearn VI 377) と結論している。

だが核心は、「蓬莱」の痛烈な西洋文明批判にある。日本の利他的な傾向に対し、西洋人は利己主義を優先させ、個人の欲望を最大限に認める。「西の国からくる邪悪の陰風が、蓬莱の島の上を吹きすさんでいる。霊妙なる大気は、かなしいかな、しだいに薄らいで行きつつある」(Hearn XI 266)。

『怪談』で描かれた、怪異を畏れ、輪廻を信じ、樹木・鳥・虫の命をも慈しむ、大自然の中で調和して慎ましく生きる古い日本人は、確かに蜃気楼のごとく消えてしまった。黒船・キリスト教・文明開化・原爆・ＧＨＱのおかげで、日本人は封建制・家制度から解放され、個人の自由を謳歌し、高度に発達した人権を振りかざすようになった。そして気がつくと、家庭は崩壊し、人々は好き勝手過ごしたあげく孤独を口にするようになってきた。人間以外の権利はどうなっているのか。「おしどり」における雌鳥の告発が思い出される。

『怪談』でハーンが西洋文明社会のキリスト教徒読者に訴えた、「魂」を持つのは人間だけではないという主張は、いま真摯に再考すべきときを迎えている。人間は自然の一部に過ぎず、他の生物・無生物も平等の生存権を持っているのだから、「地球の管理者」などという西洋流の尊大な考え方では、人類滅亡の危機は避けられない気がするのだ。

注

（1）太田雄三氏は、「ハーンがこれらの再話を通してある思想なり、メッセージなりを読者に伝えようとしているのではないかと思っても、そのような方向でこれらの再話を自然な説得力をもって解釈するのは困難だ」（太田　一七九頁）と告白して、『怪談』の物語のメッセージ性を否定している。

対して、カリフォルニア大学デービス校で日本文学と民俗学を研究しているマイケル・ディラン・フォスター（Michael Dylan Foster, 1965– ）教授は、『怪談』の最新の「序文」で、怪談以外の作品も収録している雑多な面に触れたうえで、「しかし、この本を読みとおすと、共通のテーマが浮かび上がる。どの章も（虫の研究の章でさえも）それぞれ独自の方法で、この世とあの世、目に見えるものと見えないもの、生者と死者の境界線に疑問を呈する。夢と、目が覚めている世界がぼやけ、木や鳥がそれ自体を超えた何物かを意味し、蝶が魂を具現化し、蟻の巣が完全に秘密だった世界を明かし、私たちはみな蚊に生まれ変わるかもしれない」（Foster, 12　拙訳）と書いている。

これこそが、平川祐弘教授のいう「霊の日本」、すなわち神道のアニミズム的世界観である。本論は、大自然を人間に従属させるキリスト教的世界観と対照的な『怪談』世界の全貌をとらえる試みである。執筆に際しては、ハーンの没後一〇〇年を記念したシンポジウムで感銘を受けた、曾孫の小泉凡氏による再評価「「共生」への考え方」も参考になった。凡氏によれば、日本人の自然観に共鳴したハーンは、人間中心主義を否定し、霊的世界との共生にも積極的だった（小泉凡二八―二九）。

（2）タトルのペーパーバック版で確認できるが、Houghton Mifflin 版の全集ではなぜか省かれている。なお、平井呈一は「つゆのいのち」とすべてひらがなで訳している。

（3）中田賢次氏は、「怪談「ひまわり」を読む」で、『怪談』と題しながら勝手に「日まわり」を除外する出版業界の傾向に憤慨し、「日まわり」をまぎれもない怪談と位置づけている。

（4）輪廻については、『骨董』所収の「餓鬼」（"Gaki"）を参照。

（5）例えば、『骨董』所収の「蝿のはなし」（"Story of a Fly"）では女中のたまがハエに、「雉子のはなし」（"Story of a Pheasant"）では舅がキジに生まれ変わったと信じられている (Hearn XI 32, 34)。

文献表

Foster, Michael Dylan. "Foreword," *Kwaidan*. Charles E. Tuttle, 2022.

Hearn, Lafcadio. *The Writings of Lafcadio Hearn*. 16 vols, Houghton Mifflin, 1922.

――. *Kotto: Being Japanese Curios, with Sundry Cobwebs*. Charles E. Tuttle, 1986.

Hirakawa Sukehiro, *Ghostly Japan as Seen by Lafcadio Hearn*. Bensei Publishing, 2022.

太田雄三『ラフカディオ・ハーン――虚像と実像――』岩波新書、一九九四年。

北原保雄『明鏡国語辞典』第二版、大修館書店、二〇一一年。

共同訳聖書実行委員会『聖書 新共同訳』日本聖書協会、一九八七年。

小泉一雄「父「八雲」を憶う」、『小泉八雲　思い出の記・父「八雲」を憶う』恒文社、一九七六年。

小泉節子「思い出の記」、田部隆次『小泉八雲』北星堂書店、一九八〇年。

小泉凡「「共生」への考え方」『へるん』〈特別号〉八雲会・松江国際シンポジウム実行委員会、二〇〇五年、二八―三〇。

小泉八雲『怪談・奇談』平川祐弘編、講談社学術文庫、一九九〇年。

――『怪談・骨董 他』平井呈一訳、恒文社、一九七五年。

――『小泉八雲集』上田和夫訳、新潮文庫、一九七五年。

――『日本瞥見記』（下）平井呈一訳、恒文社、一九七五年。

トゥーンベリ、グレタ「序文」、ガフニー、オーウェン、ヨハン・ロックストローム『地球の限界――温暖化と地球の危機を解決する方法』戸田早紀訳、河出書房新社、二〇二二年。

中田賢次「怪談「ひまわり」を読む」『へるん』第四三号、八雲会、二〇〇六年、一二―一四。

ハーン、ラフカディオ『新編 日本の面影』池田雅之訳、角川文庫、二〇〇〇年。

――『怪談――不思議なことの物語と研究』平井呈一訳、岩波文庫、一九九三年。

平川祐弘「第二章『おしどり』」『破られた友情――ハーンとチェンバレンの日本理解』新潮社、一九八七年、一一九―一三四。

村松眞一『霊魂の探究者小泉八雲――焼津滞在とその作品』静岡新聞社、一九九四年。

森亮『小泉八雲の文学』恒文社、一九八〇年。

遊川和彦、南々井梢『35歳の少女』河出書房新社、二〇二〇年。

横山孝一「「蓬莱」――ハーンは古い日本に何を見たか」平川祐弘・牧野陽子編『講座 小泉八雲Ⅱ――ハーンの文学世界』新曜社、二〇〇九年、五七七―八七。

III

2 地球に人がいなくなった時
――環境危機とテッド・ヒューズ

金津　和美

はじめに――人類が消えた世界

「私たちのいない世界が、私たちの不在を寂しがるなどということはあるのだろうか」(ワイズマン　二七)。アラン・ワイズマン(Alan Weisman, 1947–)は著書『人類が消えた世界』において問う。例えば、ハドソン川河口を大規模に埋め立てて造成されたマンハッタンは下水管の下に地下鉄が建設されたため、七五三基のポンプで地下水の水位が一定に保たれるよう地下鉄職員によって管理されている。街から人が消え、一度、ポンプが停止すれば、ほんの数日でニューヨークの街は水浸しになり、やがて、気温の変化とともに凍結と融解が繰り返されて舗装道路はひび割れ、雑草が生え始める。二〇年ほどもすると木造住宅などの建物が崩れ、二〇〇年後には鉄橋や高層建築が倒壊する。空き地を植物や木々が覆い、ジャングルと化した街に野生動物が戻ってくる。人類が消えた後、自然は瞬く間に繁茂し、失地を回復していく。しかし、再生した自然が豊かな生態系を誇るのも、現在の地球の間氷期が終わり、次の氷河期が訪れるまでの期間だ。ワイズマンによれば、およそ一万数千年後、ニューヨークは氷河に飲み込まれる運命にあるという(ワイズマン　八〇)。

人類が突如として消えてしまった世界を想定するワイズマンの思考実験は、「人新世(Anthropocene)」という語が発する環境危機の諸問題を考察する上で示唆深い。「人新世」とは、二〇〇〇年の地球圏・生物圏国際共同研究計画の会議において、大気化学者パウル・クルッツェン(Paul Jozef Crutzen, 1933–2021)が発言した言葉から生まれた用語である。クルッツェンは更新世・完新世に続いて、人間活動が支配的となった現在の地質年代に「人新世」という語を与えることで、人類が地球環境に地質学的な影響を及ぼすことを印象付け、環境意識の変革を迫った（ボヌイユ　一七—一九）。

しかし、「人新世」という語が登場する以前に、すでに地球史的な視点から現代の環境問題を問い、活動し続けてきた詩人がいる。イギリスの桂冠詩人テッド・ヒューズ (Ted Hughes, 1930–98) である。本論では、晩年の作品『川』(*River*, 1983) と『エルメット』(*Elmet*, 1994) を中心に、ヒューズが地球における「私たちの不在」をいかに想起し、自然と人間、科学技術（テクノロジー）と詩学との関係性をいかに地球史的視座において問い、独自の詩想を展開していったのかをたどってみたい。[1]

一　水質保全運動と詩集『川』——科学と詩学の融合

ヒューズの自然観の礎は、ウエスト・ヨークシャーの農村に生まれ、一〇歳年上の兄とともに狩猟や釣りに興じた少年時代に形成された。詩論『詩の生まれるとき』(*Poetry in the Making*, 1967) において、詩作を動物を捉えることに喩えたように、ヒューズにとって詩は自然そのものの体現を意味している。また、処女詩集『雨の中の鷹』(*Hawk in the Rains*, 1957) を始めとして彼の作品は、その背景に科学技術（テクノロジー）の進展が生態系に及ぼす影響への懸念があるという点で、世界に先駆けて環境問題への警鐘を鳴らした『沈黙の春』(*Silent Spring*, 1963) の著者レイチェル・カーソン (Rachel Louise Carson, 1907–64) と問題意識を共有している (Gifford 11)。

ヒューズが携わった環境活動の一例として、デヴィッド・ロス (David Ross) とダニエル・ワイズボルト (Daniel Weissbort, 1935–2013) とともに共同で編集・刊行したイギリス最初の環境保護運動誌『あなたの環境』(*Your Environment*, 1969) が挙げられる。また、一九八三年には、デボン州北部の自治体トーリッジ (Torridge) を代表して、建設予定の下水施設についてイギリス南西部水道局への質問状を提出している。ヒューズたちの下水施設改善の要求は認められなかったが、しかし、トーリッジでの活動はより組織的な環境保護運動へと発展していった。河川に生息する魚の減少を危惧する釣り仲間たちとともに、一九九五年にデボン州河川の水質調査を促進する環境保護団体ウエストカントリー・リヴァー・トラスト (Westcountry Rivers Trust) を設立し、ヒューズ自身も理事の一人を務めた。(2)

環境保護運動にヒューズは熱心に取り組んだが、しかし、そのために科学技術(テクノロジー)の進展そのものを否定することはなかった。むしろ、自然を理解し、自然との共生を図るために積極的に活用することを歓迎した。『あなたの環境』一九七〇年夏号に掲載された書評においてヒューズは、行き過ぎた科学技術(テクノロジー)が統一体としての自然秩序を脅かすと批判する一方で、自然の統一体を再現する手段としてコンピューターという技術に注目している。ヒューズによれば、統一された自然秩序という古くからの考えは、キリスト教理念によって異端的で非理性的なものとして退けられてきたという。しかし、近年、コンピューターによって自然を統一体として見るという姿勢が、科学的に可能なものと考えられるようになった。

キリスト教は母なる自然を追放し、彼女のひれ伏した体の上に科学を産んだ。科学は自然を破壊しようとするものであったが、代わりに半ば傷ついた母の体の上にコンピューターを産む。コンピューターは父よりも、祖父よりも力強い神として、母であり、祖母、曽祖母である自然を、あらゆる神の母、聖なるものの中で最も聖なるものとして甦らせる。現在、私たちが見ているのはこういったことだ。一〇年前には詩的な夢以外では考えもしなかったようなこと。人類の偉大な女神、あらゆる生命の母としての自然の再来。誰でも、科学技術(テクノロジー)さえもが、耳を傾けることに同意する言葉を話すもの、いわば自然の神託、それこそがコンピューターだ。(3)

コンピューターによって解析された科学データに基づいて自然を描き、科学と詩学との接近を図ること。ヒューズはそれを詩人としての責務と考えた。トーリッジでの下水処理問題に従事していた時期に出版された詩集『川』には、こういったヒューズの環境意識が強く反映されている。

詩集『川』は一年を通じた生命の叙事詩として、鮭の人工採卵の作業を描いた詩「クリスマス前の朝」("The Morning before Christmas")を巻頭として、次の冬に再び産卵のために川を遡上してくる魚を主題とした「鮭の卵」("Salmon Eggs")によって締め括られる。巻頭の詩「クリスマス前の朝」では、男たちが脇に抱えた瀕死の雌鮭の腹を指で優しく揉みしだく。「朝霜にけぶる太陽に輝く[4]肢体を愛で、「頬を撫でるように指の背で、巧みに／やさしく」(三三―三四)何度も撫でさする。その愛撫に応えて、雌鮭は震え、身悶えしながら卵を放出する。「危険な産科学」(六三)と呼ばれるこの採卵作業にともなう官能性は、キリストの誕生と受難への祈りを捧げるクリスマスの朝にあって、生命の神秘への恍惚とした畏敬の念と結びついている。

人の手によって採卵された卵は、やがて孵化し、川には生命が満ち溢れる。「光の受肉」("Flesh of Light")は、生命の誕生を光のイメージを用いて描いた作品である。「光あれ」(「創世記」一章三節)という神の言葉によってもたらされた天地創造のイメージに加えて、この詩において川は、ビックバンを思わせる光の爆発から生じ、天文学的・物理学的イメージが強調されている。

> 核となる閃光、太陽の轟く静寂から
> 何かが生まれおちる。
> ヒースに覆われた石の間を煌(きら)めき、這いまわる。

> 牛が歩み入り、鼻面を持ち上げて

明滅する光を解く。
光は熱となり、黒体に集まる。

新しく生まれた何かが這い、青光が
重々しい樫の木の下草と
揺れる虹彩の花を照らす。（一―九）

地上に降り注ぐ光の粒は物体に吸収され、木の葉や瞳を照らす光の束となる。ここでの風景は、人間の視点を中心に据えた遠近法の秩序によって切り取られたものではなく、あらゆる事物が等しく物質的な素粒子の集まりとして捉えられている。生命もまた光と熱の循環といった物理的法則にしたがって描かれていて、その意味で自然は「受肉した光」なのである。このようにして川の流れは「太陽の滑らかに光る蛇」（一五）、また「癒しとなる水銀の創造物」（一六）と呼ばれ、豊かな光の潮流となって「花咲く海」（二三―二四）へと注がれていく。

生命の光が満ちるとともに、その一方で、ヒューズが描く川には死のイメージが付き纏う。表題の詩「川」（"The River"）において、「天から堕ち、世に見放されて／母の膝の上に身を横たえる」（一―二）川のイメージには、磔刑の十字架から降ろされて聖母マリヤに抱かれるイエス・キリストの姿が重ねられる。空から降り注ぐ雨粒は大地に広く浸透し、地中の「乾いた墓」（八）に葬られる。しかし、長い年月を経て、地表に湧き出た水流は「死を飲み込み、地の底を飲み込んで」（一一）、一筋の川となって集まり、「この世界を産み落とす」（一三）。「川は神である」（一四）と詩人が語るのは、川の恵みのあるところに人の暮らしがあるからである。「葦原に膝丈ほどの深さから　人を見つめたり／ダムの入口に踵でぶら下がったり」（一五―一六）しながら、川は人間の営みを支え、エネルギー循環の源泉となる。ヒューズにとって川が神聖であるのは、贖罪のための死から復活を果したイエス・キリストのごとく、「あらゆる死を洗い流して」（一八）人間の世界に生命をもたらすからである。
それゆえに詩集『川』を締め括る巻末の詩「鮭の卵」において、新たに産み落とされた卵は「死よりも生気に満ち」（一九）、「生よりも厳かな」（二〇）静寂の中に眠っている。その無に等しい静寂の中で、真冬の川は再生をもたらす儀式の祭壇となり、人や魚、あらゆる事物が「名もない／原子へと返されて」（三五―三六）、ただひたすらに再生の時を待っている。

誕生だけが大切だ
川の渦巻きは言う。
　　川は
枯葉が朽ちる静けさの中で　全てを沈黙させる
そこではただ太陽が周り、地球が周るだけ
心が古いサンザシの木を凝視めるだけ。（三七―四二）

二　科学技術(テクノロジー)時代の神話――『アイアン・ウーマン』

詩集『川』において、ヒューズは人間も動物も等しく生と死の循環という自然の摂理に差配される存在であることを表した。ところで、人間と動物との間には境界があるのだろうか。この問題を南アフリカの小説家J・M・クッツェー（John Maxwell Coetzee, 1940–）は『動物のいのち』（*The Lives of Animals*, 1999）において、ヒューズの動物詩への問いとして差し向けている。プリンストン大学でのタナー記念講演に招かれたクッツェーは、その講演のために動物の権利擁護を説く架空の小説家エリザベス・コステロの物語を用意した。講演の二日目、コステロはヒューズが書いた「鮭についてのすばらしい詩」[6]や動物詩「ジャガー」に言及し、生き物と面と向きあうとするシャーマニズム的視線、その原始主義を評価する。しかし、その一方で、ヒューズの詩を「ジャガーというものについての詩、この一頭のジャガーに体現されているジャガー的なものについての詩」(Coetzee 53) であるがゆえに「どこか観念的なところが残る」(Coetzee 53) のだと批判する。

人間はいかにして動物たちの世界、人間ならざるモノたちの世界を知り、語ることができるのだろう。コステロと同じく、ヒューズもまたこの問いに苦悶した。そして、観念という陥穽に落ちることの避けられない人間の知性主義に限界を感じ、例えば散文「神話と教育」("Myth and Education") において、現代における科学的知識偏重の教育観に対して疑問を投げかけている。ヒューズによれば、科学技術(テクノロジー)の発展とともに科学的客観性のみが重んじられる現代社会において、人間は機械的な生の場である「外的世界」と、より肉体的・身体的な生の場である「内的世界」の二つの世界に引き裂かれて生きることを強いられているという (Hughes, *Winter Pollen* 143)。これら二つの世界の乖離を乗り越えて人間性を回復するために、ヒューズは想像力の重要性を強調した。

> 外的世界から切り離されると、内的世界は魔物の場となる。また、外的世界は、内的世界と切り離されることで、意味のない物質や機械の場となる。これら二つの世界から「人間」を作り出す能力こそが、聖なるものと呼ばれるのだ。言うなれば、この力無くして人間性は本当には存在し得ない。宗教的、あるいは夢想的とも呼べる力。より本質的にはそれは、外的世界と内的世界を創造的精神のもとに包含する想像力である。
> (Hughes, *Winter Pollen* 151)

科学技術(テクノロジー)の進展が著しい現代、子供たちの想像力を豊かにする神話として、ヒューズが最初に執筆した児童小説が『アイアン・マン』(*The Iron Man*, 1968) である。それからおよそ二〇年後、『アイアン・マン』と対をなす作品として、『アイアン・ウーマン』(*The Iron Woman*, 1993) が発表された。これはデボン州の河川水質保護運動やウエストカントリー・リヴァー・トラストの発足といった、ヒューズの環境保護活動の一環として生まれた作品でもある。

『アイアン・マン』が鉄の男と少年ホガースとの友情物語であると同様に、『アイアン・ウーマン』は鉄の女と少女ルーシーとの友情物語である。鉄の女に初めて会ったルーシーは、彼女を「人間が作った潜水艦のようなもの」[7]、誰かが遠くから電子盤で操縦しているロボットのようなものだと思う。しかし、ホガースが「全く鉄の男のようではない。違うようにつくられたものらしい」(Hughes, *The Iron Woman* 46) と言うように、鉄の女の金属的な身体は、鉄の男が象徴する科学技術（テクノロジー）の力とは異なるものに由来するらしい。例えば、詩集『川』所収の「一〇月の鮭」において、魚の体を「海の金属」(二二)、「エネルギーの鎧」(四六) と呼ぶように、ヒューズは川の生命体を人間とは異なる機械的なシステムを持つものとして捉えていたようだ。「私はロボットではなく、本物よ」(Hughes, *The Iron Woman* 22) と鉄の女が答えるとき、彼女の身体の金属性は、人間とは異なる生態系、いわば川という自然が持つ固有のシステムを象徴している。

鉄の女は、ルーシーの父が勤めるゴミ処理場の排水によって川が汚染されたことへの怒りを訴える。彼女の身体に触れることで、ルーシーは傷つけられた川の叫びを聞くのだ。昆虫やヒル、芋虫、エビ、蚊、鯉やカマス、鰻など、沼地に住む生き物、水路や池、川や湖などあらゆる水域の生き物の声が、「この世の終わりであるかのように泣き叫ぶ、人間の赤子の凄まじい泣き声」(Hughes, *The Iron Woman* 29) となってルーシーに伝わる。少女は鉄の女の怒りを鎮めようと試みるが、しかし、「人間は何も変わらない。言葉が変わるだけ」(Hughes, *The Iron Woman* 65) と少女の説得を退け、鉄の女はゴミ処理場を破壊しようと向かって行く。

しかし、ホガースと共に助けに来た鉄の男によって、鉄の女に「スペース・バット・エンジェル・ドラゴンの力」(Hughes, *The Iron Woman* 70) が分け与えられる。スペース・バット・エンジェル・ドラゴンは鉄の男に仕える宇宙怪物である。その特別な力を得て、鉄の女は町中の男たちを「巨大な魚、巨大なイモリ、巨大な幼虫、何らかの巨大な水中生物」(Hughes, *The Iron Woman* 85) へと変えてしまう。動物へと転じ、水中の生き物の世界に放り出されたことで、人々は初めて人間ならざるモノたちの声を聴き、その痛みを知る。スペース・バット・エンジェル・ドラゴンの暗闇に覆われた町は、やがて、この宇宙怪物が飛び立つとともに浄化されて元の世界に戻る。だが、人々の耳に生き物の声が届かなくなったわけではない。ゴミを捨てたり、洗剤を使ったりするたびに、生き物の叫び声が聞こえ、人々は人間の営みによって傷つけられる自然の痛みを感じる心を持つようになる。

『アイアン・ウーマン』は人間が人間以外の生き物の世界を知ること、いわば、ヤーコプ・フォン・ユクスキュル (Jakob Johann Baron von Uexküll, 1864–1944) の言う環世界 (Unwelt) を共有する神話だと言えるだろう。しかし、動物はそれぞれに自身の知覚作用を主体とした環世界を持ち、全ての生物にとって同じ空間、同じ時間しかないという確信は幻想でしかないとユクスキュルはいう。彼によれば、「環境」(Umgebung) とは、人間固有の環世界に他ならない。動物たちの多様な環世界はそれぞれに閉じられていて、人間は影響を及ぼすことなく他の環世界を知ることはできないのだ。だが、その一方で、ユクスキュルの生態学は、人間を含むあらゆる生き物の環世界を支える一つの主体、「永遠に認識されないままに隠され」(ユクスキュル　一五八) てはいるけれども、全ての環世界の背後に存在する自然という主体を想定している。[8]

暗闇の中、姿は見えないが、歌を歌いながら夜空をゆっくりと遊泳するスペース・バット・エンジェル・ドラゴンは、ユクスキュルのいう主体としての自然、その神話的象徴と考えることができるだろう。鉄の男との戦いに敗れた宇宙怪物スペース・バット・エンジェル・ドラゴンは、毎晩、地球の周りの宇宙空間を飛んで歌を聞かせる約束をする。それは星々の精霊たちが歌う歌、宇宙がしぜんに生み出し、平和をもたらす「天体の音楽」[9]である。そして、宇宙怪物の歌を通して、生き物の多様な環世界を包み、人間が環境と呼ぶところの世界を超えて広がる時空間を想像することを可能にするがゆえに、『アイアン・マン』や『アイアン・ウーマン』は、現代にふさわしい神話だと言えるだろう。

三　人類の軌跡――次の氷河が来るまでは

小説家エリザベス・コステロは、ヒューズの詩のみならず、生態環境を語る人間の言説はそもそも生き物を概念としてしか捉えていないと、人間の知性主義を批判する。彼女の講演は独善的で教条主義的であるとして聴衆の反感を煽る結果となった。しかし、『動物のいのち』の作者クッツェーは彼女の言葉の真意はそこにはないことを仄めかす。「すべての生き物はそれ自身の個々の一生のために闘っています」(Coetzee 54) と述べるように、コステロ自身もまた、年老いた肉体を抱え、死の恐怖と向き合いながらひとつの動物として闘っている。彼女の訴えこそ、「人間」という概念によって個としての生が奪われることへの必死の抵抗であり、悲痛な叫びに他ならないのだ。だとすれば、ヒューズは自らの詩作品において、人間の動物的生、あるいはその個としての苦闘をいかに表現したのだろうか。本節では晩年に出版された自伝的詩集『エルメット』(*Elmet*) を中心に、ヒューズがいかに人間の営みを地球史的視座において捉えていたのかを考察してみたい。

詩集『エルメット』は、『アイアン・ウーマン』出版の翌年、一九九四年に発表された。この詩集は、写真家ファイ・ゴドウィン (Fay Godwin) の写真にヒューズが詩を添えて、一九七九年に出版された写真詩集『エルメットの名残』(*Remains of Elmet*) を再編集したものである。

エルメットとは、五世紀から七世紀初めに現在のウエスト・ヨークシャー周辺に存在したケルト王国の名称だ。谷間を流れるコルダー川 (The River Calder) 近くの小村マイサムロイド (Mytholmroyd) にヒューズは生まれ、少年時代を過ごした。エルメットとして知られた土地は、王国亡き後、長い年月にわたって地政学的な辺境の地であり続けたが、産業革命とともにコルダー渓谷 (Calder Valley) 一帯に綿や羊毛の紡績工場が建設され、工場労働者の町として急成長した。しかし、二〇世紀となり織物産業が衰退すると、次々と工場が閉鎖され、さらに第一次世界大戦の戦禍を受けて急激な過疎化が進む。ヒューズが生まれた一九三〇年代頃には、エルメットの地は再び、時代から取り残された廃墟の谷となっていた (Hughes, *Elmet* 9–11)。

一九七九年詩集表題の詩「エルメットの名残」において詩人は、エルメットの盛衰の歴史を氷河期に遡る長い地球史的な時間の流れの中に振り返っている。

氷河は必死にもがき
コルダーの長い水路を切り開くと
死体となって川下に消えていく

農地が現れ　何世代にもわたって
頑固に噛み砕き　内側が空っぽになるまで
互いを食い尽くす

沈んだ工場町は墓地となり
町を肥らせたもの全てを
完全に消化する（一―九）

氷河によって切り開かれた谷、そこに農地が生まれ、やがて工場が立ち並ぶ。しかし、全ては現れては消えゆく生と死の循環の中にあり、盛衰の歴史の果てに残されたエルメットを訪れるのは、いまや廃墟となった工場を訪ねる旅行者たちだけである。

詩集『川』が、一年を通した川の生態系の移り変わりを讃える叙事詩であったのに対し、詩集『エルメット』は、人為を圧倒する自然の力に抗い、不撓の闘いの末に儚く散っていった人々の記憶に捧げる挽歌だと言えるだろう。また、この詩集はヒューズの自伝的集大成の作品としても読むことができる。なぜなら、一九七九年詩集『エルメットの名残』を再編集するにあたって、それまでに発表された詩集から故郷の記憶に関わり深い作品が編纂されているからだ。例えば、処女詩集『雨の中の鷹』から転載された詩「六人の若者」("Six Young Men") は、六ヶ月後に第一次大戦で命を奪われることになる若者たちを写した古い写真を題材とした詩である。この写真が撮られた場所、「あのこけもの植っている土壌／あの葉の茂った樹／あの黒い壁」[10]は、今もまだそこにあって変わっていない。若者たちが耳を傾けた谷間の流れも「依然としてその音を変えていない」(一七)。しかし、若者たちが葬られて四〇年が経ち、写真に写る「すでに腐って／土になろうとしている彼の笑顔」(三五―三六)、その一瞬の笑みに刻みつけられた「死の大きさと重さ」(三二)に、詩人は心を強く揺さぶられる。

自然の悠久不変な時間の流れとは対照的に束の間に消えゆく人間の命の儚さと重さは、同じく詩集『ルペルカル』(*Lupercal*) から転載された詩「直立姿勢のディック」("Dick Straightup") の主題でもある。村の酒場に通い続け、八〇歳を過ぎても変わらず背筋を伸ばして矍鑠（かくしゃく）とした老人ディックの姿は、ウエスト・ヨークシャーの労働者の象徴であり、その中心となる町ヘプトンストール (Heptonstall) の風景そのものである。

　居酒屋のとびらの上の
　ランプは黄色く　すすり泣いた
彼が出ていった時、

闇をつむいでいる街は
風を一ぱい受けたときの
機械のように咆哮した。
彼の姿勢を正した歩みと、
彼の強い背と、わたしは今も憶えているが、
空と大地の間に出て行った
彼の白髪のまじった茶色の顔は
限界のない闇の中へ
のみこまれてしまった、
彼の魂の
唯一の友の腕の中に。

今はもう、あなたは強い
あなたが入ってしまった大地のように[11]

大地と共に生き、死して大地へと還っていった人々の記憶を贖うこと、それが詩集『エルメット』の主題であると言えるのかもしれない。『エルメット』には、ヘプトンストールの町の名を冠した詩が五篇ある。その一つ、『ウォドウォー』(*Wodwo*)から転載された詩「ヘプトンストール」("Heptonstall ('Black Village of Gravestones')")では、詩人はこの町を「墓石の黒い村[12]」と呼ぶ。かつて繁栄を誇った工場町は今は廃墟となって草木に覆われ、もはやそこに生きた人や生き物の姿はない。「馬鹿の頭蓋骨」(二)、「羊の頭蓋骨」(五)、「鳥の頭蓋骨」(九)と数え

あげるようにして、詩人はこの町の風景に、「倦むことなく」（一六）降り続く雨に打たれながら、すべてが等しく朽ちて土へと還っていく運命を見る。

ヘプトンストールが「墓石の黒い村」であるのは、この土地の歴史ゆえのみではない。そこはヒューズ自身の家族が葬られた墓地でもあった。「ヘプトンストール墓地」（"Heptonstall Cemetery"）においてヒューズは、この場所に眠る家族、母イーディス（Edith）や妻シルヴィア（Sylvia）を思い出して、祈りを捧げる。そして、彼らの魂が荒野に吹き渡る風によって「生きている羽根」（八）となって蘇り、「一群の黒鳥」（一〇）のように舞い、大西洋へと羽ばたいていくことを願う。しかし、土へと還っていった人々に心を寄せる詩人の想いを顧みることもなく、「ヒース」（"Heather"）に描かれるエルメットの大地は超然として、人間が抱く細やかな再生の夢には無頓着である。地上の生の営みを傍（かたわら）に聞き、ただ風に撫でられながらヒースの丘が考えているのは、次にやって来る氷河のことだけなのだ。

空の端から吹く風が
長い地平線の
灰色がかった熊毛色の背を打ち、馬ぐしをかける
紫色に続く無窮（アイオン）の時を
無邪気に見渡しながら
ヒースは聴いている
徒歩旅行者、銃声、行楽者たちの向こうに
氷河が戻ってくる

星の動きを（八—一六）

おわりに　宇宙に残る人類の記憶——宇宙怪獣の歌

私たちのいない世界が、私たちの不在を寂しがるということはあるのだろうか。どうやらこの問いに対する答えは、人類にとってあまり快いものではないらしい。ヒューズの詩作品は、ワイズマンの思考実験を裏付けている。では——さらに重ねてワイズマンは問う——「地球上の人類の不滅の輝きや響きを、かつて、私たちがこの場所に存在したという惑星間の印を、私たちがこの宇宙に残すことはあるのだろうか」（ワイズマン　二六）。もしそのようなものがあるとしたら、それは人類が宇宙に放つ電磁波らしい。

『エルメットの名残』から継承されたもう一篇の詩「ヘプトンストール」（"Heptonstall ('—old man')"）では、年老いた男が「漏れ出るままの思い出に」（四）に身をまかせて、窓から遠くへと伸びる「電線」（二八）をぼんやりと見つめている。この男は電線の先に何を見ているのだろうか。電線のイメージは、『ウルフウォッチング』（*Wolfwatching* 1989）から転載された詩「電線」（"Telegraph Wires"）でも繰り返される。この詩では、「ヒースの丘を超えて町と町が囁き合う」（三）と言われるように、電線を通って電波は空間を超えて遠くへと伝わっていく。それればかりではない。人の死や、また人類の歴史を超えて、電波は遥か彼方の時空へと進んでいくのだ。

この世のものとは思われない大気を
人の耳は聴き、萎れていく！
宇宙はくるくる回るダンス場

明るい顔が、荒野の上にかがみ込み
人の骨を空（から）にする音色を
電線から引き出している（七一―一二）

一九七七年、人類の記憶を宇宙に届けるという使命を負って、二機の惑星探査機ボイジャーが打ち上げられた。ボイジャーは、現在、地球から最も遠い位置にある人工物である。しかし、数十億年後、宇宙塵による摩耗でボイジャーが星屑となって散った後、「人間の有様を記憶した音や映像を乗せた電波が、最終的に宇宙に残る私たちの情報のすべてとなる」（ワイズマン　四三八）。そして、人間の脳が発する低周波の電気的インパルスもまた、ごく微弱な電波となって宇宙に残り続けるそうだ。だとすれば、数ある宇宙終焉の仮説の一つが現実のものとなり、宇宙が膨張の果てに収縮へと転じるようなことがあれば、[13] 私たちの記憶が「電磁波に乗って里帰りし、いとしい地球の上をさまようことが」（ワイズマン　四七二）ないとも限らない。もしそうなれば、その時、人類のいなくなった地球が聴く音楽は、宇宙を包み込むスペース・バット・エンジェル・ドラゴンの天体の音楽、「何百万もの人びとが合唱しているような、ひくくて力強いふしぎな音楽」(Hughes, *The Iron Man* 61) なのかもしれない。

注

（1）「人新世」によって提起された環境主義的問いへの応答として、ヒューズの詩作品を環境詩として読む研究動向が見られる (Lidström 67–83; Solnick 65–101)。

（2）ヒューズの環境保護運動への取り組みについては、Gifford 及び Reddick を参照。

（3）Hughes, *Winter Pollen*, 132-33.　本書からの引用は拙訳による。

（4）「クリスマス前の朝」二六行。ヒューズの詩作品は Hughes, *Collected Poems* を出典とし、訳は拙訳による。以下、本文中に行数のみを記す。

（5）原文は "the quivering iris" である。「虹彩」と「アヤメ」の花の二重の意味があると考えられる。

（6）Coetzee, *The Lives of Animals*, 53. 森祐希子・尾関周二訳による。

（7）Hughes, *The Iron Woman*, 22. 拙訳による。

（8）ジョルジョ・アガンベンは『開かれ――人間と動物』において、ユクスキュルによるダニの環世界についての研究に数章を割いて、人間と動物に見られる排除と包摂の関係性、両者の間に横わたる空虚な生としての境界の不在を考察している（アガンベン　七二―九九）。

（9）Hughes, *The Iron Man*, 60. 神宮輝夫訳による。

（10）「六人の若者」一一行。片瀬博子訳による。

（11）「直立姿勢のディック」四六―五四行。片瀬博子訳による。

（12）「ヘプトンストール」一行。片瀬博子訳による。

（13）宇宙の加速膨張が進んで最終的に空っぽの状態になる「ビックフリーズ」が、現在、最も可能性の高い宇宙の終わりだと考えられている。だが、もしダークエネルギーが極端に減少して負のエネルギーを持つ場合、空間の膨張が収縮に転じ、宇宙は無に帰すだろうという仮説「ビッククランチ」も存在する。（木村　一四六―五一）

参考文献

Bate, Jonathan. *Ted Hughes: The Unauthorised Life*. Harper Perennial, 2015.

Coetzee, John Maxwell. *The Lives of Animals*. Edited by Amy Gutmann, Princeton UP, 2016.

Gifford, Terry. "Ted Hughes's 'Greening' and the Environmental Humanities." *Ted Hughes, Nature and Culture*, edited by Neil Roberts et al., Palgrave Macmillan, 2018, 3-20.

Hughes, Ted. *Collected Poems*. Edited by Paul Keegan, Faber and Faber, 2003.

——. *Elmet*. Faber and Faber, 1994.
——. *Poetry in the Making*. Faber and Faber, 2008.
——. *The Iron Man*. Faber and Faber, 2005.
——. *The Iron Woman*. Faber and Faber, 2005.
——. *Winter Pollen: Occasional Prose*. Edited by William Scammell, Faber and Faber, 1995.
Lidström, Susanna. *Nature, Environment and Poetry: Ecocriticism and the Poetics of Seamus Heaney and Ted Hughes*. Routledge, 2015.
Reddick, Yvonne. "Hughes's Environmental Campaigns." *Ted Hughes in Context*. Edited by Terry Gifford, Cambridge UP, 2018, 302–11.
Solnick, Sam. *Poetry and the Anthropocene: Ecology, Biology and Technology in Contemporary British and Irish Poetry*. Routledge, 2017.
アガンベン、ジョルジョ『開かれ——人間と動物』岡田温司・多賀健太郎訳、平凡社、二〇二二年。
木村直之編『ニュートン別冊　宇宙の終わり——誕生から終焉までのビッグヒストリー』Newton Press、二〇二三年。
クッツェー、J・M『動物のいのち』森祐希子・尾関周二訳、大月書店、二〇〇三年。
ヒューズ、テッド『アイアン・マン——鉄の巨人』神宮輝夫訳、講談社、一九九六年。
——『テド・ヒューズ詩集』片瀬博子訳・編、土曜美術社、一九八二年。
ボヌイユ、クリストフ他『人新世とは何か——〈地球と人類の時代〉の思想史』野坂しおり訳、青土社、二〇一八年。
ユクスキュル／クリサート『生物から見た世界』日高敏隆・羽田節子訳、岩波文庫、二〇二二年。
ワイズマン、アラン『人類が消えた世界』鬼澤忍訳、早川書房、二〇一九年。

Ⅳ

食糧危機・エネルギー不安の危機感と英米文学

I

1　危機における子供たち

――アイルランド大飢饉を扱った子供向け歴史小説『サンザシの木の下に』

久保　陽子

はじめに

一八四五年～四九年頃にアイルランドを襲ったジャガイモの疫病は世界史上最悪の大飢饉の一つと言われるほどの甚大な被害をアイルランドの人々に与えた。その様相はアイルランドの歴史研究のみならず文学研究においても重要なテーマとなり、今日まで継続して研究がなされている。大飢饉という文脈においてエミリ・ブロンテ (Emily Brontë, 1818–48) の『嵐が丘』(*Wuthering Heights*, 1847) を論じたテリー・イーグルトン (Terry Eagleton, 1943–) の著書 *Heathcliff and the Great Hunger: Studies in Irish Culture* (1995) は特筆に値する。しかし、彼の論考の中に書かれた「アイルランド大飢饉を想起させる文学的テキストは「「ほんの一握りの小説と一握りの詩群 ("a handful of novels and a body of poems")」しかない」(Eagleton 13) という主張については、その後に多くの研究者たちからの反例が示されることにより、覆される結果となっている。例えばクリストファー・モラッシュ (Christopher Morash) は、アンソニー・トロロープ (Anthony Trollope, 1815–82) やウィリアム・カールトン (William Carleton, 1794–1869) といった一九世紀当時の同時代作家による飢饉に関する表象の数々について明らかにした。マーガレット・ケラハー (Margaret Kelleher) は、トロロープやカールトンに加えて、リーアム・オフラハティ (Liam O'Flaherty, 1896–1984)、ジョン・バンヴィル (John Banville, 1945–) のような現代男性作家、そしてホアー夫人 (Mrs.

Hoare, 1818–72) やマーガレット・ブリュー (Margaret Brew, 1850–1905) といった知られざる女性作家による著作を研究対象とし、さらに飢饉に関する旅行記や詩が書かれてきたことについての分析も行なっている。メリッサ・フィーガン (Melissa Fegan) は、*Literature and Irish Famine, 1845–1919* の中で、一八四五年から一九一九年の間に書かれた飢饉を扱った小説を詳細に追い、「飢饉文学」(Famine Literature) をもはや「マイナー文学」として捉え続けることに疑義を突きつけている。これらの研究は、飢饉を扱った文学テクストの発掘と再評価を行うものである。そこには、他の研究分野においても一九九〇年代以降に積極的に取り組まれてきている、民族、アイデンティティ、ポストコロニアリズム、フェミニズムなどからの影響が見られる。一九九五年がアイルランド大飢饉から一五〇周年を数える年であり、この節目の年において各種の関連イベントが執り行われ、それ以降、さまざまな角度からの大飢饉についての問い直しが行われていったということも背景になっている。

一方、飢饉を含むあらゆる災害や戦争などの「危機」において、おそらくその最も悲惨な被害者となったはずの「子供たち」に焦点を当てた文学研究の試みはまだあまり進んでいない。二〇一七年になってようやく、アメリカのコネチカット州にあるキニピアック大学付属の「アイルランド大飢饉研究所 (Ireland's Great Hunger Institute)」が、「子供と大飢饉 (Children and the Great Hunger)」と題する学術大会を開催し、このテーマにおける大きな進展を促した。この大会では、ジャガイモ大飢饉がアイルランド社会の若年層に与えた影響が考察されたが、その考察結果は、翌二〇一八年に、クリスティン・キニアリー (Christine Kinealy)、ジェイソン・キング (Jason King)、ジェラルド・モラン (Gerard Moran) が共同編集者となり *Children and the Great Hunger in Ireland* としてキニピアック大学出版局から発行されている。

本論で取り上げるのは、この *Children and the Great Hunger in Ireland* の「まえがき ('Forward')」を書いた現代作家マリタ・コンロン＝マッケンナ (Marita Conlon-McKenna, 1956–) が子供向けに書いた最初の小説『サンザシの木の下に』(*Under the Hawthorn Tree*, 1990) である。(1) この小説は、ジャガイモ大飢饉の困難な状況を生き延びようとする子供たちを主人公として描かれている。アイルランドの小学校の歴史の授業でも教材として取り上げられている小説であり、子供向けの「歴史小説」の一種として認知されている。ただしこの作品は、アイルランドの視点から大飢饉の責任の所在に関して政治的な訴えをするというような動機で書かれたものではない。コンロン＝マッケンナは、いわゆる「歴史小説」の作者が行うような、史実とフィクションをいかに織り交ぜるかについての技巧を凝らすことには関心を向けていない。またその小説の中で、歴史家が後年に行った史実についての評価や、作者自身による政治的な主張などを、登場人物の口を通じて代弁させるような描写をすることは控えられている。あくまで子供たちの視点から、飢饉で荒廃したアイルランドを詳細に描写し、そこで人々が経験したあらゆる苦しみと悲しみ、忍耐と意志、勇気や希望を、率直で繊細な筆致で描き出すことを貫いている。

アイルランドの大飢饉が実際にどのようなものであったのかについては、一八四五年の大飢饉発生から一七五周年を記念して二〇二〇年に制作されたＲＴÉ (Ráidio Teilifís Éireann) によるドキュメンタリー (*The Hunger: The Story of the Irish Famine*) の中で、最新の歴史研究の成果をもとに、アイルランドの人々が生き延びるために、どこまでのことを行ったのかについて描写されている。たとえば、「黒い一八四七年 (Black '47)」と呼ばれた年においては、人々の飢餓の状況が特に深刻化し、腐敗した豚やロバ、犬を食べるようになっていたとされている。カニバリズム〈人肉食〉までが行われたかどうかについては、キリスト教国であるアイルランドではカニバリズムが強いタブーとされるため、否定的な見解を示す研究がある。(2)

歴史研究の困難さの一つは、真実を探る過程で出くわす偏見やバイアスにどう向き合うかという点にあるであろう。例えばウィンストン・チャーチル (Sir Winston Leonard Spencer Churchill, 1874–1965) の名言「歴史は勝者によってつくられてきた」はこのことを端的に表している。歴史を記録する者は、多くの場合、勝利者や権力を持つ者たちであり、その結果として彼らの視点や解釈が優先される。この偏った視点は、敗者やマイノリティの声を歴史の中から消してしまうことがあるが、これは「生存者バイアス」と呼ばれるもので、歴史の「事実」に影響を与えてきた。しかし筆者は、歴史小説のような文学はこの問題をある程度解決する手段となることができると考えている。なぜなら、歴史小説は歴史的「事実」を基にしながらも、異なる視点や解釈を加えることができるからだ。バイロンの言葉、「事実は小説より奇なり」も、事実の中には語り得ない真実や感情があることを示している。そして、文学は、その真実や感情を形にする力を持っている。勝者の物語を乗り越え、弱者に眼を向けること、本来は語ら（れ）ない弱者の立場の者が語ることは、他ならぬ文学にしかできないことである。

アイルランドにとってのジャガイモ大飢饉は、紛れもなく国民にとっての異常な事態であり「危機」であった。夥しい数の悲惨な事実がそこにはあったはずだが、多くの人はそれを語ら（れ）ずに亡くなっていった。危機を題材にした作品には、なぜこのようなことが起こったのかという問題が常に結びついている。例えば、戦争文学では、作戦の原因や首謀者に焦点が当てられる。後述するように、アイルランドのジャガイモ大飢饉については、イングランドの責任を問う視点が一つの定説として存在していた。よって、子供の観点から描いた危機の文学を読む時、主人公が子供で大人が周辺にいれば、大人やイングランド政府が悪いという前提を抱きがちだが、『サンザシの木の下に』という物語は異なる。これはある種の冒険物語で、復讐の感情は意識的に避けられている。本論では、なぜこの作品がこうした独特の語り口を持ち、アイルランド国内外で求められたのか[3]、そして「危機の文学」が後世に伝える本質的なメッセージとは何かを考察したい。

一　アイルランドのジャガイモ大飢饉

アイルランドの児童文学というと、多くの人が一九世紀末のアイルランド文芸復興運動の中で、W・B・イェイツ (William Butler Yeats, 1865–1939) らが古ゲール語で収集・再話・編集した説話や民話などの伝承文学を想起するだろう。この文芸復興運動は、アイルランド独立運動の文化的側面として起こり、民族アイデンティティーを文学を通して人々の間に呼び覚まそうとする動きだった。よって、日本でもよく「アイルランドといえば『妖精』」「アイルランドといえば『ファンタジー』」といったステレオタイプがあるように、この時期の文化的ナショナリズムは、多分にロマンティックに偏重された感がある。しかし、これらのロマンティックな物語とは異なる、より生々しい「物語」も存在していたことを忘れてはならない。それは、イングランドに植民され抑圧されてきたアイルランドの独立運動や内戦、紛争の歴史が、個々の家庭の中で祖父母から語り継がれ、「思い出話」として子供や孫に共有され、連綿として歴史の中に刻まれてきた。そのような流れの中で生まれたといえる児童文学の一つのテーマが、本論で取り上げる「ジャガイモ大飢饉」というアイルランドの「歴史」であり、またアイルランド人たちの「記憶」である。

『サンザシの木の下に』は、『ワイルドフラワー・ガール』(*Wildflower Girl*, 1991)、『フィールズ・オブ・ホーム』(*Fields of Home*, 1997) と合わせて、「飢饉の子どもたち三部作 (Children of the Famine Trilogy)」の一部として知られている。[4] 三部作の最初を飾る『サンザシの木の下に』はアイルランド市場だけでも二五万部売れたが、その後世界的ベストセラーとなり、日本でも一九九四年に翻訳された（こだまともこ訳『サンザシの木の下に』世界の子どもライブラリー、講談社）。この「歴史小説」では、オドリスコル家 (O'Driscoll) の三人の子供たち、上から順に一二歳のアイリー (Eily)、九歳のマイケル (Michael)、七歳のペギー (Peggy) が、生まれたばかりの幼い妹ブリジェット (Bridget) を大飢饉で失い、両親とも別れてしまう場面から始まる。息を引き取ったブリジェットは、神父が病気なため葬式があげられず棺桶屋も死んでしまったため棺が手に入らない。結局おばあちゃんからもらった木製衣装箱に入れられて裏庭のサンザシの木の下に埋められた。[5] 残された兄弟姉妹の三人は救貧院に入れられそうになるが上手く逃げ出し、代わりに母の思い出話に出てきた大叔母のリーナ (Lena) とナノ (Nano) を頼るべく彼女たちを見つけ出すことにする。母の思い出話によると、この二人の大叔母は独身でキャッスルタガート (Castletaggert) でお菓子屋を営んでいたはずだ。こうしてアイルランドの大地を旅することになった子供たち三人は、その道中で必死に知恵を絞り意志を強固に持ち続けることで、少ない食を得ながらジャガイモ大飢饉という「危機」の中を生き抜いていくことになる。

アイルランドのジャガイモ大飢饉とはそもそもどういった「食糧危機」だったのか。ここで簡単に概観しておこう。[6] およそ一八四五～四九年にかけて起きたアイルランドのジャガイモ大飢饉は、胴枯病 (blight) による不作から始まったと言われている。この胴枯病菌は当初アメリカとヨーロッパ大陸で発生した。その後イングランドに持ち込まれると、あっという間にアイルランドでも繁殖し、アイルランドでの「食」に大きな被害をもたらした。というのも、一八四〇年代当時のアイルランドでは、ジャガイモは人々にとって重要な「主食」だったからだ。アイルランドのような貧農地でもジャガイモなら栽培でき、そこで得られる泥炭を燃料にして容易に調理することもできた。一八四五年のアイルランドの珍しい低気温と高湿度の天候が、菌の繁殖の一因となった。そして年を追うごとに不作は深刻化し、アメリカから輸入されたインディアン・コーン（トウモロコシの一種）も大した栄養価はなく、餓死を防ぐための効果はあまりなかった。農地から離れざるを得ず収入源を持てなくなったアイルランドの小作人に対しては、道路工事や清掃などの公共事業が代わりにあてがわれ、救貧院や配給所も設置されたが、それらの質は決して高くなかった。結局この飢饉を境にアイルランドの人口は大きく変化し、国勢調査によると一八四四年には約八二〇万人だった人口が一八五一年には約六六〇万人に減少した。天然痘や飢餓熱、発疹チフスによる病気も重なり、約一〇〇万人が死亡した。この飢饉の間に他国に渡ったアイルランド移民は、推定二〇〇万人に上った。

こうした被害の実態を調査する中で驚くべき事実の一つがある。それは、「一八四〇年代のアイルランドでは、子供と老人が人口の三分の一を占めていたが、死者の五分の三は子供だった」(Conlon-McKenna xxii) ということだ。そして、「一八四五年から一八五二年にかけて大飢饉で亡くなった何十万もの子供たちは、しばしば無名の墓に埋葬され、その死は記録されなかった」のだという (Conlon-McKenna xii)。大飢饉の中で死んでいった子供たちについての総体的なイメージとしては、例えば『イラストレイティッド・ロンドン・ニュース』(*Illustrated London News*)でも定期的に伝えられてきた。その一例として、一八四六年一二月一二日号では、アイルランドのカトリック解放運動を主導した政治家ダニエル・オコネル(Daniel O'Connell, 1775–1847)が「父親は飢え、母親は嘆き、子供たちは泣き叫んでいた(中略)。見るのも恐ろしい、考えるのも恐ろしい光景だった(後略)。」と述べたスピーチの内容が掲載されている。[7] また、一八四九年一二月二二日の記事では、有名なスケッチ"Bridget O'Donnell and Her Children"と共に、飢饉下で土地を追い立てられた母親と子供たちの窮状が、母親自身が語るという形式で詳細に報告されている。母親はその後流産してしまい、一三歳の息子は餓死してしまった。[8]

大飢饉という「歴史」をめぐる象徴的な事実として、大飢饉一五〇周年にあたる一九九七年に(一八四七年は特に被害が甚大だったため、その年から数えた一九九七年が「一五〇周年」とされた)、当時の英国首相だったトニー・ブレア(Tony Blair, 1953–)が、同じく当時アイルランド大統領だったメアリー・ロビンソン(Mary Robinson, 1944–)らが列席する面前で、飢饉当時のイングランド政府の失策を公式に認めたという出来事があった。よく知られているように、大飢饉に対するイングランド側の責任については、もともと多くの議論があった。例えばジョン・ミッチェル(John Mitchel, 1815–75)のような一九世紀のアイルランド民族主義者は、イングランドの政策が直接の原因であると示唆していた。彼の著書*The Last Conquest of Ireland (Perhaps)*(1860)では、「……私はこれを、人為的飢饉と呼んでいる。(中略)全能の神によってジャガイモの疫病はもたらされたが、飢饉を引き起こしたのはイングランド人だ。」と述べられている(Mitchel 219)。他にも例えば、オスカー・ワイルド(Oscar Wilde, 1854–1900)の母親として知られる詩人レディ・ワイルド(Jane Francesca Agnes, Lady Wilde, 1821–96)が「スペランザ(Speranza)」という筆名で書いた詩がある。レディ・ワイルドは、一八四七年一月二三日号の『ネイション』紙(*The Nation*)に、後に詩集に収録されたときに「飢饉の年」('The Famine Year')と改題されることになった「打ちひしがれた土地」('The Stricken Land')を発表した。最初の数行は、飢餓に苦しむアイルランド人への問いかけとその本音の回答となっており、ジャガイモの「不作」が大規模な「飢饉」にまで発展した原因と責任が、皮肉を込めて次のように批判されている。


疲れ果てた男たちよ、何を刈り取っているのか？――よそ者のための黄金の穀物。

何を蒔いているのか？――敵を討ってくれる者を待っている人の死体。

気絶し飢えに苦しむ者よ、沖合に何が見える？

――よそ者が嘲笑う中を、我々の食べ物を運び去る立派な船。

偉ぶった兵士の一団がいるが、お前さんの戸口を回って何をしている？

――彼らは、貧しい者の痩せた手からご主人様の穀倉を守っている。

青ざめた母親たちよ、なぜ泣くのか――私たちが死ねばいいのに、子供たちが目の前で気絶しそうなのに私たちは彼らにパンを与えることができない。(Lady Wilde 10)

アイルランドを当時植民支配していたイングランド政府は、救済措置に約八〇〇万ポンドを費やしたというものの、それは融資やスープ・キッチン（食料配給所）の運営資金援助、道路建設などの公共事業を通じた雇用創出に限られていた。よって、その間、アイルランドの農民は食料を買う金がないにも関わらず、政府は穀物や肉などの上質の食料を国外に輸出し続けていた。そういった失策の実態を、「人災」だとしてここまで痛烈に批判した詩は、当時は珍しかった。

一方、イングランド政府は、こうした批判に対して、当時どのような視点から「大飢饉」を正当化していたのか。その際には、エドマンド・バーク (Edmund Burke, 1729–97) の *Thoughts and Details on Scarcity* (1795) の言説が利用されることがあった。レッセ・フェール主義の実行や政府の介入を否定したバークの経済原則に照らして、「不作」が「飢饉」へと発展した責任は、被害者であるアイルランド人の「道徳上の欠点 (moral failure)」や「異質性」にあるとされたのだ。[9] ヴィクトリア朝時代に発展した印刷文化と新聞や雑誌といったジャーナリズムが、このようなアイルランド人に対する敵対的な表現や見方を刺激し、こうした価値観を自ら率先して世論として形成していくという役割を担ってしまったことも大きい。シャーロット・ボイス (Charlotte Boyce) は、とりわけ『パンチ』誌 (*The Punch*) における、「アイルランド人＝怠惰」といったステレオタイプの醸成についての鋭い考察をしている。ボイスによると、この異質性を示す主な恐怖の印のひとつが「食べ物」だったという。アイルランド大飢饉はジャガイモへの過度の依存に起因していたが、ボイスはその上で、ジュリア・クリステヴァ (Julia Kristeva, 1941–) のアブジェクシオン (abjection) の概念とアイルランド人の描写を結びつけ、ジャガイモの特質がアイルランド人のアイデンティティの忌まわしい特質と混同されたのだと主張する。[10] 例えば、一八四五年一二月一三日の『パンチ』誌に掲載された“The Real Potato Blight of Ireland”では、ダニエル・オコネル自身がジャガイモ菌として戯画化され、床にはコインの入った募金用の皿が置かれている。アイルランド大飢饉の原因がアイルランド人がジャガイモだけに頼り続けたことにある限り、その怠惰は腐ったジャガイモと同一視され続けたのだ。[11]

　ウィリアム・コベット (William Cobbett, 1763–1835) も同様に、ジャガイモを「アイルランドの怠惰の根源 (‘Ireland’s lazy root’)」(Cobbett 57) と評し、さらに「ジャガイモは不潔、惨めさ、奴隷制度の原因でもある」(Cobbett 44) と述べた。このような見解を飢饉当時の政策に反映させたのが、イングランド政府の要職にあったチャールズ・トレヴェリアン (Sir Charles Trevelyan, 1807–86) だった。彼は、ジャガイモ依存のアイルランドの現状に疑問を呈し、「ジャガイモだけで生計を立てる国に未来はあるのか?」(Trevelyan 2) と指摘した。彼の考え方に基づき、アイルランドに対する救援の規模は抑えられ、飢饉の原因をアイルランド人の怠惰に求めるという言説が形成された。この言説は、イングランド側がアイルランドの大飢饉に対する責任を逸らす助けとなった。

二　『サンザシの木の下に』における現実認識の差

『サンザシの木の下に』はアイルランドの大飢饉を背景にした子供向けの物語で、表面的には政治的議論を避けているように思われる。しかしその中には、微妙に政策への批判が織り込まれている。物語の始めでは、主人公の父親が公共事業の「道路工事」に従事しているが、彼からの連絡は途絶えている（第一章）。また、子供たちはスープ・キッチンで「少し腐ったような変な臭いのする子羊のシチュー」（八四）を手に入れるが、その後吐き気をもよおしお腹を壊す（第七―八章）。これらのエピソードは、イングランド政府の経済政策や取り組みへの微細な批判を込めていると解釈できる。さらに、物語の中で牛が常時監視され、安全な場所で守られている様子が描かれている。これは、飢餓状態のアイルランドの民よりもイングランドの家畜が優先されていたことを示唆している（第五章）。また、物語の後半で、子供たちは埠頭で穀物を積んだ荷馬車がボートに荷を積み替えているのを目撃する。この穀物がイングランドへ向けて輸送されると知った村人たちが反発する場面も、政府の方針に対する批判として描写されている（第一〇章）。

このように、『サンザシの木の下に』では、レディ・ワイルドの詩にも見られたイングランド政府への批評が隠れている。しかし、子供たちの純粋な視点を通じて物語が進行することで、その批評の鋭さは和らげられている。例えば、右記の港町で穀物がイングランドへ運ばれる現場を目の当たりにする場面では、がい骨のようにやせた若い男が二、三人、荷馬車に飛び乗って袋を引き裂き、こぼれた穀物を子供たちも必死になってかき集めてポケットや食料袋に押し込み逃げ出すが、「それからどうなったのか、アイリーにはわからなかった」（一〇三）。警護の兵隊たちが集まってくる人たちを警棒でなぐりつけ追いはらう様子も「見たくない」（一〇四）という彼らの無邪気な反応が描かれる。そして、子供たちが逃げる途中、親切な農夫からパンとチーズをもらう場面に移行する。

これとは対照的に、スープ・キッチンで子供たちが見知らぬ男に、もう一杯スープを飲んだら、「イギリス女王の貨幣をもらったのと同じことになる」（八二）と脅される場面がある。しかし、この言葉の背後に隠された意味、つまり、カトリックからプロテスタントへの改宗を示唆する暗示[12]は、「子どもたちは訳がわからず無視をした」（八二）と、物語の中ではこれ以上深く触れられない。このような子供の視点からの描写は、イングランド政府の不正や失策、植民地支配の歴史に対する深い恨みや敵意の焦点化を適切に回避している。適切な回避とはすなわち、こうした描写には、大人になってふりかえれば十分に汲み取れる範囲の批判が込められてはいるものの、それがまだ分からない子供の視点を通すことで、表だった批判の形を免れているということだ。

一方で、子供たちの視点で描かれる家族や村人たちの苦境は、実感として非常に強く伝わってくる。とりわけアイリーの記憶に残る場面がある。それは父が農地を囲む石垣に座り、頭を抱えてうなだれる姿。一方、母は畑で泥だらけの手とエプロンでジャガイモを掘り出していた。空気中には、飢饉による不幸を象徴する、腐敗と病の重い臭いが漂っていた。子供たちはその現実を見て目を大きくし、体を震わせた。そして、「子どもたちでさえ、これから飢えがおそってくることがわかっていた。」（一一）のだった。

アイリー自身は、イングランドの政策や植民地の影響を「理解していない」と語られる。しかし、飢饉の恐ろしさに関しては、「はっきりと理解していた」と明言されている。飢饉が始まってから、アイリーは時折、自分の置かれた状況が夢のようだと感じていたが、「空腹という身体的な痛みと心の悲しみは、これが現実だということをしっかり教えてくれた」（一〇）。このように、飢饉という重大な危機は、空腹という身体的な痛みだけでなく、心の深い傷としてもアイリーには感じられていたのだ。

三　アイルランドの児童文学と大飢饉

既述したように、大飢饉の最中における子供についての歴史的・文学的研究はこれまでほとんど注目されてこなかった。しかし、二〇〇三年ごろからこのテーマの研究成果を発表し続けているカレン・ヒル・マクナマラ(Karen Hill McNamara)やシネイド・モリアーティ(Sinéad Moriarty)によると、飢餓や困難を乗り越える子供たちの姿は、単に個人の苦しみや勇気だけではなく、アイルランド全体の挑戦と抵抗の象徴として描かれている。アイルランドの大飢饉に関する児童文学は、その歴史的背景や社会的影響のみならず、当時の子供たちが経験した飢餓やその他の困難に直面する情景を描写することで、読者に深い共感を引き出してきた。[13] この観点から見ると、『サンザシの木の下に』におけるアイリー、マイケル、ペギーの姿もアイルランドの子供たちの抵抗と生き抜く力を象徴していると言え、彼らは飢饉の困難な状況の中で挑戦に立ち向かい、互いを支え合って生き抜いている。イングランドのメディアが描写したアイルランドのステレオタイプのイメージ、すなわち「怠惰なアイルランド人」のレッテルは、この物語の中で完全に打破され、アイリーの決断力、マイケルの勇気、ペギーの持続力は、アイルランドの子供たちの不屈の精神と希望を示していると言える。アイルランドの大飢饉に関する児童文学は、当時の子供たちの経験や挑戦を描くことで、アイルランドのナショナル・アイデンティティや社会的背景を深く反映し、アイルランドの子供たちの勇気や抵抗力を称賛し、彼らの生き抜く力を讃える重要な役割を果たしているのだ。以下、物語の流れを追いつつ、少し例を挙げよう。

工事現場から戻ってこない父を探しに、母も家を出た後、子供たちは救貧院に連れていかれそうになる。しかし、アイリーの判断で一瞬の隙を見て逃げ、大叔母たちの住むキャッスルタガートに向かう決意をする。キャッスルタガートへの旅中、ある日マイケルは野ネズミとハリネズミを一匹ずつ捕まえる。この時点で子供たちは既に「吐き気を催すような気持ち悪さ」(一三三)という感情を捨て、「大事なのは何としても生き延びることだ」(一三三)と決心していた。広大な土地にある古い屋敷の壁の狭い割れ目から、妹のペギーが荘園内に潜り込む際、アイリーはその行為が窃盗であることを理解しながらも、「でも今はそんなことを言っていられる時ではない」(一三七)と判断し、彼女はペギーを送り出し、すぐりや木苺、りんごなどを持ち帰らせる。

『サンザシの木の下に』では、食を中心としたサバイバルの様子も現実的かつ具体的に描かれる。子供たちは焚火跡を発見し、その残火で料理をする方法や、百姓が死んで放置された畑での野菜の収穫の仕方、魚の捌き方など、さまざまな方法で食料を調達する。また、苦境の中でも家族の絆や愛情が強調され、特にアイリーは末っ子のペギーに辛い現実を見せないよう努力する。途中で目にした「四、五人の骸骨のような体が積み上げられ、剥き出しになった皮と骨がボロ布から透けて見えていた」(六九)という光景は、ペギーには見せてはいけないと、アイリーはいそいでペギーの目を手でおおった。食料用のウサギをマイケルが仕留めて皮を剥いで内臓を抜く(七七)場面では、ペギーを見えないところにやるなど、ペギーを守るためのアイリーの気遣いが描かれている。[14]

メリッサ・フィーガンによると、「生きている骸骨」('living skeleton')は、大飢饉の際に大増殖したイメージである。『サンザシの木の下に』でも、アイリーが死ぬまで忘れないだろうとする人々の様子は、「ほおはこけ、深くくぼんだ目を見開き、うすいくちびるを固く結び、皮膚が黄色っぽくなっている」、「まるで幽霊のようだ」(八〇)と、容赦のない現実が提示されている。しかし、その後三人は抱き合ってわあわあ泣いたあと、ふと互いの真っ赤になった目と、どろんこの顔と、鼻も真っ赤で目もしょぼしょぼ、髪はぼさぼさな姿を見て、今度は一気に大声で笑い転げ、「あたしたちはまだ生きている」(八八)と、どんな困難な現実をもしなやかに潜り抜ける、大人顔負けの回復力を見せつける。

物語の最終章でようやく子供たちはキャッスルタガートに到着し、人伝えにナノとリーナおばさんのお店に辿り着く。外観も内装も、想像していた綺麗なお店とは違ったが、アイリーとマイケルが代わる代わるこれまでの話を聞かせると、大叔母たちは涙を流しながら聞いてくれ、「甘いミルク紅茶」と「重曹入りのパンとジャム」(二四九)のご馳走を出してくれるのだった。このご馳走は、かつて寝る前によく母さんから聞いていた思い出話に出てきたご馳走――母さんが自身の八歳のお誕生日の時の――「特別なお茶」「スコーンに焼きたてのパンにプラムのジャム」(三五)の再現のようでもあった。こうして『サンザシの木の下に』では、冒頭と結末で、大飢饉の最中の「食」の描写が呼応した上で、心底ほっとしたアイリーの以下の言葉でしめくくられる。

でも、アイリーは、自分たちの心がいつも、あの草ぶき屋根の小さな家にあることを知っていた。おもてには日の当たる平たい石があり、ちょっとしげりすぎた小さな畑と、野原をわたるそよ風に静かに枝をゆらしているサンザシの木がある、あの草ぶき屋根の小さな家に。（一五〇）

児童文学におけるテーマとしての「歴史」は、ファンタジーを主軸とした物語とは違い、現実的且つ理性的に描く必要があったのだろう。アイルランドの大飢饉においては、ファンタジーや妖精物語で使用される魔法は存在しないし、昔話や伝説に出てくる英雄も現れてはくれない。子供たちには危機の原因や背景といった政治認識を語るほどの知識もない。しかし、あくまで子供たちが見たまま、感じたままを描写することで、分かる事実がある。マリタ・コンロン＝マッケンナは、『サンザシの木の下に』から三〇年後の二〇二〇年にも、大飢饉の頃のコーク州 (County Cork) のスキバリーン (Skibbereen) を舞台にした歴史小説、*The Hungry Road* を出版している。これは子供向けというわけではないが、出版時のインタビューで、彼女は作家としての使命を次のように語っている。

作家としての私の仕事は、歴史を骨肉化することです。そして、その歴史に関心を持たせること。一〇〇万人を気にかけさせることはできないけれど、四、五、六、八人を気にかけさせることはできるのです。[15]

おわりに

セリア・キーナン（Celia Keenan）は、現代の児童文学作家たちが飢饉文学の中で取り組むべき課題として、「飢饉についての考えと結びついた伝統的な受動性」（Keenan 72）を指摘している。彼女によれば、この受動性は、㈠何らかの行動によって克服される必要があり、㈡強烈で恐ろしい苦しみや病気を、真実味を持たせつつ、過度なセンセーショナリズムを避けて表現する必要があり、㈢何らかの結末を提示する必要があるという、三つの課題が存在する。キーナンは、これらの課題に取り組む現代作家として、マリタ・コンロン＝マッケンナを挙げ、彼女の『サンザシの木の下に』を以下のように評価している。

> 生き延びるための探求は、単にそれだけではなく、家族の忠誠心を維持し、記憶を保持するための探求でもある。少しながらの勇気を持ち、賢明な行動、現実的な計画、そして子供たちにパンやチーズ、スープを提供するような普通の優しい人々が彼らを成功へと導く。奇跡のような金貨の贈り物は存在しない。自分たちの亡くなった妹や道端で死んだ見知らぬ人への敬意が彼らを支えている。傷や熱の治療は頻繁に見られるモチーフである。コンロン＝マッケンナのすべての本には、最も貧しい人々の中にも、回復力、自立心、そして冒険心が感じられる。これこそが、人々が大飢饉を乗り越えることができた理由であり、私たち現代人にとって、大飢饉の物語は生き残るための物語である。（Keenan 72）

キーナンが求める、「結末へのなんらかの感覚」は「過度なセンセーショナリズムを排除した中での」大飢饉の克服に他ならない。そのために必要なのは「回復力、自立心、そして冒険心」であり、また「少しながらの勇気を持ち、賢明な行動、現実的な計画、普通の優しい人々」、そして「死者への敬意」である。さらに筆者は、コンロン＝マッケンナの作品に見られると考える重要な点をここで追加したい。それは、『サンザシの木の下に』の中での政治的批判の少なさや、「アイルランド人＝怠惰」というステレオタイプを打破する子供たちの回復力を明らかにする要因でもある。

植民地としてのアイルランドを語る際の象徴の一つとして、北アイルランド問題が挙げられる。これは、英国とアイルランドに関連する複雑な政治的・歴史的背景を持つ問題であり、地理的・歴史的背景、宗教と民族、暴力と紛争、ベルファスト合意、自治政府、そしてブレグジットといった多岐にわたる要素を抱えている。『サンザシの木の下に』が出版された少し前、特に一九八〇年代は、北アイルランド問題が激化し、暴力がエスカレートした時期であった。政治的解決策の模索が進められたが、和平プロセスは難航した。この紛争は多くの犠牲者を生み出し、社会に深い傷痕を残した。依然として多くの課題が存在し、和平の維持と安定化への努力は続けられている。この問題が我々に示唆することは、「悪の連鎖は何も生み出さない」、という点である。英国への恨みと報復の連鎖を断ち切るためにはどうしたらよいのか。

『サンザシの木の下に』の成功の要因は、アイルランドを英国との対立の視点からではなく、子供たちの視点から、つまり、恨みの連鎖を断ち切るという視点から評価されていることにあると思われる。通常、戦争や飢饉、パンデミックなどを背景とする物語は、重苦しく感じるものであるが、『サンザシの木の下に』はその部分を巧妙に避けている。おそらく作者の意図は、不幸な運命を持つ三人の子ども（参照　注５）の生き残りと成功という、可能性のある未来を描写することにあったのではないか。そうであれば、この物語は、未来に続く希望の物語として、あるいは鎮魂歌として解釈することができる。しかしその一方で、二〇二三年現在、世界で進行中の子供たちの悲劇は継続している。現実から目を背けるということには多少の違和感も感じられ、よって『サンザシの木の下に』という作品がアイルランド児童文学界において称賛されているということに対しては、筆者は複雑な気持ちも抱いている。それにもかかわらず言えるのは、危機が目の前に迫っている時、絶望に打ちひしがれるのではなく前を向くことが必要で、それこそがアイルランドの国民が歴史の中で引き継いできた考え方や在り方の一部なのであろうということだ。

「危機の文学」における子供たちの役割や彼らが直面する困難、その後の影響は、人間の存在やアイデンティティ、コミュニティ内の位置付けについてわれわれに深いメッセージを伝えている。北アイルランド問題や大飢饉のような歴史的出来事は、「危機」としてのみ語られるものではない。『サンザシの木の下に』は、キーナンが指摘するように、犠牲者の受動的イメージを超え、困難に立ち向かう人々の過程を描写し、読者に希望を提供している。これら「危機の文学」は単なる歴史の繰り返しではなく、人間の共感や連帯、愛、回復力（レジリエンス）を中心とした物語であり、現在や未来の「危機」にも教訓として役立つ。それは、人間の選択や行動が未来をどう形作るかをも示唆していると言えよう。さらに言うと、「危機の文学」は、人間の魂や心に触れる普遍的な教訓を提供し、深い洞察や理解をもたらす。そもそも文学とは情報提供や娯楽以上のものとして、私たちの心や魂に深く触れ、人間性や意味を探求する手段として存在してきた。「危機の文学」はその役割を最も鮮烈に果たしているジャンルの一つであると考えられるのではないだろうか。

＊本論文は二〇二四年二月一七日に行われた日本アイルランド協会文学研究会（オンライン開催）における口頭発表の一部を発展させまとめたものである。

注

（1）参照：Marita Conlon-McKenna, 'Foreword: The Great Silence,' in *Children and the Great Hunger in Ireland*, p. xii.

（2）参照：Ó Gráda, Cormac, 'Eating People is Wrong: Famine's Darkest Secret?' in *UCD Centre for Economic Research Working Paper Series*, 2013. https://www.ucd.ie/t4cms/WP13_02.pdf

(3)『サンザシの木の下に』は一九九〇年出版だが、二〇二二年に実施されたアイルランドの図書館で最も多く借りられた本トップ一〇の中で四位を記録した。これは、『ハリー・ポッターと賢者の石』(*Harry Potter and the Philosopher's Stone*)、『リトルミス（ボックスセット）』*Little Miss* (My Complete Collection Box Set)、『ダイアリー・オブ・ア・ウィンピー・キッド・ザ・ゲッタウェイ』(*Diary of a Wimpy Kid: The Getaway*) に次いでの四位であって、アイルランド人作家の本としては一位だったことになる。

(4)『ワイルドフラワー・ガール』は、一三歳に成長した末っ子のペギーが単身アメリカに渡り、メイドとして働きながら新天地を目指す物語で、一九九二年度ビスト最優秀児童図書賞の歴史小説部門賞 (Bisto Book of the Year, Historical Novel) に輝いた。続く『フィールズ・オブ・ホーム』では、アイリーとマイケルを中心に、アイルランドの土地をめぐる争いが展開される。

(5)コンロン＝マッケンナが『サンザシの木の下に』を書こうと思ったのは、とある学校の校庭でサッカーのピッチを作るために大きなサンザシの木が伐採されていたところ、その下に三体の小さな骸骨が埋もれているのが見つかったというニュースを聞いたからだったという。骨格分析の結果、その骸骨は大飢饉の時代の三人の子供であることがわかった。マッケンナはその子どもたちのことが頭から離れず、すぐに本を書き始め、わずか一二週間であっという間に書き上げた。（参照：Adrienne Leavy, "Marita Conlon-McKenna: from *Under the Hawthorn Tree* to *The Hungry Road* Q&A with the author, whose inspirations include Pat Donlon and Seamus Heaney" in *The Irish Times*, March 8, 2021.)

(6)アイルランドのジャガイモ大飢饉の史実については、主に Salaman, Redcliffe N., *The History and Social Influence of the Potato*, CUP 1949, Rep. 1970. や Ó Gráda., Cormac, *Black'47 and Beyond: The Great Irish Famine in History, Economy, and Memory*, Princeton UP, 1999. を参照した。また、そもそもなぜジャガイモがアイルランドの主食となったのかについては、Cormac Ó Gráda が右記書籍の中の 'Chapter One: Contexts and Chronology' (13–46) でまとめているので参照されたい。

(7)"Ireland," in *Illustrated London News*, 12 Dec. 1846, 379. The Illustrated London News Historical Archive, 1842–2003, link.gale.com/apps/doc/HN3100015984/ILN?u=cambuni&sid=bookmark- ILN. Accessed 18 Septmber 2023.

(8)"Condition of Ireland," in *Illustrated London News*, 22 Dec. 1849, 404, The Illustrated London News Historical Archive, 1842–2003, link.gale.com/apps/doc/HN3100023667/ILN?u= cambuni&sid=bookmark-ILN. Accessed 19 July 2023.

(9)しかし、ルーク・ギボンズ (Luke Gibbons) は、刑罰法の撤廃に取り組むなどカトリック支持を示していたバークがこの時のイングランド政府の政策を支持していたとは思えない、と主張している。というのも、バークが記した *Thoughts and Details on Scarcity* (1795) は、イングランド南部における食物危機についてのパンフレットだったからだ。ギボンズに言わせると、バークの主張のポイントは、政府のイングランド南部への食物支援がフランス革命の際と同じような有害な政策になるであろうこと、‘The labouring poor’ という呼び名は人々に対する侮辱であること、そして労働力とは商品なのだから労働者に対する慈悲 (mercy) は財産権の侵害であること、といったものだった。バークには、農業が正しく発展していれば飢饉は起こらないという信念があり、そもそもこの時の食糧難や貧困といった問題はイングランドではさほどひどくなかったのだ。よって、バークの *Thoughts and Details on Scarcity* における主張を短絡的にアイルランドのジャガイモ大飢饉の場合にもあてはめてしまうのは、そもそもバークの主張とは状況が異なるし、ギボンズに言わせると単なる論のすり替えでしかなかった。事実、イングランド政府は当時、アイルランドの「大飢饉 (famine)」を「食糧難 (scarcity)」として過小にとらえ、公的な文書でもより婉曲な「困窮 (distress)」という言葉を用いた。もっとも、論理が歪められているとはいえ、バークの主張がアイルランドの大飢饉に貢献してしまったという事実自体はギボンズも認めている。参照 Gibbons, Luke, *Edmund Burke and Ireland: Aesthetics, Politics and the Colonial Sublime*, CUP, 2003.

(10) 参照：Charlotte Boyce, ‘Food, Famine, and the Abjection of Irish Identity in Early Victorian Representation,’ in *Fear, Loathing, and Victorian Xenophobia*, Ohio State UP, 2013, 153–80.

(11) “The Real Potato Blight of Ireland,” drawn by William Newman in *Punch* magazine, December 13, 1845.

(12) ここに挙げた描写がすべて史実であること、またスープ・キッチンでの脅し文句の意味するところについては、以下を参照。McNamara, Hill, ‘The Potato Eaters: Food Collection in Irish Famine literature for Children,’ in Kara K. Keeling and Scott Pollard (eds.), *Critical Approaches to Food in Children's Literature*, Routledge, 2009, 149–66.

(13) マクナマラは、アイルランドの児童文学を ‘... reveal the horrors of the Great Famine, the relentless hunger and the quest for food ... [and] the depiction of lips green from eating grass and other weeds is a powerful image in Famine folklore and children's literature’ (149) と定義づけ、モリアーティは ‘In these tales of the Irish famine the physical decline of the protagonists and those around them is central to the narrative. ...These are tales in which the characters are the individuals who are meant to be representative of the group, their suffering is the suffering of a whole people.’ (143–44) としている。

(14) 当時の食糧事情等、史実については、右記 (12) 同様、詳細は McNamara, Hill を参照。

（15）'Back to The Famine: Marita Conlon-McKenna on *The Hungry Road*,' RTÉ Radio, 15 Jan 2020. https://www.rte.ie/culture/2020/0115/1107337-back-to-the-famine-marita-conlon-mckenna-on-the-hungry-road/Accessed 29 September 2023.

使用テキスト

Conlon-McKenna, Marita, *Under the Hawthorn Tree*. The O'Brien Press, 1990.（マリータ・コンロン＝マケーナ作、こだまともこ訳、中村悦子絵、『サンザシの木の下に』、世界の子どもライブラリー、講談社、一九九四年）

参考文献

勝田俊輔・高神信一編『アイルランド大飢饉　ジャガイモ・「ジェノサイド」・ジョンブル』刀水書房、二〇一六年。

齋藤英里「アイルランド大飢饉と歴史論争――「ミッチェル史観」の再評価をめぐって――」、『三田商学研究』第四八巻第五号、一一三―一二七、慶應義塾大学出版会、二〇〇五年。

佐藤郁「大飢饉の犠牲者――カナダに渡ったアイルランド人の子供たち――」、『国際地域学研究』第一一号、二一一―二三〇、東洋大学国際学部、二〇〇八年。

高神信一「アイルランドの大飢饉、１８４５―５２年――文献史的エッセー――」、『大阪産業大学産業研究所所報（18）』五三―七〇、大阪産業大学経済学部、一九九五年。

徳永哲「アイルランド、ジャガイモ大飢饉研究」、『日本赤十字九州国際看護大学』第四巻、二九―六一、日本赤十字九州国際看護大学ＩＲＲ編集委員会、二〇〇五年。

森野聡子「アイルランド児童文学のいま――民族の『記憶』を子どもたちに伝えるために」、『国際子ども図書館の窓　第一二号』、国立国会図書館国際子ども図書館、八―一七、二〇一二年。

Boyce, Charlotte. 'Food, Famine and the Abjection of Irish Identity in Victorian Representation.' *Fear, Loathing, and Victorian Xenophobia*, edited by Tromp, Marlene, Bachman, Maria K., Kaufman, Hedi, Ohio State UP, 2013, 153–80.

Carrington, Bridget and Harding, Jennifer. *Feast or Famine? Food and Children's Literature*. Cambridge Scholars Publishing, 2014.

Cobbett, William. *Cottage Economy*. John Doyle, 1833.

Conlon-McKenna, Marita. 'Foreword.' *Children and the Great Hunger in Ireland.*, edited by Kinealy, Christine, King, Jason and Moran, Gerard, Quinnipiac UP, 2018.

Eagleton, Terry. *Heathcliff and the Great Hunger: Studies in Irish Culture*. Verso, 1995.（『表象のアイルランド』鈴木聡訳、紀伊國屋書店、一九九七年）

Edwards, R. Dudley and Williams, T. Desmond, editors. *The Great Famine: Studies in Irish History 1845–52*. The Lilliput Press, 1994. First published in 1956.

Fegan, Melissa. *Literature and the Irish Famine, 1845–1919*. OUP, 2002.

Gibbons, Luke. *Edmund Burke and Ireland: Aesthetics, Politics and the Colonial Sublime*. CUP, 2003.

Keeling, Kara K. and Pollard, Scott T., editors. *Critical Approaches to Food in Children's Literature*. Routledge, 2009.

Keenan, Celia. 'Irish Historical Fiction.' *The Big Guide to Irish Children's Books*, edited by Coghlan, Valerie and Keenan, Celia, The O'Brien Press, 1996.

Kelleher, Margaret. *The Feminization of Famine: Expressions of the Inexpressible?* Duke UP, 1997.

Kinealy, Christine. *Charity and the Great Hunger in Ireland: The Kindness of Strangers*. Bloomsbury Publishing Plc, 2013.

——. *This Great Calamity: The Irish Famine 1845–52*. Gill & Macmillan, 1994.

——, and King, Jason and Moran, Gerard, editors. *Children and the Great Hunger in Ireland*. Quinnipiac UP, 2018.

McNamara, Hill. 'The Potato Eaters: Food Collection in Irish Famine Literature for Children.' *Critical Approaches to Food in Children's Literature*, edited by Kara K. Keeling and Scott Pollard, Routledge, 2009, 149–66.

Mitchel, John. *The Last Conquest of Ireland (Perhaps)*. Author's Edition (undated). Cameron and Ferguson, 1876.

Morash, Christopher. *Writing the Irish Famine*. OUP, 1995.

Moriarty, Sinéad. 'Food and Starvation in Heroic-Era Antarctic Literature for Children.' *Feast or Famine Food and Children's Literature*, edited by Bridget Carrington and Jennifer Harding, Cambridge Scholars Publishing, 2014, 138–51.

Ní Dhuibhne, Eilís. 'Borderlands: Dead Bog and Living Landscape.' *Irish Children's Literature and Culture*. Routledge, 2010.

Ó Gráda., Cormac. *Black '47 and Beyond: The Great Irish Famine in History, Economy, and Memory*. Princeton UP, 1999.

Sailer, Susan Shaw. *Representing Ireland: Gender, Class, Nationality*. UP of Florida, 1997.

Salaman, Redcliffe N. *The History and Social Influence of the Potato*. CUP, 1949, Rep. 1970.

Trevelyan, Charles E. *The Irish Crisis*. Macmillan, 1880.

Lady Wilde (Jane Francesca Agnes). *Poems by Speranza*. Gill & Sons, 1907.

Williams, Leslie. 'Irish Identity and the Illustrated London News, 1846–1851 Famine to Depopulation.' *Representing Ireland: Gender, Class, Nationality*, edited by Susan Shaw Sailer, UP of Florida, 59–93.

2 石油美学（ペトロ・フィクション）
――地球の危機にロード・ナラティヴを再読する

鈴木　章能

はじめに

地球が危うい。その要因は疫病の蔓延、戦争の可能性をはじめ、いくつかあるが、かねてから繰り返し警告されてきたことに環境破壊がある。環境破壊の元凶の一つは化石燃料、とくに石油の使用過多にあると言われる（多田参照）。いまや、様々な機械、電気、身の回りの衣類や持ち物、容器をはじめ、非常に多くのものが石油に頼っており、石油なしでは現代社会は成立しない。したがって、世界の二〇世紀以降の多くの文学作品の表象は石油の産物で溢れていると言える。エネルギー転換が進められている今日の状況を考えれば、それらの文学作品は、一〇〇年もすれば、石油によって成立する典型的な景色が描かれたリアリズム、あるいは石油によって成立するエートスが描かれた物語、言ってみれば、ペトロ・フィクションないしオイル・ナラティヴとして文学史で懐かしく触れられることになるのかもしれない。そのようなことを考えるとき、とくにアメリカ合衆国の文学はロード・ナラティヴを特徴の一つとし、自動車による移動がよく描かれるが、そうした特徴を自由や神話の再発見等の意義や価値観とともに素朴に受け入れることはもはやなかなか難しい。むしろ、石油をマルクス的な下部構造と見て、アメリカのロード・ナラティヴを石油の発見によってもたらされた権力と経済的資本や政治の文脈の中で再マッピングする、あるいはロード・ナラティヴに貼りつけられてきた様々な人間中心主義的ないしアメリカ的な意義や価値観について、すべての存在の生、すなわち、ゾーエー（アガンベン　七）の視点から再考する必要があろう。その目的のためには、アメリカのロード・ナラティヴのすべてを射程に入れて論じるべきであるが、本論では、紙面の都合から、ジャック・ケルアックの『オン・ザ・ロード』(*On the Road*, 1957) と『ザ・ダルマ・バムズ』(*The Dharma Bums*, 1958) を再読してみる。

一　移動と石油の概略史とロード・ナラティヴ批判

アメリカ文化の特徴として、これまで繰り返し指摘されてきたことの一つに「移動」がある。移動はヨーロッパ系アメリカ人をヨーロッパの先祖から区別する行動 (Cresswell 19) として、彼らのアイデンティティに結びつけて語られることが少なくない。なるほど、したがって、ヘンリー・デイヴィッド・ソローの散歩を含め、古くから移動がアメリカ文学の特徴となってきたのかもしれない。

もっとも、移動と文学ということであれば、日本も負けていない。江戸時代には旅行ブームに付随した夥しい数の紀行、二〇世紀後半からは数多くのタイムトラベル小説が存在する。日本とアメリカの移動と文学を巡る違いの一つは、後者の二〇世紀以降の文学には男性を中心とする個人所有の自動車による長距離移動が度々描かれ、しかも、それらの移動が様々な意義や価値観――開放性、自由、民主主義、希望、自律、変革、解放、抵抗、逃避、機会、冒険、国家や個人の繁栄や利便性、他者との接触、自己発見、より良い場所と未来に向かう（叶うことのない空しい）運動、過去の栄光や神話の再発見と回復の切望――と結びつけられて、比較的肯定的に――あるいは、同情的に――捉えられてきた点にあろう。たとえば、ケイティ・ミルズは、ロード・ナラティヴを「アメリカ人が自律的で移動可能な自己という感覚を持つための媒介物」(Mills 3) と説明する。ローランド・シェリルは、「空間を自由自在に移動するアメリカの原動力」(Sherrill 221) と述べる。一方、キングスレイ・ウィドマーは一九六〇年に早くも、様々な小説におけるアメリカの道について考察し、「現代の主人公は、流動的な社会を発見するが、そこは可能性の閉じた世界であり、彼らの反抗と逃避は新たな冒険にはいたらず、むしろ存在の疲弊にいたる」(Widmer 317) と、移動にまつわる皮肉と悲哀を指摘した。

しかし、いずれにせよ、二〇世紀以降のアメリカの移動を現実的に支え続けたのは、アイデンティティや（叶うことのない）より良い生への欲望以上に、油田と石油の大量輸送と自家用車の普及である。一八五九年にペンシルバニアで油井が開発され、一八七〇年にロックフェラーがスタンダード石油会社を設立し、第二次産業革命で石油は石炭に代わる燃料として使われ始めた。第一次世界大戦で石油の需要が急速に伸びた後、一九二〇年代にはフォード社の企業努力と石油会社の路面電車を廃する企業戦略によって自動車の個人所有とガソリンバスの利用が拡大し、石油エネルギーがいまのように燃料として大量消費されるようになる（ボヌイユ&フレソズ 一四六―四八）。また、一八八〇年から一九四〇年にかけて商業団体、国立公園局、ガイドブック出版社など、様々な観光産業が、観光を「アメリカ人の儀式として積極的に推進して」(Shaffer 4)、文化、商業、インフラを西への拡大路線に沿って発展させるなか、一九二〇年代から三〇年代にかけて大規模な高速道路建設が行われ、自動車団体が、ヨーロッパを訪れる前に「まずアメリカを見よう」というキャンペーンをうって、アメリカの中産階級が自動車観光に取り込まれていく。自動車の普及、自動車による長距離移動、そして石油の大量消費は、言ってみれば、「人々に何をどう見るべきかを教えることで、理想化されたアメリカの歴史と伝統をアメリカの風景に作り上げ、マッピングし、共有する領土と歴史とナショナルアイデンティティを結びつける有機的ナショナリズムを定義」(Shaffer 4) することとともにある。

こうした動きを強烈に支えたのが、シンプルで安価な旅行ガイドブックだった。旅行ガイドブックは、大恐慌時代になると合理化・簡略化されたが、一九五〇年代になると自動車と石油と高速道路を中心にする詳細なものが編まれ、人気を博す。その最たるものが、ニューヨークに本社を置く出版社サイモン&シュスターが一九五八年、後にモービル石油の子会社となるマグノリア石油とともに共同出版した三三〇頁からなるモービル・ガイドだった。お勧めのレストラン、宿泊所、観光地に、道路地図とガソリンスタンドを掲載したこのガイドブックは、発売からわずか三カ月後に売り切れ、増刷となった。石油がアメリカに独占資本と帝国主義を生んだことや、一九五六年から建設が始まった全米州間高速道路（インターステートハイウェイ）が軍事目的にかなった道路ネットワークであることを踏まえれば（ボヌイユ&フレソズ　一七五―七六）、旅行ガイドブックは観光や理想社会の名のもとに人々を戦争国家アメリカのポリティクスに従順させるものでもある。『オン・ザ・ロード』の時代は、イメージ的にも、郊外を中心に建てられた「個人住宅が最も頑丈な反共産主義の城塞」（ボヌイユ&フレソズ　一四五）であり、、自家用車での移動が自由と繁栄を具現化するものと見なされた。

もっとも、自動車による移動をめぐる懸念は、政治批判や反戦の主張より、環境破壊の問題から強まった。当初、自動車旅行は、一九二〇年代の観光振興において、鉄道によって失われた前近代的な自然観を実現する手段として考えられた。産業革命以前の馬による輸送と同様に、自動車は列車よりも近く、ゆっくりとした時間の中で自然を観察することができた (LeMenager 82)。当時は、いまと比べて地球上の開発が進んでおらず、資源をはじめとする地球の恩恵は無尽蔵であると思われていたのだろう、まだ自然に対する危機感は抱かずに済んでいた。しかし、一九五〇年代に自動車が時速一〇〇マイルに達するようになり、四〇、〇〇〇マイル以上のハイウェイが整備されていくなかで、環境破壊への懸念が高まっていった。

懸念を生んだ初期の兆候は、「黒い水曜日」と呼ばれる一九四三年九月八日にロサンゼルスで起こった大スモッグだった。一九五〇年代には、大気汚染の問題の主要な原因が自動車にあると認定された。そして、一九六七年にはロサンゼルスで記録的なスモッグ死、一九六九年にはサンタバーバラで原油が太平洋岸に流出する事故が起こり、人々の懸念を一層高めた。この原油流出事故以前から、カウンターカルチャーを支持する若者たちやダイアン・ディ・プリマらのビート詩人のほか、多くの人々がエコロジー運動を始めており、彼ら環境保護者は国家環境政策法（一九六九年）、大気浄化法（一九七〇年）、沿岸域管理法（一九七二年）など立法的勝利を収めた。そうしたなか、自動車を敵視する意見が現れ、一九七〇年の第一回アースデイでは、公共の敵ナンバーワンとのレッテルが貼られた (LeMenager 26)。また、自動車事故による死者数がベトナム戦争に匹敵すると指摘されたり、自動車による人間以外の生物の生息地の喪失と生命へのダメージを示すロードキルという概念が広がったりした。レイナー・バンナムは、人間、自動車、交通標識、ハイウェイからなる生態系を、ディズニーランド・リゾート（カリフォルニア州）のトゥモローランドにある子どもたちがゴーカートを運転する場にちなんで、オートピアと名づけたが、ステファニー・レメナガーは、皮肉を込めてこれを「ペトロピア」に改名し (LeMenager 74)、ペトロピアはカリフォルニアの文学をパラダイス的な寓話から別のジャンルに変える恐れさえあると警告した (LeMenager 76)。もっとも、それはカリフォルニアの文学だけにとどまることではない。ペトロピアは、自動車を駆ってランカスターをはじめとする場をあてもなく走る『走れ、ウサギ』(*Rabbit, Run*, 1960) や、『偶然の音楽』(*The Music of Chance*, 1990)、『ムーン・パレス』(*Moon Palace*, 1989)、『ロリータ』(*Lolita*, 1955) をはじめ、ほかの多くの作品にも確認できる。これまでとは別のジャンルに変わる恐れがあるのは、アメリカの文学、とくにロード・ナラティヴ自体であるのかもしれない。

たしかに、二〇世紀末になると、自動車によるロード・ナラティヴに批判的な眼差しが向けられるようになる。オベネサーのまとめにしたがって挙げてみれば (10–11)、アミタヴ・ゴーシュのペトロ・フィクション批判『アンティークランド』(Amitav Ghosh, *In an Antique Land*, 1992)、ヴァーツラフ・スミルの『石油――ビギナーズガイド』(Vaclav Smil, *Oil: A Beginner's Guide*, 2008)、エンダ・ダフィーの『スピード・ハンドブック』(Enda Duffy, *The Speed Handbook: Velocity, Pleasure, Modernism*, 2009)、ティモシー・モートンの『ハイパーオブジェクト』(Timothy Morton, *Hyperobjects*, 2009)、ロブ・ニクソンの『スローバイオレンスと貧者の環境主義』(Rob Nixon, *Slow Violence and the Environmentalism of the Poor*, 2011)、エリック・カズディンとイムレ・セマーナの『アフター・グローバリゼーション』(Eric Cazdyn and Imre Szeman, *After Globalization*, 2013)、ステファニー・レメナガーの『リビング・オイル』(Stephanie LeMenager, *Living Oil*, 2013)、ロス・バレットとダニエル・ウォーデンの『オイル・カルチャー』(Ross Barrett and Daniel Worden, *Oil Culture*, 2014)、前述のセマーナの『アフター・オイル』(*After Oil*, 2016)、ブレント・ベラミーとジェフ・ディアマンティの『物質主義とエネルギー批判』(Brent Bellamy and Jeff Diamanti, *Materialism and the Critique of Energy*, 2017)、シーナ・ウィルソン、アダム・カールソン、イムレ・セマーナの『ペトロ・カルチャー』(Sheena Wilson, Adam Carlson, and Szeman, *Petrocultures: Oil, Politics, Culture*, 2017)、スコット・M・オベネサーの『ロードトリップ』(Scott M. Obernesser, *Road Trippin': Twentieth-Century American Road Narratives from* On The Road *to* The Road, 2019) など、その数は決して少なくない。

もっとも、アメリカの文学では、自動車は昔からネガティヴな要素に関連づけて扱われる傾向がある。たとえば、『アメリカの悲劇』(*Amerivan Tragedy*, 1925) では、自動車はアメリカの若者の未熟さ、脆弱さ、卑劣さ（丹羽　九七）を示す。『グレート・ギャツビー』(*The Great Gatsby*, 1925) ではロールス・ロイスがギャツビーの破滅のアイテムである。『日はまた昇る』(*The Sun Also Rises*, 1926) のタクシーは、現在という時を刹那的に楽しもうとしても、戦傷による不能という抵抗できない運命に生きることを示している（丹羽　一六三）。『ライ麦畑で捕まえて』(*The Catcher in the Rye*, 1951) のホールデンは、車より馬の方が人間的だから好きだと言い（丹羽　二三一）、フォークナーの『自動車泥棒』(*The Reivers: A Reminiscence*, 1962) では人間の成長にとって馬が自動車に勝る（丹羽　二七九）とされる。ある意味で、自動車を軸に展開する物語と見ることもできる『タバコ・ロード』(*Tobacco Road*, 1932) は、ジーターが死んでしまった動物の代わりにぼろぼろの自動車のタイヤを直す場面から始まり、最後にはデュードが、自動車や工場が奪う大地と人間の直接的な接触を重視して、ラバを買って綿を作ると言って去っていく。さらには、自動車での移動自体が批判される物語もある（たとえば、ウィリアム・L・ヒート＝ムーンの『水路アメリカ横断八五〇〇キロ　西へ！』、巽　一五―一六）。

それでも自動車は過剰に使われ続けてきた。そして、その移動に様々なアメリカ的意味が付与されてきた。そのアメリカ的意味は石油によって産出され、環境を破壊し、人間以外の存在に危機をもたらしてきた点で、人間中心主義（ヒューマニズム）であると言えるのかもしれない。

二　見えない石油という下部構造──『オン・ザ・ロード』

たとえば、ジャック・ケルアックの『オン・ザ・ロード』について考えてみよう。『オン・ザ・ロード』は、物質主義や体制順応主義といった中産階級の価値観に反発し、本能を重視して人間力を回復させることを是とし、社会から逃走し、車で放浪しながら、自然の中で、アルコールやドラッグ、セックスなどを通して快楽を求めるビート族の物語だと一般には見られている。とくに、作中人物のディーン・モリアトリーは、R・W・B・ルイスらから、新しい冒険の主人公であり、「歴史から解放され、自助努力で、待ち受けていることにいつも立ち向かえる自律した個人」(Lewis 5) と見なされ、アダムの現代版と位置づけられる。また、ケルアックの読者の中でも特に鋭敏なティム・ハントは、ルイスの意見を基に、ディーンは神話的な開拓者のエネルギーと自律のエートスをいまももつ、現代に生きる原（ウル）アメリカ人」(Hunt 125) と述べる。こうしたことから、ケルアックは、ソローやマーク・トウェインの系譜にあると捉えられる傾向にある。

しかし、ソローの散歩やトウェインの川の移動を『オン・ザ・ロード』での移動と同列に扱うと、重要な点を見落としてしまうことになる。『オン・ザ・ロード』での移動はもっぱら自動車であり、石油に支えられているという点である。しかも、その消費量は膨大である。第一部だけで八、〇〇〇マイル（＝一二、八七二キロメートル）も移動している。地球の直径（一二、七四二キロメートル）を超える距離である。たしかに、主人公のサル・パラダイスは、自ら自動車を運転することは基本的になく、ヒッチハイクしたりバスを利用したりするため、〝環境的〟には、ディーンと異なると考える向きもあるかもしれない。しかし、どちらも石油の過剰消費によって移動していることに違いはない。反文明、自然愛好、本能を重視する人間力の回復といった理想は、文明を支え、自然を破壊する石油の過剰使用に支えられている。

石油は、言ってみれば、『ダロウェイ夫人』(*Mrs. Dalloway*, 1925) の「目に見えないタクシー」に似ている。ジョン・サザーランドは、上流中産階級のクラリッサ・ダロウェイが花を買うために歩いたルートを実際に歩くことで、心臓に持病のある五一歳の彼女には考えられない速さで買い物を済ませて帰宅していることに疑問をもった。ダロウェイ夫人は大きな荷物を抱え、歩いて帰宅することが不可能であることから、サザーランドは、彼女が短時間で花を購入できたのはタクシー運転手の「労働」があったからと看破した。『オン・ザ・ロード』の石油は、この『ダロウェイ夫人』の「目に見えないタクシー」の存在に似ている。

『オン・ザ・ロード』にネイチャーライティングの特徴を指摘する意見もあるが (Daw 143)、しかし、小説に書かれているのは、もっぱら状況説明、人物描写、身の回りの情景描写、会話であり、その長さからして自然の描写は比較的少ない。加えて、ディーンなど、自然を目にするときより、長距離を自動車で移動しているとき、「目に入るもののすべてに、話していることのすべてに、過ぎ去っていく瞬間のすべてに、すっかり興奮」(120) している。ディーンは自然よりも自動車の運転にもっぱら陶酔しており、自然への意識は薄い。

興味深いことに、サルにもディーンにも、自動車での移動は、周囲のあらゆるものを破壊するイメージに映っている。サルは子供の頃、車に乗っていたときによく想像していたことについて、「でっかい鎌を握って木という木を電柱という電柱を切っていた、いや、窓の外にぐんぐん現れる丘という丘もスライスしていた」と言う。それに対して、ディーンも同じイメージだと述べる。また、ディーンが再びやって来るという知らせを聞いたとき、サルの頭に浮かんだ状況も破壊のイメージに満ちている。「やつのボロの二輪馬車が車輪から数千もの火花を飛ばしているのが見えた。道の上に炎の道ができあがっているのが見え、それが新たな道となってつぎつぎとトウモロコシ畑を越え、つぎつぎと街を越え、橋を破壊し、川を干上がらせていた」(259)。

もっとも、そうしたイメージでサルやディーンが自動車による環境破壊を告発しているわけではない。自動車のスピードが日常の世界の見え方を一変させる破壊的なものであるといったことを比喩的に示唆しているだけで、その破壊が実際の環境の破壊に重なり合うことに意識は及んでいない。たしかに、サルやディーンの眼差しには、第二次世界大戦後のロード・ナラティヴに特徴的だとプリモーが指摘するノスタルジアとしての過去を求める冒険神話のような面（Primeau 6）があり、一見、石油による自然破壊を憂いているように見えることもある。たとえば、一行が天然ガスと石油の発見によって発展したアマリロに着いたとき、サルは目の前の光景について、「まわりは風に吹かれるひょろ長い草ばかりで、わずか数年前まではその草のあいだにバッファロー皮のテントがあるだけ」だったが、「いまはガソリンスタンドが何軒もある」（170）と言う。だが、ネイティヴアメリカンの居留地がガソリンスタンドに取って代ったいまを、彼が憂いているのか、それとも変化に気づいているだけなのかは判然としない。ただし、その少し先では、剥き出しの自然より石油が支える生活に大きな安心感を抱いているようではある。ディーンやサルを乗せた自動車が沼地にはまったとき、彼らは不気味さを感じて震え、石油のある街を見て安堵する。

あたりはツタの垂れる木の巨大な森で、百万匹のマムシがするすると滑走する音が聞こえるようだ。見えるのは、ハドソンのダッシュボードの赤いアンペア・ボタンだけ。メリールウは恐怖で悲鳴をあげた。ぼくらはわざと狂人のような笑い方をしてさらに怖がらせた。ぼくらも怖かった。こんな蛇の館から、こんな湿地のぬるぬるした闇から抜けだして、ただちに、なつかしきアメリカの大地に、牛のいる町に飛びこみたかった。石油と澱んだ水の臭いがしてきた。こんなぐじゃぐじゃの手書きの夜はぼくらにはとても読めなかった。フクロウが鳴いた。やっとまともな土の道が見つかり、まもなく、湿地帯の総本山たる忌まわしき古めかしいサビーン川を渡っていた。恐れるぼくらの目に巨大な光の構築物が見えた。「テキサスだ！　テキサスだ！　石油の町のボーモントだ！」石油の香りがただよう大気のなかにでっかい石油のタンクと製油所がいくつもそそり立って、まるで大きな街々のようだ。(157–58)

サルとディーンが、最後に訪れるメキシコについて、自然豊かな楽園のように思うのも、自然そのものの豊かさに感動しているからというよりも、「メキシコがどんなところか、ぼくらはぜんぜん知らなかった」(274) とサルが言うとおり、アメリカ社会からドロップアウトしている彼らにとって知らない土地であるため、魅惑的に見えるだけのことであろう。それは異郷性が生み出す感覚で、その地に慣れれば何とも思わなくなる類のものだ。その証拠に、「スタンは外国に何回か行ったことがあるからか、後ろのシートで静かに眠っていた」(276)。

サルやディーンが自然にじっくり目を向けるのは、ディーンが空気の臭いを嗅ごうと言うとき以外は、自動車を停めたときかスピードを故意に緩めたとき、またはフェリーなど自動車とは異なる乗り物に乗っているときなのだが、フェリーも自動車と同じく石油エネルギーで動くゆえ、自動車に乗っているときだけ特別に自然が目に入らなくなる理由を後で考える必要があるが、いずれにせよ、『オン・ザ・ロード』には豊かな自然を見て感動しているような場面もたしかにあるものの、それは、目に見えない石油が現前させる光景である。表面的には美しいが内部は汚染が進んでいる自然、もしくは、石油がハイウェイと自動車とともに人間と環境との断絶を加速してきたために対峙するものとして目の前に現れている自然であり、いわゆるディープエコロジーは言うまでもなく、人の健康と豊かさのために環境汚染と資源枯渇と戦うシャロー・エコロジー（藤江　一五）的なものでさえない。このことは、禅仏教を通した自然との一体感を強烈に反映していると言われる『ザ・ダルマ・バムズ』にも言える。

三　自動車は例外――『ザ・ダルマ・バムズ』

『オン・ザ・ロード』の翌年に出版された『ザ・ダルマ・バムズ』は、ケルアックが金剛経の影響を受けて至った自我の消滅の意識が強烈に反映された作品と見られている。同書の執筆当時、ケルアックは手紙で「自分には自我がない、エゴがない、したがって、もう〝私〟として行動することはできない、という認識の中で、私は自分が消滅した」(Kerouac and Ginsburg 219) と述べている。この意識は、自我の消滅によって自己と他者、自己と環境の境界が取り払われた結果としての、生態系の相互依存性の意識、人間中心主義から生命中心主義への変化の意識を示すとドーは指摘する (Daw 138)。こうした意識が、作中人物の意識にも反映していると見られる。一例として、「大森林の奥で、両親とともに丸木小屋に住みながら育った根っから森の男で、斧を振るって木を伐り、鍬を振るって土を耕すことが本職」(10) と、自然人として設定されるジェフィ・ライダーの発言を見ておこう。

> こうやって、この無窮の宇宙の中にあって、この星空のもと、大地という台の上に坐っていると思いこんでいるおれは、実は、空にして、且つめざめているのである。万物も又未来永劫にわたって、空にしてめざめているのである。一体これはどういうことだ。おれは、おれが空にして、且つめざめている、ということを自ら知っている。そうしてみると、おれと万物との間には何の差もないということではないか。おれは宇宙全体にひとしいということではないか。つまり、おれは、とうとう如来になったのだ。(115)

自我の消滅によって環境との一体感を得ており、環境を傷つけない姿勢が見てとれる。

こうしたことから、『ザ・ダルマ・バムズ』は、ネイチャーライティングや環境主義の小説と指摘されることがある(e.g. Daw, Lott)。たしかに、『オン・ザ・ロード』と異なり、ロサンゼルスのスモッグや環境を重視する政策なども散見される。たとえば、ロサンゼルスに着いたとき、レイ曰く、「私は一刻も早くここを逃げだすことばかりを考えていた。何しろ、スモッグがひどくて、目が痛んでしょうがない。涙は出るし、日はかんかん照りつけるし、ムンムンいやなにおいがするし、全くの地獄だ」(93)。また、ジェフィは、詩と一緒に書くこととして、「自然保護政策」、砂漠を緑にした「テネシー河開発事業」、「再森林化」、「海洋生態学」、「生物の相互依存の鎖」(157)を挙げる。そして、彼ら『ザ・ダルマ・バムズ』の主となる二人は、自動車を運転しない。

しかし、そのような『ザ・ダルマ・バムズ』の世界も、やはり石油が支えている。『ザ・ダルマ・バムズ』における移動は、貨物列車への無銭乗車のほか、ヒッチハイクなどで他人の自家用車やトレーラーに乗り、石油エネルギーで動く内燃機関をもった乗り物をかなり利用している。山に登るときも、途中の標高一、二〇〇メートルを越える高さまで自動車で行く。また、ロサンゼルスのスモッグに苦痛を感じたレイは、作品の最後のあたりで、ヒッチハイクをしてもなかなか自動車が停まってくれないとき、車にこだわる必要などない、「なんだったら、ひとつ、山までずーっと歩いて行ったってかまわないじゃないか」(171)と、「脱自動車」の思いに至るが、にわかに自動車が停まり出すと、喜んで金鉱掘りの車に乗せてもらう。ジェフィは、先に引用した環境との自他一体の認識に至った直後に、ヒッチハイクを行う。大気汚染を嫌悪し、自然を愛し、自然と一体であると感じても、自分の悟りや行動が、嫌悪すべき大気汚染を引き起こしている大量の石油消費に支えられていることにはあまり関心がない。

最も注目するのは、環境保護に関する政策を詩に書くと言うジェフィが、アメリカの消費社会批判を展開するときである。彼は、「この現代社会の人間たちは消費するように仕組まれており、そのために、セッセと働いて稼がなくてはならなくなっている。ダルマ・バムズは、こうした社会一般の要求を拒否する」と断言する。続いて、「消費する必要のないものは一切消費しない」と述べて、その具体例をガラクタとして挙げる。そのとき、ジェフィは「冷蔵庫だとか、テレビだとか、車とか」と述べた直後、自動車については「少なくとも豪勢な車は」(78)と留保をつける。つまり、多くの一般の自動車はガラクタではなく、消費する必要のあるものと擁護するのである。社会構築主義的な二元論的方法に基づき、消費主義と所有的個人主義を批判するアルネ・ネスやジェイムズ・ラヴロックらの「ガイア」仮説を経たディープエコロジーの立場に立っても、彼らの二元論的論法と技術嫌悪的側面を批判し、「非‐人間的な諸側面における生命の生産的で内在的な力と手を組む」（ブライドッティ 一〇四）ポスト人間中心主義（ヒューマニズム）の立場に立っても、自動車の過剰な使用は批判されるが、『ザ・ダルマ・バムズ』では擁護される。

それでは、禅仏教を通した環境との自他一体の認識は嘘だったのだろうか。いや、嘘ではない。[1] そもそも、ケルアックは、自動車での移動もまた、自他の境界を消失する手段として設定していると考えられる。ブリガムは『オン・ザ・ロード』の最後のディーンの移動について、「どんどん上がるスピードで時間と空間の両方を消し去ろうとすることによって、無境界を追求する」(Brigham, ch. 2)と指摘する。[2] それを「自己と他者、人と場所の間の境界をなくす」(Brigham, ch. 2)体験と述べる。そして、この体験が『ザ・ダルマ・バムズ』において思弁的な自我の抹消と環境との同化として理解され、あらゆるものとの一体化ゆえの生命主義として捉えられていると考えられる。

先に、『オン・ザ・ロード』では、石油エネルギーを使う乗り物でも、自動車の場合は自然は目に入らず、フェリー等のときには自然を愛でるという違いがあると述べたが、この違いは、目の前に対峙する自然を愛でることよりも、自然との同化の認識の方が重要で、したがって、自然が目に入らないくらい自然との距離を抹消するスピードが大事になっていると考えることができる。そう考えると、結局、『オン・ザ・ロード』も『ザ・ダルマ・バムズ』も自我の抹消が第一義で、その手段として車での移動や禅仏教での悟り、はたまたドラッグやセックスまでもが同列に並べられていると考えられる。それは、手段を選ばず、手に入るものはなんでも構わず利用することになるため、ジェフィの発言に反して、消費主義の味方をすることにもなる。

四　石油を大量消費できる人々

たしかに、とくに、ディーンは物質文明に反対しているどころか、それを謳歌し、消費社会の快適さを楽しんでいる節が大いにある。たとえば、彼は、鉄道の仕事でかなりの金を貯め、ハドソン四九年型の売り物が出ているのを見ると、突然銀行にいって、預金をすべておろして、その車を買う (111)。旅に出るための衝動買いである。アルフレッド・ケイジンは、商品とサービスの無制限の消費を大衆の理想とする社会のだらしなさが、アメリカをセックス、旅、酒などの無限の供給地として作家に描かせており、無制限の個人主義を表現していると指摘する (Kazin 128)。また、ブリガムも次のように言う。「車での旅行が消費文化そのものを象徴していた時代に、車での旅行が消費文化に対する抗議としてどのように機能するのだろうか。(中略) ディーンの世俗的な欲望は、自由を消費主義や自由企業と結びつける冷戦時代の指令を反響させるのか書き換えるのか、判断に迷うところである」(Brigham, ch. 2)。もちろん、その疑念はディーンだけでなく、もっぱら自動車で移動するサルやレイやジェフィに対しても抱き得るものである。

一九四〇年以降の自動車での移動史の文脈で言えば、彼らは、観光産業がお膳立てした移動環境を利用し、「理想化されたアメリカの歴史と伝統をアメリカの風景に作り上げ、マッピングし、共有する領土と歴史とナショナルアイデンティティを結びつける有機的ナショナリズム」を体験している、あるいは独占資本と帝国主義、そして軍事目的で整備された環境を維持しているだけではないのだろうか。なるほど、自動車での放浪を、アメリカ社会からの逃走という観点から、ドゥルーズ的なノマドと捉え、アメリカの資本主義社会への抵抗と見る向きもある (e.g. Blair, Elmwood, Melehy)。だが、そのノマド自体が大量の石油に支えられていることに留意する必要がある。彼らのロード・ナラティヴは、反資本主義どころか、石油資本主義（オイル・キャピタリズム）を強化している。

結局、『オン・ザ・ロード』の二人も『ザ・ダルマ・バムズ』の二人も、アメリカ社会から逃走するふりは見せているが、逃走どころか、ある程度の金とともにアメリカという国家を経済的にも政治的にも支えているだけではないのだろうか。ジョセフ・ヒースとアンドルー・ポターは、戦後アメリカ社会における反抗の文化は結局、資本主義の一部であると指摘する。反抗者たちは、そもそも、階級支配を受け入れ、資本主義の秩序を受け入れ、代わりに、資本主義の文化を批判してきた。したがって、支配的な文化も対抗文化も同じく、商品として作られ、流通する。ここで、稲葉振一郎が山形浩生のバロウズ批評を取り上げて述べたオルタナティヴ・カルチャー批判を思い出してもよかろう。バロウズらは、自由を求めたといえばその通りだが、実は、その自由とは単なるだらしなさに過ぎなかったのかもしれないと稲葉は言い、山形浩生を引用する。公衆衛生当局を「セックス警察」と軽蔑し、コンドームなしのセックスにあえて興じる「ベアバッカーのイキがり（それはある意味フーコー的な権力への抵抗であるのかもしれないが）は馬鹿げてはいないだろうか？　そしてバロウズの『自由』もそういうただの愚行ではなかったのか？　それは（高価な薬を利用できるがゆえにエイズを恐れなくなったベアバッカーと同じく）所詮は金持ちのお坊ちゃんゆえに可能だった愚行であり、しかもそのイキがりでさえ、実はただのだらしない成り行きまかせを、あとから『理由なき反抗』として劇的に潤色したに過ぎないのではないか？」と」（稲葉　五六九）。メキシコシティの手前で水晶売りの女性たちに腕時計を渡し、彼女らに同情し、ハイウェイと文明の功罪を述べる『オン・ザ・ロード』のディーンとサルは、ハイウェイと石油と自動車と或る程度の金の恩恵に浴して現地を訪れておきながら、それらがあたかも純朴な地域の人々にパンドラの箱を開けてしまったと言わんばかりに文明批判を展開するが、彼らの批判はまさに特権に恵まれた安全地帯から視線を送っているに過ぎない。

その特権は、白人男性の特権とも言い換えられる。歴史的に白人男性以外は自家用車ではなくバスや電車での移動が多いという傾向がアメリカにはある。また女性のロード・ナラティヴはあまり書かれず、書かれたとしても『テルマとルイーズ』(*Thelma & Louise*, 1991) のようにレイプ等の被害にあい、自由や解放などからは程遠い。アメリカの自家用車による移動が主に白人男性と親和性が高いのは、自由な移動の可能性、つまり白人男性中心の経済や自由さ、安全性と結びついているからである。

おわりに

そのことを考えるとき、最終的に西部への幻滅が深まり、ディーンという人間の限界を悟って、家に戻り、放浪をやめるサルは、結局、アメリカの人間中心主義を脱すると言えなくもない。ディーンは自分で進んで自動車を運転する一方、サルは基本的に自ら運転せず、また公共の乗り物を使うことが多い。そして、彼は最終的に家に戻る。それを、保守的であるとか、定住志向であるとか (LeMenager 88)、落ち着いた大人の定住的欲望への進化 (Brigham, ch. 2) であるとする意見もある。しかし、自動車による放浪をやめることは、白人男性中心主義的な石油美学の世界を離れることでもある。ディーンもサルも、自分がアフリカ系アメリカ人であればいいと考えているなか、自分で進んで自動車を運転するディーンに対し、基本的に自ら運転せず、アフリカ系アメリカ人のように公共の乗り物に乗ることが多いサルは、言動一致の男と理解することもできる。そのような彼が帰宅することで、アメリカ社会からの逃走は結局、脱自動車に求められたと考えることもできるのではないだろうか。

注

（1）『ザ・ダルマ・バムズ』に具現化されている思想をもとに、アジアの思想や宗教は欧米のそれらと異なり、人間を万物の頂点に立つ存在と考えたり、万物の尺度と考えたりせず、人間と自然が完全に調和しているとみなすという見方 (Daw 143–44) があるが、それは誤っている。たとえば、中国の董仲舒は明確に、天下のすべての生き物の頂点に人間を据えた。董仲舒曰く、「人は超然として万物より高く、それゆえに地上で最も尊いものである。人の下に万物があり、人は天と地の間にある」（『春秋繁露』「天地陰陽第八一」）と明快に述べる。また、儒教の教えも人間中心である。

（2）先に見たように、一九六〇年代には路上は可能性の閉じた世界になっていると見られ、路上は反抗や逃避、あるいは理想的な生を求める人々を惹きつけはするものの、新たな冒険にはいたらず、存在の疲弊にいたる場に過ぎなくなっている。それでも、路上に理想的な生を求めるとき、道の上で強制的に別の世界へ移動する以外に方法はない。それが、たとえば、オースターの『偶然の音楽』のナッシュの最後の行動なのであろう。

引用文献

Blair, Gregory. *Errant Bodies, Mobility, and Political Resistance*. Palgrave Pivot, 2019.

Brigham, Ann. *American Road Narratives (Cultural Frames, Framing Culture)*. E-book ed., U of Virginia P, 2015.

Cresswell, Tim. *The Tramp in America*. Reaktion, 2001.

Daw, Sarah. *Writing Nature in Cold War American Literature*. Edinburg UP, 2018.

Elmwood, Victoria A. "The White Nomad and the New Masculine Family in Jack Kerouac's 'On the Road.'" *Western American Literature*, vol. 42, no. 4, Winter 2008, pp. 335–61. https://doi.org/10.1353/wal.2008.0052.

Hunt, Tim. *Kerouac's Crooked Road: The Development of a Fiction*. U of California P, 1996.

Kazin, Alfred. "The Alone Generation: A Comment on the Fiction of the 'Fifties." *Harpers* Oct. 1959, pp. 127–31.

Kerouac, Jack. *On the Road*. 1957. Penguin Books, 1998.［『オン・ザ・ロード』青山南訳、河出書房新社、二〇〇七年］

——. *The Dharma Bums*. New American Library, 1958.［『ザ・ダルマ・バムズ』中井義幸訳、講談社、二〇〇七年］

Kerouac, Jack, and Allen Ginsburg. *The Letters*, edited by Bill Morgan and David Stanford, Penguin Books, 2011.
LeMenager, Stephanie. *Living Oil: Petroleum Culture in the American Century*. Oxford UP, 2014.
Lewis, Richard Warrington Baldwin. *The American Adam: Innocence, Tragedy, and Tradition in the Nineteenth Century*. U of Chicago P, 1955.
Lott, DeShae E. "'All Things Are Different Appearances of the Same Emptiness': Buddhism and Jack Kerouac's Nature Writing." *Reconstructing the Beats*, edited by Jennie Skerl, Palgrave, 2004, pp. 169–85.
Melehy, Hassan. "Jack Kerouac and the Nomadic Cartographies of Exile." *The Transnational Beat Generation*, edited by Nancy M. Grace and Jennie Skerl, Palgrave Macmillan, 2012, pp. 31–50.
Millis, Katie. *The Road Story and the Rebel: Moving through Film, Fiction, and Television*. Southern Illinois UP, 2006.
Obernesser, Scott M. *Road Trippin': Twentieth-Century American Road Narratives from* On the Road *to* The Road. U of Mississippi, 2019. (Dissertation for University of Mississippi)
Primeau, Ronald. *Romance of the Road: The Literature of the American Highway*. Bowling Green State University Popular Press, 1996.
Sherrill, Rowland A. *Road-Book America*. U of Illinois P, 2000.
Sutherland, John. *Can Jane Eyre Be Happy?: More Puzzles in Classic Fiction*. Oxford UP, 1997.
Widmer, Kingsley. "The American Road: The Contemporary Novel." *University of Kansas City Review*, vol. 26, Autumn 1959–Summer 1960, pp. 309–17.
アガンベン、ジョルジョ『ホモ・サケル——主権権力と剥き出しの生』高桑和巳訳、以文社、二〇〇三年。
稲葉振一郎「解説」。ヒース&ポター、五六三—七二頁。
多田治「自動車排気と大気汚染」、『労働科学』四一（一〇）、一九六五年、四八一—九二頁。
巽孝之『アメリカ文学史——駆動する物語の時空間』慶応義塾大学出版会、二〇〇三年。
董仲舒『春秋繁露』岳麓书社、二〇一九年。
丹羽隆昭『クルマが語る人間模様——二十世紀アメリカ古典小説再訪——』開文社出版、二〇〇七年。
ヒース、ジョセフ&アンドルー・ポター『反逆の神話——「反体制」はカネになる』栗原百代訳、早川書房、二〇二一年。

ブライドッティ、ロージ『ポストヒューマン――新しい人文学に向けて』門林岳史監訳、フィルムアート社、二〇一九年。

藤江啓子『資本主義から環境主義へ――アメリカ文学を中心として』英宝社、二〇一六年。

ボヌイユ、クリストフ、ジャン＝バティスト・フレソズ『人新世とは何か――〈地球と人類の時代〉の思想史』野坂しおり訳、青土社、二〇二一年。

V

ジェンダー・人種の危機と文学および哲学

1 「母なる大地」の呪縛
——歪められた母性がもたらす危機を乗り越えるために

山﨑　亮介

はじめに——「家事労働に賃金を」運動が示したもの

女の「価値」としての母性というようなものは、これは、ただもう打破するだけだ。これこそ、再生産労働によって歪められたセクシュアリティーであり、このためにあらゆる女たちは、子供たちの母親としてでなく、夫や父母の母親の役割さえ担わされているのだから。母性と生活をめぐる、健全で自然な唯一の議論とは、生活というものがまさしく労働過程の産物であり、そのため、生活それ自体が階級闘争の場であるということを射程として把握しているような議論なのだ。（二一）

マリアローザ・ダラ・コスタは『家事労働に賃金を』（一九八六）のなかで、労働力を再生産する働き、すなわち「再生産労働」を女性に要請する母性について、それは「歪められたセクシュアリティー」だと述べている。ここには、家事労働をはじめとした家庭内労働が女性にもたらす危機への応答がある。それは無償労働として機能する限り、女性たちの犠牲を伴う。つまりここでは、女性を単一的な社会的役割へと貶めるような母性は、そこから恩恵を得られる諸力に変容させられたものである、という異議申し立てがなされている。

ダラ・コスタは、セルマ・ジェームスとともに発表した *The Power of Women and the Subversion of the Community*, 1972[1] において、「すべての女が主婦であり、家庭の外で働く女も主婦であり続けることに変わりはない」というインパクトのある表現で、家父長制社会における女性の状況を明らかにしている(160)。さらに「家事労働は、本質的に「女の仕事」というわけではない」と明言し、それは資本によって賃金労働に縛りつけられる男たちの労働力を再生産するため、女性に割り当てられた「社会的サービス」であるとも指摘する(178)。キャシー・ウィークスは、この「すべての女が主婦」という主張を言葉通りに受け取るのではなく、その背後にある意図を汲み取っている。ウィークスによれば、ダラ・コスタとジェームスは、「家庭内労働にある性別分業は、主婦の姿に例示されているように、ジェンダー的差異そしてヒエラルキーを生産する基礎」となっていることを言わんとしており、それは「あらゆる女性の生活に直接的または間接的に干渉する、共通の状態または状況」なのだという(148)。

このような理解のもとでは、家事労働をめぐる議論は、各家庭内で解決されるべきものではなくなる。たとえば「これは私たち家族の問題だから、あなたには関係ない」という表現には、あたかも家庭内は私的空間であり、それゆえに外部からの干渉を受けるべきではない、という意味合いが示唆されているだろう。しかし先の理解にもとづけば、家庭内で起きたあらゆる問題はその成員のあいだで調停されるべき事柄、といった性質のものではなくなる。そのような見方が通用するほどに、家庭そして家庭内労働は、社会から切り離されてはいない。ここで言及しているようなフェミニズムは、家父長制にたいして批判的態度を形成することに開かれてきた。そして、家庭内でおこなわれる調停が彼女たちの負担を和らげてはくれないばかりか、彼女たちを懐柔しようとする手続きにすぎないことに、警鐘を鳴らし続けてきた。その中心的な議論のひとつに挙げられるのが、ジェンダー化された労働として女性に強制される再生産労働の問題である。それは、どのような関係性のなかで深まってしまった問題なのだろうか。

姉マリアローザと同じように、ジョヴァンナ・フランカ・ダラ・コスタも、女性の労働にたいする搾取の原因を家父長制との関係性に見出している。彼女は『愛の労働』(1978)において異性愛間で交わされる契約としての結婚に触れ、「愛」の名の下に発動される女性への要請について、以下のように主張している。

自分の必要を満たすために他人の必要を満たさなければならないというこの宿命は、今述べたように女の目には「愛」として神秘化されてきた。この愛をめぐる特殊なイデオロギーこそ、無償労働としての家事労働を正当化するために資本が作り出し、維持しているものだからである。私たちはこのような問題意識にしたがって、このイデオロギーを統括的に「愛の労働」としての家事労働イデオロギーと定義することができるだろう。(24)

この「愛の労働」においては、労働力を再生産するという職責こそ(明文化されないままに)定められているものの、働き手がどのくらい働けばよいのかを判断するための労働時間が定められていない。それは「無限の、途切れることのない労働」なのである(31)。再生産労働は女性に要請される働きであり、その「労働」としての様相が不可視化され続ける限り、その責任は彼女たちの肩に背負わされていく。そして、無償の再生産労働を女性の労働として搾取し続けるこの家父長制の構造を問題視し、そこに女性たちの抑圧の原因を見出す立場は、マルクス主義フェミニズムとして知られている。[2]

ウィークスは、一九七〇年代を中心に盛んに議論された「家事労働に賃金を」の運動について、それを今日の社会状況に援用していくことについては一定の留保を置いている。[3] しかし同時に、その運動にあった要求を検討し直すことで、その意義を再評価してもいる。たとえば、その要求が「労働社会における女性の位置づけを可視化させる契機として構想されていた」ことを挙げながら、その運動が家事労働を「脱神秘化」する力、「脱自然化」する手立てとして機能するねらいのもとにあったことを説明している(129)。

シルヴィア・フェデリーチが述べているように、新自由主義のもとでは、社会で生活する誰しもがアクセス可能であるべき「コモン」がその性質を解体され、「金銭的結びつき」を介してしか辿り着けなくなるという、「新たな囲い込み」が拡大している (139)。そして「コモン」が本来の姿を取り戻せるよう再構成されていくためには、次のスローガンに込められた意味が理解されねばならない。それは「共同体なきコモンは存在しない (no commons without community)」というスローガンであり、「私たちが、他者の犠牲の上に私たちの生活や再生産の基礎を築いていくことを拒絶しない限り、私たちが、自分たちを他者から引き離されたものとしてみることを拒まない限り、いかなるコモンも存在しえない」という意味である (145)。

フェデリーチは、このような考えに「家事労働の共同化／集団化」を含める必要があると主張する。そして再生産労働を人間活動の重要な領域とみなしていた過去のフェミニストたちの実践[4]を改めて確認し、再評価する必要性を訴えている (145)。このように、長きにわたる女性の搾取と家父長制の関係性を危機としてとらえていくために、「家事労働に賃金を」運動と、それがもたらした影響を確認することには大きな意味がある。本論は二〇世紀初頭に発表されたアメリカ文学作品に着目していくが、そこで描かれる女性たちの労働に示されているものは、労働としては承認されない再生産労働が強制されることで疲弊していく彼女たちの身体である。そこで表象される疎外された女性の労働は、これまで確認してきた議論が長い歴史をもつというその痕跡を辿る上で関わりをもつ。

本論は、マルクス主義フェミニズムにおいて主要な論点となる、再生産労働が無償であるがゆえに生じる家庭内の性的不平等な関係に着目する。そして「愛の労働」のイデオロギーに基づいて再生産労働を女性に押しつける考え方を家庭外の社会的諸関係においても拡大して適用することで、家父長制社会が家庭内外で女性を抑圧することについて、批判的に考察する。またこれらの問題が、ケアの議論と深く結びついていることを改めて確認していく。

さらに、その労働時間に定めがないという点で「愛の労働」と似通った性質をもつ労働として、農業労働、しいては農家女性の労働に注目する。農業は、自然を相手にしていることもあり、就労する時間によって賃金を定められない労働である。以下で確認していく農家女性たちには、自ら農業労働の担い手となるものだけでなく、農家のなかで、これまで確認してきたような家庭内労働に従事する女性も含まれている。双方の姿を確認することで、農業にも性別分業が存在するにもかかわらず、女性の仕事として自然化された労働が、労働としては認識されてこなかったことがみえてくるだろう。

一 「母なる大地」というイメージ

二〇世紀初頭に発表された農業を描くアメリカ文学小説の代表的な作品には、ウィラ・キャザーによる『おお開拓者よ！』(*O Pioneers!*, 1913) や『マイ・アントニーア』(*My Ántonia*, 1918) といった小説がある。また、農業それ自体が物語の中心的なテーマではないにしても、一九三〇年代の農家たちの窮状と関連のある小説として、ジョン・スタインベックの代表作である『怒りの葡萄』(*The Grapes of Wrath*, 1939) には言及しておきたい。

この小説には、住んでいた土地から立ち退きを余儀なくされた貧しい農民層のジョード一家が、オクラホマからカリフォルニアへ移動していく様子が描かれている。この立ち退きの原因として描かれているのが、当時のアメリカの農業に大打撃をもたらしたダスト・ボウルとして知られる砂嵐の影響と、銀行による土地の収奪である。このように本作品は、たとえ自然の猛威が不作の背景にあるとしても、[5] 収益を上げられない農家たちがさらなる貧困に追いやられていく現実を描いている。そのような状況下で主人公トムが労働運動の重要性に気づき、作品終盤において、労働者たちの連帯に希望を投げかけながら家族のもとを去っていく姿は象徴的である。そして、そのような息子の旅立ちを見送るのが、母親のマ・ジョードである。

大恐慌がもたらした窮状に陥るジョード一家のような労働者階級にとって、家族を支えながらその離散をも防いでいる彼女の姿は、母親の理想像として描かれているようにみえる。このマ・ジョードに表象される母親像に目を向けることで、家父長的な父権性が、なぜ母親を「施しを与えてくれる存在」として理想化するのかを確認することができる。ローラ・ハプケは、家族に献身的であり、常に夫や息子といった男たちを支える「母なる大地」という文化表象的なイメージに一致するマ・ジョードのような母性のあり方を、彼女の名前に由来した Ma Joadism という言葉をあてることで説明している (89)。このような説明が可能となる背景には、Ma Joadism に表象される母親のイメージ、さらにはそのような母親によっておこなわれる家事のイメージが、同時代に生きた女性たちの経験として広く共有されていたことが窺える。二〇世紀初頭の労働者階級の男たちは、悪化していく労働環境のもとで就労せざるをえず、次いで発生した大恐慌にもたらされた失業により、その父権性を弱めていくことから逃れられなかった。そのなかで何も生み出すことができなくなっていく男たちの脆弱性が、大地のような寛容さでかれらを励ましてくれる女性の役割を称揚したのだろう。この文脈のうちに、この「母なる大地」という文化表象的イメージを位置付けられると考えられるが、これは当時のアメリカ南部においては特に顕著にみられたことのようである。

エリザベス・ハリスンは、南北戦争以降に大きな社会変革を迫られた南部において、戦争以前の社会を保存しようとする南部白人の男性たちが抱いた反動的なノスタルジアが、女性と自然のイメージを結びつけようとしたと論じている (3-4)。ハリスンは、南北戦争以後の南部社会においても依然として根深く残る家父長制の影響に言及しながら、南部の白人女性が男性中心社会のなかで常にその客体として位置づけられていることを指摘している。さらに、パストラルのように女性の客体性を自然化することは、男性たちが自分の財産として土地をもつのと同じように、男性たちに黒人たちと女性たちの管理を可能にさせたと論じていることは重要な指摘だろう (6)。この管理という視点から女性の客体化とその自然化を読み解くと、土地の収奪を、女性からの抵抗を封じ込めようとする暴力に関連のある表象としてみなすことができる。つまり、自然風景と接続される女性たちの描写からは、男たちにたいして、もしくは家庭にたいして、従属的な位置に置かれた女性たちの関係性がみえてくる可能性がある。言い換えれば、そのような描写に目を向けることは、女性たちに従順な態度を強制するような、主体化から女性たちを遠ざけていく家父長制の痕跡を浮き彫りにする契機となるのではないだろうか。

このように、マ・ジョードに表象される母親像は、家父長制と親和的なものとして考えることができる。一方で、『怒りの葡萄』と同時代かもしくはそれ以前に発表された女性作家による農家を描く小説においては、母親としての役目を重荷として感じたり、男性と同じように農地に関われないことに不満を抱いたりする女性たちを描く作品がある。そこでは、家事労働や他者のケアに従事することを必ずしも美徳としてみなすことができない女性たちの様子が描かれている。これらの女性たちの描写について、同時代における農家女性の理想化されたイメージという観点から判断すれば、彼女たちを性的規範からの逸脱として読むことが可能となるのではないだろうか。そのとき、その逸脱はジェンダー化された労働の問題として立ち現れるだろう。

理想化された母親の振る舞いは、常に家事や育児といった家庭内労働と切り離すことができない。同時に、それらを積極的に実践できるために、マ・ジョードは「母なる大地」の象徴になっているといえる。しかし、逸脱として立ち現れてくる女性たちにとっては、それらの労働こそが抑圧をもたらす原因となりうる。その場合、彼女たちは、家庭内労働に従事すればするほどに家庭内で客体化され、その労働は、彼女たちを自らの主体化から遠ざけていく。

家庭内で性別分業の抑圧にさらされるのは、母親たちだけではなく娘たちも同様である。ポーラ・ラビノウィッツは、一九三〇年代に女性作家たちによって描かれた作品に注目し、労働者階級の女性たちの主体性を考察するために重要な要素として、母と娘の関係性を挙げている (136)。ラビノウィッツによれば、男性たちの労働や、かれらを中心に組織される労働運動に注目するだけでは、その階級的な現実を十分にとらえることはできない。そして、ラディカルな女性作家たちの作品に登場する女性たちと彼女たちの身体は、労働者階級の男性たちの描き方とは異なる表現のなかで描かれているという(136)。

この指摘に基づいて、ここからは、エレン・グラスゴーの『不毛の大地』(*Barren Ground*, 1925) に着目する。そして、作品内で描かれている母と娘が、どのように社会的役割に課せられた女性の労働と向き合うのかという点に重点を置いて考察していく。

二　農業の担い手

『不毛の大地』は、アメリカのヴァージニア州にあるペドラーズ・ミルという田舎を舞台とし、農家に生まれた主人公ドリンダ・オークリーの挫折と再生を描く物語である。そして、伝統的な農業の手法によって疲弊しきってしまった農地が、ドリンダの人生とともに再生していく様子をも描いていく。そして、この二つの再生は無関係ではない。ドリンダは農業を運営していきながら、農業を実践することのなかに意識的に自己実現を見出していく。つまり、農家女性が主体的に農業に関わっていく物語となっているのである。この点について、ウィリアム・コンローグが述べるように、ドリンダは、ウィラ・キャザーが『おお開拓者よ！』のなかで描くアレクサンドラに表象される農地開拓者としての女性像と、高い親和性を有しているといえる(66)。ただし、これらの二人の登場人物が表象する農家女性像は決して当時の現実を反映したものとはいえない。実際の農業とその労働の主な担い手として想定されていたのは依然として男たちであり、このことは、農家女性の労働を考察する上で認識しておくべき点である。

本作品において、主人公を巡るロマンスは、この物語を言い表すうえで重要なテーマのひとつになっている。物語の序盤において、ドリンダは医師の息子ジェイソンと結婚するものと思われるも、二人が結ばれる直前になって、ジェイソンは別の女性へと鞍替えする。彼女はそのショックから地元にはいられなくなり、ニューヨークに渡る決意をする。ドリンダはニューヨークに渡ったのちに交通事故に巻き込まれ、流産を経験するも、そこで出会った別の医師の家族のもとで世話になったまま約二年間の時を過ごす。そんな中、自身の父親が危篤状態にあることを知る。それが同時に農業の危機でもあることに気づいたドリンダは、近代的な農業の手法を学び、地元へ戻り酪農に従事していくこととなる。

ドリンダの農業との関わりのなかで重要な要素のひとつは、徹底的なロマンスの排除である。彼女はかつての失恋にとらわれつつも労働の忙しさのなかに身を置くことで、ジェイソンとの間にあった出来事を過去へと追いやろうとする。また、後にネイサンという男性と結婚するときも、かれに愛情を抱いて結婚するわけではない。ネイサンの存在は農業を進めるうえで有用である、という理由に基づいて婚姻関係を結ぶさまが描かれている。ドリンダはジェイソンとの間に生じた失恋以降、徹底して恋愛から距離を置いており、たとえばそのことによって「冷静な判断力を得た」(352) と描写されるように、恋愛から距離を置いていることと彼女の成功物語が関連しているように描かれている。

ドリンダは、同時代的なジェンダー規範から決して逃れられてはいないのだが、一方で彼女は、無条件に男性の優位性を認めることがなく、男性たちと同じように農地を管理していく。この点については、進んで農業経営に関わるドリンダをオルタナティブな農家女性とする議論が一定数存在している。ハリスンによれば、ドリンダは従来の南部文学において描かれてきた女性の辿るべき運命を裏切るかたちで、男性との関係を乗り越えているという (31)。ハリスンは、南部における理想的な女性像として描かれてきた「サザン・ベル」とよばれる女性たちが、結婚をその人生のゴールとして設定されてきたことに言及する。そしてドリンダは、男性中心的な南部社会のなかで客体化されてしまう女性たちの姿とは対照的に描かれていると指摘している。ドリンダは、失恋によって傷ついた自己を恋愛によって回復させていくのではなく、男たちがどうすることもできなかった不毛の大地を、労働によって回復させていく。このようなドリンダの姿を描くことを通して、グラスゴーは女性にたいする南部的な枠組みを拒絶していると論じている。他にも、ドリンダによる農地回復の物語を「英雄物語」(相本　一二三)や「みごとな実績」(藤野　一九〇)という言葉をあてることで表現し、本作品には南部的イデオロギーへの挑戦が描かれているとみなす共通の見方がある。

これらの議論には、当時の農業の主な担い手が男性であるという理解に基づき、ドリンダの女性酪農経営者としての手腕を先駆者的にとらえ、彼女をオルタナティブな女性像として論じる視点が共有されているといえるだろう。確かに、「母なる大地」に示されるような母親像が称揚される社会的枠組みのなかで、ドリンダのように、主体的に農地や農業に関わっていく女性像をそのイメージと対置させることは重要な意味をもつ。ただし、先述したように、ドリンダのような女性像が当時の典型的な農家女性の姿ではないことを見過ごすことはできない。

他の農家女性の登場人物に目を向けて見れば、ドリンダの母親であるユードラは、家庭に献身的ではあるものの、その働きが日の目を見ることもなく、悲劇的な結末を迎える女性として描かれている。本橋は、本作品のなかに自然主義的命題を見出しながら、ユードラの狂気と苦悩について言及している。そして、結婚こそがこの母親の人生を破綻に追い込んだ原因であると述べ、結婚は、伝統的な南部の家父長制のなかで、農家男性と婚約した女性を拘束し、女性から自己実現の機会をはく奪するものであると論じている(本橋　八〇)。以降では、『不毛の大地』に登場する母親の被抑圧状況について考えていく。本作品に登場する母親は一人ではないが、ここでは、主にユードラに着目することで、母親の家事労働をはじめとした家庭内での振る舞いやその位置付けを考察したい。

三　二重の対立

ユードラは、いわゆる土地貧乏(land poor)とよばれる夫ジョシュアと結婚したことで不遇の人生を送っている。彼女は、作品冒頭から家事や育児などの家事労働に従事することで家族を支えており、基本的には、当時のアメリカ南部のジェンダー規範に準じている母親として描かれているようにみえる。ただし、その姿を物語の終わりまで確認することはできず、彼女は作品の途中で心身ともに衰弱して亡くなってしまう。

ユードラは、長年家族のために尽力してきたにもかかわらず、その努力を正当に評価される機会にあまりめぐまれていない様子が描かれている。以下の引用では、家庭のなかで客体化される母親としての姿が示されている。

> 彼女［ユードラ］は長年懸命に働いてきたので、働く習慣が高じて病となった。また倹約が、彼女の人生における奴隷でなく暴君となった。夜明けから夜暗くなるまで精を出して働き、それから何時間も神経が高ぶって眠れぬ夜を過ごした。彼女は自分でも言うように、「追いかけられて」いたのである。そしてそんなに働いたにもかかわらず、その働きがあまりにも薄い印象しか与えなかったことが、彼女の運命の悲劇だった。彼女は力のすべてを使い果たしたが、その努力にたいして見せるべきものはなにもなかった。すべてを奪い取って何も返さない土地のように、農場が彼女の活力を枯渇させたが、農場のもつ荒廃という一般的な様相になんの変化もみられなかった。(41)

一見、ユードラの自己犠牲的な苦労を示している描写だが、注目したいのは「農場が彼女の活力を枯渇させた」という表現である。この内容を文字通りに判断すれば、これは、これまでユードラがどれだけ労力を割いてきても貧しい農家の生活は良い方向に向かうことがなく、農地の不毛性はひたすら彼女の体力を磨耗させるだけだった、という現実の厳しさとその虚しさを示す描写とみなすことができる。しかし同時に、この描写では、彼女を磨耗させた原因は農地であるとして、この母親と自然環境が対立関係に置かれていることに気づく。ただし、農家の貧しい生活環境が改善しないことの原因は別にあるだろう。コンローグは、『不毛の大地』のテクストがどのような社会的変遷のなかに置かれているのか、という点に着目している。コンローグによれば、本作品は、農地と市場との結びつきが強固になっていくなかで、市場の論理を取り入れながら工業型農業へと移行していく農地の変化という文脈の中に位置付けられる（83）。そしてドリンダが農地を再生に導く成功の要因のひとつは、それまでの親世代とは違い、彼女がニューヨークで得た技術的または科学的知識を取り入れながら農業をおこなう描写のうちに明らかとなる。

たとえば作品の終盤にある次の描写が示すように、ドリンダは五〇歳を過ぎても、成功した農家として地元の人びとから認識されており、依然としてその名声を保ち続けている。

彼女［ドリンダ］は州の農場主たちの間で有名になっていた。なぜなら、彼女はメリケンカルカヤとサッサフラスのはびこる生産性の低い二つの農場を回復させたからである。父親が六インチの深さまでしか耕すことのできなかった固い土地に、彼女は今や立派な作物を豊かに作っていた。酪農も同様にうまくいっていた。（343）

この描写が物語の終盤にあることからもわかるように、全体を通じて、ドリンダの近代的知識を取り入れた農業は、父親たちが固執してきた伝統的な農業の手法と対比させられており、後者の親世代を時代遅れとする描写が散見される。この点を踏まえれば、親世代が自己犠牲的に働きかけたところで生活状況が改善しないのは、必ずしも農地のせいではない。まず、農地への理解が不十分なまま、無意味に土地を疲弊させてしまう農業様式を続けてきたことに問題があると考えられる。さらには、農家から自給自足の手段を収奪し、賃金に依存させていった市場の影響力が強まったことにその原因があるだろう。

それにもかかわらずユードラと農地は対立関係に置かれるのだが、この点を考察するために、女性の労働とその自然化という点について、資本の蓄積という観点から改めて確認したい。

クラウディア・ヴェールホフは、家事労働に代表される女性の労働が、本源的蓄積において資本を生み出すために必要不可欠とされながら、いかにその労働の価値が軽んじられるかを論じている。ヴェールホフによれば、資本主義社会においては、自然は単なる自然環境としてみなされるだけではない（二二三―二三四）。自然は、人間が自分たちのために好き勝手に利用できてしまう対象に置き換えられており、経済活動に際限なく動員できる資源としてみなされてしまう。そして、この利用可能な資源としての自然の一部に、女性の労働が含まれている（ヴェールホフ　一〇三）。女性に課せられた再生産労働は、資本の生産過程にとって不可欠な要素であるだけでなく、今日的な生産様式の前提条件になっている。これらの指摘に共通しているのは、家事労働に代表される再生産労働は、本質主義に基づいて女性に課せられるべきではないという視点である。そしてヴェールホフは、それらの労働は資本主義的な生産様式と深く結びついた家父長制社会のなかで、男性的諸力の都合の良いように作られた構築物であるという批判を展開している。

この点を踏まえてユードラと農地の対立関係を考察すると、二重の問題が見えてくる。まず一つ目の問題は、農地、そしてユードラの労働が、それぞれ別の角度から自然化されていることである。まず農地は所有物として、管理することが可能な自然だとみなされている。そしてユードラの母親としての労働は、家庭内では、それが労働であることさえ認識されないままである。その価値を評価されることがないために、彼女の労働はジェンダー化されてしまう女性の再生産労働とその自然化という問題を表象している。

そして二つ目の問題は、それぞれ自然化された農地と農家女性が対立関係に置かれることで、労働としては認識されない女性の家庭内労働とその価値の問題について、その原因が家父長制から生じているという関係性が不可視化されてしまうということである。このとき、ユードラの苦労は、農家たちに牙を剥く自然にその原因があると読み替えられ、自然の摂理という申し立てのできない言葉に包摂されてしまう。また、このユードラに表象された母親の労働（とその価値）の不可視化は、ドリンダの成功物語のためにより深まってしまうだろう。母の死後、ドリンダがふと母の形見である鏡を覗き込んだ際に、鏡に映る自分に母の姿を垣間見る描写がある。

［……］彼女は寝室に行き、母のものだった鏡を覗いた。じっと鏡を覗き込んでいると、映っている自分の後ろにもう一つ別の顔があって彼女を見ているように思われた。やつれた青ざめた顔、皺の寄った首、夢見る人が失望したときの飢えたような目。そうだ、できることなら、あんなふうにはならないようにしよう。失望に心をくいつぶさせるようなことは決してするまい。（260）

この直後に、ドリンダの容姿に関して、年齢を重ねても「いつまでも気高い」その様が強調される描写があり、鏡の中に垣間見た疲れ切った顔立ちの女性との差異化が図られている。それにより、母の形見である鏡に映る「別の顔」は、ユードラその人であることが示唆されている。この場面でドリンダは、今後の人生においては母が被った失望を経験しないように生きる決意をしているのだが、このことはこの母娘関係を考察する上で大きな意味をもつ。つまり、ここにおいてこの母親の苦労は、娘が今後回避すべき女性像のモデルとして変容させられている。そして、続く物語のなかでドリンダが成功を収めていくたびに、母と娘の対比が反復的に強調されてしまうと考えられるのである。しかし本作品において、ユードラの母親としての労働の痕跡は、完全に不可視化されているわけではない。そしてその痕跡は、疲労として彼女の身体に現れている。

四　母の労働と疲弊する身体

ユードラの労働の痕跡を示す箇所として、ドリンダが幼少期の記憶を辿っている場面が挙げられる。ある真夜中に、ドリンダがふと家の中から庭先に目をやると、真冬にもかかわらず裸足で庭先をふらつく母の姿を目にする。大騒ぎになった家族は母親を家の中に戻すのだが、ユードラは混乱した様子で「私は道に迷ったのよ、迷ったのよ、迷ったのよ」と、ただうわ言をつぶやくだけの姿が描かれる（四五）。またユードラが、物語冒頭から死に至るまでずっと神経症に悩まされた生活を送ることにも触れたい。以下の会話は、ユードラが遂にほぼ寝たきりになってしまったタイミングで、彼女を診療した医師とドリンダとのあいだで交わされるやりとりである。

「母はとても悪いのでしょうか、先生」［……］
「厳密な意味では、お母さんは全然病気ではありません」と彼は答えた。「いみじくもお母さんが言われたように、疲れ果てたんです」

…………

「私、むしろ知りたいんです。かわいそうな母さん！　まだ六二歳なんです。こんなに急に……
「急にだって？」［……］「いや、あそこにいるご婦人は二〇年前から死にかかっていましたよ！」（248）

この描写では、母親の身体と精神に蓄積した疲労は、ずっと近くにいた家族から二〇年以上も正しく認識されていなかったということが明らかにされている。神経症を患いながら家事労働に従事してきたことで死に近づいていくユードラのこの描写は、家事労働を通して自分以外の他者をケアすることは要請されるも、一方で、家庭内ではケアされることがない母親の苦労を表象しているといえる。

また先に示した「私は迷った」という彼女の困惑からは、ユードラが過去にとらわれた人生を生きた母親として描かれてもいることがわかる。このことは、彼女が死を迎える日の前の晩に、彼女がかつて抱いていた遠い地で布教活動をおこなうという夢を、夢中になって娘に話す場面からも明らかになる。

> 時がたつにつれ、彼女［ユードラ］の結婚生活や母親としての生活の年月は記憶から姿を消し、彼女の心はあの青年宣教師と婚約していた娘時代へと戻っていくのであった。［……］
> 　その年の暮れ、彼女が死ぬ前の晩、夜中に彼女はドリンダを起こして、異教徒たちのことや、長老派教会の宣教師たちが彼らをキリストのもとへ連れてくるために払った犠牲について長い間話をした。［……］彼女は結婚後に起こったことについては一度たりとも口にしなかった。そして、ジョシュアを知っていたことなど忘れてしまったかのように見えた。(250–51)

このユードラの過去は、現在の母親としての姿からは伺い知ることはできない。この場面において、結婚生活や夫ジョシュアのことは彼女の記憶から忘れられているかのように描かれるために、彼女のなかでは、夢を諦めたことと結婚生活とが対置されているようにみえる。

さらにユードラの死後、ドリンダが母の生前を振り返る描写がある。母亡き後でもドリンダが熱心に農業を続けてきたことについて、「世の中を救いたいという情熱をもちながら思うようにならなかった母親の願望が、形を変えて」娘に受け継がれているように描かれている (253)。このように母の死と母の想いを受け継ぐ娘が連続的に描かれることで、母の想いが娘のなかで生き続けているようである。一方で、ユードラが後悔を抱えながら思い半ばで亡くなってしまった女性であることも印象付けられている。そしてこのとき、この後悔の原因は、彼女が結婚し母親として生きてからの人生に紐づけられているのである。

母親になってから身体と精神を摩耗させていくユードラの姿は、作品内で登場する別の母親、ローズ・エミリーの姿と重なる。彼女はドリンダの勤め先である商店を経営する家族の母親で、第一部を中心に登場するが、彼女は作品登場時にはすでに肺結核を患っており、第二部の序盤で病死したことが端的に描かれている。彼女は、肺結核のために家事労働などのケアの担い手になるには弱りすぎていて、登場時にはすでにケアを受けるべき対象となっている。ここで着目したいのが、ローズの担当医が彼女の余命について述べている場面である。この医師は、肺結核に苦しんでいるローズには新鮮な空気を取り込むことが必要不可欠であるにもかかわらず、空気のわるい部屋に彼女が閉じ込められている事実に憤りを隠せないでいる (73)。端的に述べれば、この場面から分かるのは、ローズもケアから遠ざけられた母親として描かれていることである。

二人の母親に共通しているのは、家族を支えるために人生の時間の大半を費やしてきたにもかかわらず、家庭内で必ずしもその働きが正当に評価されることがなかったり、同様にケアされることもなかったりする母親像である。その母親像には、理想化された母親のイメージと、現実に女性たちに無理を強いていく労働とのあいだで生じた矛盾を、一人では抱えきることができなくなった姿が示されている。その矛盾は、ユードラが過去を思い出すなかで家族のことには言及しないという振る舞いに表れたり、疲労や疾患というかたちをとって彼女たちの身体上に異常として現れたりすることで、彼女たちの苦悩を外部に伝えているのである。

おわりに――ケアが紡ぐもの

最後に、ドリンダが成功する背景にある周囲との関係性に触れながら、その繋がりの根底にユードラがもたらした影響があることを確認したい。

作品終盤、ドリンダの安定した農場経営を支える立役者ともいうべき二人の存在が示される。それが、結婚相手のネイサンの連れ子であるジョン・アブナーと、ドリンダがニューヨークで過ごしていた頃からずっとオークリー家を手伝っているフラヴァンナである。このうち黒人女性であるフラヴァンナが長きに渡って白人家族の農地を手伝っている点を考えれば、その関係性は南部的文脈から逃れられてはいない。しかし同時に、ドリンダの農地回復に向けた孤独な歩みを心身ともに支えた人物こそが他ならならぬフラヴァンナであるとして描かれていることにも目を向ける必要がある。

二人の女性の間の愛情は、奥様と女中というか細いつながりを越えて、身内をつなぎ合わせる強くしなやかな絆へと変わっていった。彼女たちはお互いの日常生活を理解していた。農場に対しての大きな興味を共にし、思慮分別もなく無条件にお互いを信頼していた。フラヴァンナは自分の女主人を敬愛し、ドリンダは親譲りの慎み深さで召使いを心から可愛がった。(255)

二人の信頼は雇用関係を越えて、それぞれの農地での生活を互いに熟知するほどになっている。両親に先立たれたドリンダにとってはある種の疑似家族のような関係性を形成しているように描かれているのである。

さらにペドラーズ・ミルには、フラヴァンナを含めた黒人たちの家族が数軒あることが描かれている。ここで注目したいのが、彼女たちとの間にあるのは「母親譲りの親しい関係」だと提示されていることである(333)。加えて、黒人たちの家族が困ったときには、ドリンダが桃のブランデーやブラックベリーのコーディアル酒を分け与えている関係性が示されているのだが、これらの飲料も「母親から譲り受けていた」(333)ことが描かれている。このように、母が家庭内外で育んできた親交という観点に立ってドリンダの成功を考えたとき、その成功は母親がケアを通して近隣コミュニティとのあいだに築いてきた共同体的な関係性の延長上に位置付けられるのではないだろうか。

ドリンダの酪農[6]には、フラヴァンナや、血縁関係のない義理の息子であるジョン・アブナーといった、当時の主要な農業の家族経営にたいして、オルタナティブな働き手との協働が提示されている。このように、ドリンダの成功は彼女の才覚のみによってもたらされたものではなく、彼女の身の回りの世話をしてくれる他者がいること、つまりは再生産労働を手助けする存在に支えられてきたといえる。このような枠組みに加えて、ユードラのケアによって紡がれてきた社会的諸関係の繋がりを見出すことで、ユードラの労働が無益になっていないことを指摘したい。そのような社会的価値のある労働が、労働として正当に評価されないことは、彼女のような母親たちにとって抑圧の原因となるだろう。

本論では、農業経営にて成功を収めていくドリンダのオルタナティブな女性像と家庭に準じることで疲弊してきたユードラの母親像が対置されているという視点から出発し、ユードラに表象される同時代的な母親像とその労働に伴う問題について確認してきた。その問題とは、ドリンダの成功の背景にあるユードラの労働の痕跡を見落とすことと深く関わっている。娘の成功は、苦労の多かった母の人生を乗り越えていくことで達成される、という理解に基づいてドリンダとユードラの関係を読み解いてしまうと、両者のつながりを分断されたものとして保存することになりかねない。その場合、この母娘関係が「マトロフォビア」とよばれる関係性に近づいてしまうだろう。

アドリエンヌ・リッチは『女から生まれる』(一九八六)においてマトロフォビアを以下のように説明している。

「マトロフォビア」(母親恐怖症)という言葉は、詩人のリン・スーケニックがつくったものだが、自分の母親とか母性を恐れるのではなく、自分が母親になるのを恐れることだ。多くの娘たちが自己嫌悪や妥協から解き放たれたいともがいているが、もともとそれを教えたのは母親だと見ている。また、女が生きていくうえで課せられる制約や女であるために低く評価されることを、いやおうなしに伝えたのも母親だと見る。母親をそのようにしてしまったいろいろな力を母親をこえて見るよりも、母親自身を憎み、拒否するほうがはるかにやさしい。(333)

リッチは、母親という社会的役割が女性に課してしまう負担や制約を問題視していくなかで、その背後にある父権性の影響を批判的に検討していく。同時に、母と娘の関係について、「永遠に与える者と定義される『母親』にならずに、『娘』つまり自由な存在でありうると主張するのは、想像として狭すぎる」とも主張している(360)。マトロフォビアにおいては、母親が、女性が生きる上での制約を娘に教える存在として措定されてしまう。しかし、リッチも「母親をそのようにしてしまったいろいろな力」として留保をおいているように、女性を「母なる大地」のイメージのなかに埋め込んでいくのは、明らかに父権的な諸力なのである。『不毛な大地』においても、ユードラを診察した医師が「あそこにいるご婦人は二〇年前から死にかかっている」と述べるその瞬間に、母親を摩耗させていく諸力に気づく契機が立ち上がっているだろう。

アンドレア・オライリーもリッチの見解に触れながら、マトロフォビアが母と娘のあいだにある「理解」、「親交」、「共感」、「つながり」を阻んでしまうと指摘している(60)。この指摘は、家父長制において理想化される母性が、母性の公式な意味合いとしてその席を占有していることへの批判に基づいている(58)。母娘関係について他の想像力が登場することを許さないかのようなこの占有は、家父長的父権性が、女性たちの繋がりがもつ抵抗力の大きさを恐れていることの裏打ちだといえるだろう。オライリーも示しているように、女性のエンパワメントを獲得していく上で、母娘関係における結びつきとその親密さは重要な働きをもつと考えられてきた(61)。

本論では、ドリンダとユードラの労働を対置するのではなく、彼女たちのそれぞれの労働をひとつの延長上に位置づけ、その関連性を考察してきた。そして、家庭内労働が労働であることを認められない現実に抗うかのように、ユードラが紡いでいた周辺地域との共同性を確認した。家庭内労働が紛れもない労働であることを認識することは、女性にたいする搾取の状態を問題化するだけでなく、その閉じられた関係性を社会に向けて拡大していくことに繋がりうる。(7) ユードラの労働とそれが彼女の身体にもたらす不調についても、それらを個人的な経験として読むのではなく、農家女性たちを描く作品たちの円環のなかに位置付けることによって、彼女たちに表象される社会的役割としての母性を批判的に検討することに開かれているのではないだろうか。

注

(1) この作品のうち、本文でも引用している"Women and the Subversion of the Community."の部分は、「女性のパワーと社会の変革」(亜紀書房、一九七二)として翻訳され『資本主義・家族・個人生活』に収録されている。本文中の引用箇所は、同翻訳に準ずる。

(2) マルクス主義フェミニズムに関する議論において、再生産労働としてのセクシュアリティについてはしばしば論じられないことがあるという指摘がある(伊田「労働としてのセクシュアリティ」一一一八)。その指摘にもあるように、この点についてダラ・コスタは姉妹ともに言及していたことに関して、本論でも触れておきたい。『家事労働に賃金を』には、「女たちの労働の中でも中心的な仕事として、性的職務がある。結婚の市場において、すなわち、結婚の契約を通じて、女たちは、彼女たちの性を、生計の費用と交換に、男たちに売り渡しているのだ。だからこそ、女たちの性は、出産—再生産の機能という点に、その職務を見出しているかのように誤解されることになるのだ」という記述がある(31)。『愛の労働』においては、女性にたいして加えられる性暴力の議論のなかで、このことはより重要な論点のひとつとなっている。「[……]女の性交渉は、新しい労働力を生み出すためか、あるいは男を性的に慰めて、肉体的、精神的に再生産するためのものであり、家事労働である」(56)。「[……]女が男のために常に無償で供給させられている労働の中でも、性交渉が中心的職務であることが明らかになればなるほど、そこに愛というものが存在する可能性は少なくなっていく。それゆえに性交渉は家事労働なのである」(57)。

(3) ウィークスは、今日の社会において「家事労働に賃金を」という要求をおこなうとしても、それは脆弱なものとなってしまうと述べ、その理由を二つ挙げている。まず、「長きにわたって論じられてきたように、賃金を主婦に支払うことによって、ジェンダー化された分業がより確立されてしまうだろう」と述べる (137)。そして、「より多くの労働形式に賃金で報酬を与えていくことは、賃金システムに異議申し立てをしていくどころか、その完全性を保存してしまう」おそれがあるとする (137)。その上で、「家事労働に賃金を」運動とその要求が目指した「労働の拒否のポリティクス」を受け継ぎながら、現代社会により適した方法として、ベーシック・インカムの導入を挙げている (138)。

(4) フェデリーチはこの点について、一九世紀半ばから二〇世紀にかかる世紀転換期前後の合衆国で登場した、「ユートピア社会主義者」たちから「唯物論的フェミニスト」たちの存在について触れている。そこで登場した試みは、「集合的なハウスキーピングを通して、家事労働を、それによって家や近隣を再編成し社会化する」ことを目的としていた (146)。

(5) ドナルド・オースターは、ダスト・ボウルが発生したその背景には、必ずしも自然発生的とはいえない人為的な要因があることを示している。オースターの指摘では、際限なく資本を増やしていこうとする欲望と、土地（自然）の摩耗にダスト・ボウルの原因を見出す考えが存在していたことが示されており、その関係性に気づいていた当時の識者が多くいたということが併せて伝えられている。「かれらの見方では、ダスト・ボウルは、経済的な野心によって荒らされてきた大陸全体を表象するものだった」(43–44)。ここでは、スタインベックやドロシア・ラング、ウディ・ガスリーらの名前が挙げられている。

(6) この点にかかわる議論として、ウィークス・バクスターの視点は興味深い。その内容は、ドリンダの成功を収める酪農が生物学的にメスと分類される動物たちから生成される牛乳や卵から組織されていくことに注目することで、ドリンダの酪農は再生産を担うマターナルな枠組みにおいて実践されているというものである (25)。もちろん、このことだけを見れば、むしろ再生産労働の担い手は女性であるという本質主義的な側面だけを強めてしまうことになりかねないが、本論でも述べているように、ドリンダの酪農にはフラヴァンナや、血縁関係のない義理の息子であるジョン・アブナーといった働き手が含まれていることに注目したい。

(7) たとえばケア・コレクティヴは『ケア宣言』において、相互的なケアの実践を目指すために「乱行的なケア」という考えを提唱している。それはケアの担い手を社会のなかで「無差別に」広げていくことを意識して、「最も近いものから最も遠いものまで」ケアをするということを意味している。ここで、より多くの人びとを想定したケアについて言及したのは、この考えが現代社会において新たに提唱されるその前提として、従来は誰にケアが行き届いていなかったのかを示してくれるからである。このケアの担い手としてオルタナティブな主体を想像する議論では、ケアの担い手がジェンダー化されてきたことが批判されている。その上で、ケアは国家やコミュニティを中心として社会的に支えられるべきだと論じられているのだが、この文脈において、従来の母親の位置づけが示されている。そこでは、ケアの新たな実践においては、「母親もまたケアを受け取る必要があるのですから」と、母親だけにケアを押し付けないことへの配慮がある (76)。つまり、従来のケアの枠組みにおいて、母親たちはケアの担い手であることは期待されるも、その受け手としては平等に扱われてこなかったことが示されている。

引用文献

Conlogue, William. *Working the Garden: American Writers and the Industrialization of Agriculture*. The U of North Carolina P, 2001.

Dalla Costa, Giovanna Franca. *The Work of Love: Unpaid Housework, Poverty and Sexual Violence at the Dawn of the 21st Century*. Autonomedia, 2008. ジョヴァンナ・フランカ・ダラ・コスタ『愛の労働』伊田久美子訳、インパクト出版会、一九九一。

Dalla Costa, Mariarosa, and Selma James. "Women and the Subversion of the Community." *The Power of Women and the Subversion of the Community*. Falling Wall Press, 1972, 21–56. マリアローザ・ダラ・コスタ「女性のパワーと社会の変革」、『資本主義・家族・個人生活』竹信三恵子訳、亜紀書房、一九八〇年、一五七―二一一。

Federici, Silvia. "Feminism and the Politics of the Common in an Era of Primitive Accumulation." 2010. *Revolution at Point Zero: Housework, Reproduction, and Feminist Struggle*. PM Press, 2012, 138–48.

Glasgow, Ellen. *Barren Ground*. 1925. Vintage Dog Books, 2011. エレン・グラスゴウ『不毛の大地』板橋好枝他訳、荒地出版社、一九九五年。

Hapke, Laura. *Daughters of the Great Depression: Women, Work, and Fiction in the American 1930s*. U of Georgia P, 1995.

Harrison, Elizabeth Jane. *Female Pastoral: Women Writers Re-Visioning the American South*. U of Tennessee P, 1991.

O'Reilly, Andrea. *Matricentric Feminism: Theory, Activism, Practice*. Demeter, 2021.

Rabinowitz, Paula. *Labor and Desire: Women's Revolutionary Fiction in Depression America*. U of North Carolina P, 1991.

Rich, Adrienne. *Of Woman Born: Motherhood as Experience and Institution*. 1986. Norton Paperback ed. W. W. Norton, 2021. アドリエンヌ・リッチ『女から生まれる』高橋茅香子訳、晶文社、一九九〇年。

The Care Collective. *The Care Manifesto: The Politics of Interdependence*. Verso, 2020. ケア・コレクティヴ『ケア宣言　相互依存の政治へ』岡野八代他訳、大月書店、二〇二一年。

Weaks-Baxter, Mary. *Reclaiming the American Farmer: the Reinvention of a Regional Mythology in Twentieth-Century Southern Writing*. Louisiana State UP, 2006.

Weeks, Kathi. *The Problem with Work: Feminism, Marxism, Antiwork Politics, and Postwork Imaginaries*. Duke UP, 2011.

Werlhof, Claudia von. "On the Concept of Nature and Society in Capitalism." *Women: The Last Colony*, edited by Maria Mies, et al., Zed Books, 1988, 96–112.

Worster, Donald. *Dust Bowl: The Southern Plains in the 1930s*. Twenty-fifth Anniversary ed., Oxford UP, 2004.

相本資子『エレン・グラスゴー小説群——神話としてのアメリカ南部世界——』英宝社、二〇〇五年。

伊田久美子「労働としてのセクシュアリティ：再生産労働論の再検討」、『女性学研究 Women's Studies Review 26』二〇一九、一―一八。

C・V・ヴェールホフ『自然の男性化／性の人工化　近代の「認識の危機」について』加藤耀子、五十嵐蕗子訳、藤原書店、二〇〇三年。

ダラ・コスタ、マリアローザ『家事労働に賃金を　フェミニズムの新たな展望』伊田久美子、伊藤公雄訳、インパクト出版会、一九八六年。

藤野早苗「不屈の精神で挑む農場経営　エレン・グラスゴー『不毛の大地』」、野口啓子、山口ヨシ子編著『アメリカ文学にみる女性と労働　ハウスキーパーからワーキングガールまで』彩流社、二〇〇六年。

本橋香『エレン・グラスゴーと科学言説　南部ルネサンスの萌芽として』英宝社、二〇二一年。

2 危機下における共闘
――ウォルター・モズリィの『赤い死』と人種の境界線

平沼　公子

はじめに――危機下における人種を超えた共闘

アフリカ系アメリカ人作家ウォルター・モズリィ（Walter Mosley, 1952– ）による『赤い死（*A Red Death*, 1991）』は、赤狩りと反共言説が飛び交う一九五三年のLAワッツ地区を舞台にしたハードボイルド探偵小説だ。アフリカ系コミュニティにおいて秘密で不動産業を営みつつ、裏では私立探偵として活躍する語り手エゼキル・イージー・ローリンズは、自身の脱税が原因で合衆国内国歳入庁（IRS）調査員ローレンスから自宅の強制退去を迫られる。強制退去を免れることと引き換えに連邦捜査局（FBI）捜査官クラクストンからイージーが引き受けたのは、アフリカ系アメリカ人コミュニティにて慈善活動中のユダヤ系共産党員カイム・ウェンズラーの活動を調査報告することだ。自身の生活を保持しつつアメリカ合衆国内の脅威である共産党員を炙り出すという、イージーとFBI両者にとって有益であるはずのこの仕事は、イージーの周囲における不審死の続発と、イージー自身も何者かに命を狙われる事態によって、奇妙かつ危険な様子を帯びはじめる。物語は、核兵器開発に関わる合衆国の機密書類を入手したカイムをFBIが追っていたという事の顛末と、負債を抱えていたIRS調査員ローレンスがイージーの脱税を告発して一儲けしようと狙った思惑が絡みつつ進んでいく。『赤い死』において、自宅からの強制退去という主人公イージーの危機的状況は、FBI捜査官クラクストンが繰り返す共産主義の脅威が国内に潜伏しているという国家の危機的状況と重なる。イージー個人の危機は、不動産所有により引き起こされる点において、反共主義の言説との共通項を持つだろう。しかしこのイージーの危機は、彼がアフリカ系であること、また彼の調査の対象となるカイムがユダヤ系であることによって、人種問題の言説とも絡み合う。モズリィは一九五〇年代のＬＡワッツという、マイノリティ内においても人種・民族の境界線が生まれつつある時空間を舞台として、抑圧の構造が複雑化する様子と、それに翻弄されつつも抵抗を試みる人々を描いている。

　危機下における人間は、人種の境界線を超えて共闘することが可能だろうか。モズリィは主人公イージーの語りを通してこの問いへ答える。『赤い死』は、当時のアフリカ系コミュニティが冷戦下で主流の反共言説へと阿(おもね)る様子を描きつつ、それが示唆する国家の危機にイージーが納得できない様子を描く。反共言説は、イージーにとってアメリカ人としての危機意識を煽るものであると同時に、そこで謳われる自由の国アメリカというアフリカ系である彼が実感できない国家の理念に反発を覚えるものでもあるのだ。一九五〇年代の社会歴史的背景とアフリカ系の心理を下敷きにした上で、『赤い死』は国家危機である国内の共産主義への抵抗が、抑圧された者同士が結びうる心的連帯の感覚とは異なることをイージーの語りを通して示唆する。本論は、『赤い死』に描かれる一九五〇年代の反共主義の言説とアフリカ系アメリカ人コミュニティにおける反共言説の受容、そして共産党員カイムに触れた主人公イージーの複雑な心理を分析する。国家の理念を脅かす共産主義者が合衆国内に潜んでいるという恐怖を煽る言説と、被抑圧者たちにとってのアメリカの現実の間の齟齬は、イージーとカイムという虐げられた者同士の間に人種を超えた連帯の意識を芽生えさせる。最終的に本論は、『赤い死』に描かれた一九五〇年代と、本作品の発表時期である一九九〇年代の間の相関関係を分析することで、被抑圧者たちの人種を超えた共闘に対する作家モズリィの視点を明らかにする。人種を超えた共闘の萌芽とその限界は、一九五〇年代ＬＡワッツから一九九〇年代アメリカにまで通底する課題なのだ。

一　『赤い死』が一九五〇年代を描く意味

『赤い死』はイージーを主人公としたイージー・ローリンズ・シリーズと呼ばれる一連のハードボイルド探偵小説群の二作目にあたる。モズリィの探偵小説は、ミステリーという文学ジャンルとその形式を用いつつ、アフリカ系コミュニティおよびアメリカ合衆国における人種の問題に言及している。イージー・ローリンズ・シリーズは、アフリカ系の私立探偵イージーを主人公に据えることで、黒人性の肯定と同時に画一化されてきたアフリカ系コミュニティの多様性と複雑さを描き出し、それを「完全に統一されていて、安定したものとして表象することは事実上不可能だということ」(King 211) を体現してきた。リアム・ケネディが指摘する通り、モズリィはハードボイルドという「伝統的に白人的主体の意識を形成してきたコードや伝統、特徴」(Kennedy 224) を持つ文学形式の転用を通してアフリカ系の現実に迫る。イージー・ローリンズ・シリーズが、アフリカ系コミュニティの多様性を描き、人種と犯罪性の相関という誤謬を明らかにするのは、文学形式とそこに描かれる内容の巧妙な連動によるものなのだ。さらに、アフリカ系コミュニティに属しつつもそれを観察するイージーの立場は、コミュニティ内の人間と、その外にある権威との狭間に置かれており、その絶妙なバランスを保ちつつ展開される物語が読者の興味をそそるのである。

ここで興味深いのは、『赤い死』についての批評が少ないことだ。爆発的なベストセラーとなったシリーズ第一作目の『青いドレスの女』の売上には及ばない『赤い死』だが、作品の売上と知名度に文学研究における批評の多少が過度に影響されることはない。しかし、チャールズ・ウィルソンは『ウォルター・モズリィ批評ガイド』において、「不必要な重複」(三三) を避けるために『赤い死』との他数冊のシリーズの批評を省いたとしている。また、モズリィの作品群をアフリカ系アメリカ文学の伝統と「ホーム」というテーマから考察したオーエン・E・ブレイディとデレク・C・マウスによる研究書『ホームへの道のりを探して』にも、主人公イージーの不動産所有、つまりホームが物語の核のひとつとなる『赤い死』についての章は見当たらない。

この『赤い死』についての批評の少なさは、本作品がハードボイルド探偵小説という形式に、アフリカ系アメリカ文学的内容を詰め込んだ上で、そこに階級闘争という新たな、かつアフリカ系アメリカ文学批評においては語りづらい要素を盛り込んだ作品である点が関係しているだろう。『赤い死』は、大恐慌から第二次世界大戦と朝鮮戦争を経たアフリカ系アメリカ人が、冷戦期の反共言説にどのように影響され、応答したのかを踏まえた上で、一九五〇年代のLAワッツを描いている。一九五〇年代に形作られたアフリカ系アメリカ文学とその批評の評価基準は、今日我々が包括的に理解しているアフリカ系アメリカ文学の様相を形作ってきた。アフリカ系アメリカ文学史において一九五〇年代は、一九五二年のラルフ・エリスン（Ralph Ellison, 1914–94）の全米図書賞受賞をきっかけに国民的テーマ、つまり民主主義というテーマに取り組む芸術的に優れたアフリカ系アメリカ文学が表舞台に出てくる時代とされている。ここで問題となるのは、批評史において一九三〇年代から四〇年代のアフリカ系アメリカ文学に存在した左翼主義の系譜が不自然に消去されている点と、一九五〇年代の反共言説がアフリカ系アメリカ文学へ与えた影響への言及の少なさである。[1] これらが示唆するのは、批評史においてアフリカ系アメリカ文学という人種を枠組とする文学ジャンルの一貫性を保つことが優先され、人種では弁別不可能な抑圧された者同士の連帯を形成する要素、つまり階級が軽視されてきたということだ。『赤い死』は、一九五三年という赤狩り時代を舞台にすることで、アフリカ系アメリカ文学史において平時として扱われる一九五〇年代を危機下として提示している。さらにこの危機的状況は、マイノリティ間の人種の境界線が生まれつつある時代と重なることによって、人間が何を共通項として連帯を形成していくのかを問いかける構造となっているのだ。

二　誰に危機が迫っているのか——反共言説とその浸透

シリーズ第一作目『青いドレスの女』(*Devil in a Blue Dress*, 1990) の結末で大金を手にしたイージーは、その金を元手にワッツ地区で不動産業を内密に営み、自身は小さな自宅を所有している。しかし、『赤い死』においてイージーはこの不動産取得の際の資金の出所をIRSに疑われ、ローレンス調査員から納税の命令と、脱税は重罪だという忠告の体裁をとった脅しを受けることとなる。自身の財産を失う危険に晒されたイージーは、アフリカ系コミュニティに精通する「駒」を探していたFBI捜査官クラクストンからの依頼を受ける。クラクストンは、この任務へのイージーの適性を、彼が共産主義をどう考えているのかと問うことで測る。「アカについて何を知っているか」(二三七) とクラクストンに問われ、イージーは「ユダヤ人じゃない限り、アカはナチスよりも悪いんじゃないかな。ユダヤ人にとってはナチスより酷いものはないだろ」(二三七) と答える。しかし彼はすぐにモノローグで「FBIが聞きたい答えを話した。俺の本当の考えはもっと複雑だった」(二三七) と付け足し、ポール・ロブスンが共産主義に傾倒して華々しいキャリアを棒に振った例を挙げる。第二次世界大戦にアメリカ兵として参戦した自身の経験、またアフリカ系であり俳優・歌手として華々しいキャリアを持ったロブスンが共産主義との関係性から表社会を追われた人生を考えると、イージーはFBIが提示する単純な善悪の構図に納得することはできない。この時点でイージーは社会政治的問題について明確な理解を持たない。しかし、第二次世界大戦で大義を同じくしたソビエトとの間に急速に出来上がった対立構造や、ロブスンという才能の追放は、共産主義の急速な悪魔化という不自然な印象を与えるものなのだ。イージーは、ロブスンが「政治なんかのために」(二三七) キャリアを失ったと考えるが、それはアフリカ系にとって政治が役に立たない含意があると同時に、ロブスンのような偉大な人物が人生を棒に振るほどの何かが共産主義にはあるかもしれないという淡い期待とも呼べる感情でもある。

イージーの複雑な世界観を知り得ないクラクストンは、「共産党員のユダヤ人の一人」（二三八）であるカイム・ウェンズラーが「労働組合のオルグで、自分自身のことを労働者と名乗って組合を組織している」（二三八）と説明し、その男の動向を探るようイージーに依頼する。クラクストンがイージーに調査を依頼する理由は、カイムがファースト・アフリカン・バプティスト教会、つまり伝統的な黒人教会という白人が潜入できない場所に活動拠点をおいているからだ。クラクストンの反共言説には説得されないイージーだが、ＩＲＳの調査から逃れるには自分が適任であるＦＢＩの依頼を引き受けるしかない。クラクストンはイージーに対して共産主義について講義するが、その語り口は一九五〇年代における反共主義の言説と重なる。「ヨーロッパにアジア、全世界に我々の敵がいるんだ。しかし本当の敵、つまり我々が真に気をつけなくてはならないのは、まさにこの国内にいるのだよ。思想においてアメリカ人ではない奴らがな。全くもってアメリカ人ではないんだ」（二三九）。ここでクラクストンは、非アメリカ的な人間が合衆国内にいて国民を脅かしているという反共言説そのままを述べ、彼らがカイムを直接逮捕しない理由を、カイムが象徴でしかないからだとする。「ローリンズ君、犯罪が起こっているわけではないんだ。我々は脱税の咎で誰かさんを刑務所に入れようとしているわけではない。我々のしていることとは、我々が与えた自由というものを使って、我々の信念を滅ぼそうとしている集団を炙り出すということなんだ」（二四〇）。具体的に検挙できる犯罪を追っているのではなく、カイムという共産党員が象徴するものを追っているのだとするクラクストンの語りは、共産主義という思想を合衆国の民主主義と正反対の危険な思想として位置付ける赤狩りのそれであると同時に、イージーと読者にとって信用できない響きを帯びる。

『赤い死』において、一般的に流布していたであろう反共言説は、クラクストンという信頼できない人物によって語られることによって不自然さが際立つ構造となっている。このクラクストンの言葉同様に反共言説の不自然さを際立たせるのは、アフリカ系のコミュニティ内におけるその扱われ方である。普段は教会になど行かないイージーが調査のために潜入するファースト・アフリカン・バプティスト教会では、タウン牧師が朝鮮戦争について会衆へと語りかける。朝鮮戦争に若者たちが徴兵されたのは「善人の姿をした悪魔」（二六一）の仕業だとし、「悪魔は偉大な指導者として現れるので、あなた方は栄光の光の花火のようなその姿に騙されるのです。しかし花火の煙が消え去り、目を凝らして良く姿を見てみれば、あなたは罪の重さに気がつくでしょう」（二六二）と説教するのだ。タウン牧師のいう善人の姿をした悪魔は、クラクストンのいうアメリカ国内に潜む共産主義者と重なる。しかしタウン牧師は共産主義を名指しするのではなく、あくまでも「我々を戦争に連れて行き中国人や朝鮮人と戦わせた」（二六二）悪魔、つまり朝鮮戦争を引き起こした事態を非難するのだ。会衆はこの説教の意図が不明で困惑する。「牧師は政治家じゃないんだ」（二六二）、「共産主義は神に叛くんだから、戦わなきゃならん」（二六二）といった会衆たちの言葉は、アフリカ系アメリカ人コミュニティ内の反共言説の生成の様子を示すだろう。批評家メアリ・ヘレン・ワシントンは、一九五〇年代に学生だった自身の教育に、いかに冷戦下の反共言説が影響していたかを、教会と反共産主義の関係から説明している。一九五〇年代にオハイオ州クリーブランドのカトリック系のミッションスクールに通っていたワシントンは、「学校で反共主義のコミックを読み、ロシアが回心することをみんなで祈り、象徴としてではなく差し迫った脅威として鉄のカーテンを恐れていた」(Washington 1)。ワシントンは、その当時オハイオ州クリーブランドで開かれていた全米黒人労働評議会のことなど知りもしなかったと述べ、いかにアフリカ系コミュニティに反共言説が浸透し、教育されていたのかを指摘している。『赤い死』においてモズリィは、クラクストンに代表される反共言説と、それがアフリカ系のコミュニティに浸透していた様子を描いている。それと同時に、イージーがクラクストンに感じる不信感や、教会における牧師と会衆の間にある共産主義への見解の違いは、一九五〇年代の反共言説とアフリカ系アメリカ人との間にあり得た心的距離を浮き彫りにするのだ。

三　連帯を生み出すのは何か

さらにここで問題となるのは、社会政治的な階級の問題に人種の問題が絡むことである。例えば、クラクストンは共産主義者カイムのユダヤ性を強調することによって、アフリカ系であるイージーとの差別化を図る。カイムを「ずる賢いユダヤ人」（二三九）だと評するクラクストンは、そのカイムが「黒人に対しては甘いから」（二四一）慈善活動をしているのだとし、人種間の境界を引く。ユダヤ人の多くは共産主義者であり、その大元がマルクスだというユダヤ性と共産主義を結びつける短絡的な説明を展開するクラクストンをイージーは信用できない。「奴ら（共産主義者）は全世界をのっとって奴隷化するつもりなのだ。アメリカ人が信じている自由なんて信じていない。ロシア人は長く農奴でありすぎたせいで、そんな風にしか世界を見ることができないのだ。鎖に繋がれたままで見るのだよ」（二三七）。このクラクストンの発言で奴隷制と並置された共産主義は、最も非アメリカ的なもの、つまり自由の抑圧をするものとして示されている。しかし共産主義に奴隷制を重ねるこの説明を、イージーは「白人が俺に奴隷制について説明している」（二三七）と皮肉る。このクラクストンの共産主義に対する批判は、一九三〇年代から一九四〇年代にかけて、アフリカ系アメリカ人の権利獲得のために最も積極的に関わったのが共産党であることを考えると一層滑稽だ。[2] クラクストンに対するイージーの冷静な分析は、当時権威側が語っていた反共主義に対して、抑圧された側からの感情を代弁していると言えるだろう。

クラクストンの説明に抵抗を感じつつも、イージーもまた「俺たちの人々 (my people)」（二四二）を傷付けることがないのならば、という留保付きで取引に応じ、アフリカ系である自身とユダヤ系との間の境界を意識している。イージーは警察に尋問された時でさえ、その警官がアフリカ系であることで安心し、「何故かはわからないが、俺は黒人を信じていた。ぶん殴られたり、盗まれたり、撃たれたり、酷い扱いを受けるのは、たいてい白人からよりも黒人からの方が多かった。でも俺は白人なんかについて考えるまでもなく、黒人を信じていた。俺にとっては自然なことだった」（三二五―二六）と述べる。イージーの語りによって明らかになるマイノリティ間における人種の境界線の明確化は、史実に基づくものだ。LAはアフリカ系にとって自由を約束された土地として二〇世紀転換期以前からアフリカ系の流れ着く場となっていた。元々はメキシコから流入した人口が多くを占めていたLAは、二〇世紀初頭に合衆国南部からアフリカ系の自由黒人および逃亡奴隷が流入し、またその後白人やアジア系移民も増えたことにより、一八六〇年にはすでに人種的に多様な場となっていた。[3] ポール・ロビンソンは、一九世紀末から二〇世紀にはLAの広大な土地が整備されていくにつれて「土地取得のブーム」(Robinson 35) が起こり、徐々にマイノリティ・グループによる住み分けが始まることを指摘している。しかしもちろん、白人が入手する土地や不動産をアフリカ系が入手することは不可能に近く、彼らは一九三〇年代から四〇年代にかけて「すでにある黒人居住地区に押し込められ、戦時中の仕事に就けず住宅提供もなかった」(Robinson 39)。これに対して、人種により居住地区を制限する法律に対する抵抗がアフリカ系からの訴訟の形で起こる。この動きは、「白人たちの空間」の拡大を阻止する動きであると同時に、アフリカ系の空間を確保する方向でもあり、皮肉にもLAという場において従来不文律として曖昧であったマイノリティ間の人種・民族の棲み分けをも進めていくこととなる。『赤い死』においても物語の後半でイージーは、「ロサンゼルス東、メキシコ人たちの地域」（三八六）に住むプリモという友人に助けを求めるが、プリモの妻が「明らかに黒人だが、国境の南側出身で、スペイン語で罵るからメキシコ人だとみなされている」（三八六）という説明は、この当時のマイノリティ間における人種・民族の境界線の生成の様子を伝えるものだ。

さらにこの人種・民族による住み分けは、それが実際には階級問題をも孕むことをイージーの語りは示唆する。イージーは捜査のためにLAを縦横無尽に動き回るが、ベル・ストリート地区について「スノッブたち」（三五〇）が住んでいるとし、住民たちが「他のワッツ地区の多くの人間たちよりも自分達が素晴らしい」（三五〇）と思っていることは問題だと考えている。何気なく挿入されるこのLAの地政図からは、冷戦期に台頭するアフリカ系アメリカ人中産階級の出現と、人種内での格差が浮かび上がってくる。さらにまた、イージー自身がLAワッツにおいて不動産所有主であり、またそのことを隠しつつアパート経営をしていたがために脱税の嫌疑がかかった経緯からは、彼自身がこの社会経済格差の構図に否応なしに取り込まれていることが示唆される。イージーがカイムの身辺調査をせざるを得ないのは、この個人資産を守るためであり、その意味において彼はクラクストンと同様の反共主義的立場に置かれているとも言えるのだ。

そしてこの人種と階級の交叉は、アメリカ合衆国にとって脅威であるはずのカイムが、イージー個人にとっては好ましい男だという矛盾として提示される。カイムは教会で慈善活動を行ってはいるが、第二次世界大戦を経て「神はユダヤ人たちに背を向けた」（二七七）という認識を持つ。「アメリカの黒人はポーランドのユダヤ人と同じなんだ。馬鹿にされ、分離されて。生きているってだけで吊るされて、生きながらに焼かれたんだよ」（二七七）。ここでカイムが提示するのは、クラクストンの人種の線引きとは異なる、ユダヤ人と合衆国のアフリカ系の同一性である。人種で線引きする境界によればユダヤ人であるカイムは白人だが、カイムからすればイージーは人種というそもそも不当な理由によって虐げられた者同士という連帯を感じる相手だ。イージーはカイムと親密になるにつれて、徐々に自身の行う調査に罪悪感を感じ始める。彼は、クラクストンをはじめとする権威側の白人たちと比較して、抑圧の境遇を共にするカイムを居心地の良い人物だと見なすようになるのだ。

カイムの過去に触れることを通し、イージーはアフリカ系アメリカ人として合衆国において虐げられてきた自身とその人種の歴史が、たとえ体験は異なれども、ユダヤ人の抑圧の歴史と重なる可能性があることに徐々に気がついていく。カイムは、現在はリトアニアの首都であり、もとはポーランド領であったヴィリニュスで共産党の地下組織に所属し、ナチスと戦った経験を持つ。ユダヤ地区の住民が怯えて地下組織を告発すると、市中から逃れてユダヤ人ゲリラ隊を発足し、ナチス党員を殺し、列車を爆撃し、できるかぎりのユダヤ人を逃したカイムは、「ソ連のゲリラ兵たちと手を取り合って戦った」（三〇五）のだ。カイムはソ連のゲリラ兵について、「人民の兵士だった」（三〇五）とし、「君と僕のようにね」（三〇五）とイージーに語りかける。ソ連兵がワルシャワを見捨てたことを知りつつも、「俺たちが本当に一緒だと考えるような白人に会ったことがなかった」（三〇五）イージーは、カイムに反論できない。「カイムが俺の腕に触れた時、彼は俺の胸に手を突っ込んで心臓を握ったかのようだった。クラクストンは俺の調査を気に入るかもしれないが、俺がカイムと同じレベル（level）にいることは理解できないだろう」（三〇五）。ここでカイムとイージーは同じレベル、つまり水平に並んで場を共有している。その共有した場から理解できるのは、アメリカにおいて不自由な自分達の生だ。「アメリカがいかに自由かって毎回聞くが、自由の国ではないよ」（三〇六）というイージーに対して、カイムは「ああ、そうだ。でも奴らは自由だよ（But they are free.）。仕事があるし、それにしがみついてさ。状況が悪くなった時に仕事を失うのはさ、君と僕だよ」（三〇六）と返す。ここでカイムが用いる「奴ら」と自分達という区分は人種や民族によるものではなく、明らかに社会経済構造における階級を示している。そしてイージーとカイムは、冷戦期の反共言説において保証されてきたアメリカが謳う民主主義と自由が、人種や思想によって抑圧される者たちにとっては虚言にすぎないことを、抑圧されてきた体験という共通項から理解しているのである。合衆国批判がアフリカ系アメリカ人であるイージーと、ユダヤ人であるカイム双方の理解として描かれるこの場面には、合衆国の左翼主義において重要な側面であった、抑圧された者同士としての人種を超えた労働者階級の結束が見て取れるだろう。

おわりに――一九五〇年代を通して見る一九九〇年代、そして二一世紀

イージーはカイムとＦＢＩの狭間に置かれて苦悩する。「彼は共産党員かもしれないが、俺の友人でもあった」（三〇八）と悩むイージーだが、物語はこの二人の共闘の萌芽を示唆しつつも、まるでそれが不可能であるかのように、急速に終焉へと向かう。イージーの脱税への嫌疑は、イージーが不動産管理のために雇っていたモファス

という男が、ＩＲＳのローレンス調査員と手を組んで引き起こしたものであった。酒と女遊びによって金に困ったローレンスは、イージーの不動産をＩＲＳからの要請を装って取り上げ、その後売り払うことで儲けを得ようとしていた。しかし弱みを握れば自分の命令を聞くアフリカ系の駒を探していたクラクストンがイージーに目をつけたため、ローレンスはイージーや彼の周辺の主要と思われた人物に危害を加え始めたことが明らかになる。カイムは合衆国の核兵器開発の機密書類についてフランスの社会主義系新聞社から記事を出そうとしていたためにＦＢＩに追われていたのだが、カイムがいなくなればＦＢＩがイージーと手を組まなくなると考えたローレンスによって殺害されたのだ。イージーはモファスを締め上げて事情を説明させた後、ローレンスを殺害し、カイムが所持していた機密文書をローレンスの自宅に隠すことで、死人に罪を償わせ、物語は幕を閉じる。イージーとカイムが手を組んで合衆国の抑圧の構造に立ち向かう方向に物語が進まないのは、『赤い死』が一九五〇年代当時の社会歴史的状況に忠実であるからだろう。上述した通り、人種・民族的アイデンティティによる結束が高まっていく公民権運動前夜のアメリカにおいて、アフリカ系とユダヤ系の共闘に限界があることをカイムの死は示唆している。イージーが心の拠り所としていたプリモ一家がメキシコに引っ越すというエピソードがひっそりと挿入されているのもまた、当時のＬＡの地政図に裏打ちされたものだろう。

さらに本作品は、モズリィが執筆当時の一九九〇年代のアフリカ系コミュニティにおけるユダヤ系排斥主義にも呼応している。一九九〇年初頭、当時ニューヨーク・シティ・カレッジのブラック・スタディーズ学部長で、人種分断的な思想から注視されていたレオナルド・ジェフリーズは、「金持ちのユダヤ人」が奴隷制に関わっていたとＮＹのアート文化フェスティバルで述べた。[4] 同様に白人、とくにユダヤ系を非難する発言はネーション・オブ・イスラムのリーダー、ルイス・ファラカンもしており、アフリカ系のコミュニティにおいてユダヤ系を排斥する動きは高まっていた。一九九四年のハワード大学におけるカリッド・アブドゥル・モハメッドの演説では、コール・アンド・レスポンスの形式で「誰がナット・ターナーを捕まえた?!」「ユダヤ人だ!」「誰がナット・ターナーを殺した?」「ユダヤ人だ!」というやりとりがあったと報告され、その後、イェール大学の奴隷制研究者でありユダヤ系のデイヴィッド・ブリオン・デイビスは、ハワード大学での講演会をキャンセルしている。[5] 一九九〇年代はアフリカ系アメリカ人、特にナショナリストたちの間で、ユダヤ系に対する敵意が高まったことはあまり知られていない。『赤い死』において、一九五〇年代のLAにおける人種・民族の境界線が明確になっていく様は、アイデンティティ政治の限界を示す一九九〇年代の世情と重なり合う。『赤い死』の出版は一九九一年であり、モズリィがこの一連の出来事を予期していたわけではないだろう。しかし、アフリカ系アメリカ人コミュニティにおいてブラック・ナショナリズムの言説が台頭しつつある時代に、一九五〇年代を舞台に本作品を書くことは、自身の同時代へのコメンタリーとも取れる。マイノリティ間の緊張は、歴史上緩急をつけて繰り返されているが、『赤い死』はその緊張感を支配している大元の言説があることを指摘し、危機下においてこそ、その言説自体を疑う必要性を提示するのだ。

『赤い死』において、作家が生きる一九九〇年代の問題意識は、一九五〇年代という危機下における抑圧された者たちの問題へと重なっていく。モズリィは奇しくもアフリカ系の父親と、ユダヤ系の母親の間に生まれている。二〇〇〇年代に入り、ユダヤ系アメリカ人雑誌『タブレット』(*Tablet*)において、ハロルド・ヘフトがモズリィをユダヤ系アメリカ人作家に加えようという議論を展開した。モズリィ自身も、黒人男性の物語を書いていることと、ユダヤ系の血が流れていることは矛盾しないと語っていることは興味深い。「アメリカの最も黒いユダヤ系作家」というモズリィへの呼称は、イージー・ローリンズ・シリーズが描き続けてきた、戦後アメリカから現代に至るまでの、合衆国の人種模様が常に更新され続けている様子を端的に表すだろう。『赤い死』における冷戦下の人種を超えた共闘の可能性は、こうした現代を予測する萌芽的な試みなのである。

【付記1】本論は、二〇二一年九月一八日にオンラインにて開催された日本アメリカ文学会中部支部九月例会における口頭発表「一九五〇年代はいかに語れるのか——Walter Mosely の *A Red Death* における冷戦下の人種共闘」を大幅に改稿したものである。

【付記2】本論は、JSPS 科研費 18K12336、23K0037、および大幸財団人文・社会科学系学術研究助成による研究成果の一部である。

註

(1) アフリカ系アメリカ文学批評史において一九三〇年代の左翼主義の系譜が不自然に消去された経緯については、Mary Helen Washington, Barbara Foley らの研究を参照のこと。

(2) 一九三〇年代に共産党がアフリカ系コミュニティに受け入れられていた史実については、Randi Storch を参照のこと。

(3) LAのアフリカ系のコミュニティ生成については、ハントらの *Black Los Angeles: American Dreams and Racial Realities* に多様な視点からの論考がある。本論で参照した Paul Robinson の論文も所収されている。

(4) ジェフリーズの主張については、Richard M. Benjamin を参照のこと。

(5) 一九九〇年代のアフリカ系コミュニティにおけるユダヤ人排斥主義については、モズリィと同時代のアフリカ系アメリカ人作家チャールズ・ジョンソンも危惧していたとみられる。ネイション・オブ・イスラムと作家・学者らの立ち位置の相違については、Linda Furgerson Selzer がジョンソンを中心として論じているので、そちらを参照のこと。

参考文献

Benjamin, Richard M. "The Bizarre Classroom of Dr. Leonard Jeffries." *The Journal of Blacks in Higher Education*, no. 2, 1993, p. 91, https://doi.org/10.2307/2962577.

Brady, Owen E. and Derek C. Maus. *Finding a Way Home: A Critical Assessment of Walter Mosley's Fiction*. UP of Mississippi, 2008.

Foley, Barbara. *Wrestling with the Left: The Making of Ralph Ellison's* Invisible Man. Duke UP, 2010.

Heft, Harold. "America's Blackest Jewish Writer." Arts & Letters section, *Tablet*. MAY 13, 2013.

—— "Easy Call." Arts & Letters section, *Tablet*. APRIL 14, 2010.

Hunt, Darnell M., and Ana-Christina Ramón. *Black Los Angeles: American Dreams and Racial Realities*. New York University, 2010.

Kennedy, Liam. "Black Noir: Race and Urban Space in Walter Mosley's Detective Fiction." *Diversity and Detective Fiction*, edited by Kathleen Gregory Klein. Bowling Green State University Popular Press, 1999, pp. 224–39.

King, Nicole. "'You Think Like You White': Questioning Race and Racial Community through the Lens of Middle-Class Desire(s)." *Novel: A Forum on Fiction* 35, Spring-Summer 2002, 211–31.

Mosley, Walter. "A Red Death." *The Walter Mosley Omnibus: Devil in a Blue Dress, a Red Death, White Butterfly*. Picador, 1995.

Robinson, Raul. "Race, Space, and the Evolution of *Black Los Angeles*." *Black Los Angeles: American Dreams and Racial Realities*. 21–59.

Selzer, Linda Furgerson. *Charles Johnson in Context*. U of Massachusetts P, 2009.

Storch, Randi. *Red Chicago: American Communism at Its Grassroots, 1928–35*. U of Chicago P, 2009.

Washington, Mary Helen. *The Other Blacklisted: The African American Literary and Cultural Left of the 1950s*. Columbia UP, 2014.

Wilson, Charles E. *Walter Mosley: A Critical Companion*. Greenwood Press, 2003.

V

3 危機回避としてのホモネス
——ベルサーニ／フィリップス『親密性』を読む

関 修

はじめに

かつて、他者性の要件としての「性的差異」が果たして妥当かについて検討した。[1] その際、アメリカで精神分析を用いてクイア理論を構築するグループの代表格、ティム・ディーン「ホモセクシュアリティと他性の問題」の読解から論を展開していった。そこで、「性的同一性」と「性的差異」の対とは別の「他性」を切り拓く考えとして、同じグループのレオ・ベルサーニの「ホモネス」、「不正確な自己―複製＝折り返し (inaccurate self-replication)」、「想像的な双数関係に留まらないナルシシズム」といったアイディアを紹介した。

そこで、引き続きディーンの『限界なき親密性 (*Unlimited Intimacy*)』(2009)[2] を読んでいたところ、ベルサーニがディーンの本と同じシカゴ大学出版局から同時期に『親密性』[3] という本を出していることに気付き、早速読んだところ、冒頭、「序文」の最初に以下の記述があった。

「精神分析は、規範的な人生の物語を求めていくうちに、自己についての知は定義上個人的でしかない親密性に導くものだという、誤った理解を与えるのだろうかということが争点になった。そうであればナルシシズムは、ある個人の親密性が、当の個人の発達の源泉でもあり、媒介でもあると考えられるかぎり、「そうした発達の」敵対物でも妨害物でもあってしまうことになる。簡単にいえば、わたしたちが愛したり欲望したりする重要な他者が、自分自身から隔てられ、『わたしたちの支配の及ばないところに』いるとわかることに自分自身の生が依存していること、このことを精神分析ははっきりさせる。だが、こうした理解こそが、かくも多くの暴力をひきおこすのではないか。〔他者との〕差異とは、わたしたちが耐えることができない唯一の事柄であるのだから。〔それに対して〕本書の対話は、親密性についてのあらたな物語を生みだそうとするものである」(vii–viii、邦訳一〇頁〔以下同〕)。

ここに「親密性」を考察することが「暴力」を理解するうえでその一助となると考え、ここに『親密性』に関する読解の一端を披露させていただく所存である。そしてこの「親密性」に関する議論はアイデンティティの危機に関して論じることに寄与するものと考えられる。

一　著者について及び本の構成

『親密性』はレオ・ベルサーニとアダム・フィリップスによる共著である。レオ・ベルサーニは二〇二二年二月に九〇歳で亡くなったカリフォルニア大学バークレー校名誉教授。フランス文学理論が専門。一九八〇年後半のエイズ禍以降、クイア理論家としても活躍。一九八八年に発表した論文「直腸は墓場か」がそのメルクマールと称される。また、フーコーの招聘により、コレージュ・ド・フランスで講義を行なっている。

『親密性』の他の邦訳に『ボードレールとフロイト』(原著一九七七年、山県直子訳、法政大学出版局、一九八四年)、『フロイト的身体――精神分析と美学』(原著一九八六年、長原豊訳、青土社、一九九九年)、『ホモセクシュアルとは』(原著一九九五年、船倉正憲訳、法政大学出版局、一九九六年)がある。

アダム・フィリップスは一九五四年生まれのイギリスの心理療法士。ペンギンブックスのフロイト著作集第二版の編集者を務める。ちなみに、第一版はフロイトが生前にお墨付きを与え、長らく英訳のスタンダードと言われるストレイチー版である。他の邦訳に『精神分析というお仕事――専門性のパラドクス』(原著一九九五年、妙木浩之訳、産業図書、一九九八年)『ダーウィンのミミズ、フロイトの悪夢』(原著一九九九年、渡辺政隆訳、みすず書房、二〇〇六年)がある。

本の構成に関して、思想家と精神分析家との共著と言えば、ドゥルーズとガタリによる『アンチ・オイディプス』(一九七二年)以降の一連の作品が有名である。この際、ドゥルーズとガタリは分担執筆ではなく、まさに共作というスタンスを取っている。それに対し、『親密性』ではベルサーニとフィリップスがそれぞれのセクションを分担し、以下のように執筆している。

序文　フィリップス
第一章　わたしのなかのIt　ベルサーニ
第二章　恥を知れ　ベルサーニ
第三章　悪の力と愛の力　ベルサーニ
第四章　誰が書いたものでもない(more impersonal)メモ　フィリップス
結論　ベルサーニ

序文でフィリップスが投げかけた問いに、第一章から第三章までを費やしベルサーニが考察し、それに対するコメントをフィリップスが第四章で提示。さらにそれに対して結論でベルサーニが応答している。

二　全体のテーマと各章の関係

本書のテーマは「人間の主体が心理学的な主体以上のものでありうることを示すひとつの方法」(120, 邦訳一九四頁)、「暴力的な自己性を肥大化させることなしに、主体が存在する可能性の模索課程」(宮澤解説　二四二頁)としての「非人称的なナルシシズム」の考察であり、「いかにして、自己の欲望を肥大させるだけではない『非人称的なナルシシズム(impersonal narcissism)』にいたることができるのか、そしてそこにおいて、暴力とは異なった仕方で他者とむすびつくことが可能なのか、これだけである」(檜垣あとがき　二〇八頁)。

そこで、全編は「非人称的なナルシシズム」というテーマに貫かれていると考えられる。そして各章の関係は、第一章、第二章はその違った形でのケースごとの分析(本のタイトルの親密性が複数形)と読むことが出来よう。第三章で「非人称的なナルシシズム」が正面から論じられるが、それはプラトン『パイドロス』の読解(同性愛的関係性、ホモネス)をもってなされている。第四章でフィリップスはベルサーニが提出した「非人称的なナルシシズム」を精神分析的に再解釈している(人生初期における母子関係)。

従って、第三章、第四章の読解が要点となろう。というのも、ベルサーニが論拠として挙げた『パイドロス』の箇所は、フーコーが『性の歴史』第二巻「快楽の活用」の最後の二章、第四章「恋愛術」、第五章「真の恋」で取り上げ、とりわけ第五章で詳しく論じている箇所でもある[4](ベルサーニも具体的な引用はないがフーコーの名前を度々挙げている)。

ここにベルサーニ(ディーン)の立ち位置が明らかになる。クイアスタディでは通常、精神分析を批判的に理解し、対抗的論陣を張りやすい。例えば、フロイトおよびラカンは「ファロサントリスム(ファルス中心主義)」であるとか、フーコー『性の歴史』第一巻「知への意志」を、フロイトの背後に「性的欲望の主体」を捏造する近代という社会があることを論証したものと読む立場(社会構築主義)などである。それに対し、ベルサーニは精神分析とフーコーを繋げるポジションにいると考えられる。また、フィリップスは現在主流のラカン（フロイト）派とは一線を画した「民主主義的分析」を提唱している。

ここで名前の挙がった人物のポジションを図式化してみると、

フロイト・ラカン　⇕　ディーン・ベルサーニ　⇕　フーコー
精神分析　　　　　　→　　　　　　　　　　　　クイア理論
フィリップス

今回の『親密性』ではベルサーニはよりフーコーに近いクイア理論的な説明をしており、フィリップスがそれを補足するように精神分析的に読み替えている。ちなみに、以前関が取り上げたディーン論文は精神分析を直接論じながらクイアについて考察するタイプであった。さらに、第一章はフィリップスの立場から、第二章はディーンの立場から「非人称的なナルシシズム」を考えるとどうなるかの考察と読むことが出来る。

三　同性愛理解の変遷

ここで各章の考察を行なう前に同性愛理解の変遷を概観しておこう。というのも、「非人称的なナルシシズム」という考えはベルサーニが説く「ホモネス」という彼独自の同性愛的存在理解と不可分だからである。「ホモセクシュアル（同性愛者）」という言葉は一八六九年にあるドイツ人医師によって考案されたという。(5) こうして「同性愛者」は精神疾患か否かという問いが生じ、当時からハヴロック・エリスのように性に関して「正常」と「異常」との間に客観的な境界線を引くことの不可能性を説く者もあったが、現在日本の精神科医が診療に用いているアメリカ精神医学会による『精神障害の診断と統計の手引き（通称、ＤＳＭ）』（一九五二年初版）が「同性愛」をいかなる意味でも病気でなく、正常の範囲として完全に削除したのは一九八七年の第三版改訂版（DSM-3-R）に至ってからであった。

また、「ホモセクシュアル」は犯罪として処罰されてきた。有名なのは一八九五年のオスカー・ワイルドの「同性愛裁判」における有罪判決である。そして、こうした経緯からＥ・Ｍ・フォースターによって一九一三年から一四年にかけて執筆された同性愛をテーマにした小説『モーリス』(*Maurice*)が作者の死の翌年の一九七一年に出版されるに至った事実は有名な話である。というのも、イギリスにおいて成人男性間の性交渉が合法化されたのは一九六七年であり、その後も無理解や偏見はなくなることはなく、フォースターには「自身の存命中は、英米の同性愛者のネットワークのなかで厳重に管理しつつまわし読みをするのに留めておくのが安全だと思われたのだろう」[6]。

一方、フォースターの最晩年の一九六九年にはニューヨークでの「ストーンウォール事件」をきっかけに、当時キング牧師による「黒人解放運動」などの流れの中で、同性愛者もまた自身の存在を主張するようになってきた。そして、第三者による「ホモセクシュアル」というレッテル貼りではなく、当事者側から自らを「ゲイ（フランス語の陽気なから）」と名乗り、その積極的な在り方（ゲイネス）が問われるようになったのである。

ちなみに、『モーリス』のエンディングは主人公が階級の異なる恋人との関係を恥じることなく、二人で生きて行く決心を表明している。こうした同性愛者としての存在をプライドを持って描くことで、『モーリス』はゲイ解放運動に繋がる革新的未来を指し示す先駆的作品との解釈もあるという。

ただし、こうした「ゲイネス」も手放しに肯定されて良いとは言えない。ベルサーニが疑義を覚えたのはまさにエイズ禍におけるエイズに感染した者たちに対するゲイからの批判あるいは無視であった。ここに「良いゲイ」と「悪いゲイ」のあからさまな線引きがなされるようになったのだ。

筆者もまた「ゲイネス」には疑義を持つ者であるが、筆者のゲイに対する疑義は例えば「同性婚」を強く主張することにある。婚姻制度こそ異性愛主義のよって立つ基盤であり、「ゲイ」が異性愛者とは同等の「別の存在形態」であるとすれば、どうして異性愛の制度を要求するのだろう。実際、同性婚を認めたくない者たちは「産まない性」にその権限がないことを当然のごとく主張するのみである。また、同性婚を主張しても他の多様な性的マイノリティ（性同一性障害、半陰陽などなど）の人々は救われるだろうか。

ベルサーニはここにそれとは別の「ホモネス」を提唱し、その「非人称的なナルシシズム」という在り方こそ、他者に開かれたものであると主張するのである。

四　第一章及び第二章

第一章

「精神分析は、セックスしないと決めた二人が、たがいに何をなすことが可能なのかを問うものである」（1. 邦訳一三頁）。「ペンギンブックス版の、フロイトの精神分析技法に関する著作の序文で」（同上）フィリップスが記したこの言葉を受けて、ベルサーニはその例となるケースをパトリス・ルコント監督の映画『親密すぎるうちあけ話（*Confidences trop intimes*）』（二〇〇三年）に見出し、それを分析してみせる。

これはカウンセリングを受けに来たアンナという女性が同じフロアにある税務コンサルタントのウィリアムのオフィスをカウンセリングルームと間違え、一方的に話をして出て行ってしまい、彼女は間違ったことを知ったあとも、ウィリアムのオフィスに話をしに出かけ、ウィリアムもその話に耳を傾けるうち、アンナは夫との関係を清算して心の病から解放され、ウィリアムもまた、父から引き継いだ仕事の単調な繰り返しの毎日から解放されるというストーリーである。カウンセリングもどきが終わり、アンナがウィリアムのもとを去った後、ウィリアムはアンナを探し出す。しかし、「いままさに、性的な切望や不安から脱した非人称的な親密性をともないながら、おそらく彼らは『自由に考え、感じ、はなす』ことが可能になるだろう。彼らが再開したものは、相互的な擬似的精神分析などではなく、特殊な会話」（28, 邦訳五八頁）である。それは「ただの可能性でしかない可能性や、たんに可能性としてのみ存在する振舞いや思考さえもうけいれること」（同上）に他ならない。「一般的にセックスが暴力的な出来事の模倣や反復であるとすれば、禁欲的であることによって対話を遂行していく状況は、非人称的なナルシシズムをうみだす格好の場であるといえる」（宮澤解説　二四八頁）。

この禁欲的な対話はソクラテスと若者（少年）との関係に重ね合わされていくこととなろう。

第二章

今度は一転して、セックスに特化したゲイの集団に「非人称的なナルシシズム」を見ようとしている。「ベアバッキング」とはコンドームを使用しない集団的乱交で、ＡＩＤＳ禍の中でも意識的にそのような行動をとる人々が存在し、現在に至っている。

筆者はすでにフランスのギィー・オッカンガムの思想に依拠しながら、「乱交の思想再生」という論文[7]で乱交の肯定的意義を論じている。従って、筆者はこの第二章というか、ディーンの『限界なき親密性』に興味がある。というのも、ディーンの書はベアバッキングを学術的に論じた現在のところ唯一の研究書と目されるからである。

ここでは簡単に筆者のベアバッキングに対する見解を述べ、第二章に対する檜垣の批判に疑義を唱えておくに留めたい。

筆者はベアバッキングが明らかにするのは「他者と関わるということはどのようなことであれ、命がけの（生命の危機にさらされる）ことである」ということであり、それでも我々は他者と関わらざるを得ないということである。従って、セックスする（という形で関わる）なら、ベアバッキングは肯定されるべきであり、セックスで危険にさらされたくなければセックスしなければいいだけの話である。

また、乱交が肯定されるべきなのは「双数関係」に収斂しない他者関係を創出する可能性があるからである（オッカンガムの「団（グルパル）」の思想）。

檜垣はベルサーニがベアバッキングを評価する理由を「エクスタシー」、即ち集団的乱交によって人格的主体性を越出することで集団が一体化すること（これが非人称的なナルシシズム）にあるとして批判している。これは安易な発想（一種の神秘主義）ではないか、と。そして、個の超出ということであれば、その対案として「生殖」といった「物質的過剰」の事象を考えた方が相応しいという（檜垣あとがき　二一九～二二一頁）。

これに対して、筆者の疑義は二重にある。まず、ベルサーニが本当にベアバッキングを神秘主義的エクスタシーと解釈しているのかが疑問である。次に、仮にそのように解釈していたとしたら、それは「非人称的なナルシシズム」ではないだろう。また、「生殖」は本当に「物質的」、「即物的」だろうか。

要点は「自己保存本能」と「種の保存本能」の関係性にある。生物一般は「種の保存」を行なうために「自己保存」する必要がある。つまり、種の保存という目的が達成されれば、必然的に死ぬ生物がたくさんいるということである。また、猿のレヴェルでも発情期があり、常に性交するわけではない。つまり、人間の「生殖」は生物一般とは異なっており、「自己保存」は「種の保存」に従属しないどころか、別個なものとして機能し、しかも「種の保存」より優先されることがあり得るということである。これはすでに「本能」ではない。

また、フィリップスは「恥」の感情を、人格を「非人称化」する、「自我剥奪する訓練と禁欲性」（115, 邦訳一八八頁）として評価すべきと論じているがこれも疑問視せざるを得ない。ベアバッキングで「種付け」される側は本当に「恥じて」いるのだろうか。筆者は「マゾヒズム」＝「受動性」の問題として考えるべきという見解であり、しかも、「恥」ではなく「原初的マゾヒズム」に魅了されている状態ではないか、と考える。

五　第三章及び第四章

第三章は実は、アメリカのイラク侵攻といった極めて政治的な問題から話が始まっている。悪 (evil) の力は「悪の枢軸」という物言いを連想させ、これを克服するには「愛の力」が必要であるといって、唐突に見える『パイドロス』の読解が始まる。檜垣は「社会的暴力は自己愛の拡張なのか」と疑問を呈し、集団的無意識と個人無意識を安易に混同しているとここでも批判的である。一方、宮澤は「知り得ない未来として表彰されるものは、愛の相互的な関係においては共有物として存在するが、それを我有化や独占しようとすることが、自己性を強固に肥大化し、暴力をうむのである」（宮澤解説　二四八頁）と一定の評価を与えていると言えよう。

さて、すでに述べたように、ここでベルサーニが精緻な解釈を与えようとしている『パイドロス』の箇所は、フーコーが『性の歴史』第二巻の最後の第五章「真の恋」で論じた部分でもある。フーコーはこの『パイドロス』でのソクラテスの恋愛観は、例えば『饗宴』におけるアリストファネスの有名な「恋愛とは元々一つであったものの片割れを探す行為である」というテーゼとはまったく違ったものであることを指摘している。つまり、「向き合う」愛から「同じ目標に向かって共に歩む」愛に転換したのである。その際、同じ目標とは「真理」に他ならない。何故なら「真の愛」の実践者は「真」が何かわかっていなければおかしいからである。しかし、人間として生きる以上「身体」という足かせがあり、かつてイデア界で見た「真」のイデアを完璧に想起することが出来ない。そこで共に「真理」へと歩んでいくべきパートナーが必要になる。ソクラテスには美少年が「真の美」の想起への動機づけになり、美少年はソクラテスに「真理」への動機づけを抱く。

そして、「愛する者と愛される者（この二者をまだ区別する必要があるだろうか）の双方におけるナルシスティックな愛は、他性を知ることとまったく一致する」（84-85, 邦訳一四一～四二頁）というのがベルサーニのこの部分の解釈に他ならないであろう。

この「真理」を檜垣は「神」と理解し批判する。一方、ベルサーニはこれこそが「非人称的なナルシシズム」、「同じ非人称的な私」という理解である。これは「私の中の It」つまり、フロイトの「エス (Es)」、ラカンの「サ (Ça)」、即ち「無意識」のことではないだろうか。

というのも、ベルサーニは、これは「存在」の問題であるとし、フィリップスは「言語」がキーワードとなるという。ここにまず、哲学における「存在」の三様態を重ね合わせてみたい。

即自存在　　自体愛（オートエロティスム）
対自存在　　自己愛（ナルシシズム）
対他存在　　欲望　（「欲望とは他者の欲望である」［ラカン］）

問題は自体愛である。フィリップスが「幼児の全能的なナルシシズム」というのは「自己愛」ではなく、自己が成立する以前の「自体愛」のことを指しているように思われる。そして、「対自存在」と「対他存在」が同時に成立し、「自体愛」が抑圧されるのを表わしたのがラカンの「鏡像段階」説であり、それを図式化したのが「シェーマL」に他ならない。そして、有名な「無意識は言語活動 (langage) のように構造化されている」というテーゼからも明白なように「無意識」特有の「言語」が存在することになる。

この「知としての無意識」は「彼ら自身の秘密であり、かつ他者についての真実」(84, 邦訳一四一頁) であり、「存在としての知であり、あらゆる特定の存在の根拠に存在するすべてを含んだ存在としての知」(29, 邦訳五九頁) に他ならない。

「対自存在」と「対他存在」が同時に成立する以前、ラカンが「寸断された身体」と呼んだ時期＝「全能的なナルシシズム」が失敗に終わる理由の一つ、「母が全能のコントロールを越えて存在するという初期の認識」はフロイトの「フォルト・ダー（いないいないばあ）」のエピソードに繋がるものがあろう。メラニー・クラインは部分対象としての母の「乳首」が「良い」乳首と「悪い」乳首に情動的に(emotional)に解釈され、「悪い」という情動が基底に据えられると「外界」を敵とみなし、「攻撃的」な性格形成がなされるという。

おわりに

第四章でフィリップスはベルサーニの提唱する「非人称的なナルシシズム」の問題点を次の二点に要約している。

「まず、彼が示すような非人称的ナルシシズムのヴァージョンは、家族の外部で、愛する者によるアフター・エデュケーションが実現することを求めるものなのだろうか。さらに、こうした相互関係的な自己理解が成立するためには、愛の関係は、同性愛を必要とするのだろうか」(106, 邦訳一七四頁)。

まず、第一点目の「アフター・エデュケーション」とはフロイトによる「両親による養育という愛にみちた教育を継ぐ、精神分析的な治療について」(105, 邦訳一七二―七三頁）のことで、プラトンが論じる教育も「年上の男性が少年を愛するのだが、男性は、両親がなしえない仕方で少年を愛するのであり、両親とは絶対的に異なっているのである」(id., 邦訳一七三頁)。「確かに、非人称的なナルシシズムは、プラトンが記述しているアフター・エデュケーションという、定義上家族によっては与えることのできないものを要求するかもしれない」(105–06, 邦訳一七三頁)。

ただし、フィリップスは非人称的な関係性は「精神分析の理論家の誰もが、母と乳児についてについて述べることである」。そして、それは「父と乳児については生じていない」(107, 邦訳一七五頁)。つまり、父と乳児の関係は最初からというか、この関係性こそ、フロイトの「エディプス・コンプレックス」に代表される人称的関係性の創出と考えられている。

そして実際、ベルサーニは結語で以下のようにフィリップスの指摘に応答している。「他者を知りたいという主体の望みは、関係性の強い渇望であるというよりも、むしろフィリップスが母と子どもの関係について記したように、『何だか分からない仕方で発達してしまう可能性に対する防御』(113, 邦訳一八六頁）とみなされるべきである。「非人称的なナルシシズム」の基本的な前提は、他者の可能的自己を愛することとは、自己愛のひとつの形式であり、この親密性におけるパートナーは、すでにある種の存在を共有していると認識することにある（愛により知ることの共有)。『自我同一性の共謀』(117, 邦訳一九一頁）に支配されるのではなく、わたしたちの（欲求や破壊の投影には支えられない）世界内存在の一般化された認識となるものに導かれるならば、『わたしたちの生は、どれほどよいものになりうるか』という問いに、疑念などありえようか」(124, 邦訳二〇〇頁)。

では、第二点の「こうした愛の関係は、同性愛を必要とするのだろうか」という問いに対してフィリップスは同性愛というより「バイセクシュアルに関する混乱」(106, 邦訳一七一頁）と指摘している。

確かにソクラテスにはクサンティッペという妻がいた。また、パイドロスをはじめとする対話者の少年たちも成人後はソクラテス同様妻帯者となり、良きアテナイ市民となるであろう。つまり、ソクラテスも少年たちも同性愛者ではないのだ。ただし、この対話篇を書いたプラトンは独身者であった。では、プラトンは同性愛者だったのだろうか。

もし、私たちの住む社会が古代ギリシアのアテナイのようなポリスであれば、ソクラテスと少年たちのような「非人称的なナルシシズム」によってたつ関係性は当たり前のことなのかもしれない。ただし、そこには女性は登場しない。アテナイ市民に女性は数えられていないのだ。また、アテナイ社会は奴隷制の上に成り立っていた。近代民主主義社会でソクラテスと少年たちのような関係性を構築することは果たして可能なのだろうか。

ベルサーニが「ホモネス」という言葉で導入したかったのは、同性愛者という存在ではなく、ソクラテスと少年たちの関係性の中でそれとは「ずれた」位置にあるプラトンのような在り方ではなかったかと考えられる。ソクラテスと少年たちの関係性がこの民主主義社会では成り立ちえないとしても、プラトンのような立場であれば「非人称的なナルシシズム」を体現できるのではないだろうか。

筆者はベルサーニのいう「不正確な自己――複製＝折り返し (inaccurate self-replication)」とはソクラテスと少年の関係性の中からプラトンのような「ずれた」存在が必然的に生じてくることと理解してみたい。こうした存在は一見、同性愛者、あるいはゲイとレッテル貼りされるかもしれない。しかし、ベルサーニが一方で「セックスなしに」成立する「非人称的なナルシシズム」を考察したかと思えば、優等生のゲイからも非難される正反対にみえるベアバッキングする人々の中に「非人称的なナルシシズム」を見い出そうとするのは、まさにこの「ずれた」独身者の在り方を探っているからではないだろうか。この独身者たちは同性愛者でもなければ、ゲイでもない。ベルサーニなら「ホモネス」の体現者ということになろう。

そして、第四章のフィリップスの結語を「結論」でベルサーニが再確認していることから、文字通り、それは以下のように結論付けることが出来るだろう。

「『わたしが外部にもっているすべてのものが内部にあるものと巧くやっていけるのか』(279c) を問うソクラテスを引用しながら、彼［フィリップス］はそれを『所有とはまったくかかわらない』ことだと正しく結論づけている」(124, 邦訳二〇〇頁)。

註

（1）関修「性的差異という罠――セクシュアリティから見た他者――」、岩野卓司編『他者のトポロジー』（書肆心水　二〇一四年）八七―一一四頁

（2）Dean, Tim, *Unlimited Intimacy*. The University of Chicago Press, 2009

（3）Bersani, Leo/Phillips, Adam, *Intimacies*. The University of Chicago Press, 2008. レオ・ベルサーニ／アダム・フィリップス『親密性』檜垣立哉・宮澤由歌訳、洛北出版、二〇一二年。

（4）関修「悦ばしき受動性――フーコーの密かな欲望」、関修『美男論序説』夏目書房、一九九六年、一七七―九七頁参照。

（5）ギィー・オッカンガム『ホモセクシュアルな欲望』関修訳、学陽書房、一九九三年、一七。

（6）フォースター『モーリス』加賀山卓朗訳、光文社古典新訳文庫、二〇一八年、松本朗による「解説」四三〇。

（7）関修「『乱交の思想』再生」、関修／志田哲之編『挑発するセクシュアリティ』新泉社、二〇〇九年、二九三―三一九頁参照。

参考文献

Bersani, Leo/Phillips, Adam, *Intimacies*. U of Chicago P, 2008. レオ・ベルサーニ／アダム・フィリップス『親密性』檜垣立哉・宮澤由歌訳、洛北出版、二〇一二年。

Dean, Tim, *Unlimited Intimacy*. U of Chicago P, 2009.

岩野卓司編『他者のトポロジー』書肆心水、二〇一四年。

ギィー・オッカンガム『ホモセクシュアルな欲望』関修訳、学陽書房、一九九三年。

関修『美男論序説』夏目書房、一九九六年。

関修／志田哲之編『挑発するセクシュアリティ』新泉社、二〇〇九年。

フォースター、E・M、加賀山卓朗訳『モーリス』光文社古典新訳文庫、二〇一八年。

村山敏勝『（見えない）欲望に向けて』ちくま学芸文庫、二〇二一年。

VI

内面の危機と近代イギリス小説

1　二元論的思想から読み取る精神的な危機
——エミリ・ブロンテの場合

工藤　由布子

はじめに

エミリ・ブロンテ（Emily Brontë, 1818–48）は、自身のプライバシーに関わる事となると非常に慎重な態度を取った。あるいは、大変頑なに内側に籠って家族の説得にも中々応じようとしないことがあった。それは、一七歳の頃、寄宿学校で人と打ち解けることができず健康を害してしまい、結果として在学期間が僅かになってしまった事からも分かるだろう。また、姉のシャーロット（Charlotte Brontë, 1816–55）が、妹のアン（Anne Brontë, 1820–49）と共に、自分たちの詩を一緒に出版しようと持ち掛けた時に、なかなか首を縦に振らなかったのはエミリだった。更には、『嵐が丘』（*Wuthering Heights*, 1847）の出版の際には、シャーロットに出版社に素性を明らかにしてほしくないと無理を言い、詩集の出版の頃から使用していたペンネームを押し通そうとした。これらのエピソードは今は余り残っていないエミリに関わる伝記的資料の一部から、確認できるものとなっている。エミリが自分自身の事を人に知られるのを極端に嫌がったため、シャーロットがその気持ちを汲み、エミリの事が分かる資料をほとんど残していないからである。

一方で、エミリの生まれながらの境遇は、家族の死と常に隣り合わせであったと言えるだろう。エミリの母親はエミリが三歳の頃に癌で亡くなっている。またエミリは六人兄弟姉妹の四女に当たるが、母親が亡くなってから僅か四年後に、二人の姉であるマライアとエリザベスを伝染病で亡くした。そして母親代わりの伯母エリザベスを二四歳の時に亡くしている。兄のブランウェル（Branwell）は、不倫、酒、阿片等で問題を起こし家族に迷惑をかけていたが、エミリは兄の面倒を良く見た。ブランウェルが亡くなる時も、献身的に世話をしていたと言われている。エミリが三〇歳の時にブランウェルは亡くなったが、この頃、エミリは死の恐怖によって精神的に辛い時期が続く。その後、自身は兄の看病の際にうつった肺疾患が原因で亡くなった。エミリは亡くなる直前まで医者に診てもらうことを拒んだと言われている。妹のアンはその翌年にエミリと同じ病で亡くなり、シャーロットはその後、結婚と妊娠を経験するものの風邪をこじらせ三九歳で亡くなった。父親のパトリック（Patrick）はその六年後の八四歳まで生きた。

一　エミリ・ブロンテへのバイロンの影響

作家活動としては、エミリは、およそ一九三編の詩と小説『嵐が丘』を書いた。エミリは父パトリックの書斎に在った書籍のうち、ジョージ・ゴードン・バイロン（George Gordon Byron, 1788–1824）の影響を最も受けたと言われている。バイロンはエミリが幼少の頃に既に良く知られた詩人であった。エミリは「ゴンダル」という物語詩を書いているが、これはバイロンの読書から生れたものである。エミリはこの創作に心を奪われ、大きな喜びと逃避の拠り所とした。バイロンの影響として、特に喜怒哀楽といった人間的な感情については、『嵐が丘』と『マンフレッド』（*Manfred*, 1817）に共通点を見出すことができるだろう。エミリとバイロンを、当時の社会的な立場で考えた時、一様に比較することはできないかもしれないが、共通の「現実の捉え方」を作品内に見出すことはできないだろうか。エミリは詩作品や『嵐が丘』で、現実の世界に苦しみ、想像の世界に希望を見出す語り手を描いている。バイロンもまた『マンフレッド』の中で、現実の世界で解決できないことを超現実に求めようとした。この二人の作品内での現実の捉え方を出発点とした時に、現実の世界に対して、想像、理想、超現実の世界が現れると、そこには自ずと矛盾や葛藤といった内部分裂的なものが見出される。二人の作品の主人公には、この矛盾や葛藤が描かれていると考えられるのである。

ウィニフレッド・ジェラン（Winifred Gérin）が、ヒースクリフ（Heathcliff）を「あらゆる文学の中で最もバイロン的な人物」[1]と論じるように、確かに『嵐が丘』はバイロンの作品の影響を受けていると言う事ができるだろう。共通点を挙げてみると、『嵐が丘』と『マンフレッド』の主人公は、ヒースクリフとマンフレッドだが、物語には亡くなった恋人、キャサリン（Catherine）とアスターティ（Astarte）が現れる。また、彼ら主人公はそれぞれ心の中に葛藤を生じていて、ヒースクリフの場合は、「長い戦いだなあ」（五四四）[2]と告白し、胸中の「戦い」を訴え、マンフレッドの場合は、「不純な成分のため　身を戦いの場とし」（二八）[3]ている。更に、それぞれの物語のラストでは、主人公達は自分の願望を果たすことができずに自身の死を選ぶという設定になっている。ヒースクリフは「その願望は、すでにおれのこの世での存在を食い滅ぼしてしまった」（五四三）と言い、自身の「願い」が身を滅ぼすと告白し、マンフレッドは、「おれ自身がおれの破壊者だったのだ」（一〇〇）と言い、自分が自分の「破壊者」だと最期に告白するのである。このように、両作品からは、矛盾や葛藤によって苦悩し破滅する主人公の姿を見て取ることができる。

二　『マンフレッド』と北村透谷

マンフレッドの葛藤は、「戦い」（"conflict"）が自己の中で繰り広げられることであったが、その葛藤は神性と人性の戦いであり、「堂々巡りの自己撞着に陥った自身の運命を嘆いている」[4]。その箇所は、次の引用から見て取れる。この時、『マンフレッド』では、一羽の鷹が近くを飛び去り、その様子を見てマンフレッドが「美しい」と愛でた後、次のように独白する。

ところが我ら、みずから万有に君臨すると称している我らは、
なかば塵埃、なかば神性、沈潜するにも飛翔するにも
いずれにも適さず、その不純な成分のため
身を戦いの場とし、卑しい欲望と
高貴な意思がせめぎあい、
堕落と矜持の息を吐きだしながら、
命数の尽きるまで暮らさねばならない……　（二八）

マンフレッドは、人性を「塵埃」（"dust"）と言い、神性を（"deity"）と言っており、この二つが自身の内部で分裂する苦悩を告白する。ここでは、塵埃は「沈潜する」（"sink"）もので、神性は鷹のように「飛翔する」（"soar"）ものである。マンフレッドの心の振幅は、この空間的な上下運動によって描写されていると言えるであろう。また、この心中の戦いを客観的に示した言葉として、もう一つ僧院長の描写を挙げることができる。先の引用の後の三幕で、マンフレッドが、自身のこの精神状態を告白すると、僧院長は、それを「混沌」（"chaos"）だと独白している。そのセリフが、次の引用である。

それが……、恐ろしい混沌となっている――光と闇、
精神と塵埃、情欲と純潔な思想、
これらが入りまじって、目的も秩序もなく争っている、――
すべてが無力になるか破壊的になるかだ。（八三）

この僧院長の言う「混沌」は、「光」("Light")と「闇」("Darkness")が混ざり合ったものなのだという。いずれも頭文字が大文字で記されていることを考えると、この箇所は敢えて強調されていると言うことができるだろう。ここでは光と闇が混じり合いその争いの結果、混沌となっており、マンフレッドの最期に繋がる言葉となる。この二つの引用から分かるように、マンフレッドの心の揺れは、二項対立的な表現によってより大きく示されていると言えるだろう。ここで描かれるのは、上記のように、二元性の間で苦しむ自我である。この自我は、どんな事とも折り合いをつけること無く、我が道を進み、自らを破滅に導くものだ。[5] 菊池有希が言うように「人性に堕したままでいることも全き神性の体現者として天がけることもできない」、どちらの要素にも適さない悩める主人公が描かれているのである。

さて、このようなバイロンの作品に二元論的思想を当て嵌めたのは北村透谷（一八六八―九四）であった。透谷は『蓬莱曲』（一八九一）という作品で、マンフレッドと同じ神性と人性との相克に苦悩する主人公「素雄」を描いたのである。[6] 透谷が『蓬莱曲』の後で書いた「他界に対する観念」という論文で、透谷の考える二元論が説明される。善悪、陰陽、光暗、遠近、鬼神といった「二元性」は、「二岐に分れたる同根の観念」だというもので、『マンフレッド』を例に挙げつつ、「詩想の上に於て地獄と天堂に対する観念ほど緊要なるものはあらざるなり」と論じる。[7]『蓬莱曲』の最終幕では、この二元性が反映され、「神」とそれを否定する「大魔王」が登場する。主人公が自分は神では無く人間で在ることを苦しみ思い悩んでいる様を見て、大魔王は自分が神よりも優っていることを示す。大魔王が去った後は、主人公は自分がただの「塵」でしかないと思い、肉体から霊魂が出ていく様を感じながら死を迎える。この「霊肉二元の相克」という現実の世界を離れ超自然の世界に生きようと人間の肉体を捨てる描写は、ブロンテとバイロンの作品に共通する。

三　ヒースクリフと作品内の二項対立

透谷が説明する二元論的思想に拠って、マンフレッドは、死を迎えるまでに内的葛藤を表明するが、『嵐が丘』の二元論的表現はどのように描かれるだろうか。物語の序盤を見てみると、ヒースクリフを巡って次のような表現方法が取られていることが分かる。下記の引用は、キャサリンの父親であるアーンショウ氏 (Mr. Earnshaw) のセリフである。「おまえたちもな、これも神さまからの授かり物と思ってお受けしなくてはいかんぜ。このとおり、まるで悪魔の申し子みたいな真っ黒な顔はしているがの」(六〇)。これは、第四章でアーンショウがヒースクリフを出先のリバプールから連れて帰ってきて、家族に紹介する最初の場面である。この際ヒースクリフは "it" で表現されているが、彼はアーンショウに拠って「神さまからの授かり物」であると同時に「悪魔の申し子」でもあると言われている。ここで描写される「神」("God") と「悪魔」("devil") は、どちらもヒースクリフを指すもので、対立概念の両方をヒースクリフが負っていると考えることになるだろう。この他にも似たような二元性のある表現は、語り手のネリー (Nelly Dean) に拠って、何度か発言されている。その後、アーンショウ家に馴染めない為にヒースクリフは苛々した気持ちを膨らませていくが、そのようなヒースクリフの姿を見て、ネリーが第七章で「鬼」("fiends") を「天使」("angels") に変えることができるよう努力しなさいと諫める場面がある。また、第八章でも、キャサリンの兄、ヒンドリー (Hindley) がヒースクリフに対し意地の悪い酷い仕打ちをするが、ヒンドリーのこの行いは、ネリーに拠って「聖人」("saint") を「悪魔」("fiend") にするに十分なものだと語られる。これらネリーの言葉は、アーンショウの第四章の言葉を裏付けるかのように何度も使われているのである。

次に、ロバート・キーリー (Robert Kiely) が *The Romantic Novel in England* の中で挙げている、『嵐が丘』の他の描写にも目を向けてみたい。まず、ヒースクリフとキャサリンがまだ幼い頃の場面である。嵐が丘に住む二人は、隣のスラシュクロス屋敷 (Thrushcross Grange) ではきっと、「天国」("heaven") のように幸福な人々が楽しく生活しているのだろうと考えている。しかし、実際そこに住んでいるイザベラ (Isabella) は「魔女」(“witches”) にいじめられたかのように泣き叫んだり、エドガ (Edgar) はさめざめと泣いたりしており全く幸福そうでは無い内情になっているというものだ。また、その後、キャサリンはエドガと、ヒースクリフはイザベラと結婚することになるが、キャサリンとエドガの娘のキャシー (Cathy) と、ヒースクリフとイザベラの息子のリントン (Linton) が、第二四章でそれぞれ自分にとっての「天国」(“heaven”) について話をする場面がある。そこでは、キャシーにとって「天国」のように楽しい世界は、リントンにとっては「息もできない」(“could not breathe”) 世界であると描かれるのである。キーリーは、これらの例を挙げながら、「天と地、天国と地獄の間の伝統的な境界線は消去されている」[8]と書いており、「天国」と呼ばれる事象は、直ぐ様「魔女」や「息もできない」という言葉に拠って打ち消され、従来の境界は取り除かれていると説明される。このキーリーが挙げる例においても、二項対立的な表現方法が、『嵐が丘』に多数見られることを確認できるのではないだろうか。

更に、特筆すべきは、物語の終盤の三四章でヒースクリフが自身の言葉でその胸中を説明する箇所である。ヒースクリフはネリーに、次のような良く知られた告白をする。「昨夜おれは地獄の入口にいたよ。今日は、おれの天国が、もうすぐそこに見えている。」(五四九) これは、ヒースクリフが、亡くなったキャサリンの幻に振り回され、様子がおかしいと思ったネリーの質問に答えたものである。この告白の「地獄」(“hell”) と「天国」(“heaven”) という言葉からは、遠く離れた二つの極みがイメージされるのではないだろうか。しかし、ヒースクリフの「昨晩」と「今日」という時間的に隔たりの無い言葉からは、天国と地獄があたかも物理的に隣接しているかのようである。サンドラ・ギルバート (Sandra Gilbert) が、『嵐が丘』の天国と地獄に着目したように、「その二つは……広大で永遠の空間によって分断されているのではなく、ここではほんの一つづきの芝生によって隔てられているにすぎない」[9]のである。

また、この両極的な描写に加えて、ヒースクリフの心情を描いているネリーの言葉を併せて見てみたい。「その何かがなんであるにせよ、それは喜悦と苦痛とをともども極度にまで感じさせるものらしいのです。少なくともヒースクリフの苦悩し、しかも狂喜する表情を見れば、おのずとそう考えさせられるのです。」（五五四）ここで表示される「それ」（"it"）は、この直前に"something"という言葉で表現されており、ヒースクリフが見る幻、つまりキャサリンの亡霊が含意されている。ヒースクリフが見るその亡霊をネリーは見ることができないので、「何か」という表現になるわけだが、ヒースクリフはその「何か」を忙しなく目で追いながら、「喜悦」（"pleasure"）と「苦痛」（"pain"）を同時に「極度にまで」感じている。ヒースクリフのこの二元論的な表現方法は、尾島庄太郎が『イギリス文学と詩的想像』の中で説明する、エミリの詩に見られる「法悦」と「苦悩」に通じるものがあるように思われる。[10] 尾島は、上述の著書でエミリを扱う際に、彼女の父親がアイルランド人であるということ、またその為にケルト的な性質があると考え、彼女には「ストイックな性情」や「精神的な力強い情熱」があると説明するのである。

四　二元性を受け入れる自分だけの魂

エミリは、『嵐が丘』を執筆する以前に、姉シャーロットと妹アンと共に詩集（*Poems by Currer, Ellis and Acton Bell*, 1846）を一冊出版しているが、それまでに一九三編の詩を書いていたと言われている。『嵐が丘』は詩集の翌年に出版されているが、エミリが書き溜めた詩のほとんどは小説の出版以前に書かれたものだと考えられているため、これらの詩に『嵐が丘』の原形を読み取る研究者は多い。エミリが一七歳から小説の出版直前までに書いた詩作品を時系列で見た時、初期のうちは、比較的穏やかに語り手の心情が描かれ、後期に入るとヒースクリフやキャサリンの心情だと思われるような力強い描写を見出すことになる。例えば、二元性を伴う矛盾や葛藤という観点で見た時に、初期の作品に次のようなものがある。「暗い獄舎のなかで　ぼくは歌うことはできない／

悲しみに囚われて　ほほ笑むのはむずかしい／どんな鳥なら　翼が折れても翔べるだろう／どんな心臓なら血を流しながら　同時に喜ぶことができるだろう」（二〇七―〇八）[11] この詩は、「折れた翼で飛ぶ」や「血を流しながら喜ぶ」といった、矛盾した表現方法で描かれている。「折れた翼」ではおそらく「飛ぶ」ことはできないし、「血を流しながら」「喜ぶ」ことはおそらくできない、そんなアンビバレントな描写である。一方、後期の詩になると、エミリは次のような詩を書く。「ああ　恐ろしい　頓挫――激しい　苦悶――／耳が聞き　眼が見え始めるとき／脈がうち　頭脳が思索し始め／霊魂が肉体を感じ　肉体が鎖を感じ始めるとき」（No. 190）この詩は、一つの表現方法として、リアルな身体感覚、つまり動物的な感覚を全面に出した描写となっている。「耳」と「眼」、「脈」と「脳」が機能し始めるため、肉体の感覚の方が優り死を成就することができないというものである。一方、次の連では「それでも　わたしは激痛を失いたくありません　拷問の苦しみが薄れるのを願いません／苦悶が攻め立てれば　それだけ早くそれは祝福するでしょう／そして地獄の業火に包まれ　あるいは天の光輝に燦めいて／たとえ死の先触れになろうとも　そのまぼろしは　神聖なものなのです！」と続く。ここでは、「激痛」や「拷問の苦しみ」を前向きに受入れ、「苦悶」で苦しめば苦しむほど、早く幻が「祝福」を与えてくれると書いている。「苦悶」と「祝福」は感情の中で限りなく近づき、『嵐が丘』でネリーが描写したヒースクリフの「喜悦」と「苦痛」が表現するものと同じ描写になっているのである。このような、「歓喜と苦悩」と「天国と地獄」といった二元的な表現の両方を兼ね備えた詩を、次に取り上げたい。

……わたしは立っていた　天上の燦然たる日差しのなか
目くるめく地獄の業火のなかに
わたしの魂は　天使の歌声と　悪鬼の呻きの
混じり合った調べを呑みほした――

わたしの魂が何を秘めているかは
わたしの魂だけが　自らの内部で告げることができるだろう　（三二一）

この詩でまず注目したいのは、語り手は「天上の日差し」と「地獄の業火」の中に居るということである。つまり、「私」は、天国の日の光と地獄の火の光の両方を浴びることのできる場所に居るのである。これは、『嵐が丘』のヒースクリフが、キャサリンの幻を追いかけながら、天国と地獄を行き来する表現と類似したものだ。この詩でも『嵐が丘』でも、天国と地獄は空間的に遠く離れた極みとして認識されていない。この詩で、「私の魂」が、「天使の歌声」と「悪鬼の呻き」を飲み込むとうたわれるのは、このヒースクリフの心情に非常に近いと言うことができるだろう。『嵐が丘』でヒースクリフが「おれの天国」と言っているように、この詩の語り手の「魂」は、二つの極みを受け入れた後も、心の内はどこまでも自分自身のものであり、誰にも邪魔されないものだと語られるからだ。『嵐が丘』でヒースクリフの告白を聞いたネリーは、「ますますわけのわからない気持」になっているが、ネリーの心情的に一歩退いた語りが、ヒースクリフの告白を特異なものとする一方、周囲の人間が立ち入ることのできないものだということも強調されることになる。この「おれの天国」と同様に、詩においても語り手の限り無く内向きの魂が、確固たるものとしてここに描かれるのである。

そして、このような二元性を伴った人の信念が明示されるのが、ヒースクリフとキャサリンの別れの場面である。キャサリンは病気でいよいよ死を目前にしているが、ヒースクリフは次のようにキャサリンに訴える。「不幸も、堕落も、死ですらも、いいや、神や悪魔が与えうるどんな打撃も、断ち切ることのできぬおれたち二人の絆なればこそ、おまえは、おまえみずからの意思でそれを断ち切った。」（二七二）この引用は、ヒースクリフがエドガと結婚したキャサリンを責めるセリフだ。「神」と「悪魔」が取り上げられているが、ここで作者ブロンテが強調したいのは、「おまえ」（*"you"*）となっているのである。ブロンテが敢えてここをイタリックで示したことは、見逃すことができない。「神や悪魔」ができないことを、キャサリン自身の「意思」（"will"）で行ったということなのである。

おわりに

以上のように、エミリの二元論的展開を中心に、『嵐が丘』と詩作品を見てきた。二項対立的な表現に焦点を当てた時、エミリは二つの要素の両方を取り込みながら、その中心に揺るぎない自我を置いた。『嵐が丘』は、その作品の特性からダイナミズムや激越な感情が大きく取り上げられるが、その二元的な表現をつぶさに見てみると、その中心にエミリが必死に守りたかったものが確かに在ることが分かるのである。天国と地獄のような二元論は、透谷に拠ると、他界という観念的な世界に存在するもので、極めて大切な詩的な表現だと説明される。エミリはその詩想を上手く使って、二元論的な要素の真ん中に、誰にも侵されることの無い自身の心を描いた。従って、エミリの二項対立的な表現は、人の心を描くための「枠組み」として『嵐が丘』の中で機能するものなのである。エミリの「天国と地獄」、「神と悪魔」、「歓喜と苦悩」といった描写は、詩作品や『嵐が丘』にダイナミックなインパクトを与える一方で、その中心に「私の魂」が在る。

鳥海久義は『エミリ・ブロンテの詩の世界』の中で、一七歳から詩作品を書き始め、亡くなる前年に出版した『嵐が丘』に至るまでの過程で、エミリに「内面の矛盾や対立」があったと説明している。[12] しかし、鳥海は詩や小説の世界を築き上げた結果、そこにエミリが「一つの精神の脱出口を開いていた」と考えるのである。また、ブロンテ姉妹の伝記を書いたジュリエット・バーカー (Juliet Barker) は、エミリが「自分自身の胸の内の相争う要素を調停することができない」詩（「哲学者」）を書く一方で、その対照的な詩として「わたしの魂は怯儒ではない」を挙げている。[13] エミリは自身の性格や境遇から実生活の中で精神的外傷を得るような出来事に直面しているが、彼女の内面の矛盾や対立は精神的な「危機」として、『嵐が丘』や詩作品の中で二元論的な展開を示すことで顕在化したと言えるのではないだろうか。そして、彼女の揺るぎない「わたしの魂」は、天国と地獄を取り込みながら、危機を乗り越えるための精神の礎として在り続けるのである。

＊本論は日本英語表現学会第五〇回全国大会（オンライン、二〇二一年一二月一八日）において口頭発表した内容に加筆・修正したものである。

＊文献に関する情報は全て注に組み込んだ。

注

（1）Winifred Gérin, "Byron's Influence on The Brontës," *Keats-Shelley Memorial Bulletin*, No. 17, 1966. p. 3.

（2）Ian Jack, ed., *Wuthering Heights* (Oxford: Oxford UP, 1995). 翻訳は田中西二郎訳『嵐が丘』（新潮文庫、一九八八年）による。

（3）Frank D. McConnell, sel. and ed., *Byron's Poetry* (New York: W. W. Norton & Company, 1978). 翻訳は小川和夫訳『マンフレッド』（岩波文庫、一九六〇年）による。

（4）菊池有希「『蓬莱曲』における『マンフレッド』受容とその射程」、『近代日本におけるバイロン熱』東京、勉誠出版、二〇一五年、二一二。

（5）阿部知二「追放」『バイロン』研究社、一九八〇年、九七。

（6）原文は以下である。

おもへばわが内には、かならず和らがぬ兩／つの性のあるらし、ひとつは神性、ひとつ／は人性、このふたつはわが内に、／小休なき戰ひをなして、わが死ぬ生命の盡／くる時までは、われを病ませ疲らせ悩ます／らん。／つらつらわが身の過去を思ひ回せば、／光と暗とが入り交りてわが内に、われと共／に成育て、／このふたつのもの、たがひに主權を爭ひつ、／屈竟の武器を裝ひて、いつはつべしとも知／らぬ長き恨を醸しつあるなり。（第三齣第二場）

（佐藤泰正解説・佐藤善也注「蓬莱曲」『北村透谷・徳富蘆花集』東京、角川書店、一九七二年。）

「光」と「暗」という言葉が、神性と人性と呼応している。神は光、人は暗という、二元論的展開で表現され、且つ、この光と暗は、それぞれ我こそはと自分の権利を主張し、自己の内部分裂を引き起こすものである。太田三郎は、「『蓬莱曲』と『マンフレッド』の比較研究」（『国語と国文学』東京、明治書院、一九五〇年、三二）の中で、「『蓬莱曲』と『マンフレッド』の梗概を比較すれば、透谷の受けた影響は明らかである」と論じている。

（7）勝本清一郎校訂「他界に対する観念」、『北村透谷選集』東京、岩波書店、一九七〇年、一九八。

（8）Robert Kiely, "Wuthering Heights," *The Romantic Novel in England* (Cambridge: Harvard UP, 1972) p. 244.

（9）Sandra M. Gilbert, and Susan Gubar, *The Madwoman in the Attic: The Woman Writer and the Nineteenth-Century Literary Imagination* (Yale UP, 2000). 259–60. 翻訳は、山田晴子、薗田美和子訳『屋根裏の狂女――ブロンテと共に』（朝日出版社、一九八六年）による。

（10）尾島庄太郎『イギリス文学と詩的想像』東京、北星堂書店、一九五三年、一三五。

（11）C. W. Hatfield, ed., *The Complete Poems of Emily Jane Brontë* (New York: Columbia UP, 1941). 翻訳は中岡洋訳『エミリ・ジェイン・ブロンテ全詩集』（国文社、一九九一年。一九九三年版を使用）による。

（12）鳥海久義『エミリ・ブロンテの詩の世界』東京、開文社、一九六二年、一三八―三九。

（13）Juliet Barker, *The Brontës* (London: Weidenfeld and Nicolson, 1994). 482–84. 翻訳は、中岡洋、内田能嗣監訳『ブロンテ家の人々』（彩流社、二〇〇六年）による。

VI

2 〈自然＝真なるもの〉を見ようとしない「夢遊病者」
——哲学的「危機」を告げるハーディの〈有〉への問い

鳥飼　真人

はじめに——「夢遊病者」が見ているのは「真なるもの」ではない

『ダーバヴィル家のテス』の執筆を開始する一年前の一八八七年、トマス・ハーディは次の言葉を書き残している。

> 私は考えていた、人はみな夢遊病者なのだと。物質は真なるものではなく、単に目に見えるものにすぎない。真なるものは目に見えないのだから。人は真であるように見えるものを現実だと認識している。それはつまり、夢遊病者のように幻覚を見ているということなのだ……。(*Life* 186)

本論での考察は、この言説をハーディの形而上学の現れと捉えることから始まる。つまり、「単に目に見えるもの」、「真であるように見えるもの」とは諸物の見せかけ＝仮象であり、「真なるもの」とは仮象として現れ出るものの基底をなす存在それ自体であると解釈することによって、我々はこの言説の中に形而上学の第一の問いである「存在への問い」——なぜ世界は、ないのではなく、あるのか——を認めることができる。さらに注目すべきは、単なる諸物の見せかけを現実であると認識している人々を、ハーディが「夢遊病者」に喩えていることである。この隠喩から、一九世紀に至るまでイギリスひいてはヨーロッパ社会の基盤をなしてきた伝統的な存在論に何ら疑いを抱かない人々を、ハーディがある種の危機感をもって見ているのではないかという考えが浮かび上がる。

本論では右の考えの妥当性を、『テス』、そしてその後に書かれたハーディの最後の小説『日陰者ジュード』に描かれた物語に対する形而上学的分析を通じて検証する。興味深いことに、冒頭の引用に見られるハーディ独特の存在への問いが現れた後に発表されたこれらの小説の物語には、ある人物が夢遊病状態に陥るという出来事が実際に描かれている。そしてそれらの出来事に起因して、主人公たちが悲劇的な結末へと導かれる。夢遊病という「病」を描くことによって存在を問うハーディの意図をどのように捉えるべきか。そしてその意図が、古来ヨーロッパ社会で連綿と受け継がれてきた伝統的存在論に対してハーディが抱く危機感とどのように関係するのか。何より、ハーディが感じている危機とは何なのか。これらの問いに答えることが、本論の目的である。

右の目的を遂行するにあたり我々は、『テス』、『ジュード』という作品に対して一つの意味＝解釈に還元するのではなく、それらの作品における物語言説を、西洋哲学の系譜において重要な地位を占める哲学者たちの言説との相互連関性（インターテクスチュアリティ）へと開くことによって、本論で提示された問題を解明することを試みる。

一 「真なるもの」は隠されているがゆえに見えない
——西洋の伝統的形而上学とハーディの「自然」論

「存在」という語からまず思い起こされるのは、時空間的諸条件のもとに現象し、我々が実際に見たり感じたりすることのできる存在物である。ただしこの存在物について考えるためには、それが存在物となりえるための前提、つまり存在それ自体が不可欠である。ないのではなく、あるということ自体を了解していなければ、我々は存在物が今‐ここにあると認識することができない。

西洋哲学の歴史において、存在それ自体が何であるかと問うた代表的な哲学者として、プラトンの名が挙げられる。プラトンにとって真にあるところの存在つまり「イデア」とは、神的で永遠なるもの、「それ自身がそれ自身においてあるとされる以上は、その同一性において常に不変のあり方を保つもの」である (1: 432–33)。そして我々の前に現れている存在物は、「一」なる本質としてのイデアの「多」なる「似像＝仮象」にすぎない。つまりプラトンは、先述の二つの存在――仮象としての存在物と存在それ自体――を厳密に分離した第一人者であると言える。イデア界は、仮象の世界のはるか彼岸、天上高くに存在し、死すべき肉体とともに生きている人間がそこに達することは不可能である。だが魂が肉体を離れ、イデアに近づこうと上昇する時、真理がその魂に開示される可能性をプラトンは示唆する (2: 384)。この考えは、後世のキリスト教的世界観（下界に生きる人間と天上におわす神＝真理、人間は神の似姿＝似像、魂の上昇）に大きな影響を及ぼすことになる。

プラトン主義、キリスト教の教義が揺るぎない影響力を誇っていた古代、中世において、人間は受動的な世界受容を強いられてきた。古代において人間とは、既に現れている実在物をただ受容するだけの存在である。また中世において人間は、神の被造物と見なされる。近代に入り、世界に対する人間のあり方に大きな変化が起こる。つまり近代において人間は、それまでの受動的な存在から、能動的かつ主体的に、世界を「自らの前にもたらす＝表象する」存在へと変容する。[1] しかしながら、表象はあくまで表象であり、決して真理ではない。真理は依然として表象とは全く別次元のものである。それゆえ人間＝主体によって表象される諸物＝客体は全て「偽」ではないのかという懐疑とともに、近代形而上学は開始される。そしてこの懐疑から、世界を客観として捉える人間存在の確信をもたらす、かの「真理」が導き出され、これによって世界を私＝理性の対象と捉える客観主義が、近代形而上学全体に浸透することになる。[2] この近代的客観主義を、プラトン主義からの発展と捉えることが間違いであるとは言えない。しかしより重要なことは、ルネ・デカルト、イマヌエル・カントを経てアルトゥール・ショーペンハウアーの時代に至ってもなお、二つの分離された存在（存在それ自体／仮象）という考え方が、プラトン以来継承されてきたということである。

ではハーディは存在それ自体をどのように考えているのか。この問いに対する答えを導くための最重要の鍵は、彼自身が大文字で書く「自然」(Nature) という語に付与された意味を考えることである。自然という語からまず思い起こされるのは、人間を取り巻く風景としての自然やその現象などであろう。そしてそれが人間の内に向けられる時、その語は人間性 (human nature) として理解される。ハーディの表す「自然」は、これら二つの意味において考えられる場合が多い。これに対してハーディは、芸術を介して表象される「自然」について次のように述べている。

> 「自然」は「美」として描き出されるものだと思う……私は風景を見たいとは思わない……視覚的効果として描かれた諸現実を見たいとは思わないからだ……私が見たいのは、その風景画の背後に隠されたより深い現実なのだ。「単なる自然」には何の興味もない……。(*Life* 185)

右の文は、ハーディが「人は夢遊病者だ」と述べた前月に書かれている。ほぼ同時期に書かれたこれらの言説を重ね合わせると、我々は次のように考えることができる。つまりハーディは、「単に目に見えるもの＝視覚的効果」としての自然 (nature) の背後に隠された「より深い現実＝真なるもの」を見ようとしている。この解釈が妥当であるなら、ハーディが開示しようとする「自然」(Nature) とは、「真なるもの」、諸物＝仮象を存在たらしめるあるということそれ自体ということになる。

『ジュード』出版前の一八九二年七月、ハーディはカントを引き合いに出して次のように書く。

> 我々人間が真理を認識するというのは、単に我々に現前する事物の表象の実在的性質を認識したにすぎな

い。なぜならカントの言うように、人間の認識は物自体には及ばないからである。だが我々は、このことを常に了解しているわけではない。(*Life* 247–48)

この一節は、人々を「夢遊病者」と称したあの言葉と共鳴するだけでなく、人は存在それ自体の単なる表象を現実だと思い込んでいるという形而上学的思考がハーディの中でますます深まっているという印象を我々に与える。

カントによれば、我々人間に認識可能な諸物の表象の性質は、「それら自体の内に存在するのではなく、ただ我々の内にのみ存在しうるに過ぎない」。人間は現象としての諸物に関わるのみであって、「諸物それ自体がどのようなものかということは……完全に我々の認識の圏外の問題である」(*Critique* 185, 305–06)。このカントの考えを受けてショーペンハウアーは、「カントの最も偉大な功績は、現象と物自体を区別したことである」(417) と断言する。「意志と表象としての世界」の形成が、自身が「西洋で最も偉大な哲学者たち」(170) と考えるプラトンとカントに依拠しているとショーペンハウアーは繰り返し述べている。ショーペンハウアーにとって意志とはカント的物自体であり、その意志の直接的な客体性、つまりあらゆる諸物＝表象の不変の原型はプラトンのイデアと見なされる。

今日までのハーディの作品に対する哲学的批評の多くが、プラトンに端を発する系譜に属する哲学者たちによって展開されてきた存在論に依拠している。[3] だがむしろハーディはこの伝統的な存在論を、存在それ自体の根源的な意味を無視し歪曲するものと考えていたのではないだろうか。ハーディにとって存在それ自体とは、視覚的効果としての現象＝仮象の背後に「隠されている (underlying)」ものである。つまりそれは、現象という人間にとって知覚可能な実在の内に立ち現れるがゆえに隠されているのである。[4] ここまでの考察から、ハーディの存在への問いとは、人間の認識の外へと引き離された存在それ自体が何であるかを問うことではなく、存在物＝仮象の内に隠されているがゆえに見えない存在それ自体としての「自然」を開示しようとする試みであると考えることができる。

二 〈有（ピュシス）〉への問い——ハイデガーによる古代ギリシア思想解釈(5)

ハーディの存在論をプラトンに始まる系譜に属する哲学者たちとの関係において捉えることで、一つの興味深い考えが浮かび上がる。それは、ハーディの存在への問いが、プラトン以前の古代ギリシア人たちの存在への問いと酷似しているという考えである。この考えの妥当性を検証するにあたり我々は、ソクラテス以前の哲学者による存在への問いを現代に呼び起こし、彼らの思想の再解釈を行った大著として知られるマルティン・ハイデガーの『形而上学入門』に着目する。本論においてハイデガーを援用する意義は、単にハーディと古代ギリシア哲学との密接な関係を明示することのみに留まらない。ハーディの文学に対する哲学的考察の意義を示すためにハイデガーがいかに重要な役割を果たすかという議論だけでなく、ハーディ独特の言説がハイデガーの哲学的主張を裏づけているという見解(6)も提示されている。このようなハーディの哲学とハイデガーの哲学の相補的関係性を考慮することは、本論の考察全般において不可欠である。

『形而上学入門』においてハイデガーは、ソクラテス以前の哲学者たちの思想を独自に分析する。彼らによって「西洋哲学が最初に定義的な展開を見せた時代、有るものそのもの、全体としての有るものへの問いが真に開始された時代に、その有るものはピュシス (φύσις) と名づけられた」。彼らにとって「この問いを問うことは、哲学的思索をするということ」であり、「形而上学の根本の問い」を問うことに等しい。後世においてこのピュシスという語にはラテン語の「ナトゥーラ」(nātūra) という翻訳が用いられ、それが現在では自然 (nature) として解釈されている。ハイデガーは、この解釈によってピュシスというギリシア語の「根源的な内容は既に押しのけられ、その語が持つ真正な哲学的明示性は破壊されている」と主張し、ピュシスという根源語がこれまで被ってきた「変形と堕落の全行程を飛び越え」、この語が本来有する力を再び獲得しようとする(13–15, 19)。

本来ピュシスとは、諸物の現れ（仮象、現象）としての有るものではなく、「それ自体から現れ出ること……それ自体を暴露するという展開、そのような展開において外観（仮象）の‐中に‐歩み入ること、そしてその中でそれ自体を保持し留まること、つまり現れ出つつ‐滞留しながら支配すること」を意味する。この「現れ出ること」としてのピュシスは〈有＝存在それ自体〉であり、「そうであって初めて、有るものは目に見えるものとなり、そのようなものとして留まり続けることができるのである」(15)。

ところで〈有（ピュシス）〉が仮象の中に「歩み入る」ということは、「〈有〉、つまり〈ピュシス〉が……外観と外見の提示に存するのであるから、それは本質的に、したがって必然的かつ恒常的に外観の可能性の中にある。この外観は、有るものが真理つまり隠れなきことの中にあることを、まさに覆い隠す」(110)。プラトンによって〈有〉と有るものが引き離されて以来、両者は全く別次元のものと考えられてきた。これに対して、ソクラテス以前の哲学者たちは、〈有〉を有るものの外観＝仮象の「中」に見出す。つまり彼らにとって、〈有〉と仮象は「一なるもの」(111)である。だから古代ギリシア人は、世界が無いのではなく有るということを明示するために、〈有〉がその本質を、「隠すこと＝偽装」としての仮象の内に／とともに保持していることを明らかにしなければならなかったとハイデガーは主張する。

単なる「視覚的効果」としての風景の中に「真なるもの＝自然」を見ようとするハーディの姿は、仮象の中に〈有（ピュシス）〉を見出そうとする古代ギリシアの哲学者たちの姿に重ねられる。さらにハイデガーは、〈有（ピュシス）〉が「輝き出ること」、「光の中に立つこと」、「最も美しいもの」であるという解釈を提示する。[7] この解釈から、「『自然』は『美』として描き出される」(*Life* 185)というハーディの言葉が思い起こされる。この考えは、〈有（ピュシス）＝美〉という古代ギリシア人の考え方に通じているのではないだろうか。本質的な意味における「光り輝くこと」、「美しいもの」が〈有（ピュシス）〉であるいう考えは、本論での考察に不可欠なものの一つである。

しかし、ピュシスという語の本来の意味は、後に出現する二つの大きな思想、つまりプラトン主義とキリスト教思想によって誤り伝えられることになる。

仮象を単なる仮象であると説明した――ということは仮象をなり下がらせた――のは、他でもないソフィストとプラトンであった。それと同時に、イデアとしての〈有〉が超感覚的な領域へと掲げられた。深淵が……下界の単なる見せかけとしての有るものと、遥か高みへと持ち上げられた真なる〈有〉との間を引き裂いた。その深淵にキリスト教の教義が居所を定め、下界は被創造物の世界、天界は創造者の世界だと解釈を改めた。そしてこの新たに捏造された武器を手に、キリスト教は古代ギリシアを異教世界だと曲解し、それに敵対する構えをとったのである。(111)

ハイデガーによって明らかにされた右の事態は、『テス』と『ジュード』の物語世界に描き出されていると考えられる。つまり、それらの小説の人物たちが生きる世界とは、プラトンとキリスト教によって〈有〉から引き離された単なる仮象としての世界である。そのような世界で主人公たちは、古代ギリシア的〈有〉への問いに目覚め、仮象の内に現れ出ることとしての〈有＝自然(ピュシス)〉[8]を呼び起こそうと――本当の意味において世界が有るとはどういうことかを明示しようと――する。しかし彼らの前に「深淵」が現れ、そこに棲みついたキリスト教が彼らを異教徒と見なし敵対する。このような物語の展開に、ハーディは独自の文学的技巧を加える。つまり、〈有＝自然〉を求める主人公に、夢遊病者あるいは夢遊病的な精神状態に陥った人物を対峙させるのである。ではこれより、右に提示した見解に基づいて、二つの小説の物語を分析する。

三　「真に有る女性(ピュア・ウーマン)」――〈有＝自然(ピュシス)〉において真正なるテスの存在を隠す「夢遊病者」(9)

『テス』には「ある純粋な女性（A Pure Woman）」という副題がつけられている。これが、私生児を孕ませた相手を殺害した罪で処刑された主人公テスの壮絶な人生の物語に対する読者の嫌悪や批判を助長する要因となったことは間違いない。この状況を受けてハーディは「第五版以降の序文」の中で、この小説の「副題に含まれた形容詞」に「見せかけの、独創性のない意味」を結びつけることしかできない読者に対し、彼らが「最も洗練されたキリスト教の教義による宗教的な解釈」によって「〈自然〉におけるこの語の意味を無視している」と訴える（*Tess* x）。この序文が付されたのと、カントの存在論を引き合いに出したあの言葉が書かれたのが同年同月のことであると考えると、ハーディがこの小説の副題に込めた意味とピュシスという根源語の意味との密接な関係が現れてくる。

アレクにテスの処女が奪われることによって、テスという「美しい織物」の上に「粗悪な模様が描かれた」（57）と語り手は述べる。この場面に、先述の〈自然＝美〉というハーディの考えを重ね合わせると、〈有〉におけるテスの「美しい＝真なる」存在が、単なる仮象＝偽装としての「模様」によって隠されたという解釈が可能となる。この直後、テスの前に「深淵」が現れる――「社会の底知れぬ深淵が、この先の我らが主人公の存在と、〈アレクと出会う〉以前の彼女の存在とを隔ててしまった」（58）。この「深淵」の中に棲みついているキリスト教によって、テスの存在は霊魂と肉体〈仮象〉とに引き裂かれ、真に〈有ること〉としての彼女の存在が隠される。(10)かくしてこの物語の世界に残されたテスの単なる現れ＝仮象が、キリスト教的世界にさらされることになる。

アレクとの間にできた私生児を宿して実家に戻ったテスを待ち受けているのは、彼女を異端者と見なしその汚れた身を非難する聖書の言説である（62–63）。(11)彼女は自身がキリスト教的道徳に著しく反する者であるという非難の矢面に立たされていると考え、自らを「罪なき場所へと侵入した罪ある人物」（67）と見なし、世間を避けるようになる。しかし、子の誕生と死を契機に、隠されていたテス本来の存在が呼び覚まされる。新たな人生を始めるために実家を出て向かった酪農場で、テスはエンジェルとの愛を育むことになる。

有名な聖職者一家に生まれながらも宗教に疑問を抱き、大学を聖職に就くための手段としか考えない父親に反対してケンブリッジへの道を放棄するエンジェルは、人生における自分の進むべき道を模索した結果、その酪農場にやって来る。キリスト教社会からの脱却を試みてエンジェルが入り込んだその場所は、テスにとっても特別な所である。「種をまかれた場所で有毒な地層にまで根を張った若木（テス）は、（酪農場の）より深い土壌に移植された」(101)。この「より深い土壌」の中で、テスをじっと見つめながら「あの乳絞りの娘は、何て生き生きとした清純な〈自然〉の娘なのだろう」(95) とつぶやくエンジェルは、単なる見せかけの奥に隠された「より深い現実」を見ようとするハーディと同様、テスの外観の内に〈有〉を見ようとしているのではないだろうか。エンジェルは元来、単に目に見えるものを現実と認識している人であると考えるのが妥当であろう。しかし、この時の彼には、テスとの「恋心を調和させようとする〈自然〉の側の努力」(116) が作用している。今やエンジェルにとって、テスが「何ら拘束のない〈自然〉から伴侶を選ぶことは……全く当然のことと思われた」(136)。

エンジェルに対するテスの愛は、彼女の「存在そのものであり、光であった。そしてそれは光球のように彼女を包んだ」(153)。この文脈において我々は、「光」という言葉から「光の中に立つこと」としての〈有〉(ピュシス)を思い起こす。しかし同時に彼女は、その光の「外側」、つまり真なる〈有〉から引き離された仮象としての世界において、かつて彼女につきまとっていた「陰気な幽霊ども」が「狼のように待ち構えている」ことも知っている(153)。そして「光」の外に出るやいなや、テスの真の存在はまたもやキリスト教によって隠されてしまう。結婚して二人の生活を送るため、彼らの愛を育んだ酪農場を出て移り住んだ農家で、テスがアレクに処女を奪われたことをエンジェルに告白する時、その出来事の裏では、彼女も感じているように「神による仲裁」(176) が働いている。テスの告白を聞いた後、エンジェルの前に現れているテスは「無垢な女性の外観をした罪深き女性」

(179) に変わり果てる。この時彼はキリスト教の教義によって、彼女の外観＝仮象を現実と認識してしまっている。それゆえ彼は、「別の世界」つまり「見せかけの世界の背後にあって、その世界と一致しない対照的な世界」(184) における〈自然〉を見ることができない。「〈自然〉がその気まぐれな策略で、テスの表情に処女の印をつけてみた」(186) ところで、それはテスの外観から〈有〉を露わにするまでには至らない。

そしてついに、「〈自然〉の娘」テスはエンジェルの手によって葬られる。テスの告白があった次の夜、夢遊病の状態に陥ったエンジェルが、「私の妻――死んでいる、死んでいる」(194) と言ってテスを抱え、シトー派の僧院へ運び出し、「僧院長の空の石棺」に彼女を横たえる。この時のエンジェルは、「単に目に見えるもの」でしかない仮象を「現実」と思い込んでいる「夢遊病者」に重ねられる。したがって夢遊病状態のエンジェルが覚醒しているテスを僧院の棺に横たえるということは、キリスト教の教義によって〈有〉から引き離された仮象の世界において、その世界の住人であるエンジェルが、〈自然(ピュシス)〉において真正(ピュア)なるテスの存在を隠すということを意味する。

エンジェルと別れたテスは、「〈自然〉の中に何一つ根拠を持たない独断的な社会の法則の下での罪の意識」(219) によって自らを恥じ、世間を避けるように各地を転々とする。そして、その間に再会したアレクの手に再び落ちる。その後でエンジェルは、テスとアレクとの情事が不当であるという自身の判断が、彼がこれまでひたすらに高めてきた「古代ギリシア的異教精神」(268) ではなくキリスト教的「道徳の古めかしい価値評価」(267) に基づく判断であることに気づくのであるが、もはや手遅れであった。

しかしテスは、仮象＝偽装の存在のまま生き続けるわけではない。彼女はエンジェルと再び結ばれるため、ついにアレクを殺す。アレクを刺した後、エンジェルを追いかけてきたテスは、次のように彼に訴える。

ここまで走ってくる間に考えたの。もうあの人（アレク）を殺してしまったのだから、あなたは私を許してくれるだろうって。そうでもしないとあなたを取り戻すことなんてできやしないという考えが、輝く光のよ

うにひらめいたの。(303–04)

アレクを殺すということは、根源的な〈有〉に帰属するテスの存在を開示するために、彼がその上に描いた「粗悪な模様（仮象）」を引き剥がすことを意味する。〈有＝光り輝くこと〉において有るということを開示するためにアレクを殺すことは避けられないという考えが、まさに「輝く光」のように彼女を導くのである。そしてエンジェルのもとに駆け寄ったテスは、彼に許しを求める、つまり〈有〉の本質に帰属するテスの真の存在をアレクの次に覆い隠したエンジェルに、その開示を求めるのである。罪人テスとともに警察の追手から逃げるエンジェルの顔は「美しかった」。エンジェルは疑いなく、テスの内に〈有＝それ自体として現れ出ること〉としての〈自然〉を見ている。この時の彼は「彼女を真正に愛し、彼女を真に有る人だと信じた、地上で唯一人の男」である (304)。

　殺人というキリスト教的道徳に著しく反する行為に及んだ結果、テスは処刑され、この小説の世界つまり単なる仮象としての世界から投げ出される。しかしこの結末が、仮象とは相容れない「〈自然〉の娘」テスのたどるべき破滅的な末路であるという考えは、短絡的と言わざるをえない。ハイデガーの言うように、古代ギリシアの哲学者たちにとって〈有〉と仮象は「一なるものであり、そして対立し合うもの」でもある。つまり、〈有〉を問い続ける彼らは「仮象から〈有〉を引き剥がし、仮象に対してそれを守らねばならなかった……この〈有〉と仮象との間の戦いに耐えることによってのみ、彼らは有るものから〈有〉をもぎ取り、それを持続性と隠れなき状態に至らせた」(*Introduction* 111–12)。彼らは常に「〈有〉と仮象の間の戦い」の中にいる。そしてテスもまた、〈自然〉が神にすり替えられた世界の中に現れ出ようとし、「異教的」であるとされた古代ギリシア人の「戦い」を再現することで、〈有〉を、そして自身の真なる存在を開示しようとする。

　テスにとってこの戦いは避けられないものである。この戦いの真の結末を「無視」する、つまり処刑によってテスの肉体が滅んでも霊魂はエンジェルとともに生き続けるという宗教的な結末に置き換えてしまうと、この小説の文学的価値を文字通り貶めることになる。重要なのは、古代ギリシアの哲学者たちが追求した〈有(ピュシス)〉を呼び起こすことによって、真に有るとはどういうことかを明示しようとしたハイデガーと同様、単なる仮象を真実と思い込んでいる人々に対して、その仮象の内に現れ出る〈自然＝真なるもの〉を開示しようとするハーディもまた、〈有〉を問う思想家だということである。

四　隠される者ジュード――「夢から覚めている人」と「夢遊病者」との間で起こる悲劇

『ジュード』の物語において繰り広げられる〈有〉への問い、「〈有〉と仮象の間の戦い」を考察するための鍵となるのも、やはり夢遊病という病である。

リトル・ファーザー・タイムが自殺した後、次のような想像がスーの心を捕える。

世界は夢の中でつくられた詩や音楽の節に似ている。それは覚めきらない人の知性にはこの上なく心地よいものだが、完全に目覚めている人とってはどうしようもなく不条理なものである……。(270)

「(夢から)覚めきらない人」が単なる仮象を現実だと認識している――「夢遊病者のように幻覚を見ている」――人を、「完全に目覚めている人」が仮象の内に現れ出ることとしての〈有〉を了解している人をそれぞれ指示する言葉だと考えることによって、この小説の主人公たちによる〈有〉への問いを明確に理解することができる。『テス』と同様、『ジュード』の物語に描かれる世界もまた、プラトン主義およびキリスト教の教義をその成立基盤としている。プラトンの形而上学において、人間がイデアを求めるということは、思惟によって、「魂」が

「肉体から別れを告げ……有ることそのものをひたすら熱望」(1: 416) することである。これは「知を求める者」の「知の獲得」へ向かう姿である。それゆえ「神的なもの」としての魂は「支配し治める」ことを、「死すべきもの」である肉体は「従い仕える」ことを命じられるが (1: 434)、その命を下すのは「自然」(1: 434) であり「神」(3: 720) である。このように天上のイデア界に向かって上昇する魂に神性を与えるプラトン主義は、キリスト教哲学に少なからず影響を及ぼしている。それは初期キリスト教における教父哲学に、特に形而上学の面において大きな影響を与え (Armstrong 213; Chadwick 45)、その後教父哲学は、中世におけるキリスト教発展の基盤となる (Dawson 31)。プラトン主義から中世キリスト教に至るこの思想的潮流は、『ジュード』おける物語世界の基盤的要素である。ハーディに言わせれば、プラトン的 - キリスト教的世界を自明であると疑わない人は、夢から覚めきらない人、自身に現前する存在＝幻覚を現実だと認識している夢遊病者である。この物語の始まりから主人公ジュードは、夢から覚めきらない人物として描かれている。

ジュードは幼い頃、大学の学位を取得し聖職に就くために学問の都クライストミンスターへ旅立つフィロットソンの影響を受け、その都に憧れを抱くようになる。彼はこの小説の冒頭から既に、神に仕える聖職者という地位を得るために必要な知性を熱望している。この頃のジュードにとって、「〈自然〉の道理とはあまりに恐ろしく好きになれなかった」(17)。ある日ジュードは、憧れの都からやって来る「音楽のように響く鐘の音や街の声」(21) に耳を傾ける。この実際には聞こえるはずもない音楽を「知を飛躍させて」(21) 聞いている間、彼は「自身の肉体の居場所に全く気づかなくなっていた」(21)。このジュードの姿は、プラトン的な「知を求める者」に酷似している。

勉学に励むジュードはある時、「多神教的空想」に心を奪われて「異教の書」ばかり読んできたかつての自身の行いを回顧し、そのような異教的思想や書物とクライストミンスターとの間には「わずかな調和もないようだ」と感じるようになる。その結果彼は、「今では慣れ親しんだものとなっていたイオニア方言を捨て」、「教父の文学を知ることになった」(29–30)。こうしてジュードは、中世的性質を色濃く帯びたキリスト教の（クライスト）・修道院（ミンスター）に至る思想的道程を辿っていく。憧れの都に足を踏み入れたジュードの眼前には、中世キリスト教的世界が広がっている。ある日、教会の礼拝で聖歌隊による詩篇の合唱を耳にするジュードは、自身が「これまで超自然的なものによって育まれてきた」(75) がゆえに、この詩篇の中に神の慈悲を感じる。この瞬間彼は、夢遊病者のごとくその音楽に恍惚と聴き入っている。

大学で神学を学ぶという望みが潰え失望したジュードは、自身が底知れぬ「深淵」(101) に陥ったかのように感じる。この深淵は、根源的な〈有〉（ピュシス）を問う古代ギリシア人の思想を誤り伝えたプラトンに始まる知的伝統を囲い込み、プラトン哲学を神の存在証明として利用したキリスト教の住処である中世の（クライスト）・修道院（ミンスター）そのものである。ジュードは、大学に拒絶された時にこの深淵に陥ったのではなく、クライストミンスターにやって来た当初から既にその中にいたのである。このことをジュードに教え、彼を「深淵」から連れ出す、つまり夢から目覚めさせる人物がスーである。

キリスト教の都市（クライストミンスター）の中へ「異教徒の荷物を携えて」(77) 入ってきたスーは、自身を「中世的ではなく古代的な」(108) 人間であると認め、その都市の中世思想は「捨て去られなければならない」(120) と強く主張する。古代的=異教的な彼女の言説は、ジュードの中に徐々に染み込んでいく。やがて彼は、「〈自然〉が人間の洗練された情緒を嘲笑い、人間の抱く大志などに関心はないのだと、ますます頻繁に悟る」(141) ようになる。彼はスーと関わることによって、それまで信じて疑わなかったキリスト教世界における絶対的真理が、もはや自身の心を支配できなくなっていると感じ始める。スーへの性愛を抑えきれないジュードは、「性愛をその最高の状態においても弱点と見なし、最悪の状態においては地獄の責め苦と見なす宗教の兵士なり下僕になろうとすることは、自身にとっては紛れもなく矛盾することだ」(172) という考えに至る。ついにジュードは神学書を全て焼き払い、スーと同棲を始める。

自身が「自然なる状態」(171) にあるがゆえにジュードとの「自然なる結婚」(213) を切望し、人間の「情熱を破壊する」(215) 法的な婚姻関係を嫌悪するスーに、ジュードは「キリスト教国の住人ではなく……壮大なる古代文明の女性」(214) の姿を重ねる。ハイデガーの言葉を借りれば、「自然なる状態」は真に現れ出ることとしての人間存在の真正なる状態、そして「情熱」は古代ギリシア人たちによる〈有〉の開示を求める情熱である。[12] スーにとって世間の人々が現実だと思い込んでいる仮象の世界、その世界で構築される社会制度は、本質を失った虚偽そのものである。ついにジュードは、彼女が「〈自然〉が無傷のままにしておこうとした人間存在」(271) であると考えるようになる。この「人間存在」は、古代ギリシア人が求める人間存在、〈有〉がその内に現れ出ることの可能性を持つ存在として理解されるべきであろう。テスと同様、〈有〉の開示を求める戦い、〈自然(ピュシス)〉が神にすり替えられた世界の中に現れ出るための戦いを展開する二人は、「古代ギリシアの喜びに戻った」、そしてプラトン以来「二千五百年という時間が人類に教えてきたこと」、つまり〈有〉の本来のあり方を偽り隠し続けてきた哲学を「忘却の彼方に追いやった」(235) のである。

しかしリトル・ファーザー・タイムの自殺を機に、スーに決定的な変化が起こる。彼女はこの事件を、「自然なる状態」として有ることを求め戦い続けた自身に下された社会的制裁と考えるようになる。それまで信じ主張してきたことを全て否定される事態に陥ったと考えるスーは、絶望のあまり次のように叫ぶ。

> 私はかつてこう言ったわ。〈自然〉が私たちに与えた本性、文明が自ら進んで妨害しようとした本性とともに悦びを得ること、これが〈自然〉の意図、〈自然〉の法則であり、またその存在理由なのだと。何と恐ろしいことを私は言ったのでしょう。(268)

〈有=自然〉が人間に与える「本性」によって自身が有ることに歓びを感じていたスーは、その本性を妨げるプラトン的・キリスト教的世界において発達してきた文明社会によって挫折へと追いやられる。自身の真正なる存在とは全く相容れないとしてこれまで反発し、軽蔑さえしてきた神に「従わなくてはならない」と嘆き、「私は打ち負かされた」とつぶやく彼女には、「もはや戦う力など残されていない」(271)。かつてスーの知性は「輝く光」のごとくジュードの覚めきらない知性に浴びせられた(272)。これによって彼は、「人間の本性は高貴で辛抱強く、卑しいものでも不純なものでもない」と知り、ついにはスーが「真理を語っていると思うようになった」。しかし今やジュードは、スーの考えが「随分と低俗なものになってしまった」と感じるようになっている(273)。ある日の夜遅く、教会に忍び込んで十字架の下でむせび泣くスーの姿を見て深く傷ついたジュードは、かつて「教会に対して(ジュードが)抱いていた僅かな愛情や敬愛の念を残らず排除した」にもかかわらず、「突然正反対の方向に向きを変えて」しまった彼女を非難する(278)。すると彼女は次のように答える。

ああ、ジュード。それはあなたが、音楽を聞いている人を目の当たりにした、全く耳の聞こえない人みたいだからなのよ。あなたは言う、「彼らは何を見ているのだろう、何もないのに」と。でもそこには何かがあるのよ。(278)

スーの言う「音楽」とは、かつてクライストミンスターに憧れていたジュードが耳にした音楽である。今やそのような音楽は間違いだと悟っているジュードにとって、スーが「ある」と訴える音楽はこの上なく「不条理な(absurd)」もの、つまり仮象をまぎれもない現実と捉える認識から「離れて」いるために「聞こえない」のである。[13]

こうして彼らは「互いの境遇を取り替えて」(274)しまう。つまり、夢遊病者のように幻覚を見ていたジュードを目覚めさせたスーが、夢遊病状態に陥ってしまうのである。その後スーは、「さようなら……ともに神の教えに背いた人」(287)と言ってジュードに別れを告げ、「諸物をそれ自体として見ることのない世間を満足させるため」(285)、かつて法的な婚姻関係を結んだ相手であるフィロットソンのもとへ戻る。そして、「誤った考えに陥った妻よ、さようなら」(287) と言ってスーを見送ったジュードは、もはやこの世（仮象の世界）で生きる（戦う）ことの意味を失い、失意の内にその生涯を終える。

かくしてジュードは、自身の人生の末路において、「戦い」に決着をつけられない状態、つまり〈有〉と仮象の間を揺れ動く曖昧な (obscure) 状態に陥る。そして最終的に、彼がその開示を求める〈有〉、そして〈有〉に帰属する彼の真の存在は、プラトン主義、キリスト教の教義によって〈有〉から引き離された単なる仮象の世界において隠されて (obscured) しまう。このような二重の意味――Jude the Obscure[d]――とともに描かれるジュードの悲劇とはまさに、「夢から覚めている人」――〈有〉が仮象の内に隠されているがゆえに見えないことを知る人――と、「夢遊病者」――仮象を現実と思い込み〈有〉を見ようとしない人――との間に引き起こされる悲劇である。

おわりに――〈有〉の開示を求める戦いをさ
せないというハーディの方法

〈有〉への問いが失敗に終わろうとする時、ジュードはスーに対して次のように言う――「おそらく世の中は、僕たちのような試みがまかり通るほど啓発されていないのだろう」(279)。さらに彼は、スーがフィロットソンの妻として彼に従うことを新約聖書にかけて誓い、彼に自ら身を捧げたことを知った時、絶望のあまり次のような言葉を吐く。

僕たちが以前、最高の状態にあった頃――僕たちの知性が明断で、真理への愛が恐れを知らなかった頃――、時はまだ熟していなかったのだ。僕たちの思想は、それが僕たちにとって有益となるには五〇年早かった。

だからその思想に敵対するものによって、彼女には反動が、僕には破滅がもたらされたのだ……。(318)

『ジュード』が出版された年から五〇年後といえば一九四五年であるが、その年は、ハイデガーの『形而上学入門』のもととなる講義がフライブルク大学で行われた一九三五年から、その講義の内容が書籍として出版された一九五三年までの時期のほぼ中間に位置している。この五〇年の間にヨーロッパでは、一九世紀における因習的思想を打破すべく世に現れたセーレン・キルケゴールやフリードリヒ・ニーチェの実存主義哲学が、彼らの死後に広く受容された (Gardiner 1)。そして彼らの思想、特に、ソクラテス以前の哲学に関心を抱き、「ニヒリズムの急激な高まり、そして生の否定の台頭の可能性の根源的かつ決定的根拠をプラトニズムに見る」(*Nietzsche* 1: 159) ニーチェの影響を受けたハイデガーが、〈有〉(ピュシス) を求める古代ギリシア人の問いを彼独自の解釈とともに呼び起こし、一九世紀以前の西洋哲学における諸前提を覆す大変革をもたらした。

一九世紀末のヨーロッパ社会において〈有〉を問うジュードは、ハイデガーが二〇世紀にもたらした西洋哲学――より厳密に言えば形而上学――の「決定的変化」、「転換点」としての「危機」[14]が迫っていることを我々に告げているのではないだろうか。このジュードの姿は、ハーディに少なからぬ思想的影響を与えたニーチェ[15]が書く「狂人」を思わせる。昼日中に灯篭を手に市場を走り回る狂人は、群衆に向かって次のように言う。「夜が、次から次へとやってくるではないか。明るい時間でも灯篭をつけないといけないではないか。墓堀人が神を埋葬する音が聞こえないのか……神は死んだ……我々が神を殺したのだ」。「神は死んだ」という狂人の言葉は、キリスト教の神の権威が失墜しただけでなく、古来ヨーロッパ人が拠りどころとしてきた真理＝超越的原理が「無効化」されたことを表している。[16] 狂人は、一九世紀末においてこの真理が「本質的に変容」する転換点＝危機にあることを告げている。[17] しかし群衆は、自身が「神を殺した」ことを自覚できず、「神を埋葬する音」も聞こえず、「困惑したように狂人を見ている」。狂人の目には、そのような群衆が夢遊病者のように映っていたかもしれない。結局、狂人は「神を殺した」という「この上ない偉業」を群衆に分からせることをせず、彼らを目覚めさせるための「灯篭」を「地面に投げつけ」、次のように言う。「私は来るのが早すぎた……まだ私の時代ではないのだ……この恐ろしい出来事は今なお起こっている最中で……それはまだ人々の耳には届いていない」。そして狂人は「追い出され、叱責されて」しまう (*Gay Science* 119–20)。ハイデガーの言葉を借りれば、この狂人は西洋哲学史の終焉を告げたのでも、単に群衆の笑い者で終わったのでもなく、二〇世紀という時代を「新たな時代——それがもたらす（哲学的）大変動は、それまで知られてきたいかなる変動とも比べられない——の始まりと見ている」。狂人が演じる「世界＝劇場はまだしばらく古いままかもしれない」が、狂人の「演じる劇はすでに異なるものになっている」(*Nietzsche* 4: 5)。

ハーディの主人公が生きる世界は、「古いままの世界＝劇場」である。この世界で「異なる劇」つまり〈有〉の開示を求める戦いを演じる「来るのが早すぎた」主人公たちは異端者の烙印を押され、最終的に「追い出され」てしまう。ハーディがそのような世界を物語の舞台として設定したのは、主人公たちの戦いを挫折へと追いやる力、つまり根源的、原初的な〈有〉を「二千五百年」にわたって曲解し隠蔽してきたプラトン的・キリスト教的道徳の影響が、一九世紀のヨーロッパにまだ広く及んでいることを彼が理解していたからである。

この理解に即してハーディは、「夢遊病者」によって主人公たちの戦いが挫折させられる様を描くという手法をとる。これこそが、自身の小説創作を通じて「人間の本性がそれに適合しない古めかしく苛立たしい鋳型に無理やり押し込められることの中に悲劇を見出す」(*Jude* 7) ことを試みるハーディの狙いである。この狙いの通り、「危機」の到来後の世界を生きる我々は、一九世紀末の世において迫りくる西洋哲学の危機の到来を告げることが——それが主人公たちの戦いの本質を描く唯一の方法であるがゆえに——、作者ハーディそして彼の主人公たちにとっていかに困難であったかということを、『テス』、『ジュード』の物語を読むことで痛切に感じさせられるのである。

注

（1）ハイデガー (*Question* 130–32) を参照。「表象するとは、現前するものを対立するものとして自らの前にもたらし、自らへすなわち表象する人へと関係させ、規範的な領域としての自らに対するこの関係の中へ戻るように強いることを意味する……人間は、対象であるものという意味での存在物を表象する人となる」。ハイデガーによれば、古代ギリシアにおいて人間は（人間の外部で）開示され、人間自身に向かってくる表象を「受容している」だけである。そして中世において世界は、「神＝最高原因」によって「創られた」ものである。これに対してカントは、外部の世界から受け取る質料（材料）としての表象に形相（形、脈絡）を与える人間の主体的・自発的表象能力を提唱する (*Lectures* 48; *Critique* 193)。これは、人間が「主観」として世界を対象化する＝表象するという意味での客観主義は近代以前には生み出されなかったとするハイデガーの主張の根拠の一つになっていると考えられる。

（2）ここで言われる「真理」とは、デカルトが自身の考察の末に到達した「哲学の第一原理」――「私は考える、ゆえに私は存在する」という真理――である (Descartes 127)。ハイデガーの言うように、「デカルトの形而上学において、存在物は表象作用の対象として、真理は表象作用の確信性として、初めて定義される」。近代以降、デカルトによって存在物と存在それ自体との間に認識主観としての人間が積極的に介在することが可能となった。まさしく「近代形而上学全体は……デカルトによって開かれた、存在物と真理とに関する解釈の中に維持されている」(*Question* 127)。

（3）インガム (Ingham 207–12)、グード (Goode 63–64)、マレット (Mallett 30–34)、ピニオン (Pinion 159–60)、ブルーム (Bloom 1)、ホワイト (White 16) などを参照。

（4）『オックスフォード英語辞典』、“underlie” の項に書かれた以下の定義を参照―― “to exist beneath the surface-aspect of” (def. 3)。

（5）本論では『形而上学入門』におけるハイデガーの用語、特に人間にとって認識可能な実在物 (Seiendes)、あるということそれ自体 (Sein) を、岩田（あるいは『ハイデッガー全集』編集委員会の意向）にしたがって、それぞれ「有るもの」、「有」という訳語で表記している。これに加えて本論では、ソクラテス以前の古代ギリシア人がピュシスと名づけた有は山括弧とともに〈有〉と表記され、プラトン的イデアの単なる仮象としての有るもの（括弧なし）と区別される。

（6）ミラーは、ハーディの哲学的用語として知られる「内在意志」(Immanent Will) が表す「至高の力」を、「超越的」なものではなく「内在的」なものと捉える。この内在性は、有るものの本質は仮象の内に現れ出るという古代ギリシア人の存在論と密接な関係にあると考えられる。さらにミラーは、ハーディが「意志」という語を用いることによって、「二元論的形而上学は意志という至高の存在様式の確立という結果をもたらすというハイデガーの主張を裏づけている」と指摘する(14)。

(7) ハイデガーによれば、ピュシス(φύσις)というギリシア語を構成する語幹(φυ-)が「輝き出ること、自らを開示すること、現れ出ること」を指示することから、この語は「輝き出ること」、「光の中に立つこと」、「高貴な者、崇高さの根本的特性」、「最も光り輝くもの、つまり最も美しいもの、それ自体において最も恒常的なもの」である(*Introduction* 106–07, 140)。

(8) これ以後、ハーディが書く「自然」という語を、古代ギリシア的〈有〉と同義のものとして用いる際、山括弧とともに〈自然〉と表記する。

(9) 本節と次節で行われるハーディの物語分析は、拙論 "Concealment and Revelation of Nature as Phusis"、「『ジュード』における真の悲劇」、「ロゴスは〈有〉を隠す」における考察内容をもとに、本論の主題に即して構成し直したものである。

(10) ソクラテス以前のギリシアの哲学者にとって、人間が有るということもまた、「それ自体から現れ出ること」としての〈有〉に帰属する。「人間存在の本質や有り方は、〈有〉の本質によってのみ規定されうる」(*Introduction* 148)。このことは同時に、〈有〉が仮象の内に現れ出ることである限り、人間存在の本質もまた必然的かつ恒常的に仮象＝外観の可能性の中にあることを意味する。しかし、プラトンとキリスト教によって〈有〉(ピュシス)がイデアとして仮象から分離されることで、人間存在は精神＝霊魂と肉体＝仮象とに分断されることになる。

(11) アレクのもとから故郷に帰ってきたテスの前で、聖句を「自らの存在」と信じている男が壁に書く聖書の一節―― "THY, DAMNATION, SLUMBERETH, NOT" (62) ――は、ペテロの手紙第二(The Second General Epistle of Peter)、二章三節からの引用である。ここで非難されているのは、「憎むべき異端をこっそり持ち込もうとしている……偽の教師」(*Bible*, 2 Pet.)である。

(12) ハイデガーによれば、「キリスト教思想において、人間の『自然なる状態』とは、創造の際に人間に与えられたものであり、人間の自由に委ねられたものである。この『自然』は、それ自身に委ねられるならば、諸々の情熱を通して、人間存在の完全な破壊をもたらす。それゆえ『自然』は抑圧されなければならない。つまり『自然』とは、ある意味において、あってはならないものなのである」(*Pathmarks* 183)。この引用から「自然なる状態」とは、真に現れ出ることとしての人間存在の真正なる状態を表していると考えられる。ゆえにこの状態をもたらそうとする「情熱」は、古代ギリシア人たちの「〈有〉の暴露を求める情熱」(*Introduction* 112) に他ならない。

⒀『オックスフォード英語辞典』、"absurd" の項に書かれた語源の説明を参照――"*ab* off, here intensive + *surdus* deaf, inaudible, insufferable to the ear."

⒁『オックスフォード英語辞典』、"crisis" の項に書かれた以下の定義を参照――"A vitally important or decisive stage in the progress of anything; a turning-point; also, a state of affairs in which a decisive change for better or worse is imminent" (def. 3)。

⒂ハーディは、諸物＝世界に動きをもたらす「本質的な力」に着目し、それを「ニーチェと同様、意志と名づける」(Miller 17)。さらにハーディはニーチェの哲学について、「自然」という語を用いて次のように言及している――「ニーチェが説いたように、我々人間の行為を〈自然〉の為すことに似せて作ると、人間存在に災難がもたらされる」(*Life* 315)。紙面の都合上、詳述は控えざるをえないが、ハーディとニーチェは、形而上学的な意味における〈自然＝真なるもの〉の概念を共有していると考えられる。

⒃ニーチェにとって「キリスト教の神」とは、「有るものと人間存在の規定に対する神の権力」だけでなく、「一般的に『超越的』なもの、その様々な意味――全体としての有るものに一つの目的、秩序、簡潔に言えば『意味』を与えるために、有るものの上に定められた『理想』と『規範』、『原理』と『規則』、『目的』と『価値』――をも表している」。したがってニーチェにとってニヒリズムとは、「その『超越的』なものの支配が無効化され喪失し、全ての有るものがその価値と意味を失うあの歴史的過程」である (*Nietzsche* 4: 4)。

⒄ハイデガーを参照。ニーチェにとってニヒリズムとは、「その中で全体としての有るものの真理が本質的に変容し、その真理が定めた終末に向かって追いやられるところの、あの長きにわたって続く出来事」である。そしてその「終末」は、「歴史の停止」ではなく、「『神は死んだ』という『出来事』との深刻な関わりの始まりを意味する」(*Nietzsche* 4: 4–5)。

引用文献

Armstrong, A. H. *An Introduction to Ancient Philosophy*. Methuen, 1949.

Bloom, Harold, editor. *Thomas Hardy*. Chelsea, 1987.

Chadwick, Henry. *Early Christian Thought and the Classical Tradition: Studies in Justin, Clement, and Origen*. Clarendon, 1966.

Dawson, Christopher. *Mediaeval Religion and Other Essays*. Sheed, 1934.

Descartes, René. *The Philosophical Writings of Descartes*. Translated by John Cottingham et al., vol. 1, Cambridge UP, 1985.

Gardiner, Patrick. *Kierkegaard*. Oxford UP, 1988.

Goode, John. *Thomas Hardy: The Offensive Truth*. Blackwell, 1988.

Hardy, F. E. *The Life of Thomas Hardy: 1840–1928*. Macmillan, 1975.

Hardy, Thomas. *Jude the Obscure*. Edited by Norman Page, Norton, 1978.

——. *Tess of the d'Urbervilles*. Edited by Scott Elledge, 3rd ed., Norton, 1991.

Heidegger, Martin. *Introduction to Metaphysics*. Translated by Gregory Fried and Richard Polt, Yale UP, 2000.

——. *Nietzsche*. Translated by David Farrell Krell, 4 vols, HarperCollins, 1991.

——. *Pathmarks*. Edited by William McNeill, Cambridge UP, 1999.

——. *The Question Concerning Technology and Other Essays*. Translated by William Lovitt, Harper, 1977.

The Holy Bible: Authorized King James Version. Bible House, 1976.

Ingham, Patricia. *Thomas Hardy*. Oxford UP, 2003.

Kant, Immanuel. *Critique of Pure Reason*. Translated and edited by Paul Guyer and Allen W. Wood, Cambridge UP, 1998.

——. *Lectures on Metaphysics*. Translated and edited by Karl Ameriks and Steve Naragon, Cambridge UP, 1997.

Mallett, Phillip. "Hardy and Philosophy." *A Companion to Thomas Hardy*, edited by Keith Wilson, Wiley-Blackwell, 2009, pp. 21–35.

Miller, Hillis J. *Thomas Hardy: Distance and Desire*. Harvard UP, 1970.

Nietzsche, Friedrich. *The Gay Science*. Edited by Bernard Williams, translated by Josefine Nauckhoff, Cambridge UP, 2001.

The Oxford English Dictionary. 2nd ed., 1989.

Pinion, F. B. *Thomas Hardy: Art and Thought*. Macmillan, 1978.

Plato. *The Dialogues of Plato*. Translated by B. Jowett, 4th ed., 4 vols, Clarendon, 1953.

Schopenhauer, Arthur. *The World as Will and Representation*. Translated by E. F. J. Payne, vol. 1, Dover, 1969.

Torikai, Masato. "Concealment and Revelation of Nature as Phusis: Hardy's Art of Fiction and the Question of Being." *Studies in Comparative Culture*, no. 104, 2012, pp. 137–47.

White, R. J. *Thomas Hardy and History*. Macmillan, 1974.

鳥飼真人「Jude the Obscure[d] ——『ジュード』における真の悲劇」、『ハーディ研究』第三八号、二〇一二年、六二—七七。

——「ロゴスは〈有〉を隠す——『日陰者ジュード』におけるハーディの形而上学の分析」、『テクスト研究』第九号、二〇一三年、三—二〇。

ハイデガー、マルティン『形而上学入門　ハイデッガー全集第四〇巻』岩田靖夫訳、創文社、二〇〇〇年。

VII

宗教の危機とイギリス近現代

1 サミュエル・テイラー・コウルリッジと福音書

――信仰の危機の時代に

直原　典子

はじめに

本論で論じるのは、ロマン派詩人として知られているサミュエル・テイラー・コウルリッジ（Samuel Taylor Coleridge, 1772–1834）の神学者としての側面であり、彼が聖書をいかに読んだか、とりわけ「ヨハネ福音書序文」（＝ヨハネ第一章）の「ロゴス（Λόγος）」（＝神の言）をいかなるものとして読もうとしたかということが主題である。

はじめに、彼が思想を展開していった一八世紀末から一九世紀半ばの英国における宗教界の状況について若干の考察をしておきたい。筆者は、この時代は、近代キリスト教神学の黎明期であり、[1] 同時にキリスト教信仰が、表立ってその存続を問われ始めた時代であったと考えている。コウルリッジを論じる前に、ユニテリアン派の旗手として、当時のイングランド国教会に対して戦いを挑んだジョウゼフ・プリーストリー（Joseph Priestley, 1733–1804）の『キリスト教の腐敗の歴史』（*An History of the Corruptions of Christianity*）（一七八二）と、近代聖書神学に大きな衝撃を与えたドイツのダーフィト・フリードリヒ・シュトラウス（David Friedrich Strauß, 1808–74）の『イエスの生涯』（*Das Leben Jesu*）（一八三五）に関して、簡単な考察をこころみる。シュトラウスの『イエスの生涯』は、英国ではジョージ・エリオット（George Eliot）による翻訳が、一八四六年に出版されている。

コウルリッジは、時代的にこの二人の間に位置する。コウルリッジは、プリーストリーの著作を熟知していたが、シュトラウスの著作は、時系列的にいって当然のことながら、知ることはなかった。しかし、この三者は、ともに近代聖書学者であるという点で一致していたことをまず明らかにしたい。
コウルリッジの初期の詩作品である「宗教的瞑想」('Religious Musings')（一七九六）に、以下の一節がある。

見よ！　そこにプリーストリーがいる。愛国者にして聖人、そして賢者の。
血塗られた政治家たちと偶像崇拝の聖職者たちが、
盲目の大衆を汚い虚偽で駆り立て、
彼を、この歳月、彼の最愛の故国から、
むなしい憎しみにより追いやったのだ。(*PW* 123; 371–75)

一七九六年において、コウルリッジはプリーストリーへの賛辞を惜しまなかったが、一八〇五年あたりを境に、彼との間に明確な一線を画すようになる。コウルリッジは、プリーストリーの近代神学を十全に理解し、共感していたと考えられる。しかし、それでもなお、彼がプリーストリーとの間に一線を画し、異なる方向へ歩みを進めたのはいったいなぜなのだろうか。彼にとって聖書を読むとはいかなることであったのだろうか。そして、福音書、特に彼の未完の大作『ロゴソフィア』(*Logosophia*) 構想[2]における重要項目の一つであった「ヨハネ福音書」を、どう読もうとしていたのか。とりわけイエス・キリストという存在の鍵概念である「ヨハネ福音書序文」（＝ヨハネ第一章）における神の「ロゴス」を、いかなるものとして考えようとしていたのか。プリーストリーやシュトラウスの聖書神学との比較をヒントに、信仰の危機の時代におけるコウルリッジの聖書解釈の立場を解明し、彼自身のキリスト教信仰のあり方を探ることが、本論の目的である。

一　プリーストリーの『キリスト教の腐敗の歴史』――信仰の危機の時代

近代聖書学が成立したのは、啓蒙主義以降のことである。それまでの伝統的な聖書解釈は、いわゆる超自然的解釈であった。神の子イエス・キリストは、父なる神と本質を同じくするものであり、受肉した真の神にして、苦しみを受け、復活して昇天した裁きの神であり（「ニカイア信条」三二五年）、イエス・キリストは神性と人性において完全、真の神にして真の人である（「カルケドン信仰基準」四五一年）というキリスト教の正統性を示す信条は、揺らぐことのないものとして存続し続けていた。正統派キリスト教会の権威のもとにあっては、この信条に抵触する聖書解釈は歴史の表舞台に出ることはむずかしかった。聖書に記述された超自然的出来事に合理的批判を加えることなく、奇跡、復活といった出来事を、そのまま真実のものとして承認した上で、信仰の立場からの解釈を加えていくという方法が一八世紀まで伝統とされていたのである。

ジョウゼフ・プリーストリーは、自然哲学者、神学者、非国教徒の聖職者、そして政治哲学者として多分野で大きな業績を残したが、彼がユニテリアン派の神学者として一七八二年に刊行した『キリスト教の腐敗の歴史』は大きな反響を呼ぶこととなった。この著作の主張は、以下のように要約することができる。㈠キリストの使徒たちが生きていた初期キリスト教会の時代においては、多くの人々によりイエス・キリストは、神ではなく、人であると考えられていた。㈡キリストが「父なる神」と同等の神であると考えられるようになったのは、キリストの死後四〇〇年近くたったのちのことであった。㈢それにもかかわらず、キリスト教会は、今日にいたるまでキリストを直接知る使徒たちが、キリストの真の神性の教義を教えたのであるという偽りを伝えてきたのである（*Corruptions* 2: 485–89）。プリーストリーの主張に対するイングランド国教会の反応は熾烈であった。一七八三年に『マンスリー・レヴュー』誌のサミュエル・バドコック（Samuel Badcock）による批判的書評を皮切りに、後に主教となるイングランド国教会聖職者サミュエル・ホースリー（Samuel Horsley）によって、キリストの神性の教義は使徒的継承に拠るものであるという主旨の反論がなされ、以後プリーストリーとの間に、長く、激しい論戦が展開された（Schofield 223–33）。ついには、一七九一年七月、非国教徒への反感をつのらせた暴徒によってプリーストリーの自宅が焼き討ちにあうという惨劇が起き、一七九四年プリーストリーは英国を離れアメリカ合衆国への移住を決意することとなる。

プリーストリーのこの著作における最大の問題は、イエス・キリストは神であったのか、否かということである。キリスト教の元になったユダヤ教には、世を救うメシアへの信仰があった。メシアは神によって召命されてこの世に救いをもたらす者である。しかし、唯一神教を奉じるユダヤ教において、メシアは神に召命された者ではあるが、神そのものではない。したがって、イエスの時代において、イエスをメシアであると言うことは、イエスを神であるとすることとは必ずしも一致しなかった。イエスの同時代、イエスをメシアとして信奉しても、イエスを神ではなく人間であると考えていた人々が多く存在したことは、現代におけるこのような視点から見れば、決して驚くべきことではない。

プリーストリーは、キリスト死後のパレスチナのキリスト教会の内部に、当時エビオン派（Ebionites）あるいはナザレ派（Nazarenes）と呼ばれるユダヤ人キリスト教徒が存在し、これらの人々は、イエスの信奉者ではあったが、イエスを人と考えていたと主張する。いわゆる古代ユニテリアン派の存在を指摘したのである（*Corruptions* 1: 6–8）。そして、イエス・キリストが真正なる神であると考えられるようになったのは、イエスの死後のことであり、それがキリスト教会として明確になってくるのは、ようやく三二五年のニカイア公会議においてであったというのがプリーストリーの主張である。

ニカイア公会議によって承認された「ニカイア信条」は、イエス・キリストの神性は、神のロゴス（＝神の理性）が人間性を受け入れた、すなわち受肉したことに基づくという教義を基盤としている。受肉した神のロゴスは、父なる神と本質を同じくするものであって、イエス・キリストは、人でもあったが真実の神でもあると、この信条では言われている。

プリーストリーは神のロゴスという概念はプラトン哲学に由来するものであると考えている (29)。そして、「受肉の教義」には何の根拠もないと主張する (30)。彼は神のロゴスとは神の属性 (the divine attribute) であると解釈している。そしてイエス・キリストが神性をもっているという教義は、最初は「神の属性の、あるいは神が世界を創造した知恵と力の、人格化にすぎなかった」(34) と述べる。神の属性であったものが、そのまま地上のイエス・キリストに転化され同化されていったことの非合理、すなわち超自然的存在と自然的存在との併存ないしは一致の非合理を、彼は後の著作の中で以下のように論じている。

人間が非物質的な原理を人間自身のうちに持っていると考えることはできない。それはイヌ、植物、また磁石がそれ自身の内に原理を持つと考えられないのと同じである。なぜならこれらすべての場合には、それらのものができている目に見える物質と、それらが所有している目に見えない力との間に、何らかのつながりを想像することには同様の困難が存在するからである。もし普遍的な併存が、原因と結果に関するわれわれのあらゆる合理的思考の基盤であるなら、磁石の内なる構造が、それが何であれ、鉄を引き付ける力の原因であるように、器官として組織された人間の脳は、正しい基底であるとみなされなければならず、人間の感覚や思考の直接の原因であるとみなされなければならない。(*Early Opinions* 84-85)

プリーストリーの主張の是非を検討することは本論の目的ではないが、彼のキリスト教神学批判が拠って立つ基盤が、一八世紀の合理主義的な哲学ならびに自然科学にあったことはまちがいない。

プリーストリーのキリスト論をめぐる主張は、第一に、それまでの神学ならびにキリスト教研究において、イエスの時代のユニテリアン派の存在が無視されていること、第二に、イエスの神性の教義（「受肉の教義」）は、使徒後の世代の、プラトン哲学の影響を受けたキリスト教神学者たちによって生み出されたものであり、しかもその「受肉の教義」には論理的整合性がないこと、第三には、このような歴史的経緯が、キリスト教会の内部にあっては曖昧にされてきており、あたかもイエスの神性の教義はイエスを直接知る使徒たちに由来する伝統であるかのように偽って語られていると言うことである。プリーストリーにとっては、これは「キリスト教の腐敗」以外のなにものでもなかったのである。

二　シュトラウスの『イエスの生涯』――近代神学の衝撃

一八〇八年、ヴュルテンベルクに生まれたシュトラウスは、テュービンゲン大学に学び、シェリングやベーメを学んだが、一八三〇年頃にはヘーゲル哲学の信奉者となったと言われている。彼は一八三二年テュービンゲン・プロテスタント神学校で補習教師として教壇に立つようになったのち、一八三五年に、草稿にして一四〇〇頁を超える『イエスの生涯』を出版した。この著作が彼の生涯を大きく変えることとなる。彼はこの著作に対する反感により、大学の補習教師の職を解かれ、その後は、独自に著作活動を行い、一八七四年に死去した（シュトラウス、第二巻七一三―一七）。

『イエスの生涯』が近代聖書学にとっての一里塚と言われるゆえんは、シュトラウスがこの著作によって、それまでの新約聖書学に「神話」の概念を持ち込み、あらたな解釈を打ち立てたことにある。それまでの新約聖書解釈は主に二つの系統に分けることができた。一つは、先に述べた伝統的なキリスト教信仰に基づく超自然的解釈である。それに対し、一八世紀にいたって現れた二つ目の立場が、自然的解釈と言われるもので、聖書における超自然的物語に対して、自然的で合理主義的な解釈を試みる方法である。プリーストリーの立場は、系譜上では、後者の自然的合理主義的解釈として位置づけることができるだろう。

これに対して、シュトラウスは、奇跡や復活といった超自然的出来事がテキストとして成立していった背景には、新約が成立した時代に、聖書書記者たちならびに多くの人々の間に既に知られていた旧約に描かれた神話的要素の影響があったことを、福音書その他の文献の、詳細な分析と比較に基づいて主張した。

彼によれば、ユダヤの民衆がイエスの時代に、メシアに対して奇跡的行為を期待したことは、それ自体は奇跡ではない。メシア信仰をもった民衆が、イエスをメシアと考え、彼に奇跡的行為を期待したのである。しかし、テキストを分析していくと、新約でイエスが行ったと記述されている奇跡の出来事は、旧約で描かれている様々なエピソードと関連づけられることをシュトラウスは鋭く指摘する。つまり、福音に描かれているイエスの奇跡的行為の数々は、イエスをメシアと仰いだ人々が、イエスの死後、旧約に描かれた神話的要素と関連づけて、イエスの奇跡物語として創っていったのである（第二巻一七―二〇）。

さらに、シュトラウスは、イエスの死と復活に関しても、四福音書の詳細な比較検討をし、福音書間に多くの矛盾があることを指摘した上で、以下のように結論づける。

> イエスは何年も彼ら［弟子たち］と一緒にいた間、だんだん決定的にメシアであるという印象を彼らに与えたが、彼らのメシアの概念と辻褄を合わせることのできなかったイエスの死は、この印象を当面は踏みにじってしまった。ところで、［イエスの十字架上の死による］最初の驚きが過ぎ去った後で、以前の印象がふたたび活動し始めるや、彼らのうちにおのずから、彼についての初期の見解とイエスの最後の運命との矛盾を解消し、メシアに関する概念のうちに、受難と死の特徴を一緒に取り上げようとする心理的必要が生じた。
>
> （第二巻五四九）（［ ］内筆者）

残されたイエスの弟子たちは、聖書、すなわち旧約の中に、受難のメシアの姿（イザヤ五三章、詩二二編）を捜す。

苦難の時代に現れて、苦しみを受けて殺された旧約のメシアの姿に十字架刑を受けて死んだイエスが重ねあわされ、イエスの死はメシアによる贖いの死とされていく。そしてさらに、ガリラヤの地に避難した弟子たちの間で、徐々にイエスの復活についての表象が形成されていった。シュトラウスによれば、イエスの受難の死と復活の表象は、旧約におけるメシアの受難物語を知るイエスの信奉者たちによって、旧約のメシア物語に重ねて創られていったのである（五五〇―五二）。それが次第に、イエスの神性への信仰を生むこととなる。イエスの神性や超自然的行為は、イエスの死後、イエスの信奉者たちによって、旧約に書き記された神話的表象に合わせて創作されていったものであるというシュトラウスの主張は、当時のキリスト教会の人々に到底受け入れられるものではなく、『イエスの生涯』は劇的な反響を巻き起こしたのである。

しかし、近代聖書学は、二〇世紀の聖書神学者、様式史学派のブルトマン (Rudolf Bultmann, 1884–1976) にいたって、さらに緻密な聖書学となって集大成されていったことを付け加えておかなければならない。ブルトマンによれば、「福音書」は複数の資料が編纂されたものである。その資料は、「イエスの言葉の伝承」と「物語素材の伝承」に大別されるが、「物語素材の伝承」は、さらに「奇跡物語」と「歴史物語と聖伝」の伝承に分けることができる。そして、ペテロを中心とするパレスチナ教団、パウロ教団、ヨハネ教団といった教団が形成されていく過程で、福音書は、その教団のおのおのの信仰にしたがって、それぞれが入手した資料をもとに編纂されていったのである。新約は複数の伝承資料が編纂されて形成されたものであること、そしてそれぞれの福音は、歴史的事実を述べるものではなく、それぞれの教団の信仰と教え（ケリュグマ）に基盤をおくものであるという主張が、ブルトマンの新約聖書神学の基盤にある。[3]

一八世紀後半から一九世紀にかけて、プリーストリーやシュトラウスのような、伝統的解釈に激しく抗う近代神学者たちによって、キリスト教信仰は決定的な揺さぶりを経験しはじめていたのである。

三　コウルリッジの聖書解釈

E・S・シャファーは『「クーブラ・カーン」とエルサレムの没落――聖書批評の神話学と世俗文学　一七七〇―一八八〇年』(*'Kubla Khan' and the Fall of Jerusalem: The Mythological School in Biblical Criticism and Secular Literature 1770–1880*) において、一八世紀後半からドイツを中心にヨーロッパではじまった新しい聖書批評である高等批評 (the higher criticism)(4) とコウルリッジの関連に言及している。英国における高等批評史は、ジョージ・エリオットによるシュトラウスの『イエスの生涯』翻訳を起点に語られるのが一般的であるが、実はそれ以前に、コウルリッジが高等批評に深い関心をもち、一定の貢献をしていたことを彼女は指摘する (7)。コウルリッジが一七九〇年代初期に深く関わっていた急進的ユニテリアンのサークルは、当時の大陸の新しい学問事情を熟知し、それに真正面から取り組んだ人々であった。コウルリッジはブリストルのトマス・ベドーズ (Thomas Beddoes) を介してドイツの情報を入手しており、ゲッティンゲンで高等批評創始者の一人であるヨハン・ゴットフリート・アイヒホルン (Johann Gottfried Eichhorn) に会ったときには、すでにドイツ高等批評をよく知っていた (6–7)。

コウルリッジの『マージナリア』(*Marginalia*)（第二巻）の編者ジョージ・ホエイリー (George Whalley) によれば、コウルリッジは、一七九九年春にゲッティンゲン大学でアイヒホルンに会っている。英国帰国後も、彼は継続的に聖書研究をしており、アイヒホルンの著作に対するかなりの量の批評が、マージナリア（余白への書き込み）とノートブックに残されている (*CM* 2: 369)。ホエイリーは、アイヒホルンの『新約聖書緒論』(5) を以下のように解説している。

この著作におけるアイヒホルンの目的は、新約聖書の成立年代、作者、意味、歴史的文脈に関する最終的な事実に、彼が「高等批評」と呼んだプロセスを踏むことによって到達できることを証明することによって

「下層批評」――すなわちテキスト批評――を補完することであった。彼の主要な結論は、四つの「正典福音書」の背後には、四人の聖書書記者すべてが利用した「原福音書」が存在したということ、また奇跡物語は、オリエンタルな思考法や、イエスの生涯と業績を誇張したいという願望による、伝承された自然的な出来事の増幅拡大によるものであったということ、いわゆる「パウロによる書簡」の多くは、実際には他者の手によるものであったということであった。こういったことのすべてにおいて、彼は、イエスと彼に続くエルサレムの使徒たちによって始められたキリスト教と、パウロによって宣教されたキリスト教とを区別している。(*CM* 2: 435)

これらの問題点の多くは、現代にいたるまで議論の続いていることであるが、アイヒホルンは、イエス・キリストを神と信じる信仰を前提とせずに、聖書が編纂されていった歴史的過程を合理的に検証することを目指しているということが言える。福音はそれぞれ複数の資料や伝承が編纂されたものであること、また奇跡物語がどのように人の手によって形成されていったか等の点を彼は検証している。

こういったアイヒホルンの高等批評に対し、コウルリッジが基本的に賛同する立場にあったことを、『マージナリア』からうかがうことができる。アイヒホルンは『新約聖書緒論』の最初の部分で、現存しない「原福音書」である「ヘブル人福音書」(Evangelium der Hebräer)[6]について述べている。これについてコウルリッジは以下のように熱のある言葉を書き記している。

これは私が以前からずっと考えてきた最初の三つの福音書の「〜による (the κατα)」は「ルカ福音書」における「〜のとおりの (the καθως)」の意味によって解釈されなければならないという仮説をなんとずばりと確証するものであろうか。(436)

コウルリッジが問題にしているのは、「ルカ福音書」冒頭の「わたしたちの間で実現した事柄について、最初から目撃して御言葉のために働いた人々がわたしたちに伝えたとおりに、物語を書き連ねようと、多くの人々が既に手を着けています」（一・二）[7]の文章である。福音書の題名に冠せられている、英語では「による (according to)」と訳されてきたギリシャ語の κατα の内容は、実は、最初の三つの福音書、すなわち共観福音書においては、聖書書記者たちが、出来事を目撃した人々から伝えられた「とおりの (καθως)」という意味に解すべきではないかという仮説を、コウルリッジは、この「ルカ」の文章を読みながらずっと抱いてきたというのである。[8] 共観福音書は、一人の書記者が自ら見聞きしたことをそのまま書き記したものではなく、実は聖書書記者たちが他の様々な人々から伝え聞いたことや入手した資料を編纂したものであることを、「ルカ福音書」は冒頭で語っているのである。アイヒホルンがその存在を主張する「ヘブル人福音書」は、聖書書記者たちが福音を編纂したときに用いた原資料である。コウルリッジはアイヒホルンの記述を読み、自分の長年の仮説への確証を得たのである。さらに、コウルリッジのマージナリアは以下のように続く。

「ヘブル人福音書」は、キリスト教に改宗したヘブル人たちによって伝えられたケリュグマ（使徒たちによって公に為された証言）の集成ということであろう。——福音を述べ伝える者の言葉について書き記されたものであり、それはパレスチナ教会の間で使用され回覧されていたものなのである。そしてそれと同じ言語で、それらが最初に公に言われ、（主の行いと苦しみと共に主の言葉をこれらの言い伝えが含んでいる限り）最初に語られた——すなわちその時点のヘブライ語、すなわちシリア—カルディア方言において——のであるから、きわめて大きな価値が当然にもその文書には与えられるべきであろう。(436-37)

コウルリッジが、原資料である「ヘブル人福音書」の価値と意義を大きく評価していることは、アイヒホルンに代表される高等批評派の方向性と、彼の聖書批評の方向性の一致を明確に示すものである。さらに、コウルリッジはアイヒホルンの以下の記述に注目する。

もしルカが「マタイ福音書」を見ていたならば、ルカはキリストが「四〇日間」誘惑された（ルカ四・二）ことにはしなかったであろう。マタイによれば、その誘惑はただ四〇日間断食して空腹になったのちに始まった（マタイ四・二―三）というだけであったのだから。（中略）従って、「ヘブル人福音書」における原資料が時とともに繰り返し繰り返し、もとのヘブライ語で書き写され、その結果、誘惑に関してより詳しい描写に粉飾されたと考える以外にない。(443) (*Einleitung in das Neue Testament* I 208-09)

アイヒホルンは、マタイとルカを比較し、その記述に差異があることに注目する。そしてこの差異は原資料が書き写されている間に次第に粉飾が加わることによって書き換えられていったものであると考えている。この部分に関し、コウルリッジは以下のように記している。

この仮説は、ごく初期の時代すなわち使徒たちの目が届いていた時代にはあり得なかったような、改竄から偽造にまでいたる大胆さを想定しているのみならず、出来事からあらゆる意味を奪ってしまい、福音で書かれている出来事の起源についてのあらゆる確かさを排除してしまう。(443-44)

コウルリッジは、このように、福音書が、イエスの死後、伝えられた原資料に、複数の人間の手が加えられ、改竄と言えるような内容まで付け加えられてできあがっていった過程に目を向けている。福音はイエスを直接知る者が、事実をそのままに書き記したものではなく――後代のシュトラウスやブルトマンらによって、より詳細に解析されることとなったが――イエスの死後、複数の人々の手によって、伝承や原資料などをもとに、変化が加えられ、編纂されて成立したのである。コウルリッジは一九世紀初めの英国にあって、こういった福音書の成立過程に注目しはじめていた数少ない人間の一人であった。

さらに、先に引用したアイヒホルンの「ヘブル人福音書」に関する一節へのコウルリッジのマージナリアには、「私の見解では、パレスチナ教会への頑固な中傷者であった異国の教父たちによる、ナザレ派とエビオン派がみな他の福音書を受け入れなかったという主張を説明するために、これ以上のものを想定する必要はないのである」(437)という文章が続く。この部分から、プリーストリーの『キリスト教の腐敗の歴史』へのコウルリッジによる評価もうかがい知ることができる。すなわち、コウルリッジは、プリーストリーに共感的に、以下のように解釈している。紀元一世紀に「ヘブル人福音書」が在り、それを支持するナザレ派とエビオン派が存在していた。彼らが、イエスを神と認めない、いわゆる古代ユニテリアンであったことは、他の教父たちが残した批判的記録から知ることができる。[9] さらに、「ヘブル人福音書」のみをナザレ派とエビオン派が支持していたということは、「ヘブル人福音書」には、イエス・キリストが神であったとは明記されていないと推測されるということである。コウルリッジはプリーストリーが『キリスト教の腐敗の歴史』で指摘した古代ユニテリアン派の存在を、このようにアイヒホルンの著作において、再確認し、支持しているのである。

そして、アイヒホルンが「マルキオン福音書」[10]に言及している部分に、以下のようにコメントを書いている。

紀元後二〇〇年すなわち三世紀の初め頃、〈成長した異端派〉と複数の福音書は、少なくとも独自の証言の実体を含むものであったが、伝統的な逸話が多かれ少なかれ、また様々な変形をされて含まれていた。(中略)これらの福音書が、使徒や使徒を継承する人々によって、編集されたり、あるいは少なくとも認可されたりしたことは証明できるし、かなりありうることではないだろうか。――そしてこういった探求の結果、現在我々のもつ四つの福音書が確立されたのだ。（中略）――唯一の難点（そしてこれは大きな難点であるのだが）は、教会の歴史が、こういった陪審者たちに関して、何も語っていないことである。(439)

以上のようにコウルリッジのマージナリアを辿ってみるならば、彼の福音書成立への見解をうかがい知ることができる。彼の見解は、以下のようにまとめることができる。第一に、プリーストリーが指摘する古代ユニテリアン派は現実に存在し、彼らは現在では明瞭な形では確認できない原資料「ヘブル人福音書」の内容を支持していた。第二に、福音書は、様々な伝承や文書（原資料）が集められ、新たな手を加えられて編纂され、形を変えて成立していった。第三に、書かれた様々な福音書の中で、キリスト教会の信任を得た四福音書のみが正典として確立されていった。しかし、その正典確立過程は残念ながら明らかになっていない。

こういったコウルリッジの福音書成立に関する見解は、プリーストリーの古代ユニテリアン派に関する主張を肯定するものであり、アイヒホルンの高等批評の方向性に沿うものであり、またシュトラウスを先駆とし、二〇世紀ブルトマンが集大成した新約聖書学の方向性とも矛盾しない。また、イエスの神性に関するキリスト教の教義が、紀元後四世紀に至る時間をかけて、プラトニズムの影響を受けて古代キリスト教教父たちの手によってつくられていったというプリーストリーの主張に関連して、コウルリッジが古代キリスト教神学を詳しく研究していたことは、彼のノートブックに、キリスト教教父たちへの言及が数多くみられることから、疑念の余地がない。[11]コウルリッジは、聖書とキリスト教神学の成立を歴史的にたどるというプリーストリーの立場を肯定し、福音書が様々な伝承と資料の編纂の結果できあがっていったものであるという、大陸の合理主義的高等批評の立場をも受容しているといえる。そして、この立場は、二〇世紀ブルトマンの新約聖書学とも共通するのである。

四　コウルリッジの三位一体論の問題

前節でみたように、コウルリッジは聖書批評において、プリーストリーやアイヒホルンの近代合理主義的聖書学の立場に呼応している。しかしながら彼は、先述したように、プリーストリーのユニテリアニズムからは離れていく。一八〇五年二月の『ノートブック』において、上記のプリーストリーとホースリーの論争に以下のように言及している。

全体としては、ホースリー主教はプリーストリーに勝るものを有していることを私は疑わないけれども、主教の論理の不正確さを示す節はここだけにとどまらない。完璧な神学者こそがキリスト論学者に対する反駁に成功することができる。(中略)すなわち、存在 (Being)、知性 (Intellect)、霊的行為 (Spiritual Action) の崇敬すべき三一性 (Tri-unity) が、父と、子と、ともに永遠なる流出であること、そしてこれらは神であること(すなわち、単なる一般的な用語でも、抽象的な観念でもないこと)、一つの神であること(すなわち、神性における、真の、永遠の、そして必然の弁別であり、分割不可能な統一体における弁別可能な三重性であること)を示すことができるのである。(CN 2: 2444)[13]

彼は、ホースリーの非論理性を指摘するが、一方、プリーストリーに賛同してもいない。そして、引用部の後半には彼自身の三位一体論[14]が記されている。コウルリッジは、プリーストリーやアイヒホルンによる合理主義的な近代聖書批評の立場をいち早く理解し、それに賛同しているが、それにもかかわらず、彼らのように、キリストを神ではなく地上の人間であるとするユニテリアンあるいはソシニアンの立場をとらなかった。では、彼はイエス・キリストを神と信じ、三位一体論を奉じる伝統的なキリスト教の立場をとっていたと言えるのだろうか。コウルリッジの綴る「存在、知性、霊的行為」は、文脈から三位一体論における「父と子と聖霊」に対応していると考えられるが、では、「神の子」に相当する「知性」とはいかなるものなのだろう。これらを問うことなく、コウルリッジ自身のイエス・キリストへの信仰のありようを明らかにすることはむずかしい。

「三位一体」の教義の基盤にあるのは、父なる神の理性（＝ロゴス）が受肉し、すなわち人間性を受容し、神の子、イエス・キリストとして地上に顕れたという考えである。[15]「受肉の教義」の最大の論拠は「ヨハネ福音書」（一・一四）の「言（＝ロゴス）は肉となって、わたしたちの間に宿られた。わたしたちはその栄光を見た。それは父の独り子としての栄光であって、恵みと真理とに満ちていた」にある。コウルリッジが上記の引用で語っていた「知性」は、この「ヨハネ福音書序文」の「ロゴス（Λόγος）」に相当する。コウルリッジは、神の「ロゴス」をどのように捉えていたのだろうか。以下の節でこの問題を考える。

五　コウルリッジとフィロンの関係——ロゴスをめぐって

トマス・マクファーランド（Thomas McFarland）は、コウルリッジの『オウパス・マクシマム』（*Opus Maximum*）の序文で彼のロゴス論を解説する際、英国の神学者C・H・ドッド（Dodd）のロゴス観が「コウルリッジのロゴス観と同様のものであることを、確信をもって推論できる」（cviii）としている。ドッドは以下のように記している。

序言の最初の文は以下のことを認めたときに初めて明確に理解できるものとなる。すなわちロゴスは、旧約における神の言葉とのつながりを持っているが、フィロンによって修正を加えられたストア哲学において意味されていたものと同様の意味をもっている。そしてそれが他のユダヤの著作者たちにおいては知恵ということばの意味するものと重なるものなのである。ロゴスは宇宙における理性原理であり、計画としてであれ、目的としてであれ、宇宙の意味であり、永遠なる神が啓示され、活動する神の実体として考えられる。(*OM* cviii) (Dodd 280)

ドッドが、「ヨハネ福音書序文」におけるロゴスは、フィロン (Philo Judaeus, 20/30? BC–AD 40/45?) の語ったロゴスと重なることを指摘していることに注目したい。コウルリッジは、一八一八年のプライス宛ての書簡において、フィロンが「ヨハネ福音書」書記者と同時代の人であり、なおかつ「ヨハネ福音書」が書かれる前から、多くの著作を著わし、その中でロゴスの語を用いていたことから、フィロンが用いたロゴスの語が、ロゴスの当時の一般的な意味を示唆するものであると語っている。彼は「ヨハネ福音書」のロゴスについて以下のように述べる。

「ヨハネ福音書」の読者であったヘレニズム化したユダヤ人すべてにとってなじみの深いロゴスの語を、その変更を何ら示唆することなく、また意図的に勘違いしたのでもない限り、全く異なった意味で用いたはずがないのです。(*CL* 4: 850)

コウルリッジは、「ヨハネ序文」におけるロゴスの語義を特定するために、福音の成立した時代的背景を考慮している。紀元一世紀において「ヨハネ序文」のロゴスの語義を最もよく示唆するものは、同時代の著名なユダヤ教神学者でありギリシャ哲学者でもあったフィロンの用いたロゴスの語であるはずだと彼は言っているのである。ここにはコウルリッジの、聖書を歴史的テキストとして解読しようとする姿勢がよく表れている。

アレクサンドリアのフィロンはユダヤ教とギリシャ哲学の融合を図った人物としてよく知られている。彼はヘレニズム文化を存分に吸収した当時のユダヤ人の中でも最高の知識人の一人であり、同時に敬虔なユダヤ教徒であった。ローマ帝国の支配下にあるアレクサンドリアの地において、ユダヤ教徒を守るために懸命に尽くした人物でもある。ギリシャ哲学における世界形成の原理と、ユダヤ教の超越的にして人格的な神の言葉との融合をはかった、折衷的なフィロン思想が、当時の時代状況から「ヨハネ福音書」成立の背景にあるとコウルリッジは考えている。以下コウルリッジとフィロンとのロゴスをめぐる思想的連関を考えてみる。

コウルリッジは『哲学史講義』(*Lectures on the History of Philosophy*) の中で、古代ギリシャ哲学において語られてきた「ヌース」について説明している。

私はピタゴラス学派やアナクサゴラスによってヌースと呼ばれていた知的な力が語られている部分のことをお話しします。ヌースとは、フィロンや聖ヨハネの語るロゴスであり、真に絶対的な原因原理である、父なる神、本質を超えた意志と分かちがたく統一されているのですが、だからといって同じものではありません。(*LHP* 1: 214–15)

コウルリッジは古代ギリシャ哲学においてヌースと呼ばれた神的な力が、フィロンとヨハネの語るロゴスと重なるものであるとしている。一方、ロゴスは父なる神と統一されているが同じものではないと語る部分からは、三位一体論における「父」と「子」の関係性を彼が考えようとしていることが読みとれる。フィロンは「ケルビム」(On the Cherubim) の一節で、ロゴスが存在の根源である「一」なるものから生み出されるありさまを語っている。

神は、真実「一」なるものとして実在するが、神の最高の主要な力は、善性 (goodness) と権威 (sovereignty) の二つである。神は善性によって万物を生み、権威によって自らが生んだものを支配する。さらに、これら善性と権威のあいだに両者を結びつける第三のものが存在する。それがロゴスである。というのは、神が支配者であり善でもあるのはロゴスによるからである。（中略）ロゴスのみが、万物に先立って神の知性のうちに宿り、万物すべてのものに現れている。（§§27–28; 25）

第一の存在である神は、「一」という語で表されている。「一」とは、それが分割されていないこと、さらに形容しがたいものであることを表している。神はその善性から万物を生み出し、生み出したものをその権威によって支配する。万物の根源としての善性と万物を支配する権威は、神のロゴスによって媒介されている。ロゴスは神の善なる知性のうちに宿るものであると同時に、万物を創造し、万物に顕れるものである。このような世界創世の語りは、プラトン哲学の「一」なるものからすべてが流出する創世観、さらにストア派の語る世界に内在する創世原理と親近性が高いことは明瞭である。ロゴスは「一」なる神の知性として、存在の本源である神の善性と、神による世界の創造と支配という行為とを媒介するものとして位置づけられている。

コウルリッジはまた、一八一六年のプライス宛ての書簡で、「至高の存在」である神と「ロゴス」との間の「他であると同時に同一である」という関係性について、プラトンとフィロンに言及しつつ語っている。

神の位格の本質的意味についての考察からプラトンとフィロンは「他であると同時に同一である神」の必然性を導きだしたのだ。十全な、すなわち実在するイデアの想念は、「至高の存在」から自らを分ける属性をもつ。「至高の存在」の思考は、ものに先立ち、ものの実体であり、すなわち創造するものである。

（*CL* 4: 632）

「至高の存在」――すなわち「一」なるものであり、神と言ってもよい存在――が思考することによって「イデア」を生み出したとき、イデアは、「至高の存在」とは区別されるものとなる。「至高の存在」が思考することによって生み出したイデアは、この世の被造物に先在し、被造物の実体となっていく。至高の存在は「イデア」を生み出すことによって万物を創造するのである。イデアの総体は神のロゴス（＝理性）である。ロゴスは神の思考であり、思考し生み出したもの、すなわち神から流出したものであるが、流出したものである点において、神と同じ存在ではない。コウルリッジはこのロゴスを「他であると同時に同一である神」と呼んでいる。この議論が三位一体論における「父」と「子（ロゴス）」との関係性を考えているものであることは明瞭であろう。フィロンは「夢について」(On the Dream) の中で、神を知ろうとする者について述べている。

［神という］一つの同じ単語が二つの異なるものに使われているように見えるだろう。その一つは神のロゴスであり、もう一つは、ロゴスに先立つ神である。知恵の導きによって外から神のロゴスのもとへやってきた者は、そうすることで、神のロゴスのうちに神の仕事のすべての成就を知る。しかし神のロゴスのうちに場を得たからといって、その者は神のまさに本質にあるものに現に到達するわけではない。そうではなく、ただ神を遠くから見ることになるのだ。いやむしろ遠くからでさえも、神を観想することはできないのである。その者が見ることのすべては、神がすべての創造から遠く離れており、神を理解することは、すべての人間の思考力からは遠く離れているのだという隠しようのない事実なのである。(§§65–66; 331)（［　］内筆者）

神と神のロゴスは、人間の側からは区別することがむずかしい。しかし、至高の神は、ロゴスに先立つ存在である。人間が見ることができるのは、神がロゴスによって創造した被造物としての世界である。人は世界を通して、ロゴスを知ることができる。しかし、それは神を直接知ることとは異なる。ロゴスを知ることと、神という存在そのものを知ることは異なるのである。フィロンはプラトン哲学の伝統の中にいるが、同時に敬虔なユダヤ教徒であった。ユダヤ教において神の力は人の力をはるかに凌駕し、人間の力では見ることも知ることもできない存在である。神のロゴスは、神が存在することを指し示す、神に最も近い存在であるが、神そのものではない。フィロンは、「至高の存在」としての神と、この世界の創造の原理となったロゴスとは、明確に異なるものであると語る。フィロン思想において、ロゴスが「一」なるものから流出したものであり、この世界の創造原理となったと語られるとき、それはギリシャ哲学起源であると考えられる。一方で、存在の根源としての神とロゴスは、あくまでも異なるものであり、ロゴスが超越的神を指し示す第二の神として語られている点は、ユダヤ教の伝統に根ざすものであると考えられる。フィロンのロゴス論が整合的なものと言えるかどうかは議論の余地のあるところだが、このような重層的、折衷的思想が「ヨハネ序文」のロゴスの語義を形成していた可能性を知ることは重要である。いやむしろ、不整合な複数の語義がロゴスに流れ込んでいたことにこそ、留意すべきであろう。

コウルリッジは、フィロンによるユダヤ思想とギリシャ思想の融合に関連して、以下のように述べている。

> 人を、見かけではなく、事物の真理に導く力は、ヘブライの学者たちの中でも最も信頼できる人々によって、生きた実体のある神のロゴスとみなされ、そのように称されています。ギリシャの最も古く、最も深遠な思想をもった哲学者たちは、彼らの教義を、主として「神から手渡された知恵」、すなわち神の息吹に由来する伝統的な知恵として認めるよう要求し、これらの人々は、その力のことを「摂理を実現するロゴスを通じて、永遠に生き続ける火」[16]と呼びました。そして彼らが、ロゴスを、単なる属性や性質ではなく、また抽象の様式でもなく、また擬人化でもなく、文字通り、神秘的にも、「他であるが同じである神」(Deus alter et idem [God the other yet the same]) として語るとき、彼らを研究するフィロンとまったく同じように明確に語っていたのです。(*LS* 95)

ヘラクレイトス以来のギリシャ哲学で語られている神の摂理を実現するロゴスは、フィロンの語るロゴスと同じものである。そしてそれは、「一」なる神に対して「他であるが同じである神」であるとコウルリッジは結論する。コウルリッジはフィロンとの対話を通して、「ヨハネ福音書」序文における受肉した神のロゴスの意味を考えようとしている。以上のことをまとめてみるならば以下のようになるだろう。第一に、ロゴスは「一」なる神から流出したものである。神を「一」という数字で表すことは、すなわち、神は分割できないものであるとともに、また人には理解することも形容することもできない超越的な存在であることを意味する。ロゴスは「一」なる神の思考であるとともに、思考とともに神が生み出すイデアである。ロゴスは神の思考であり、神の生み出したイデアであるという点において、神と統一を成す。第二に、ロゴスは存在の根源としての神から流出してきたものであって実体をもつ。ロゴスは世界創造の原理であると同時に、創造した世界を支配する。神の世界創造と支配を実現するものとして、ロゴスは存在の根源としての神とは区別される存在である。第三として、人間は、神によって創られた世界に内在する原理としてロゴスを知ることができるが、ロゴスの根源である神そのものを知ることはできない。このようなロゴス観が「ヨハネ福音書序文」のロゴスの語の背景にあるとコウルリッジは見ていると言ってよいであろう。

さらにフィロンのロゴス観の背景に、ユダヤ教の知恵文学のあることを指摘しておかなければならない。ドッドは、上記のように、「ヨハネ福音書序文」のロゴスが「ユダヤの著作者たちにおいては知恵ということばの意味するものと重なる」と語っている。またブルトマンは彼の大作『ヨハネの福音書』の中で「すでに旧約に現れる知恵という存在は、ヨハネ序文のロゴスという存在と類縁的であるように見える。（中略）知恵は先在しており、創造に際して神の仲間である」(62–63) と述べている。コウルリッジもまた、アイヒホルンが『旧約聖書外典』において「後期ユダヤ教徒たちの間ではロゴスは一般に人格化した知恵のことであった」と書いたことへ反応して、フィロンからプロクロスにいたるアレクサンドリアの哲学者たちの著作において、ロゴスが「人格化した知恵」と考えられていたことを指摘している (CM 2: 433)。フィロンは、創世において知（知恵）が果たした役割を神話的に語っている。

この宇宙の創り主は、（中略）生み出されたものの父であったが、一方母は創り主が持っていた知であった。神は自分の知と、人間がそうするようにではなかったが、結合し、被造物を生んだ。そして知は、神の種子を受け取り、産褥の終わりに（中略）愛する独り子を産んだ。この子が我々の見ている世界である。こうして神の息が吹き込まれた人びとが書いたものにおいては、知恵 (wisdom) は自分のことを以下のように語っていると言われるのである。「神はすべての御業の最初にわたしを得られた。いにしえの御業に先立ってわたしを造られた」（「箴言」八・二二）。(Drunkenness §§30–31; 333–34)

旧約の「知恵」が、ロゴス概念と重ねあわされていることがわかる。旧約外典「知恵の書」(The Book of Wisdom)（別名「ソロモンの知恵」(The Wisdom of Solomon)）には以下のようにある。

存在するものについての正しい知識を、
神はわたしに授けられた。[17]
宇宙の秩序、元素の働きをわたしは知り、
時の始めと終わりと中間と、（中略）
隠れたことも、あらわなこともわたしは知った。
万物の制作者、知恵に教えられたからである。（中略）
知恵は神の力の息吹、
全能者の栄光から発する純粋な輝きであるから、

汚れたものは何一つその中に入り込まない。
知恵は永遠の光の反映、
神の働きを映す曇りのない鏡、
神の善の姿である。（七・一七―二六）

知恵は、神の働きを映し、この世を生み出すものである。旧約、知恵文学における知恵と重ねあわされたとき、ロゴス概念は、抽象概念であることを越え、生きた姿をもち、人に語りかけるものとして立ち現れてくる。フィロンの時代のロゴス概念は、旧約の知恵と重ねあわされて、このように生きた姿をもっていたのである。

おわりに　コウルリッジと福音書

では、コウルリッジ自身は、ロゴスをどう定義するであろうか。一八二六年七月のエドワード・コウルリッジ(Edward Coleridge) 宛ての書簡には、ロゴスとは「可視ならびに不可視の存在すべてにおける至高の実在、唯一の真なる存在！そのものの内においてのみ神が世界を愛する流出 (the Pleroma)」であると述べている (CL 6: 600)。彼が神のロゴスをこのように定義するにいたった経緯、また彼が神のロゴスと地上のイエスとの関係性をどのように考えたか、彼自身にとってイエス・キリストとはいかなる存在であったか等々を論じるには、さらに詳しくコウルリッジの言説をたどる必要があるが、既に紙面が尽きている。

本論で考えてきたことは、コウルリッジの聖書解釈の姿勢である。彼は近代聖書学の先駆けと言えるグループに属しており、聖書を歴史的テキストと見て、テキストの成立過程や言葉の意味を合理的にたどろうとした。しかし、プリーストリーのように、自身の時代における合理的精神によって、聖書テキストや、また古代から近代にいたる聖書解釈、あるいはキリスト教信仰のあり方を評価、断罪しようとはしなかった。そうではなく、「ヨハネ福音書」に関して言えば、彼は自分の視点を福音書成立期の紀元一世紀に置き換える。その上で、当時の時代背景に基づいて、言葉の意味をたどり直す。ロゴスに関して言うならば、紀元前後に生きたフィロンの用いるロゴスの語の背景に広がる豊かな精神世界に目を凝らす。フィロン思想にはギリシャ哲学とユダヤ教信仰が合流している。さらに哲学、神学に限定されることなく、当時のユダヤ教徒の想像力を支えたであろう知恵文学も流れ込む。[18] そして、フィロンと同様の文化的背景をもつ「ヨハネ福音書」の書記者と読者がこのテキストをもとに、いかなる想像力を広げ、どのような世界観を創っていたかを見ているのである。彼にとって「聖書とは聖書テキスト自体が反映しうるもののことであり、信仰の鏡である」(*CM* 2: 423)。「信仰の鏡」として聖書というテキストを見るとき、福音に描かれているイエスをめぐる出来事が歴史的事実であったか否かということは、問題の中心からはずれる。問題とされるのは、福音という象徴的テキストを著すことによって、聖書書記者がいかなる存在を描こうとし、いかなる信仰を表現しようとしたのか、ということである。そういった視点で読むことは、聖書を読み継いできたキリスト者たちが、時代を経る中で、聖書テキストに何を読み、何を想像し、何を信仰の対象としてきたのかを読み取ろうとすることにつながっていく。コウルリッジが問題の中心に据えるのは、時代、時代の信仰者の現存在的なあり方である。もし聖書に真実性 (verity) というものがあるとすれば、それは書記者と読者の、信仰ひいては存在そのものの内にこそあるのだということを、コウルリッジは示唆している。

注

（1）大貫隆・佐藤研編『イエス研究史——古代から現代まで』三頁を参照。

（2）『ロゴソフィア』構想に関しては、たとえば、*CL* 4: 589–90 を参照。

（3）ブルトマンの『新約聖書神学』を参照。

（4）高等批評は上層批評ともいう。聖書研究上の立場の一つ。写本などの研究から、失われた聖書の原本を回復する本文批評（下層批評）を前提として、聖書の各書の性質、著者、著作年代、場所、著作方法、原資料、社会条件などを文学的かつ歴史的に研究する立場。J・ウェルハウゼン、F・バウルなどを中心に一八〜一九世紀に盛んになった（『ブリタニカ国際大百科事典』kotobank.jp）。

（5）*Einleitung in das Neue Testament*. 3 vols. Leipzig 1804, 1810–11, 1812–14.

（6）「ヘブル人福音書」は明確に特定することがむずかしいが、教文館『聖書外典偽典』シリーズでは、「ヘブル人福音書」「エビオン人福音書」（第六巻）、「ナザレ人福音書」（別巻補遺Ⅱ）について説明されている。これら三つはこのシリーズにおいて区別されているが、「ヘブル人福音書」の起源は不明であるとされている（第六巻五七）。「エビオン人福音書」については、「この福音書はマタイによるものとされ、また『ヘブル人による福音書』とも呼ばれていた」（第六巻四七）と説明されている。また「ナザレ人福音書」に関しては、荒井献が、ヒエロニムスが「ヘブル人福音書」と「ナザレ人福音書」を同一視していたことに触れている（別巻補遺Ⅱ二一）。

大貫隆は『原始キリスト教の「贖罪信仰」の起源と変容』において、エピファニオスの『薬籠』におけるナゾラ派とエビオン派についての叙述に言及し、「両派ともにマタイ福音書のみを用いているが、エビオン派は処女降誕物語を削除して洗礼者ヨハネの登場から始まる形に改竄し（XXX一三6、一四3）、それを『ヘブル人による福音書』と呼んでいる（XXX三7、一三2他）。イエスはヨセフとマリアから生まれた普通の人間であることになる。」（九五—九六）と解説している。大貫は、ナゾラ派とエビオン派を原始キリスト教会におけるユダヤ主義キリスト教、特にイエスの兄弟ヤコブを中心とする教団の系譜に属するものと考えている（「ヤコブの救済論＝律法の実行による救い」八八—一一一）。

（7）訳は『聖書　新共同訳——旧約聖書続編つき』を参考にしている。

（8）*CM* 2: 436n を参照。

（9）プリーストリーが強調する古代ユニテリアン派に関して、コウルリッジは『ノートブック』においても、「古くて率直にして単純な原始キリスト教徒、キリスト凡夫論者たち (the old plain simple Primitive Christians, Ψιλανθροπists [=psilanthropists])」という言い方で言及している (*CN* 3: 3964)。

（10）グノーシス的傾向をもっていたと言われる「マルキオン福音書」は断片的にしか残されていない。

(11) 例えば、*CN* 2: 2445の三位一体論とプラトン主義教父への言及、CN3: 3964のアリウス主義への言及など。その他エイレナイオス、テルトゥリアヌス、オリゲネス、アタナシウス、アウグスティヌスなど、多数の古代教父たちへの言及が見られる。

(12)『ノートブック』の注釈者であるキャサリン・コウバーンによれば、「キリスト論学者」(Christologist) はプリーストリーを指している (*CN* 2: 2444n)。

(13) この一節はコウルリッジによる三位一体論表明の初出であると考えられている。Cf. *CN* 2: 2444n.

(14) 三位一体論とは「父と子と聖霊」は三つの位格としては異なるものであるが、どれも同じ神の本質をもつものであるというキリスト教の教義であり、キリスト教において、イエス・キリストが神であるとする考え方の根幹をなすものである。

(15) 先に書いたように、プリーストリーはこの受肉の教義を非合理として論難した。

(16)『平信徒の説教 (*Lay Sermons*)』の編者は、コウルリッジが、アレクサンドリアのクレメンスの『ストロマテイス』から、ヘラクレイトスが「永遠に生き続ける火」について語っていることを知った可能性を示唆している (95n)。クレメンスは『ストロマテイス』において以下のように述べている。「つまり彼［ヘラクレイトス］は意味的に、次のようなことを語っているわけである。火は、すべてを治めるロゴスと神とにより、大気を経て水に変容する。この水とは世界秩序の種子とも言うべきものであり、これを彼は〈海〉と呼ぶ。この種子から再び大地、天、そしてそれらを取り囲むものが生じるのである。」(『ストロマテイス（綴織）Ⅱ』一〇三―〇四)（［　］内筆者）

(17)「知恵の書」における語り手の「わたし」とは、古代ユダヤの王、ソロモンに擬された人物である。

(18)「ヨハネ福音書序文」の背景に関しては、グノーシス主義の救済神話の影響を、プリーストリーがすでに指摘している (*Corruptions*, vol 1, 11-12)。ブルトマンもこの点を指摘しており (『ヨハネの福音書』六七)、二一世紀の現代に至るまで大きな議論を呼んでいる。コウルリッジは、「私はグノーシス主義者の著作すべてが消滅したことは、教会文学の最大の喪失であるとみなしている」(*CM* 5: 624) と記し、グノーシス主義が異端とされ、文献が残されてこなかったことによって、教会文学における文学的想像力が大きく損なわれたことを憂いている。

引用文献

Coleridge, Samuel Taylor. *Collected Letters of Samuel Taylor Coleridge*, edited by Earl Leslie Griggs, Clarendon Press, 1956–1971. 6 vols. (*CL*)

——. *The Complete Poetical Works of Samuel Taylor Coleridge*, vol. 1 in 2 vols, edited by Ernest Hartley Coleridge, Oxford UP, Reprinted 2000. (*PW*)

——. *Lay Sermons*, edited by R. J. White, Princeton UP, 1972. (*LS*)

——. *Lectures 1818–1819 On the History of Philosophy*, edited by J. R. de J. Jackson, Princeton UP, 2000. 2 vols. (*LHP*)

——. *Marginalia* vol. 2 in 6 vols, edited by George Whalley, Princeton UP, 1984; vol. 5, edited by H. J. Jackson and George Whalley, Princeton UP, 2000. (*CM*)

——. *The Notebooks of Samuel Taylor Coleridge*, edited by Kathleen Coburn, Princeton UP, 1957–2002. 5 vols (each in 2 parts). (*CN*)

——. *Opus Maximum*, edited by Thomas McFarland, Princeton UP, 2002. (*OM*)

Dodd. C. H. *The Interpretation of the Fourth Gospel*, Cambridge UP, 1953.

Philo. “On the Cherubim, the Flaming Sword, and Cain”, The Loeb Classical Library *Philo*, vol. 2 in 10 vols, translated by F. H. Colson & G. H. Whitaker, Harvard UP, 1929. 1–85.

——. “On Dreams, That They are God-sent”, The Loeb Classical Library *Philo*, vol. 5, translated by F. H. Colson & G. H. Whitaker, Harvard UP, 1934. 283–579.

——. “On Drunkenness”, The Loeb Classical Library *Philo*, vol. 3, translated by F. H. Colson & G. H. Whitaker, Harvard UP, 1930. 307–435.

Priestley, Joseph. *An History of the Corruptions of Christianity*, J. Johnson, 1782. 2 vols.

——. *A History of Early Opinions Concerning Jesus Christ. Compiled From Original Writers; Proving That The Christian Church Was At First Unitarian*, vol. 1, J. Johnson, 1786.

Shaffer, E. S. *‘Kubla Khan’ and the Fall of Jerusalem: The Mythological School in Biblical Criticism and Secular Literature 1770–*

1880, Cambridge UP, 1975.

Schofield, Robert E. *The Enlightened Joseph Priestley: A Study of His Life and Work from 1773 to 1804*, Pennsylvania State UP, 2004.

大貫隆『原始キリスト教の「贖罪信仰」の起源と変容』ヨベル社、二〇二三年。

大貫隆・佐藤研編『イエス研究史——古代から現代まで』日本基督教団出版局、一九九八年。

共同訳聖書実行委員会編『聖書　新共同訳—旧約聖書続編つき』日本聖書協会、一九八七、八八年。

クレメンス『アレクサンドリアのクレメンス2　ストロマテイス（綴織）Ⅱ』（キリスト教教父著作集4/II）、秋山学訳、教文館、二〇一八年。

シュトラウス、D・F『イエスの生涯』岩波哲男訳、教文館、一九九六年、全二巻。

日本聖書学研究所編『聖書外典偽典』教文館、一九七五—二〇一一年、全九巻。

ブルトマン、ルドルフ『ブルトマン著作集3・4・5　新約聖書神学Ⅰ・Ⅱ・Ⅲ』川端純四郎訳、新教出版社、一九六三、一九六六、一九八〇年、全三巻。

——『ヨハネの福音書』杉原助訳、大貫隆解説、日本キリスト教団出版局、二〇〇五年。

2 アイデンティティの危機に直面するカトリック教徒たち
――デイヴィッド・ロッジ『どこまで行けるか』と現代のカトリック小説

常名　朗央

はじめに

一九世紀後半から二〇世紀前半にかけていわゆる「カトリック小説」というものが存在した。イギリスではグレアム・グリーン (Graham Greene, 1904–91) やイーヴリン・ウォー (Arthur Evelyn St. John Waugh, 1903–66)、フランスではフランソワ・モーリアック (François Mauriac, 1885–1970) の名が真っ先に上げられる。(1) 彼らの小説には、カトリックにおける地獄の存在や、罪の意識に苛まれて悔悛し時には救済されて天国に行く主人公たちの姿がある。イギリスでは、これらの二〇世紀カトリック文学はカトリックの正当性と地位復権を求めた。(2)

第二次大戦後、急速な価値観の変化が原因で、イギリスのカトリック教徒は戦後の慢性的な不況と同様の苦難を味わうこととなった。教会と庶民（信徒）との関係性は徐々に希薄になり、カトリックの教義に従っていれば心の平安を得られた一般信徒たちにとって、救いとなる存在を見失うことは自身のアイデンティティを無くすという危機に直面することを意味した。つまり、カトリックの教義だけでは人々の心を繋ぎ留め、さらに平穏を約束するには限界があったことが考えられる。

その代わりに、カトリック小説は別の姿に変貌した。(3) その代表格がイギリスの文学者兼小説家のデイヴィッド・ロッジ (David Lodge, 1935–) である。ロッジは、時代の変化とヴァチカンの産児制限に関する回勅に翻弄されながら、カトリック教徒として生きる若者達を扱い、現代イギリス社会をリアリスティックに、時にはコミカルに描写した。ロッジの九〇年代までに執筆された作品を観察すると、『大英博物館が倒れる』(*The British Museum is Falling down*, 1965)や『どこまで行けるか』(*How Far Can You Go?*, 1980)、などに代表される「カトリック小説」と、『交換教授』(*Changing Places*, 1975)、『小さな世界』(*Small World*, 1984)、『素敵な仕事』(*Nice Work*, 1988)の三部作、いわゆる「キャンパス・ノベル（大学小説）」の二種類に分類される。前者は時代の変化に翻弄されるカトリック信徒たちを描き、後者は大学教師や、広いようで狭い文学界を皮肉交じりに描いている。[4] ロッジのキャリアの半分は上記の二つのテーマに絞られるが、いずれもカトリック教徒としての自己が強く投影されている。

本論はロッジの出自にも大きく関係しているカトリックを題材にした『どこまで行けるか』を取り上げる。ロッジは、そうしたイギリスのカトリック教徒の不安と危機を、五〇～七〇年代に生きた若者たちを主人公にした風俗小説にて生々しく描き切った。

同時に、ロッジが『わがジョイス』で述べたように、多大な影響を受けたジェイムズ・ジョイス(James Joyce, 1882–1941)との関連性を考察しながら、ジョイスとロッジとのカトリック小説の捉え方について論ずる。

一　文学者・小説家、デイヴィッド・ロッジ

ロッジの簡単な経歴は以下の通りである。一九三五年ロンドン生まれ。父は音楽家で祖母はユダヤ人であった。母はアイルランド人とベルギー人との間に生まれ、カトリック教徒として育てられた。ロンドン大学で英文学を学び、一九五五～五七年に徴兵制のため陸軍に入隊。一九六〇年からバーミンガム大学英文学科で教鞭をとり、一九八七年に退職するまで大学教授と作家を兼任した。その間、一九六四年には奨学金を得てアメリカに留学し、その時の体験が後のキャンパス・ノベルを執筆する契機となる。

作家のキャリアとしては、一作目『映画ファン』(*The Picturegoers*, 1960)、二作目『赤毛よ、おまえは阿呆だ』(*Ginger, You're Barmy*, 1962)[5]があるが、作者の言葉を借りればこれらの二作品は"serious realistic novels"であり、リアリズムを追求した内容となっている。[6]三作目にて、ロッジは自身のキャリアに新たな側面を加えた『大英博物館が倒れる』を発表する。自身の大学時代の体験を基にしたとされるこの作品で、ロッジはコメディ作家としての才能を開花させたと言われてる。その才能に気づいたのはロッジと同じく作家で大学教授であったマルカム・ブラッドベリ (Malcolm Bradbury, 1932–2000) であり、共作『四つの壁に囲まれて』(*Between These Four Walls*, 1963) は、ロッジの風刺精神を覚醒させたと言われている。[7]

『大英博物館が倒れる』はロッジが始めて手がけたコミック・ノベルである。三人の子持ちで英文学専攻の大学院生アダム・アップルビー (Adam Appleby) は、妻に四人目が出来たかもしれないと言われ苦悩する。オンボロのスクーターに乗って大英博物館へ向かい論文執筆の準備をするというアダムの一日が描かれる。この作品の主題は、カトリック教徒としての避妊の是非であり、その真面目ではあるが卑猥な内容をロッジは多くのパロディで浄化して、アダムの悲喜こもごもをコミカルに描いた。ロッジは『小説の技巧』でコミック・ノベルに必要なのは「文体」と「シチュエーション」であるとし、[8]『大英博物館が倒れる』にてジョイスやグレアム・グリーンの文体模倣 (pastiche) やパロディを繰り返し用いた。さらに、ロッジの小説では視点が巧みに誘導される。特に第四章ではストーリー展開が一人称から急に三人称へと変化し、アダムの視点から全体の状況を俯瞰で観察する視点へと変わる。コミック・ノベルに必要なテクニックをこれでもかと駆使している。

二　『どこまで行けるか』

コミック・ノベルとしての『大英博物館が倒れる』と『どこまで行けるか』であるが、両作品に共通するのは一九六二年の第二ヴァチカン公会議による回勅の存在である。『どこまで行けるか』第四章冒頭にて、作者ロッジは語り手兼解説委員となり、ヴァチカンの回勅とその結果、さらに社会に与えた影響に関して大演説を行う。その前口上というべき出だしはコミカルで深刻さを感じさせない。カトリック教徒にとってのこの「残念な結果」をむしろ笑い飛ばしているようだ。

一九六〇年代のある時点で、地獄はなくなった。（中略）地獄とは、もちろん、ローマ・カトリック教徒のいう伝統的な地獄、つまり、不運にも大罪を犯した状態で死んだら永劫に業火に身を焼かれる場所である。概していうと、地獄がなくなって、みな大いにほっとした。もっとも、そのため新しい問題が生まれたけれども。

一九六八年、世界じゅうで連鎖反応のように大学紛争が起こり、ソ連がチェコに侵攻し、ロバート・ケネディが暗殺され、公民権運動がアルスターではじまった。しかしながら、ローマ・カトリック教徒にとって（アルスターのローマ・カトリックにとってさえ）、その年の最大の事件は、法王が七月二十九日に、みなの長いあいだ待ち望んでいた産児制限に関する回勅、『フマーネ・ヴィテ』が出されたことであるのに間違いない。そのメッセージは―何も変わらない、だった。[9]

ここで作者は公会議には全く関係のない社会的事件を同時に語っている。本作で作者が介入する場面は多いが、宗教史のみが社会の出来事ではないことを暗に訴えたかったのではないか。そして登場人物達は、価値観が急激に変わる当時の時代に翻弄されながら、カトリックの教養無き世界へと放り出されるのである。そのような非情な世界を作者は現実の出来事を交えて表現したかったのだと推測される。

第二ヴァチカン公会議（一九六二―六五）について簡潔に説明すると、ヨハネ二三世が現代社会におけるカトリックの在り方、制度、教義を再検討する目的で開催された。現代化を推進する改革派と、プロテスタントに対抗した開かれたトレント公会議（一五四五—六三）以来の旧体制を支持する保守派との間で対立が生じた会議となった。教会の民主化や共産主義への対応について議論されたが、特に産児制限、性の在り方、神父の独身に関してはカトリックの青年たちの関心を集めた。会議の途中で亡くなったヨハネ二三世のあとを継いだパウロ六世は保守的な人物で、産児制限と神父の独身性に関してはこれまで通り何も変わらない旨が公表され会議は終了した。(10)

ヴァチカン公会議にカトリックの若者たちが翻弄される点で両作品は共通項があるが、登場人物の人数という決定的な違いがある。『大英博物館が倒れる』は、一人の主人公（アダム）の一日の様子が描かれたが、ロッジが著したカトリック小説の次回作と言える『どこまで行けるか』は、九人のカトリック教徒の若者と一人の神父が繰り出す二五年間の群像劇となっている。同じカトリック小説で、これほど登場人物の数に差異が生じるのは作者が意図的に仕組んだものだと考えられ、まず『大英博物館が倒れる』では、アダムという一人の人物の個人の物語を追いかけ、それも一日でストーリーは完結してしまう。つまり、あくまで一人のカトリック教徒の私的な物語である。それに対して、『どこまで行けるか』では全十人のカトリック教徒による二五年に渡るドラマになっている。神父を除いた九人は、同じ大学に通う学生たちであるが、卒業後の進路はそれぞれ違う。彼らはカトリック教徒としての戒律や規範を失いながら人生を歩んでいく。従って、この小説は信仰の拠り所を失った若者達が、一人のイングランド市民となって社会に出ていく様子を克明に記した記録となっている。(11)以下がその主なストーリーである。

一九五二年二月の早朝のある日、ミサのために一人の神父、九人の若い大学生の男女、あとは数人の年配の信者たちが教会を訪れる。ここから二五年に渡る物語が始まる。神父と若い男女たちは共にカトリック教徒であり、同じ大学に通う若者達と神学者故に教養は高い。後に分かるが若者達は皆ホワイトカラーの職務に就くことから比較的上流階級にいるのではないかと想像できる。そして、神父も含めて皆処女であり童貞であった。彼らは学問やスポーツに没頭し、教会主催のボランティアに参加することで飽くなき性欲を発散させていた。本作は、こうした若者達の半生を、性生活に重点を置いた克明な記録となっている。彼らの人生はカトリック教会の指針に翻弄され、新しい道を探し、あるいは無視をすることで乗り切る。

オースティン・ブライアリー神父（Father Austin Brierley）は九人の学生たちの指導司祭であった。自ら聖書研究サークルを主催し、毎週早朝ミサを行っていた良き聖職者であったが、第二ヴァチカン公会議の後は、神父以上に保守的であったエイドリアンと共に「開かれた教会を求めるカトリック教徒」（COC=Catholics for an Open Church）という進歩的な運動の先導者となる。カトリックのヒエラルキーに反発して、人間の行動を科学的に理解したいと大学で心理学を学ぼうと、聖書や神学書よりマルクスやフロイトに没頭するようになる。最後は還俗してデニスの不倫相手リンと結婚する。

エイドリアン（Adrian）は、眼鏡をかけ、いつ見ても同じギャバジンのレインコートを着用している地味な存在である。女の子にもてないから自分は学問に専念すべきと思っている。大学卒業後は軍隊に入隊して士官を目指すが思い通りにいかず、三年後除隊して故郷で市役所に勤める。婚姻活動を経てドロシー（Dorothy）と出会い結婚する。初体験のあと、エイドリアンは昔を思い出し、自分よりも大学での成績が悪かったデニスがアンジェラと結婚をして、自分はお世辞にも美人とは言えないドロシーと結婚したことに不条理を感じる。最後には神父と開いたCOCの代表になるがすぐに辞任して、「結婚再発見集会」（Marriage Encounter）という結婚生活を充実させる協会を立ち上げ、妻と熱心に活動する革新派となる。

ルース（Ruth）は眼鏡をかけたずんぐり体形の娘である。自分の体形にコンプレックスを持っており、よく見せたいと願っているが一六歳でその願いを放棄して、尼僧になり、カトリック教徒として一生を捧げることを誓い親は仰天する。卒業後一度は修道院に入るが、公会議後の修道院の改革を支持して、当時は進歩的であったアメリカ各地の修道院を巡礼の如く徨う。当地でカリスマ刷新（Charismatic Renewal）という前時代的な霊魂重視の信仰形態に出会い、本当の神との出会いを経験して安らぎを得る。

マイルズ(Miles)は上流階級出身で、身なりもよく、パブリックスクール出の改宗者。ミサに出席することを楽しんでいた。ケンブリッジ大学の歴史の教員になる。同性愛者であることを告白し、自分と教会との関係を模索するうち、黙想(retreat)で答えを見出そうとした際に同じ同性愛者の修道士と出会い共同生活を始める。彼の信仰は元々美的感覚と結びついていたので、公会議以降カトリックが制度的にリベラル化していくにつれ、今やカトリックよりも伝統的・保守的になった英国国教会に惹かれるようになり、再度改宗することになる。

デニス(Dennis)はがっちりとした体格の青年。アンジェラ(Angela)の気を引こうと早朝にミサに参加し、新約聖書研究サークルにいやいや参加している。後に妻となるフランス文学科のアンジェラは女子修道院を主席で卒業して奨学金で大学に入ってきたブロンド（清楚の象徴）美人。二人は性交渉に及ぶことなく一〇年の交際期間を経て、オースティン神父の祝福を得て結婚する。本作において最も登場する人物達であり、二〇年間に及ぶ、信仰と性生活のストーリーの中心となる。デニスは兵役のあとは一流企業に入り経済的に豊かな生活を謳歌するが、三人目の子供を事故で亡くし、四人目の子供はダウン症で生まれたことで夫婦の間に大きな亀裂が生じる。デニスは信仰心を無くし自分の会社の従業員と不倫関係に陥る。物語の終盤で二人はよりを戻すが、デニスは待遇の良い会社に転職し悠々自適な生活を送り、アンジェラは障害を持つ娘のために保護施設を設立するために資金集めに奔走する毎日を送る。

マイケル(Michael)は英文学専攻の学生。物語序盤の五二年当時では唯一自慰行為の経験があり、とにかく女の子のことばかり考えている。ある意味健全なのだが、自分はそれが異常であると認識していた。福音派教会所属のミリアムと結婚し、彼女は後にカトリックに改宗する。

ポリー(Polly)は英文学専攻、健康そうな頬と巻き毛で男を誘惑するDark Ladyである。物語序盤で自慰行為の経験有り。イタリアで行きずりの男と関係を持つなど性には奔放な性格である。ペンネームを使い雑誌に人生相談のコラムを書き、後に離婚歴のあるテレビマンの男性ジェレミーと結婚する。

エドワード (Edward) は、物語開始時は医学部一年生。卒業後はアフリカの僻地で医療活動をすることが希望であったが、兵役につきそのことは忘れてしまう。研修先の病院で看護婦見習いの女性と出会い結ばれる。二人の子供を授かり、後にトリノの聖骸布の熱心な研究者になる。

ヴァイオレット (Violet) は奇行と虚言癖の持ち主。苦行や善行をしたいという衝動に襲われ突飛な行動に走ることが多い。大学で知り合った担当教員と衝動的に恋仲になり、妊娠して結婚するが子供は流産してしまう。後に精神病院に入ることになる。

彼らはカトリック教徒として揃って不義を犯している。神父は信仰を捨て、デニスとアンジェラ夫妻は子供が障害児として生まれた故に神への不信感を募らせ、エイドリアンは人妻に恋慕し、ルースはカトリック信仰に疑問を持ち、マイルズは同性愛者であり、マイケルとポリーは自慰行為を行い、ヴァイオレットは不貞行為を繰り返す。唯一エドワードのみがカトリックの大罪に触れずにいたが、カトリックの奉仕の精神を忘れる。

これは、公会議の前後の年代で、カトリックの価値観が揺らいでいることを各登場人物の行動を通じて表現している。ホーソンの時代ならデニスやヴァイオレットは火あぶりに値する大罪であり、同性愛者のマイルズも同様である。このことは、後述するがロッジの小説の舞台である五〇～七〇年代は、ジョイスの時代と比べてカトリックの教義に異議を唱えることに抵抗感がなくなっていたのだ。

ロッジは彼ら一〇人の人生を、彼らの性生活を中心に著したが、[12] 彼らはカトリック教徒であること以外何ら特別なことはなく、我々と同じ人生を歩んでる。公会議後の大きな変化は、カトリック教徒たちが地獄に落ちる心配をする必要がなくなったことにある。各登場人物達は、キリスト教に正面から向き合い進歩的な活動に従事する者もいれば、成功して郊外に豪邸を建築する者もいる。仕事をして食事をして、信仰に生き、子供を育て、ラジオからはビートルズが流れる、そのような日常を過ごしていく。その様子を作者はコミカルに面白おかしく、だが時には悲壮感をもって描写する。カトリック教徒とは関係のない、人生の不条理が平等に彼らに与えられるのだ。

三　デイヴィッド・ロッジとジェイムズ・ジョイス

ロッジは、小説というのは単独で生まれるものでなく、他の作品から作られるということを強調していた。その原点にあるジョイスをロッジは青年期から熟読したと語っている。[13] ジョイスは二〇世紀最大の文学者と評されるが、モダニズムの旗手で、現代にも影響を与える「間テクスト性」(Intertextuality) の使い手であったことも良く知られている。「間テクスト性」とは、あるテクストに別のテクストを織り交ぜる手法で、別小説のパロディ、文体の模倣 (pastiche)、主題模倣、直接的引用等が用いられる。[14]『ユリシーズ』はあらゆるテクストを基にしたパロディで、さらに各章ごとに文体を変えている。特に古英語から二〇世紀の英語散文の文体史のパロディがそのまま一章を形成しているのもある。[15] ロッジの作品『大英博物館が倒れる』では、すべてが一日で完了するストーリーは『ユリシーズ』のブルームの一日であり、ジョイスやコンラッド、ヴァージニア・ウルフの文体を模倣していて、さらにエピローグはブルームの浮気妻モリーの独白をそのまま借用している。

ロッジがジョイスに傾倒した理由はまた別にある。母親がアイリッシュ系のカトリックであったので、ロッジもカトリック教徒として育った。戦後カトリック系のグラマースクールで中等教育を受けながら、「目に見えない現実的なカトリックの「ゲットー」の壁の内側で育った」(『わがジョイス』高儀　一三五）という意識が生まれた。ロッジは若い教師からジョイスの『若き芸術家の肖像』(*A Portrait of the Artist as a Young Man*, 1916) を勧められて、神父と修道士の訴えるカトリックの「罪と告解」を理解したという。ただし、その「罪と告解」は偏屈と言えるほどに脅迫的であり、終末論的な思想であった。しかしこれが第二ヴァチカン公会議以前のカトリック教徒の心を支配する考え方であった。

ロッジはこのカトリックの思想を逆手にとって『どこまで行けるか』を執筆した。『若き芸術家の肖像』で、ジョイスはカトリック教義についての解説を主人公のスティーブン・ディーダラスに委ねたりはしなかった。理解の乏しいカトリックでもアイリッシュでもない読者を置いてきぼりにする非情さを見せた。反対に、『どこまで行けるか』では、序盤で語り手＝ロッジは読者に向けてカトリック教徒に浸透している「蛇と梯子」(Snakes and Ladders) という双六[16]を例にとり、カトリックの天国と地獄の考え方、及び罪と告解について懇切丁寧に説明する。

話を前に進める前に、これらの若者がカトリック教徒として育てられ教育された間に身につけた形而上学あるいは世界観について説明しておくのは多分良い考えではなかろうか。彼らの場合、上には天国があり、下には地獄があったのである。ゲームの名前は「救い」で、地獄を避けて天国に達するのがその目的だった。「蛇と梯子」に似ていたのである。つまり、罪を犯せば地獄に一気に落ちるが、秘跡を授かったり、善い行いをしたり、みずから進んで苦行をしたりすると、明るいほうにまたよじ登って行かれたのだ。人がしたり考えたりすることはなんであれ、その精神的利害損失が問題となった。人がしたり考えたりすることは、善いことか悪いことか中立的なことのいずれかだった。悪を取り除き、中立的なものをできるだけ善に変えた者がこのゲームに勝つというわけだった。[17]

一般読者のための基本情報をロッジは自ら作品に登場して解説した。そこには、カトリックをコメディ小説のネタとして扱うだけの余裕がロッジにあり、社会もそれを許容していたといってよい。ロッジがジョイスと違って克明に説明したのは、素人読者への配慮と回勅に一般的社会性をもたせるためである。

ジョイスの時代とロッジのそれでは、社会が認識しているカトリックにどれほどの差があったのだろうか。ジョイスの時代、つまり二〇世紀初頭のアイルランドでは、教会は文化的にも道徳的にも大きな力を有していた。カトリックは文学的想像力を働かせる行為に嫌悪感を抱いていた。ジョイスが芸術家として飛躍するには、アイルランド文芸復興に参加してケルト語復興を掲げる運動に加わる方法があったが、もとよりジョイスには興味のない内容であった。ジョイスは芸術に生きるために、実際にカトリック教会とアイルランドと決別する意思があったが、その決意は『若き芸術家の肖像』で主人公スティーブン・ディーダラスが体現することになる。だが、ロッジの時代（四〇〜五〇年代）のイングランドでは、カトリックを捨てるのにそれほどの決意や勇気はいらなかった。社会の変革でカトリックの求心力が低下していったことも原因として考えられる。だがその反面、西欧の自由な価値観に反して、神と対峙して規範を重んじるカトリック教義に傾倒していったグリーンやウォーのように、カトリックに改宗した作家が生まれ、その影響でモーリアックが大陸でカトリック文学を育んだことは皮肉である。

ロッジが入学したロンドン大学は、神の規範を持たない多元的な集団社会であった。カトリックであることはマイノリティの一つに過ぎなかったが、ロッジ自身がカトリックであることは、今後のジョイス研究に大きな利点になると感じていた。ロンドン大学英文科では大学の三年になるまで現代小説を読む機会が与えられず、ロッジは最終学年になってようやく『ユリシーズ』を読む決意を固めたという。一九五五年のイギリスの公共図書館では、『ユリシーズ』はアカデミックな研究以外では読むことが許されなかったという。「倒錯した性行為をつぶさにあらわに描いた唯一のものであった」（高儀『わがジョイス』一三九）からだ。そして、ロッジは『ユリシーズ』を、構成力、引喩の多用、文体を自在に操る妙技に感心して、そして、「現実を模倣する力」と人間の全生活が作品にあると激賞した。

ジョイスは、芸術を嫌悪するカトリックから解放されて芸術家（作家）として大成することを目標に『若き芸術家の肖像』の主人公スティーブン・ディーダラスを生み出し、そこに自己を投影した。そして、ロッジは『大英博物館が倒れる』で、カトリックが掲げる産児制限の是非に悩む主人公アダム・アップルビーを生み出した。両作品は、カトリック教徒として苦悩する若き主人公の存在という点で共通しているが、ロッジは文体模倣やパロディを用いてジョイスの手法に近づく一方で、イギリス人の日常を描写した風俗小説を主題にした新しい戦後のカトリック文学を創造したのである。

そして、主人公を一〇人と増やし、イギリスの日常を多方面から描写した群像劇が『どこまで行けるか』である。ジョイスの時代とは異なり、若者達はカトリックと対立するための決意表明をする必要がなかった。直接的には宗教的束縛を受けないが、規範を失った者たちは日常生活の中で自己のアイデンティティを模索する。語り手であるロッジは「現実を模倣する力」を駆使して彼らの動向を追っていった。「倒錯した性行為をつぶさに」表現するために若者達の性事情が赤裸々に紹介される。序盤にてマイケルは意識下でマスターベーションは大罪かとミサの最中に思い悩み、実際に盛大に勃起してしまう。ポリーが全裸で全身にジャムやチョコレートを塗って夫になめさせたりする場面や、ヴァイオレットの指導教授が講義中に自分の性器を握っていた様子などが細部にわたって描かれる。性的場面の多用はジョイスへのオマージュである。異なるのは二〇世紀初頭よりもカトリックへの向き合い方が寛容になっていることだけで、既成の考え方から解放された人間も、常に日常の苦悩は絶えないことでは共通している。ロッジはこのように、価値観の喪失を体験したカトリック教徒を題材にしながら、イギリス社会全体の話へと昇華させていったのだ。

イングランド的といえる「コミック・ノベル」は外国での評価は必ずしも良いとは言えない。社会の不条理や絶望を「笑いの小説」で浄化してしまう態度は、時には不謹慎に思われてしまうことも原因だろう。さらに、現実と向き合う姿勢が欠如しているともいえる。但し、イギリス人は社会をシニカルな目で観察して分析する能力に長けている。ロッジはそうした皮肉な視点で価値体系の失いつつあるイギリス社会に向け、『どこまで行けるか』という長編小説で独自のリアリズムを展開して見せたのだ。

おわりに

この小説にはっきりとした結末は用意されていない。一〇人のカトリック教徒達のその後を報告し終えて物語は完結する。最後には語り手＝ロッジは、法王（教皇）が代わった経緯を紹介して読者に別れを告げる。ここでロッジは作者の介入を見せるが、時にリアリズムの欠如を誘発するこの手法を作者は最後にまとめとして取り入れた。[18]

……ヨハネ・パウロ二世が後を継いだ。彼はこの四百五十年間ではじめてのイタリア人でない法王である。彼はポーランド人で、詩人で、哲学者で、語学者で、庶民の見方で、歴史を動かすほどの人物で、ドラマもかくやという形で法王に選ばれ、たちまち人気を博した。しかし神学的には保守的である。変革は行き過ぎたと考えている法王を、変わりゆく教会は歓迎している。これから、どうなるのであろう？　あれこれ憶測しても空しい。一寸先は闇だ。が、事態の推移を見守るのは面白かろう。さようなら、読者諸賢！[19]

カトリックの若者達の二五年間は当然フィクションであるが、読者に彼らの生活と歴史はまだまだ続くことを暗示させるために、作者は最後に作品介入をした。最後を切り取って後口上を述べることで、彼らの性生活を含む日常は普遍的なもので、イギリスのどの地域にも起こりうる些末な出来事の連続であることを仄めかした。従って、作者はこの長編を最後に突き放し、フィクションであることを敢えて強調することで、特別な世界であることを放棄させたのだ。コミック・ノベルの達人たるロッジが見せた小説手法と言える。カトリック教徒を題材にしたジョイスに傾倒したロッジはコミック・ノベルという手法を取り入れて、新しいカトリック小説に挑戦した。

テクスト

David Lodge, *How Far Can You Go?* Vintage Digital, 2012.
デイヴィッド・ロッジ『どこまで行けるか』高儀進訳、白水社、一九八四年。

注

（1）グリーンの『権力と栄光』(*The Power and the Glory*, 1940) における堕落したウイスキー神父の苦悩が、ウォーの『回想のブライズヘッド』(*Brideshead Revisited*, 1945) ではチャールズ・ライダーが人生への迷いからカトリックに改宗しようとする描写が見られ、そしてモーリアックの『テレーズ・デスケルウ』(*Therese Desqueyroux*, 1927) では、カトリック教徒として、テレーズは男女の肉欲の問題に正面から向き合っている。
（2）『青木雄造著作集』（小池滋他編、南雲堂、一九八六年）一一〇。
（3）『快楽としての読書［海外編］』（丸谷才一、ちくま文庫、二〇一二年）二六五。
（4）ロッジの一連のキャンパス・ノベルでは、ストーリーが虚構に過ぎないと皮肉交じりに作者が読者に訴えかけるメタフィクションの手法が多用されている。ロッジは『小説の技巧』（柴田元幸・斎藤兆史訳、白水社、一九九七年）「メタフィクション」二七七―七九にて持論を展開している。
（5）ロッジの初期の二作品は翻訳出版されていない。従って和訳の題名が定まっておらず、ここでは『小さな世界』（デイヴィッド・ロッジ、高儀進訳、白水社、一九八六年）の「訳者あとがき」の表記で統一する。
（6）「David Lodge の新作 *How Far Can You Go?*」（高儀進、教養諸学研究（通号六七―六九）、一九八二年）四三一。
（7）『イギリスのカトリック文芸復興』「世俗社会の中のカトリック小説――新しいカトリック小説の形――デイヴィッド・ロ

ッジの『どこまで行けるか』とカトリックゲットー社会――」（野谷啓二、南窓社、一九八九年）七〇。
（8）『小説の技巧』「コミック・ノベル」一五二―五七。
（9）『どこまで行けるか』一六六。『フマーネ・ヴィテ』（*HUMANAE VITAE*、「人間の生命の」を意味する）とは、教皇（法王）パウロ六世によって出された回勅（教皇によって全世界のカトリック司教に宛てて発表される公文書、カトリック教徒の行動指針が述べられるが法的拘束力はない）のこと。
（10）第二ヴァチカン公会議に関しては、『イギリスのカトリック文芸復興』の解説を参考にした。
（11）『どこまでいけるか』は七章に分けられている。以下のようなタイトルが付けられているが、人物達の人生の軌跡をたどる体裁をとっている。

1. How it Was（いかなる具合であったか）
2. How They Lost Their Virginities（いかにして彼らは童貞・処女を失ったか）
3. How Things Began to Change（いかにして事態は変わりはじめたか）
4. How They Lost the Fear of Hell（いかにして彼らは地獄に対する恐怖心を失ったか）
5. How They Broke Out, Away, Down, Up, Through, Etc.（いかにして彼らは自由になり、独立し、挫折し、離れ、切り抜けたか）
6. How They Dealt with Love and Death（いかに彼らは愛と死に対処したか）
7. How It Is（いかなる具合であるか）

（12）カトリックと性の関係については、『性の歴史　1知への意志』（ミシェル・フーコー、渡辺守章訳、新潮社、一九八六年）第一章「われらヴィクトリア朝の人間」に詳しい。結婚した登場人物たちの唯一の関心事は性行為であると言っていいほど作者は彼らの性生活にこだわるのだが、神父が信徒の性生活に介入するという伝統があったことに由来するからである。性の告白は文学という形で継承され、ロッジはむしろパロディとしてカトリック風の告解を作品に織り込んだのである。
（13）ロッジとジョイスとの関係については「わがジョイス」（デイヴィッド・ロッジ、高儀進訳、すばる一八（七）、一九九六年）一三四―四七。
（14）『小説の技巧』「間テクスト性」一三七。

(15)『ユリシーズⅢ』「第二部　一四　太陽神の牛」(ジェイムズ・ジョイス、丸谷才一他訳、集英社文庫ヘリテージシリーズ、二〇〇三年。
(16) 欧米では一般的なボードゲームである。サイコロの目で駒を進めボード上の蛇の頭に止まるとしっぽまで戻り、梯子の下にくると一気に梯子の上まで上がれるというもの。アメリカでは Chutes and Ladders という名で販売されている。
(17)『どこまで行けるか』一三。
(18)『小説の技巧』「作者の介入」二一。
(19)『どこまで行けるか』三五四。

VIII

分断の危機と文学と文化

1 危機から生まれる協働社会
——グレイの『ラナーク』と『歴史を作る者』

照屋　由佳

はじめに——「より良い国の初期に暮らしているかのように働きなさい」

現代スコットランド文学の大御所、アラスター・グレイ (Alasdair Gray, 1934–2019) の処女長編『ラナーク』(*Lanark*, 1981) の「エピローグ」から始めてみよう。小説『ラナーク』を書いているナスラー (Nastler) ——作者をパロディ化したキャラクターであり、ナスラーはグレイの昔のあだ名である (Bernstein 167) ——は、第三巻と第四巻の主人公ラナーク (Lanark) に次のように説明する。

デニストン公立図書館で、ティリヤードの叙事詩に関する研究書に出会ってね……。そこでわたしは叙事詩を書くことに決めた。ローマ帝国にとっての『アエネーイス』のようなものを、スコットランド生活協同共和国のために書くことにしたんだ。スコットランド生活協同共和国というのは、すべての大英帝国や大企業が滅びたあとに何百と現れる（と当時のわたしが思っていた）、小さくて平和な社会主義共和国の一つでね。これが一九五〇年頃のことだ。(Gray, *Lanark* 492–93)[1]

『ラナーク』の最後に付けられたセルフ・インタビュー（「おまけ」）の中で、グレイは「そんなある日、デニストンの公立図書館で、ティリヤードの『英語叙事詩とその背景』を見つけた……。叙事詩でなければ書く価値はない、わたしはそう心にきめた」(Gray, *Lanark* 569) と述べ、一九九七年の国民投票に際して書かれた政治パンフレット『スコットランド人がスコットランドを統治すべき理由、一九九七年』(Gray, *Why Scots Should Rule Scotland 1997*, 1997)[2] の中で、「国家の繁栄は人びとが彼らの土地の生み出す豊富な産物を平等に共有する場所で生まれる。そして、これは民主主義的な小さな国家で実現する可能性が最も高い」(Gray, *Why Scots 1997* 109–10) と述べている以上、ナスラーの発言（小さな社会主義共和国のビジョン）はグレイの声と思っていい。そして、グレイは『ありそうもない話、多くは』(*Unlikely Stories, Mostly*, 1983) 初版表紙に「より良い国の初期に暮らしているかのように働きなさい」を書き込んでいる。これはグレイがカナダの詩人、デニス・リー (Dennis Lee) の詩から見つけたフレーズ (Glass 174) で、グレイにとって「より良い国」は「小さな社会主義共和国」を指す。以後、「より良い国の初期に暮らしているかのように働きなさい」は、『哀れなるものたち』(*Poor Things*, 1992) のハードカバー版の表紙、『ありそうもない話、多くは』改訂版 (1997)、『序文の書』(*The Book of Prefaces*, 2000) の表紙、二〇〇一年度版『ラナーク』の表紙、『短編集一九五一年から二〇一二年』(*Every Short Story 1951–2012*, 2012) の表紙に使われる、グレイのスローガンとなる。そうであるなら、「小さな社会主義共和国」のビジョンは『ラナーク』だけではなく、グレイの全作品に通底するライトモチーフであるはずである (Charlton 39)[3]。では、グレイのビジョンは、グレイの理想とは一番真逆の世界（『ラナーク』の第三巻と第四巻）とグレイの理想に一番近い世界（『歴史を作る者』*A History Maker*, 1994）にどのように反映されているのだろうか。これを素描するのが、本論の目的である。

一　ファンタジー化されたグラスゴーのディストピア世界

よく知られているように、『ラナーク』は四巻から構成されていて――いきなり第三巻から始まり、プロローグ、第一巻、インタールード、第二巻、第四巻（エピローグが第四巻の途中に挟まれている）と続く――、第一巻と第二巻の現実世界に対して、第三巻と第四巻は、死後の世界を描いており、第一巻と第二巻の主人公ダンカン・ソー（Duncan Thaw）はラナークとして転生し、アンサンクや施設といった地獄を太陽と愛を求めて彷徨する。アンサンクは絶えずどんよりと曇りがちで、太陽の存在を知らない町で、そこでは時計も金の基準もなく、奇病が流行り、人びとは突然消失する。アンサンクのモデルが五〇年代のグラスゴーである（Spring 97–98）のは、『ラナーク』の批評史の常識に属しているが、アンサンクはファンタジーやSFの手法で変形させたグラスゴーである（Witschi 68–81）。奇病が流行るアンサンクで、ラナークは竜皮と呼ばれる病気にかかり、最初は肘のところに硬い小さな斑点ができていただけなのに、肩から手首まで竜のような皮で覆われるまで悪化させる――「だが竜皮は腕と手を覆ってしまうと、それ以上は広がらなかった……。指が太くなり、指のあいだにはかすかに水かきのようなものができて、爪は長くなり、曲がりが大きくなった。それぞれの指の関節に、バラの棘のような赤い突起ができた」（Gray, *Lanark* 40）。その後、ラナークはネクロポリスで出口を自称する幅一メートル近くの巨大な口に飛び込み、施設に脱出する。施設は巨大な病院であり、竜皮を治したラナークは、施設で医者をすることになる。竜皮の患者は竜に変身すると、最終的に爆発するが、ラナークはその時に生じる熱を施設がエネルギーとして利用しているだけではなく、同僚から「よくなる患者なんていないわけないでしょ。治療とか言ってるけど、そんなの患者の肉体が腐らないようにしているだけじゃない、燃料やら衣料やら、食料やらが足りなくなるまで」（Gray, *Lanark* 89）と別の病気の患者を食べ物に加工していることを知らされる。施設でラナークを手助けしてくれたノークス（Noakes）は「カニバリズムというのは、人類が絶えず抱えてきた大問題でね……。この施設が評議会に加わってからは、半数の大陸が残りの半数を食い物にしているようなありさまでね。人間ってのは自分で自分を焼いて食べるパイのようなもので、パイの味の秘訣は切り分けにあるんだ」（Gray, *Lanark* 101）と説明する。強者が弱者の犠牲の上に生き残るのがカニバリズムなら、カニバリズムは資本主義やそれが推進する格差社会の論理も表すはずである。施設での弱者は、奇病を患った病人たちであった。ラナークは施設の食べ物＝カニバリズムを拒否して、太陽の光あふれる町を目指して、アンサンクに戻ることになるが、評議会議長モンボドー (Monbodo) の秘書のウィルキンズ (Wilkins) から「産業的な観点から言えば、知ってのとおり、アンサンクはもはや利益を生んでいないわけでね、それでけっきょく潰して飲み込むことになったんだ」(Gray, *Lanark* 369) と評議会の方針を説明される。切り捨てられるアンサンクの運命は、基幹産業が崩壊し、失業率が上がる一方のグラスゴー、ひいてはスコットランド全体の運命と二重写しとなる。

第四巻において、アンサンクに戻ったラナークに、アンサンクの行政委員――市議に相当する――の一員であるグラント (Grant) は、生命体を「利潤のためにあらゆるものを所有し操作する、一種の共謀組織だよ」(Gray, *Lanark* 410)、「評議会の資金はそこ［生命体］から出てる。施設だってそうだ」(Gray, *Lanark* 409) と説明し、生命体と施設、評議会との関係を明らかにする。

> やつらの施設はね、全人類を勝者と敗者に二分しておきながら、われこそは文化なりって顔をしてやがる。やつらの評議会は、自分たちに利益をもたらさない生活様式をことごとく滅ぼしておきながら、臆面もなく政府を自称する。文化と政治はたがいに完全に独立した力だってふりをしているが、実のところ両者は、ヴォルスタットやクワンタム、コーテックシンやアルゴラニクスの手先にすぎない。(Gray, *Lanark* 410)

> 力のある側がない側を食って、より強くなる。戦争ってのは、平和な時に人間の半数が平気な顔でやっていることを、ちょっとばかり過激なやり方でやるだけのことでね。残りの半数をめいっぱい利用して、食糧やら燃料やら機械やら性的快楽やらを得る。人間ってのは、自分で自分を焼いて食べるパイみたいなもので、パイの味の秘訣は切り分けにあるんだ。(Gray, *Lanark* 411)

ビート・ウィッチ（Beat Witschi）が論じるように、評議会が政府で生命体が多国籍企業であるなら、この世界は政治家が多国籍企業の意向に沿った政策を実践し、利益を得ることに邁進している社会である（Witschi 78–79）。文化（知識）と政府が多国籍企業に従属している社会、それは全人類が勝者と敗者に二分される苛烈な格差社会である。つまり、第三巻と第四巻は生命体―評議会―施設を中心とし、そこに権力が集中した、まさに帝国であり（Tiitinen, *Work* 221）、その中でアンサンクは、アンサンクの行政委員のリッチー＝スモーレット（Ritchie-Smollet）の言葉を借りれば、「評議会から見れば……はるか遠方の取るに足らない地域にすぎない」（Gray, *Lanark* 417）のである。

生命体の大型輸送車が衝突事故を起こし、神経回路――核燃料を彷彿させる――が道路中に広がり、アンサンクはさらなる危機に陥ってしまう。ラナークはアンサンクの市長となったスラッデン（Sludden）に頼まれ、アンサンクの市長となり、プロヴァンで開催される評議会加盟国の全体会合の場でアンサンクの窮状を訴えることになるが、それは最初から失敗する運命にある。ラナークはプロヴァンで、スラッデンの別れた妻で、ジャーナリストになっていたゲイ（Gay）から「評議会と生命体グループがつるんで、安手の人間エネルギー供給源としてアンサンクを利用するつもりだったんだけど、今となってはそういうやり方をしないと思うわ。少なくとも、あなたのお友だちのシュツングルム女史が発見した、あのとびきりうまい汁を吸い尽くすまではね」（Gray, *Lanark* 531）や「スラッデンがおたくの資源を売り渡した相手〔生命体〕わね、全世界に及ぶほどの力を持ちながら、一部の人間が自分たちの利益のためだけに経営している、そういう組織なのよ」（Gray, *Lanark* 531）と、驚くべき事実を知らされる。政治家のスラッデンが危機に瀕したアンサンクの人びとのために資源を使わず、多国籍企業と結託するという構図が見えてくる。

二　より良い国への希望

ラナークは失意のうちにアンサンクに戻ることになり、気づくと地震で傾いた病院に入院していた。そこから助け出してくれたのは、今では大人なった息子のサンディ (Sandy) である。サンディは兵士となり、運び手と直し手のための連絡係――彼自身は「ベレー帽に手のひらに目がついた手の形をしているバッジ」(Gray, *Lanark* 554) をつけているので作り手であるらしい (Tiitinen, *Work* 229) ――として働いている。

> 「……。でもけっきょく父さんはなんの役にも立てなかったよ、サンディ。何一つ変えられなかった」
> 「当たり前だよ、父さんに変えられるわけないさ。この世界をより良いものにするには、ごく普通の仕事をしている人たちが理不尽な支配を断固拒絶する、それしかないんだ。作り手たちが自力でなんとかやっていこうとしないかぎり、持てる者に富を分け与えるよう説得することなんて誰にもできない」
>
> (Gray, *Lanark* 554)

サンディは普通の仕事をしている人たちが世界をより良いものに変えると言い、内乱状態のアンサンクについて「コークワンタル・ギャラクシーがね、アンサンクの工場を処分撤収しようとしてるんだけど、作り手―運び手―直し手連合が防衛部隊を支援して、賃金均一主義者の抵抗を後押ししたもんだから、評議会の残党がコキグルーズをつぎこんできたんだ」(Gray, *Lanar* 556) と説明する。コークワンタル・ギャラクシーは生命体のことであり、コキグルーズは評議会側の部隊である (Tiitinen, *Work* 230)。サンディが言っているのは、生命体―評議会―施設の帝国に対し、作り手と運び手、直し手が反乱を起こしているということである。アンサンクの危機に際し、人びとは作り手―運び手―直し手として協働し、互いのために、共同体のために貢献し出す (Harrison 168)。グレイは一九九二年の総選挙用に書いた『スコットランド人がスコットランドを統治すべき理由』(*Why Scots Should Rule Scotland: Independence*, 1992) の最後で、スコットランドは「スコットランド人の大半が互いのためにものを作ったり育てたり、物事を行うことで暮らす国」(Gray, *Why Scots* 64) であってほしいと述べ、インタビューでも「人びとが互いのためにとても重要で役に立つことをすることで結びつく」(McAvoy 8) 国が理想であると述べている。人びとが互いのため、共同体のためにものを作ったり育て、有意義な仕事をする国が理想なら、作り手、運び手、直し手が中心となって作る社会は、グレイの理想に近いだろう。

ラナークたちは安全な場所、高台のネクロポリスに向かうが、アンサンクは地盤沈下を引き起こす地震に続き、街の建物は燃え、洪水に襲われる。しかし、アンサンクは破滅には至らない。そんななか、ラナークは太陽を求めて彷徨してきたが、太陽をついに見ることになる。

> ふと横のほうに目をやると、月桂樹の茂みの向こうに黄金色の太陽が昇っていくのが見えた。風にそよぐ葉叢の中で、光がまたたき、空間が踊っている。ゆったりとした広がりに酔いしれながら、彼はあらゆる方向に顔を向け、口をぽかんと開けて、色を、雲を、遠景を、そして身のまわりの手を伸ばせば掴み取れるものたちを、光が次々に創造していくさまにじっと見入った。(Gray, *Lanark* 558)

ラナークが見る太陽は、ラナークに与えられる個人的救済であると同時に、スコットランドの政治的自由の幕開けを意味していると読むことも可能である。しかし、サンディたちの反乱が成功したかどうかは、作品の中で明らかにされない。確かに、エピローグの「盗作の索引」は存在しない章について言及していて、そのなかでサンディは少佐に出世し、「コキグルーズの壊滅、神の笑いながらの降参、明るい灰色の花を咲かせたアザミ」(Gray, *Lanark* 498) への言及がある。コキグルーズはサンディたちが戦っている評議会側の部隊であり、「アザミ」はグレイの理想である小さな共和国への希望を表している (Tiitinen, *Work* 230)。しかし、それは存在しない章についての記述に過ぎない。結局、作り手が中心となってより良い国――土地が生み出す豊富な産物を平等に共有する、民主主義的な小さな国――を作ること、それはサンディたち、後の世代に託される。

三　二二三世紀の母権制社会

『歴史を作る者』は、ワット・ドライホープ (Watt Dryhope) が意図せず「マイルドな母権制」(Gray, *A History Maker* 189)(4) を危機に陥れた七日間を記した自叙伝――これが『歴史を作る者』本体である――、その前後に彼の母親ケイト (Kate Dryhope) がつけたプロローグと注、民族伝承を研究する学生による後記から構成されている。読者が最初に見るのは、スコットランドのボーダーズのエトリック・フォレストを舞台に、「一種のクラン・システムに基づいた二二三世紀の小さな協同社会」である (Tiitinen, "Writing Home Rule" 154)。ワットが「最大の政府は家族である」(Gray, *A History Maker* 109) と述べているように、最大の共同体はクランに似た、拡大された家――核家族ではなく、たくさんのマザー、グラニー、子供たちが暮らし、子供は母親の実家で養育される――であり、父権制は終わり、資本主義や階級も貧しさも重労働も存在しない。政府も株式取引所も軍隊も警察も存在せず――「(政府、株式取引所、銀行、国の軍隊、広告代理店……のような) 秘密結社は歴史的な時代と共に終わりを告げた」(Gray, *A History Maker* 108) ――、国民国家やお金、産業も存在しない――「オープン・インテリジェンス・ネットワーク――インターネットのパロディ (Bernstein 145) ――とパワープラントのおかげで、都市、国家、お金、そして工業力は廃れた」(Gray, *A History Maker* 203)。

この共同体の中心は各家に備わっている木をモデルにしたパワープラントである。

五〇歳の威厳ある女性がその日のマザーで、透明なテーブルの前に立った……。オルガンを止めると、彼女はその日の注文を聞いた。看護師たちがジョーの新しい腕や脚の成長を促すためのセルセラムやプロテインのフラスコ、グラニー・ティブズのリュウマチにかかった膝の痛みを和らげるための軟膏、救急箱に入れるエラストプラストを所望した。マザーはオルガンを弾いた。ブンブンという低い音と共に、いくつかの品物が［パワープラントの］幹の上に図形として現れた……。品物の輪郭が色彩と色調を帯びると、カチッ、ビーン、ゴボゴボという音がした。鋭い爆発音と共に、像が固体となった……。助手たちが品物を取り出し、看護師たちに与えた。(Gray, *A History Maker* 24–25)

教師たちは紙、鉛筆、絵の具、料理人はミルク、チーズ、小麦粉、砂糖、コーヒー豆、建具工はジョーのための新しいベッド用の部品、織り手はさまざまな色の織糸とシルク、ケイトはとうもろこしの袋とデイヴィッド・リンゼイの『アルクトゥルスへの旅』（一九二〇）の初版本、そしてワットはジョン・リードの『世界を揺るがした一〇日間』（一九一九）を所望する。パワープラントはほとんど何でも生み出すことができる――「オルガンはパワープラントから［パワープラントの］幹の直径より小さいものなら記録されたあらゆる音楽、芸術作品、産業製品を引き出すことができる」(Gray, *A History Maker* 165) ――が、何でもパワープラントが生み出しているわけではなかった――「穀物を別にすると、パワープラントから注文する食品は紅茶、コーヒー、砂糖、オレンジ、レモンなど地元で育てることができないものであった」(Gray, *A History Maker* 167)。そして、パワープラントを扱うことができるのは、女たちだけである――「それぞれの家にはパワープラントに注文でき、続けて一週間、交替でその仕事をする経験豊かな女性が、少なくとも六人はいた。その週、その仕事をする女性は誰であれ、全家庭のマザーと見なされた」(Gray, *A History Maker* 164)。ちなみに子育てをする一八歳以上の女性はアント (aunt)、子育てを終えた全女性はグラニー (granny) と呼ばれる。この社会の中心はパワープラントであり、それを扱えるのがマザーだけである以上、それぞれの家のチーフは女性であり、他の女性たちと協力しながら、その大きな家を支配する。

四　戦争ゲーム

戦争は存在する。もっとも、戦争がある場合は、アンパイアがいて赤十字の飛行機が待機し、パブリック・アイが解説者つきで世界中に放映し、ジュネーブ会議が不正の有無を裁定する。二三世紀の戦争は領土を防衛したり、拡大するために行われるわけではない、軍旗の獲得を究極的な目的として行われるスポーツ、「戦争ゲーム」(Gray, *A History Maker* 39) である。無論、戦争である以上、兵士は怪我――多くの場合、最新の医療技術で治すことは可能である――、あるいは戦死する。ワットの自叙伝は、ボーダーズで唯一負けていないクランであるエトリック――ワットのドライホープ家はエトリックというクランに属する――対ノーサンブリアの戦いの描写で始まる。ノーサンブリアの一、〇〇〇人以上対エトリックの一〇八人と、圧倒的にエトリックが敗色濃厚なか、エトリック軍の司令官クレイグ・ダグラス (Craig Douglas) 将軍［ワットの父親］の奇策、ノーサンブリア軍の司令官の言葉を借りれば、「汚いトリック」(Gray, *A History Maker* 21) により、ダグラス将軍を含め、多数の生命を犠牲にするという代償を払い、エトリックは引き分けに持ち込む。その引き分けは「人類史上、最も有名な引き分け」(Gray, *A History Maker* 77) と称えられ、その作戦遂行で中心的な役割を果たしたワットは「世界の偉大なる新しい戦争ヒーロー」(Gray, *A History Maker* 117) と英雄視される。熱狂したエトリックの群衆は軍人たちが集う武人ハウスに大挙して押し寄せ、その中の一人、アーチー・クルック・コット (Archie Crook Cot) は、バルコニーにいるワットに語りかける。

「……。エトリックの成人男性が二百人以上、今日、新兵として署名するためにここにいます。明日も、同数の成人男性が署名するでしょう。私たちの平均年齢は一八歳ぐらいです。訓練に本腰を入れれば……そうすれば、みんなそうだろう?」と彼は鞍に座ったまま振り返って尋ねた――「おぉ!」という叫び声が方々から上がった――「そうすれば、一年以内に成人の戦闘部隊ができます。」最後の言葉は歓呼の嵐でかき消された……。(Gray, *A History Maker* 88)

この戦争熱の流行はエトリックから瞬く間に世界中に広がる――「日本語やドイツ語、フランス語を喋る土地では、兵力は三倍となり、イギリス諸島や北アメリカでは四倍以上となった。大きな驚きはカナダで、戦闘員は六倍にまで膨れ上がった」(Gray, *A History Maker* 131)。ワットはこの戦争熱の広がりについて、「それは男の退屈が蔓延しているのを示しているだけだよ」(Gray, *A History Maker* 117) と述べ、ケイトも注で「エトリック対ノーサンブリアの引き分けの直後に起きた軍事熱の流行は、子供を産むためだけに男たちを必要とする女たちの全権に対する、男たちの世界規模の反発だった」(Gray, *A History Maker* 205) と説明している。男たちが退屈しているのは、女性たちが支配する世界で役割がないからである (Bernstein 140)。この小さな協同社会が理想の国でないのは、戦争がスポーツとして残っているからではなく、男たちに役割がないからである。だからこそ、ワットの自叙伝『歴史を作る者』はエトリック対ノーサンブリアの戦いの描写で始まる。男たちの退屈、そこから一見すると「民主主義的なユートピア」(Gray, *A History Maker* 74) に危機が忍び寄る。

五　惑星K二〇から来た女

ワットは大佐となり、父親に代わりエトリック軍の司令官となるが、ある日、デリラ・パドック (Delilah

Puddock）と名乗る女性——本名はメグ・マウントベンガー（Meg Mountbenger）であるらしい——に誘惑され、惑星K二〇で開発されたウイルス——非常に感染力の強いウイルスであるが人体に影響はない、ただパワープラントが感染すると、ものを実体化する能力が奪われる——を感染させられる。メグは惑星K二〇の陰謀団——メグ、パブリック・アイに勤める二人、月のクラヴィウス研究所の三人の生物学者から構成される——の中心人物で、「私たちの分別あるユートピアは、もうすぐドカンと爆発し、ばらばらに崩れるわ。ワット・ドライホープ、あなたはこのユートピアを弱体化させる疫病のウイルスなのよ」（Gray, *A History Maker* 116–17）と述べるように、ワットを通して、世界中のパワープラントの崩壊を目論む。パワープラントに依存する社会で、パワープラントが使い物にならなくなれば、全世界は「死に物狂いの貧乏人と利己的な金持ち」（Gray, *A History Maker* 188–89）〔パワープラントがウイルスに感染した地域の人びとと感染していない地域の人びと〕に二分される。彼女らはこう計画を立てていた。

> 〔感染された地域との〕境界を兵士が防衛するが、彼らは銃や手榴弾、爆弾を望むだろう……。これらは家庭内パワープラントから注文され、感染していない地域の家から今まで当然のように思っていた品物を奪うことになり、女たちは軍の支配下に置かれることになる。将軍たちは世界規模の同盟も結び、貧乏な家々に身の程を思い知らせるだろう。それゆえ、統治機構として、厳格かつ軍事的な父権制がマイルドな母権制に取って代わる。（Gray, *A History Maker* 189）

彼ら、彼女らは本物の戦争を、父権制と資本主義経済の復活を、そして自分たちが「新しい歴史的な時代の支配者」（Gray, *A History Maker* 190）になることを目論む。

少なくともホールデンの殺害の六年前には、五人のグループが永遠の生命と地上の権力を結びつける計画を立てていた。彼ら、彼女らは人類を無秩序な競争状態に置き、オープン・インテリジェンス・ネットワークを解体し、少数派による政府を復活させることで、それ［永遠の生命と地上の権力］を獲得することを目論んだ。彼ら、彼女らは世界規模の食料とエネルギー不足の中、軍事エリートたちと同盟を結ぶ計画を立てた。(Gray, *A History Maker* 216)[5]

メグたちの陰謀が成功すれば、ケイトがメグについて「彼女は貧しさと貪欲な政府を渇望した」(Gray, *A History Maker* 152) と述べるように、『ラナーク』の第三巻と第四巻に描かれるような全人類が勝者と敗者に二分される苛烈な格差社会、より正確に言えば、メグがマーガレット・サッチャーのアリュージョンである (Tiitinen, *Work* 242) 以上、サッチャー政権下の格差社会が誕生するだろう。

おわりに――歴史を作る者たち

ワットが感染したウイルスにより、ドライホープ家のパワープラント、彼と親しかった人びとの家のパワープラントは使い物にならなくなり、世界中で光熱と食料の中枢［パワープラント］が死に絶えることになるが、陰謀団が期待した世界的なパニックと崩壊は実現しなかった。一つには、息子から事情を聞かされたケイトが、ドライホープ・ハウスのグレート・グラニーたちに危機を知らせたからである。実際、グレート・グラニーたちのネットワークは、グラニーやアントたちと協力しながら、即座にメグとその同僚について世界規模の調査を始め、一日も経たないうちに陰謀の全容を把握し、オープン・インテリジェンス・ネットワークに報告し――「老嬢たちがパドックの陰謀について迅速に発見したことで、おそらく人類は歴史的な野蛮状態に逆戻りせずに済んだ」(Gray, *A History Maker* 213) ――、その結果、メグ以外のメンバーは迅速に拘束され、タイタンの居住地に移送されることになる。

同時に、メグたちの陰謀が実現しなかったのは、社会の危機に直面し、コミュニティの全員が協力したからでもある。

家々を隔離するための軍事行動は示唆されることはなく、必要でもなかった。感染した家々は自主隔離した。感染していない家々はパワープラントの食料生産を最大限に引き上げ、自分たちが食べるものは最小限に留め、残りを飛行機で運び、食料不足の家々に落とした。このことはウイルスが広がる間だけの一時的な措置に過ぎないかもしれないが、またウイルスに耐性のあるパワープラントが発明されるまでにはしばらく時間がかかるだろうから、男たちは軍事訓練の代わりに、作物を植えたり、地元のエネルギー供給のために風車や水車を建設し、漁船を建設し乗り込んだ……。男たちはこのような仕事に一生懸命に取り組んだが、その熱意は女たちが男たちの労働を必要とする世界に対する感謝の念のように見えた。

(Gray, *A History Maker* 210)

戦争ゲームは休止となり、戦争熱もなくなる。東アングリア同盟の前指揮官が「将来的に、女たちは――パワープラントに依存するのではなく、パワープラントから自立するために――パワープラントを必要品の補助的な供給源として使ってほしい」(Gray, *A History Maker* 211) と述べるように、パワープラントに依存しない社会の再建が示唆されている。男たちに役割が与えられてない社会ではなく、彼ら、彼女らはより平等な関係で協力し、より良い世界を作ることになる (Tiitinen, *Work* 245)。このラストは確かに、グレイが一九九二年の『スコットランド人がスコットランドを統治すべき理由』の最後で簡単に描写したスコットランドの理想、「スコットランド人の大半が互いのためにものを作ったり育てたり、物事を行うことで暮らす国」(Gray, *Why Scots* 64) に近い (Bernstein 151)。

ケイトがグレート・グラニーたちに警告し、グレート・グラニーたちのネットワークがグラニーやアントたちと協力しながら、パドックの陰謀を阻止した以上、一義的には「歴史を作る者」はケイトやグレート・グラニーやグラニー、アントたちである (Tiitinen, *Work* 245)。ワットもウイルスを感染させられ、結果として、母権制が改良されることになったのだから、その意味で、ワットも「歴史を作る者」である。しかし、それだけではない。ラスト近く、男も女もより平等な関係でより良い世界を作り、互いのため、共同体のためにものを作ったり育て、有意義な仕事をすることになる。『歴史を作る者』に登場するほぼ全員が「歴史を作る者」なのである。このラストは『ラナーク』のサンディの発言——「この世界をより良いものにするには、ごく普通の仕事をしている人たちが理不尽な支配を断固拒絶する、それしかないんだ」(Gray, *Lanark* 554) の中に表明されている考え、普通の仕事をしている人たちが世界をより良いものにする＝歴史を作るという考えに舞い戻る。コミュニティのメンバーは全員、より良い未来のために協働しなければならない、こうグレイは考えている (Tiitinen, *Work* 249)。ウイルスを感染させられたワットはベン・ネヴィスの検疫病院に隔離されるが、エトリックに戻ってからはエトリックの再建に協力し、ウイルスの封じ込めが見え始めると、共同体を去り、メグを探しに行く。ワットにラナークのような個人的救済が与えられないのは、共同体のメンバーとしての責任を放棄したからである (Tiitinen, *Work* 247)

『歴史を作る者』の表紙には、「もう一度試そう」のスローガンと「スコットランド」という文字と共に、幹を切られた木の切り株から新しい若枝が芽吹き、先に果実を実らせているイラストが描かれている。この切り株は一七〇七年の合同条約で廃止されたスコットランド議会 (Tiitinen, "Writing Home Rule" 156)、切り株から芽吹いた新しい若枝は新しいスコットランド議会を指す (Angus Calder and Gray 71)。このイラストとスローガンは分権議会国民投票を実施し、分権議会を実現させせようというメッセージである。そうだとしても、グレイがスコットランド議会設立に賛成したのは、小さな社会主義共和国の中に福祉国家の理想を構築してもらうためである(Tiitinen, *Work* 247)。だから、「もう一度、試そう」は、帝国の中で人びとが不幸になっても(『ラナーク』)、小さな協働社会がやがて大きな国や帝国に変貌しても、小さな協働社会を目指して「もう一度、試そう」という激励としても読めるだろう。それはとりもなおさず、「より良い国の初期に暮らしているかのように働く」ことに他ならないだろう。

注

(1) 訳文は『ラナーク——四巻からなる伝記』森慎一郎訳（国書刊行会、二〇〇七年）による。ただし、適宜、変更を加えた部分もある。

(2) グレイは、一九九二年の総選挙用に『スコットランド人がスコットランドを統治すべき理由』(*Why Scots Should Rule Scotland: Independence*, 1992)、一九九七年に行われた分権議会の国民投票に際しては改訂版『スコットランド人がスコットランドを統治すべき理由一九九七年』(*Why Scots Should Rule Scotland 1997*, 1997)という政治パンフレットを出版している。

(3) スコットランドにおいて、小さな共和国、あるいは小国を好む考えは珍しくない。ポール・ヘンダーソン・スコット(Paul Henderson Scott)は、アンドリュー・フレッチャー(Andrew Fletcher)やデイヴィッド・ヒューム(David Hume)から二〇世紀の作家に至るまで、スコットランドには文化的多様性と独立した小国を好む考えがあると述べ、ヒュームの「完全な共和国論」("The Idea of a Perfect Commonwealth")から「小さな共和国は世界で一番幸福な国家である」という一文を引用している(Scott 89)。また山口覚氏は二〇〇六年前後に「世界最高の『小さな』国へようこそ」というキャッチコピーの書かれたスコットランドの大型ポスター（スコットランド政府が開設したホームページの広告のためのポスター）が主要駅や空港に掲示されたことを紹介している（山口　二五、二七）。

(4)『歴史を作る者』からの引用は、*A History Maker* (Penguin, 1995) のペーパーバック版からである。

(5)様々なスペース・コロニーで働く人びとは、長期間、宇宙で働く必要があるため、不死を選び、定期的に身体の若返りをすることができ、こうした不死者はネオ・サピエンスと呼ばれる。ケイトはかつてネオ・サピエンスであったが、不死を捨てている。「衛星の偉大なるデザイナー」(Gray, *A History Maker* 214) と呼ばれるホールデンは、惑星K二〇の開発の責任者で、メグたちは彼の部下である。彼らは全員、ネオ・サピエンスである。

引用文献

Bernstein, Stephen. *Alasdair Gray*. Bucknell UP, 1999.

Calder, Angus and Gray, Alasdair. "Home Rule Handbook." *What a State!: Is Devolution for Scotland the End of Britain?* Edited by Alan Taylor. Harper Collins Publishers, 2000. 71–114.

Charlton, Bruce. "The World Must Become Quite Another: Politics in the Novels of Alasdair Gray." *Cencrastus* 31 (Autumn 1988) 39–41.

Glass, Rodge. *Alasdair Gray: A Secretary's Biography*. Bloomsbury, 2008.

Gray, Alasdair, ed. & glossed. *The Book of Prefaces*. Bloomsbury, 2000.

——. *Every Short Story 1951–2012*. Canongate Books, 2012.

——. *A History Maker*. Canongate Press, 1994.

——. *A History Maker*. Penguin, 1995.

——. *Lanark: A Life in 4 Books*. Four-Volume ed. Canongate Books, 2001.『ラナーク——四巻からなる伝記』森慎一郎訳、国書刊行会、二〇〇七年。

——. *Poor Things*. Bloomsbury, 1992.

——. *Unlikely Stories, Mostly*. Canongate, 1983.

——. *Unlikely Stories, Mostly*. Revised ed. Canongate, 1997.

——. *Why Scots Should Rule Scotland: Independence*. Canongate, 1992.

——. *Why Scots Should Rule Scotland 1997*. Canongate Books, 1997.

Harrison, William. "The Power of Work in the Novels of Alasdair Gray". *The Review of Contemporary Fiction* (Summer 1995) 162–69.

McAvoy, Joe. "An Old-fashioned Modernist. Alasdair Gray talks to Joe McAvoy." *Cencrastus* 61 (1998) 7–10.

Scott, Paul Henderson. *Still in Bed with an Elephant*. The Saltire Society, 1998.

Spring, Ian. *Phantom Village: The Myth of the New Glasgow*. Polygon, 1990.

Tiitinen, Johanna. *"Work As If You Live in the Early Days of a Better Nation": History and Politics in the Works of Alasdair Gray*. Helsinki University Printing House, 2004.

——. "Writing Home Rule: The Politics and Fiction of Alasdair Gray". *Latitude 63° North*. Edited by David Bell. Mid-Sweden University College, 2002. 143–61.

Witschi, Beat. *Glasgow Urban Writing and Postmodernism: A Study of Alasdair Gray's Fiction*. Peter Lang, 1989.

山口覚「世界最高の『小さな』国へようこそ——現代スコットランドの変容とホワイト・セトラーズ問題——」関西学院大学人文学会編『人文論究』五七巻三号、二〇〇七年、二五—四六。

2 文化の危機
――「盗用」(appropriation) 考

植月　恵一郎

はじめに――文化の危機

われわれは「環境」(environment, ambient, milieu, habitat etc.) に取り巻かれている。それを大別すれば、自然環境と（人工的）社会環境に分かれよう。前者、つまり地球規模の自然の危機的状況については、たとえば、カーソン (Rachel Louise Carson, 1907–64) の『沈黙の春』(*Silent Spring*, 1962、初訳一九六四) から令和五（二〇二三）年七月のグテーレス (Antonio Guterres) 国連事務総長の地球沸騰化 (global boiling) という発言に象徴される気候変動に至るまで、具体的で定量的な議論ができるだろう。

しかし、社会環境、とくに「文化」と呼ぶものは、極めて身近なものかも知れないが、捉えるのは容易ではない。「文化」の「文」は元々「武」に対するもので、「刑罰威力を用ひないで人民を教化すること。文治教化。」（諸橋轍次『大漢和辞典』）の意味で、culture の語源の「耕す」「養う」ことと比較的近い。二〇二三年一二月には与党のパーティー券売り上げから得られるキックバック、いわゆる裏金問題に司直のメスが入ったが、こうした慣例を「文化」だと称した関連議員もいた。庶民には到底納得しがたい「文化」である。

本章では、異文化間の危機について考えてみたい。つまり、著作権的概念を文化にまで拡大適用したとも言うべき「文化（の）盗用」と広く訳されている言葉 cultural appropriation に注目し、その訳語の適切さを考察してみる。「盗用」と糾弾することで、逆に、これまで活発に積極的に行われてきた文化交流とか文化融合を萎縮させ、阻害してしまう危険性がある。文化間の相互作用のありようを検討するとともに、果たして「盗用」という訳語でいいのかを再考し、できる限り誤解の少ない正確な訳語の考察を試みる（以下、本文では「盗用」ではなく結論までは仮の訳語として「流用」としておく）。

初めに、文化流用研究の嚆矢とも言うべきヤング（James O. Young）の『文化流用と芸術』（*Cultural Appropriation and the Arts*, 2008）に倣って、北島が文化流用を五種類に分けて、例を挙げながら説明している箇所を、やや長くなるが確認しておこう。

まず、彫刻や絵画のような「有形の芸術作品」（tangible works of art）の所有が移動する類型である。次に、楽曲、物語、詩等の「無形の作品」に関する盗用である。「コンテンツの盗用」（content appropriation）はその典型である。例えば黒澤明監督がシェイクスピア戯曲からプロットを借用（borrow）して映画で再利用した場合、彼は「コンテンツの盗用」に関与していることになるという。続けて、コンテンツの盗用の下位概念として、他文化から芸術的着想の一部を取り入れる「スタイルの盗用」（style appropriation）がある。例えばアフリカ系米国人でないミュージシャンがジャズやブルース作品を作曲している場合である。更に、「モチーフ（着想）の盗用」（motif appropriation）がある。ピカソがアフリカ彫刻から着想を得て「アビニヨンの娘たち」（一九〇七）を作成したように、芸術家が全く同じスタイルの作品を作成する訳ではないが、自分以外の芸術文化に「影響」を受けた場合に生じる文化的盗用の類型が「モチーフ（着想）の盗用」にあたる。最後に「題材・描写の盗用」（subject appropriation）がある。フィクション、ノンフィクションを問わず、自分以外の文化についての叙述（描写）がなされる場合、芸術文化作品自体が盗用されている訳ではないとしても、文化的盗用と言いうる。特に、アウトサイダーが一人称で他文化の構成員（インサイダー）の生活を表現する場合、それは「声の盗用」（voice appropriation）と呼ばれる（ただし題材・描写を盗用したから

といって、他文化のインサイダーが何かを奪われるとは限らない)。（北島　三六）

このように、有形、無形、コンテンツあるいはスタイル、モチーフ、題材などの各流用を次々と指摘されると、著作権の概念が浸透してきたころを思い出して、息苦しい限りだが、「ヤングによれば、全ての文化的盗用が道徳的・美的に間違っていると言える訳ではない」と言う。たとえば、「シェイクスピア戯曲に着想を得た黒澤明監督の傑作映画のように、『異文化間の影響の波紋』(ripples of cross-cultural influences) として肯定的に評価することが可能であり、『道徳的に悪意がない』(morally benign) と言うべき『文化的盗用』が存在しうる」（北島　三六）。こうした悪意のない「盗用」も多く、十巴一絡げに「盗用」と名付けてしまい、かえって分断を煽ってしまってもいいのだろうかというのが本章での問題提起である。

「文化流用」の用語を考察する過程で、危機的と思える日本に関わる文化現象も一例考察してみたい。さらに、できれば、二〇二三年でちょうど出版三〇年を迎えた、サイード (Edward Wadie Said, 1935–2003) の『文化と帝国主義』(*Culture and Imperialism*, 1993) で指摘された点などにも触れてみたいと思っている。

一　cultural appropriation——英和辞典の事例から

英和辞書では、cultural appropriation をこう説明している (*Kenkyusha Online Dictionary*)。

文化的流用《他民族の衣服・風俗などの文化を取り込み様々な形で利用すること、特にかつてのMINSTREL SHOW のように白人が他民族の文化を深く理解せず、浅薄なステレオタイプとしてファッション・キャラクター・フィクションなどに取り入れたり商業化することに抗議する立場から使われることが多い。ただし歴史的に見ると他民族からの借用から定着し独自の文化となったものも数多いため、このような抗議が行き過ぎると一切の創作や新たな文化の創出が不可能になるという反論もある》。

この『研究社新英和大辞典』（第六版）では、「盗用」ではなく「流用」としている。例として挙がっている「ミンストレル・ショー」というのは、《白人が黒人に扮し、実は白人の芸人一座 (minstrels) が黒人の歌・踊り・滑稽な掛け合いなどを演じる演芸（ショー）》のことで、一九世紀前半の米国に始まったとされる。白人が笑いを取る、つまりは興行収入を伸ばすために黒人を茶化しているショーなので、人種平等的観点からは、まずは批判されるべきものだろう。

ただ、右の引用の定義の後半にあるように、刹那的でなく「歴史的」に見た場合、こうした借用に対する抗議や批判、非難が「行き過ぎると一切の創作や新たな文化の創出が不可能になる」という意見もある。大きくとらえれば、日本文化というものも、中国、韓国などからの文化を移入して醸成したものであり、近代では欧米の文化を取り入れずして、江戸から明治への時代の転換はなしえなかっただろう。いったい、純粋に倭（やまと）からの文化的遺伝子がどれくらい生き残っているのだろうか。それ以外も抽出しそれを排除する必要があるのだろうか。一方で、他者からの批判がないのをいいことに、文化融合でもあると主張するのも、ご都合主義 (opportunism) 的な気はする。この辺で、文化の境界線をできるだけ可視化し、意識化することが時代の要請であるように思える。

二　cultural appropriation ――英英辞典の事例から

英英辞典ではどうだろう。とりあえず手元の『オックスフォード上級者用辞典』(*Oxford Advanced Learner's Dictionary*) には、「不満や非難を示す」(disapproving) ニュアンス有りとしてこう定義している。

特定の集団や文化の習慣や伝統を、社会的に支配的な（＝有力な）集団の出身者が模倣したり利用したりする行為。

ここでは、ある文化を「模倣する」(copy) とか「利用する」(use) というだけで、「盗む」(steal) とはしていない。例文として挙がっているのが、「この小説家は、ナバホ族の伝説に基づく物語を文化流用だと非難されている」という一文である。

具体的な例としては、非ネイティブ・アメリカンがネイティブ・アメリカンの宗教的儀礼を示す出陣用頭飾りを単なる「ファッション・アクセサリー」として着用することは文化流用の典型例でよく挙がるが、野球でホームランを打ったエンジェルスの選手が日本の戦国時代に武将が被った兜を模したものを被るのが「文化流用」と非難されているだろうか。そこには尊敬と節度があるかどうかが線引きの要素の一つである。そして、その語の使用がつねにすでに極めて恣意的政治的権力的排他的でもある。本章は、cultural appropriation をできるだけ正確に理解し、それに即した日本語表現を模索しながら文化の危機を考察するものである。

次に「ウィクショナリー」(Wiktionary) を参照すると、「(社会学) ある文化の要素が、異なる文化のメンバーによって搾取または抑圧されること」という定義からすると、「文化搾取」とでも訳した方がいいように思える。例文は、「文化融合と文化流用の線引きをどうするか」である。

オックスフォード系のオンライン辞書〈辞書語彙〉(Lexico) では、次に引用した『オックスフォード英語辞典』(*OED*) と同じ定義で、例文は、「彼のドレッドヘア（髪を細く束ねて縮らせたヘアスタイル）は、文化流用のもう一つの例として広く批判された」である。

さて、では、『オックスフォード英語辞典』の cultural appropriation の定義を見てみよう。二〇一八年三月に収録された新語である。[1]

> ある社会的または民族的集団の慣習、習慣、美学を、他の（通常は支配的な）共同体や社会の成員が無自覚に、または不適切に取り入れること。

この説明では、cultural appropriation とは、他者の文化に対して何の敬意も配慮もなく、自国の文化に、無自覚、不適切に取り込んでしまうということだ。この *OED* の定義では、steal はもちろん、illegal use, piracy, plagiarism, use without permission, misappropriation なども言っていないのだが、appropriation の語源が make one's own の意味であり、「私物化」と考えれば、たしかに「盗用」という断定的日本語もそれほどズレてはいない部分もあるだろう。

初例は、クリスティ (Arthur E. Christy) 編『アジアの遺産とアメリカ生活』(*The Asian Legacy and American Life: Essays*, 1945) で、「ヨーロッパが東洋から文化流用を行う導入原理は、自由放任主義であり続けている」(Christy 39) である。これはすでにサイードが『オリエンタリズム』(*Orientalism*, 1978) で指摘したとおりであり、西洋が東洋に対して行った文化帝国主義とか文化植民地主義の横領をほぼ言い換えたに過ぎない。

次の例が、一九六九年のクルーズ (Harold Cruse) の『反乱か革命か?』(*Rebellion or Revolution?* viii. 120) で、「経済的利益を得られたのも、黒人文化の要素を創造的かつ芸術的に利用したためで、白人らは、自分たちの本来の伝統にはない美的観念の文化流用を単に実践し、それを享受したのだ」が挙がっている。

三番目の用例として、二〇〇三年グロスマン(Michèle Grossman)編の『黒系統』(*Blacklines: Contemporary Critical Writing by Indigenous Australians*)一四五―五八頁に収録された、バーチ(Tony Birch)の論考、「『何も変わっていない』」(“Nothing has Changed: The Making and Unmaking of Koori Culture”)からで、「家、通り、郊外、そして都市全体に先住民の名前がついている。これは文化流用の実践であり、帝国の所有と『先住民』の風変わりな趣を表している」が挙がっている。

四番目が、二〇一五年で、雑誌 *THIS Magazine* September 9/1 から「モントリオールのオシアガ・フェスティバルがヘッドドレスを禁止、文化流用に服飾上の大きな禁止事項を与えた」と、毎夏開催の有名な野外音楽祭での出来事を伝えている。

以上が *OED* の用例だが、「文化交流」でもなければ、「文化融合」でもない。西洋が東洋から収奪することに関しては「オリエンタリズム」という言葉があり、アジア(特に中東世界)を異国情緒に富んだ、神秘的なもの、後進的なもの等として考察・記述の対象とする西洋植民地主義的なアジア観はよく知られている。が、これは人種の色で言えば、「茶」と「黄」に関するものだった。さらに「黒」(黒人)、「赤」(ネイティブ・アメリカン)らの立場からも、同様の文化収奪が行われており、それに対する呼称を模索した結果、おそらく、初例であるクリスティの「文化流用」に帰着したと言えよう。(2)

三　先行研究――ジャクソンの「文化流用について」を中心に

ここで、二〇二一年のジャクソン(Jason Baird Jackson)の「文化流用について」(“On Cultural Appropriation” in *Journal of Folklore Research*, January-April 2021 所収)をまずまとめておきたいと思う。主として八七頁以降で「流

用」を議論しているが、「流用とは同化(assimilation)の構造的反転で」(Jackson 88)、同化とは融合(diffusion)、文化変容(acculturation)とも同義である。結局、こうした文化交流が、虐待、不当な扱い、心的傷害、権利侵害(aggrievement)などを伴えば、流用(appropriation)となる。

ジャクソンは、文化循環(cultural circulation)の四つのモードとして、この融合、文化変容、同化、流用をそれぞれ図示しているが、ひじょうにわかりやすいと思う(Jackson 89)。融合は、まったく平等な条件下で双方向の均等な変容である。文化変容は、植民地化でよく起こる例で、双方向ではあるにしても一方が強力で抑圧的である。これに対して、同化は一方的で、優位な集団が従属する集団に自らの文化規範を強制する。最後に流用であるが、これも一方的で、優位な集団が従属文化の形態を取り上げ、従属する集団を悩ませ悲しませ苦しめる(aggrieve)という効果を伴う。言い換えれば、流用とは、強制的にせよ、自主的にせよ、常識的に優劣の明白な(と思われる)二者間で文化的な授受が発生したとき、劣勢な集団の喪失感や悲嘆などマイナスの感情面に配慮し、相手方を非難する呼称であると言えよう。文化流用の基本書を著したヤングは、「先住民族や少数民族に関わる文化的問題の多くは、実は『文化的盗用』ではなく、人種差別、外国人排斥、宗教的不寛容等の『偏見』に起因しているに過ぎない」(北島　三七)とも指摘している。

実際、「すべての融合が流用であるとするのは、問題である」(Jackson 99)し、現実問題として文化のそれぞれに著作権のようなものを認め、どこがどう認可するかなどまったく現実的ではない。本章一節で紹介したヤングの五つの要素のうち、最初に挙がった文化遺産、文化財など登録されたものの使用認可手順を経れば、問題ないことではある。結局、「流用を他の文化変容とは区別し、それを側面から眺めることが、試行錯誤的に有効である」(Jackson 109)としている。

家田(二〇二二)は、最初の一—一四頁にかけてファッション関係の文化流用例を多数列挙しており、一五頁以降で対策等を検討している。家田は「盗用」ではなく「流用」としているが、文化流用と「差別表現」を「連続的な問題として把握しており」（家田　一六）、両者を併記して「文化流用と／や／ないし／あるいは差別表現」としていることが夥しい。さらに、「利用」という言い方についても言及し、「批判の程度が少ないものから、文化の利用、流用、盗用として把握できるだろう」（家田　一七）とし、「富の移転を伴う経済的弊害の最たるものは、その文化に関連する人々に、本来は帰属させるべき財産を、正式な合意なく外部者が移転させてしまうことであり、これは、文化の盗用として位置づけられている」（家田　二一）と経済的視点から「盗用」も使っている。もちろん「富の移転を伴わない文化流用であったとしても、その再現の過程で歪みがあれば、利用される文化とそれを担う人々へのステレオタイプを助長させる結果を招くことがあり、その場合には、経済的な弊害を含めて、悪影響を与える可能性があることに対しては、常に留意しなければならない」（家田　二二）とも述べている。

そして、北島同様、ヤングの五つの類型を紹介している（家田　一七―一八）。

第一類型は、現存する文化財そのものを他の文化圏に移転させることで、文化財の流用（object appropriation）と称されている。第二類型は、文化における無形財を流用する形態で、これは内容の流用（content appropriation）と称されている。第三類型は、他の文化で創作された作品をそのまま再現することはないものの、何らかの方法で他の文化を利用する形態で、これはスタイルの流用（style appropriation）と称される。第四類型については、スタイルの流用と関連をもちながら、単に基本的なモチーフのみが流用される形態で、これはモチーフの流用（motif appropriation）と称されている。なお、これら第二類型から第四類型に至る流用のうち中核をなすのは、第二類型となる内容の流用となっており、スタイルの流用、およびモチーフの流用はその派生形態として位置づけられている。これらの類型は何らかの具体的な文化的要素を利用している一方、第五類型は外部者が自分が育った以外の文化に属している個人や組織を作品で表現する形態となり、主題の流用（subject appropriation）と称されている。（家田　一七―一八）

さて、北島（二〇二二）は、appropriation の訳語として、「文化の『盗用』とするか『借用』または『流用』とするかについては議論が分かれる」とした上で、文化の「盗用」で統一しており、続いて以下のように記している。

「アプロプリエーション」の訳語が「流用」から「盗用」へ変遷した経緯をデザイナーのジョン・ガリアーノ等の事例を基に論じた論考として、池田純一（二〇二〇）が重要である。「文化の盗用」という訳語を用いるメディア記事の実例として、堂本かおる（二〇一九）、グリーンバーグ美穂（二〇一九）、池田純一（二〇二〇）、小林知代（二〇一八）、志田陽子（二〇二一）、REINA SHIMIZU（二〇二〇）、白山羊（二〇一九）、ステファニー・ソー（二〇一八）、SOCHA MILES（二〇二一）、渡辺一暁（二〇一八）、渡辺由佳里（二〇二〇）等がある。これに対して「文化流用」の訳語を用いる先行研究として家田崇（二〇二一）を参照。（北島　四一）

たしかに、全体としては「文化盗用」としている例が圧倒的に多い感じはするが、後述するように、本章では別の日本語を模索したい。北島は、cultural appropriation をとりあえず「一般的に、何らかの表現活動を行うにあたって、多数派・支配的な立場にある者が、少数派・従属的な立場にある者の文化を、敬意を払うことなく『流用』したり、歴史的文脈を無視して『引用』したりすることへの非難をいう」（北島　三五）としている。

結局、敬意や礼節、矜持の尊重などを伴っているかだが、北島によると、「かかる基準は過度に抽象的であり、少なくとも表現活動をこれから行おうとする者にとっての具体的な事前判断基準としては充分なものとは言えない」（北島　三八）。そこで、『『少数民族の文化』および『無形文化遺産の保護』に関する国際法規範の枠組みを参照し」（北島　三九）、さらに「『文化の盗用』という非難を回避するために必要な表現内容の事前精査（文化デュー・デリジェンス）」（北島　四〇）を提案している。[3]

四　「文化流用」の例

具体的には以下のような例である。ネイティブ・アメリカンが戦いに赴く際の被り物を非ネイティブ・アメリカンが単なるファッション・アクセサリーとして着用すること、コサックがコーカサスの先住民から文化的特徴とともに流用した衣服チョカを身につけること、米国の大学生がソンブレロを着てテキーラ・パーティーに参加したこと、キム・カーダシアン (Kimberly Kardashian) が矯正下着ブランド名に「キモノ (Kimono)」を使おうとしたところ、「キム・オー・ノー」(#KimOhNo) というハッシュタグが誕生し、抗議運動が起こったこと、アイヌの意匠を航空自衛隊が舞台マークに使用したこと、などである。(4)

「文化盗用」という日本語は、「文化」は「盗める」ものという前提に立っていることになる。まず、「盗む」という言葉の意味を見ると、「金品を―・む」ように、「一　ひそかに他人のものを取って自分のものにする」意味。「他人の論文を―・む」という例のように、「二　他人の技・芸や考えなどをひそかに、また無断でまねる」。最後に「人目を―・んで会う」の例のように、「三　人に気づかれないように、何かをする」(『デジタル大辞泉』)という意味である。このうち「ひそかに、また無断で、気づかれずに」他民族、他国の文化をまねることが「文化盗用」に一番近い意味だろう。それにしても一方で、窃盗などの犯罪にも等しい行為ということなのだろうが、どうも違和感を拭えない。そういう非難をして、謝罪させ、使用を控えさせることが果たして本当に文化を護ることになるのか、両者の分断を煽り、溝を深めているだけではないのか、他の方向へ導ける表現はないのだろうかとも思う。

そもそも、文化が盗めるのか、文化を盗むということはどういうことなのか、単なる批判に終わらず、その行為が成立したとして、それは、誰がいかに何を盗んでいるのか、それに対してどういう代償の仕方があるのか、などを考えると、「盗用」という日本語はやはり適切な (appropriate, suitable, proper, right) 語とは思えない。「盗用」という日本語が適当なのではないだろうか。

つまり、有形の文化財は「盗用」ということもあり得ようが、無形文化財については、「流用」、「濫用」、「誤用」の対象となっている「文化」ということの定義自体も様々だ。(5)

五　「文化」を「盗める」のか？——盗める文化と盗めない文化

本節に関しては、マクホーター（John McWhorter）の「文化を『盗む』ことはできない——文化盗用から守るため」の議論に負うている。(6)

マクホーターは、白人側の「流用」を語り始める。「エルヴィス・プレスリーはロック音楽を盗」み、「エミネムは白人であるため、真に本物のラップミュージシャンとはみなされません」などと。

最近話題になった『タイム』誌の社説で、(7)ある黒人女性が白人ゲイ男性に、彼女らの仕草や表情を真似るのはやめるように言っているのだが、この問題の本質を端的に表している。彼女にとって、これらの男性は黒人女性らしさを「盗んで」いるのだ。

こう述べ、以下のように続けている。

しかし、お金の話ではないのに、誰かの文化を「盗む」とはどういうことだろう？　例えば、ゲイの白人男性と黒人女性の場合、「盗んだ」後、黒人女性が自分たちの文化を失ってしまうわけでもないし、ゲイの白人男性が「盗まれた」女性を「出し抜く」わけでもない。

「文化流用と呼ばれるものをめぐる議論は、金銭的な利益のために黒人のジャンルを模倣する白人ポップミュージシャンに対する正当な憤りがルーツである。プレスリーはその典型だった」わけである。「しかし、この正当な反論は、金銭に関するものだった。プレスリーや彼のようなアーティストたちは、彼らの音楽の創始者たちが目にすることのなかった金銭的報酬を得ていたのだ」。

ところが、時が経つにつれ、文化流用という概念は、当初の考え方のパロディへと変容していった。

今や私たちは、白人がマイノリティのやることを喜んで真似することだけに腹を立てるようになった。私たちは今、「盗む」という言葉を、物質的価値とは切り離した抽象的な意味で使っている。

「かつて模倣はお世辞の最も誠実な形と言われていた。しかし、今は新しい見方に変わった、つまり、模倣は一種の見下しである」とする。

しかし、ここからマックホーターは問いかける。

しかし、この考えは通用するのだろうか？私は疑問だ。もし人が見られ、好意的に見られれば、人は真似をする。これが人間のすることだ。言語という能力そのものが、かなりの程度、模倣の問題なのだ。私たちが何かを真似るとき、それに加わるのではなく、むしろそれに取って代わろうとするという考えは愚かである。考えてみてほしい、それに意味があるのだろうか？　確かに議論の余地はある。

ここで話が模倣ということになってしまうが、これはこれでまた大きな問題なので、ごく素朴に、学ぶは真似ぶからというがごとく模倣対象への尊敬と節度からのみ発するものだとしておく。(8)

大昔の帝国（アフリカの帝国を含む）は、民族間の横暴な流用に終始していた。世界中のあらゆる言語には、他の言語から入ってきた単語や文法パターンが散りばめられている。つまり、私たちが「流用」と呼ぶようなことを、過去の人々が行った痕跡ばかりなのだ。

さらに黒人文化起源と思われる音楽についてこう述べる。

一九二〇年代の人種のるつぼのハーレムで、白人が黒人から新しい歌い方や音楽の作り方を学び、今日のアメリカ音楽の風景を作り上げていた。ジョージ・ガーシュウィンやブルースを取り上げたカントリー歌手たちは、彼らが（持ち主に）返すべきであった音楽スタイルを「流用」していたのだろうか？

と、ここで最初の問いかけに還っている。

九〇年代に入ると、アメリカの若者たちは黒人文化の多くを「流用」するようになった。それまでは黒人女性（そしておそらく多くのラテン系女性）だけが知っていた首の振り方を、あらゆる国籍の若いアメリカ人女性がするようになったのだ。今日、極めて白人の若い男性の多くでさえ、黒人男性から特定の声の調子、「Yo = You」や「Bro = Brother」のような表現、挨拶のスタイルを「流用」している。

と述べ、こう問いかける。「このようなことが何か悪いことだと思った人はいるだろうか？」と。本章でも同じ問いかけをしたい。

マックホーターは、「文化的異種交配」(cultural cross-fertilization) の豊饒さを推奨した後、「文化流用」に対して腹を立てることの無意味さをこう述べている。

だから、文化的異種交配がそれ自体良いことなのかどうかを探る必要すらない（ロバート・ライトはその点で特に有用な人物の一人だが）。私たちが知る必要があるのは、決してそれを阻止することはできないということ、そしてアメリカの褐色人種はそれから守られなければならないという規定は、人々に憤慨する材料を提供する以外の何の役にも立たないということだ。それは継続して止まない。

マックホーターは最初の問題に立ち返り、エリソン (Ralph Waldo Ellison, 1914–94) を引用しつつ、次のように述べる。

この点については、ラルフ・エリソンが役に立つ。「ある民族が、三〇〇年以上に亘って、単に反応するだけで、生き延び発展できるだろうか？」黒人女性であることの大部分は、単に人間であり、しかもそれ自体特定の複合文化の特徴を持つ美しい人であることである。それは誰かが「盗む」ことができるようなものではない。

「『敬意を持って』違いを尊重しようと思いつつ人が交われると思ったら、それは、どの点から見ても、絶望的だ」という言葉でマックホーターは締めくくっている。

結局、すでに cultural appropriation の訳語として氾濫している「文化盗用」という日本語は非常に限定的に思える。有形であったり、経済的価値に換算可能なものであったりすれば、適切な訳語かもしれない。しかし、広く無形のものも含めた「文化」全般を考慮した場合、不適切なのではないだろうか？　さらに、「文化盗用」のマイナス効果としては、「この用語は、知的自由や芸術家の自己表現に恣意的な制限を加え、集団の分断を強化し、解放感よりも敵意や不満の感情を促進する可能性がある」（ウィキペディア「文化の盗用」）ということもあり、やはり、もっと適切な訳語を選ぶ必要があるように思える。

六　バーベンハイマー炎上――文化摩擦

ここで文化流用とごく近傍にある文化摩擦（cultural friction）の例を考えてみよう。二〇二三年夏のバーベンハイマーに関する出来事である。この年七月二一日全米で二本の映画が同日公開された。人気の着せ替え人形を実写化したコメディー映画《バービー》(*Barbie*)と、原子爆弾を開発した物理学者オッペンハイマーの伝記映画《オッペンハイマー》(*Oppenheimer*)である。その際、両タイトルを合体させた「バーベンハイマー」(*Barbenheimer*)という造語が生まれ、パンデミックが収束した解放感も手伝ってか、ネットミーム(internet meme)化し、大流行した。[9]

ファンの間で、両作品の観賞を推奨しようと、コラージュ画像を投稿する動きがあった。つまり、原爆の爆発を思わせる背景に登場人物が笑顔を見せたり（図1）、バービーの髪形をキノコ雲のように加工したり（図2）、キノコ雲をアイコン化したTシャツが販売されたりした。こうしたバービーの画像の投稿に対し、米国の映画の公式アカウントが「記憶に残る夏になる」などと好意的な反応を返していた。当然、日本のSNSでは「不謹慎」という声があがって物議を醸し、配給元ワーナーブラザースジャパンは謝罪する事態となった。[10]米軍の原爆投下から七八年目のこの年五月には、広島出身の岸田文雄首相を議長とするG7広島サミットが行われ、「核兵器のない世界の実現に向けた我々のコミットメントを表明する」としたばかりのことであった。

これに対して、次のような見解もある。

図1　原爆を想起させる爆発大火災を背景にオッペンハイマー（キリアン・マーフィー）の肩の上でバービー（マーゴット・ロビー）が笑っている。（『朝日新聞』2023年8月10日夕刊1頁参照）。

図2　バービーの髪の部分にキノコ雲がコラージュされている。

配給元のワーナー・ブラザースは謝罪を表明しましたが、一般的なアメリカ人の感覚は「悪ふざけが通じなかった」くらいのものでしょう。原爆投下を巡る意識にはそれくらい温度差があり、日本人が怒りをストレートにぶつけたところで、今を生きるアメリカ人の「軽さ」を変えることは難しいかもしれません。

むしろ私は、「怒りvs無関心」の構図から離れて、そういうアメリカ人にこそ広島や長崎に気軽に来てもらうよう促すべきだと思います。[11]

日米の映像業界に詳しい放送プロデューサーのデーブ・スペクター (Dave Spector) 氏に由ると、一九八〇年代広島、長崎に初めて仕事で行ったときのこと。広島の方は米ＡＢＣ放送の人気ドキュメンタリー・シリーズの取材で、原爆ドーム内部や平和記念資料館をくまなく撮影した際、「進行役のハリウッド俳優は、被爆の現実を目にしてふさぎ込んだ」（花房　一）という。いわゆるダーク・ツーリズムの一的側面ではあるが、これは日本「文化」の一部でもあろう。

そして、極東から見れば、「バーベンハイマー」に象徴される、単なる「流用」から逸脱し、誤用、悪用、濫用こそ怒るべきものであり、cultural appropriation元々の、かつ典型的な意味を伝えている例と言っていいだろう。

タレントのパックンことパトリック・ハーラン (Patrick Harlan) は実写版《バ

ービー》と原爆を開発した物理学者を描いた映画《オッペンハイマー》を結びつけたファンアートが多数作成・投稿された件について、「アメリカ人の、きのこ雲の使い方を理解するにはもう一つ大事な文化を知る必要があると思う」として、一連の騒動が起きた背景についてこう解説している。

「アメリカ人は全体的に日本の方々より、危険なもの、実害を及ぼすものに対する『慎重さ』がない」と指摘。「例えば、スポーツチームの名前を見ればわかる。『津波』という名のプロサッカーチームもあれば、ホッケーには『雪崩』や『竜巻』、大学のアメフトには『ハリケーン』などもある」と説明した。

続く投稿でも「死亡者も含む大規模な災害を思い出すチーム名、日本では考えづらいけど、アメリカでは普通だ。フィクションの世界でも、アメリカン・ジョークではえぐい死に方がオチになることも多いし、派手な殺し方が映画の見せどころでもある」と例を挙げ、「弁解するつもりはないが、日本の基準からみれば、配慮が足りないのはきのこ雲の扱い方だけではない」と私見を述べた。[12]

たとえば、「神風」は旧日本軍の（神風）特攻機、特攻隊員を意味するので、日本ではタブーだろうが、英語の kamikaze は、サーフィンやカクテルで使われる。サーフィンの kamikaze とは、《わざとサーフボードから海中へ落ちること》であり、カクテルの kamikaze は、《柑橘類（レモン・ライム）の果汁・コアントロー・ウオツカで作るカクテル》だが、アルコール度が強く、これを飲むのは自殺的（＝特攻隊的）とのことからこの名がつけられたという。

一方、コラムニストの河崎環氏はこう述べる。「米国人の間では、『原爆投下は戦争の終結を早めた英断だった』との認識があり、原爆の犠牲の大きさやむごさが知られていないからだろう。そしてそれは、日本が真正面から原爆の凄惨を訴え知らしめ、抗議することを避けてきた結果でもある」[13]と警告している。

今回のあまりにポップなバーベンハイマー事件が炙り出したものは、「世界唯一の戦争被爆国」日本が長らく「甘やかした」がゆえに核兵器使用の本当の結末に対して無知すぎた、「世界唯一の核兵器使用国」アメリカの姿、だったかもしれない。[13]

と結びつつ、こうも指摘している。

「戦勝国」米国の核兵器投下を「敗戦国」日本が真正面から問い直すというそんな気まずさを避け、日本人は代わりに国内で、国内に向けて、戦争や核の悲劇を感情的、抒情的に舐め合うような「反戦教育」を続け、やがてそれらも「偏っている」として教育の現場から姿を消した。（中略）日本という国、というよりも日本社会が宿痾として抱える交渉、抗議ベタ。それは謙虚なのではなく、異なる文化に対して伝える努力の軽視と不足だ。[14]

モーリー・ロバートソン（Morley Edmund Robertson）氏は、二〇一六年五月オバマ大統領（当時）が現職で広島を訪れ、「何より胸を打ったのは、オバマ氏が米国民に、かつて米国が原爆という『パンドラの箱』を開けてしまったという当事者意識を持つきっかけを作ったことです」[15]と評価している。

バービーという一見か弱そうな女性と原爆の破壊力を結び付けた心理的要因として、以前、ダイナマイトと魅力的な女性の危険なほどの男性悩殺力を結びついていたことを指摘し、この両者の結合は、むしろ「自然なもの」であるとする議論もある。

「悩殺」という言葉が文字通りに体現しているように、魅力的な女性身体は（もちろん比喩的な意味合いにおいて）男性を殺しかねないほどの威力を持つ危険物に相当するというわけである。……先日来ＳＮＳ上をにぎわせている「バービーと原爆のコラージュ画像」の発想はこの延長線上にある。あえて言えば、バービーと原爆を結びつける感性はごく自然なものである。[16]

他にもっと歴史的要因もあるだろう。おそらく、《バービー》の公式アカウントの無神経な反応がなければ、バービー人形と原爆とのコラージュは、歴史上の事実をあぶりだしていたはずである。そもそもバービー人形が誕生したのは、一九五九年アメリカで、それは米ソを対立軸とする冷戦、言い換えれば、原水爆実験時代の軍拡競争の只中の出来事でもあったということだ。[17]

いずれにしても、何らかの文化事象を直ちに「文化流用」と怒り、謝罪を求めるだけでは、何も進まない。相互の入念な文化理解こそ重要だ。

七　文化とは何か？――とくにアーノルド以降

文化（culture）の語源は耕す（till）、手入れ（care）から来ており、文明（civilization）と近接していることはよく知られている。「文明」が物質的な面に重きを置く語であるのに対して、「文化」はどちらかというと、精神的な面に重きを置く語として認識され、崇拝、礼賛、祭儀（cult）とも語源を一にしている。ならば、やはり敬意をもって接するべきものであろう。ウィリアムズ（Raymond Henry Williams, 1921–88）の『キーワード』（*Keywords*, 1988）によると、「文化」（culture）は以下のように定義される。

一　「知的・精神的・美学的発達の全体的な過程」をいう独立した抽象名詞で、一八世紀からの用法。

二　「ある国民、ある時代、ある集団、あるいは人間全体の、特定の生活様式」をさす独立名詞で、一般的にも個別的にも用いるヘルダーとクレム以降の用法である。
三　「知的、とくに芸術的な活動の実践やそこで生み出される作品」をいう独立した抽象名詞の用法である。現在ではこれが最も広く普及した用法と思われることが多く、culture（文化）といえば「音楽・文学・絵画と彫刻・演劇と映画」のことである。(Williams 90)

「英語でcultureという語が敵視されるようになったのは、アーノルドの見解をめぐる論争以来とみられる」(Williams 92)。アーノルドの『文化（教養）と無秩序』(*Culture and Anarchy*, 1869)では、副題が〈政治および社会に関する批評〉となっており、彼の用いる〈教養＝文化〉という言葉は、人間の精神的可能性の十全な実現を、また〈無秩序〉とは、イギリスの個人主義・反体制主義の伝統が招来する危険性のある状態を意味している。

言い換えれば、前世紀の産業革命による中産階級勃興の短所として現れた低次元の自由主義のもたらす「無秩序」を「教養＝文化」によって救おうという意図で書かれたものだ。序論と第一章はオックスフォード大学詩学教授としての最終講義「教養とその敵」をまとめたものである。アーノルドによれば、「教養」とは人間による「完全の追求」であり、それは「知的な人間をより知的にする」ヘレニズム的側面と「道理と神の意志を世に行わしめる」ヘブライズム的側面との総合によってもたらされる。しかも、社会全体にこれが浸透するのが理想であり、その実現のためには、単にエリートの教育のみならず下層中産階級のそれが肝要となる。

アーノルドによると、ヴィクトリア朝社会は貴族＝蛮人、中産階級＝俗物、下層階級＝大衆と分化・対立しており、社会的に影響力を増しつつある中産階級を教化することこそ急務であると説いている。こうした格差社会となったヴィクトリア朝イングランドの健全化のために、〈甘美と光〉を欠く中産階級の教化の必要性を力説した。(18)

さらに、アーノルドの「教養＝文化」に対する「敵意」(hostility)についてウィリアムズはこう述べている。

こうした敵意が一九世紀末および二〇世紀初めに勢いづいたのは、aesthete（唯美主義者）や aesthetic（審美的）に対する同類の敵意と結びついたためである。この敵意が階級差別とつながって、culchah（お文化）という茶化した語ができた。ほかにも反独感情との関連で敵意の生じたところがあり、これは一九一四―一八年の大戦中および戦後の、Kultur（ドイツ文化）を称揚する政治宣伝のせいだった。敵意の核心をなす部分は今でも残っており、そのひとつの要素が、最近のアメリカの熟語 culture-vulture（アートおたく）で強調されている。重要なのは、こうした敵意がほとんどすべて（一時期の反独関係を唯一の例外として）、優越した学識（「知識人」という名詞も参照のこと）や洗練 (culchah)、「高級」な芸術 (culture) と大衆の芸術・娯楽との区別を訴える主張のなされる用法と関係していることである。(Williams 92)

こうして序列化されたさまざまな文化間の抗争の問題も「文化流用」の遠因となっているように思う。

八　appropriation に対する考察

では、appropriation の意味を見てみよう。『研究社新大英和辞典』（第六版）では、法律用語で「専有」、「神学用語」で「(三位一体の三位へのそれぞれの属性の）帰属」、英国国教会の用語として、「中世の教会財産の一種で修道院に永久に帰属せしめられた十分の一税 (tithes) その他の寄与」があり、一般用法として、たしかに「私物化、(不当な）専用、横領、着服、盗用、窃盗」の意味はある。

語源的には、ラテン語で appropriatio = making one's own ということなので、「私物化」という日本語が当たるだろう。動詞の appropriate は、ap- と proprius から成り、ap- は ad- の異形で、「…へ」「…に」《移動・方向・変化・完成・近似・固着・付加・増加・開始の意、あるいは単なる強意》、語幹は、自分のものにする one's own

（⇧proper）とか、「固有の、適切な」(particular, special) などの意味である。proper の形容詞として同義語の appropriate と比べると、ふさわしい（fit, suitable, right と同義語）度合いが、proper より appropriate の方が厳密である。

proper　理性的な判断に基づき、ある物に本来［当然］ふさわしい本来そのものにふさわしいと考えられる、しかるべき。

appropriate　ある人や事情に特にふさわしい《格式ばった語》、ある人・目的・地位・場合などにとりわけぴったりと調和している。

「適当な、ふさわしい、（本来）そうあるべき」とか、「礼儀正しい、上品な、体裁のいい (decent)」の意味であるから、節度と尊敬の念をもって倫理的に取り扱うべきニュアンスも感じられる。

オンライン類語辞典 (thesaurus.com) によると、appropriation と同義語として、「分配、配分、貸付」(allotment)、「割当、許容度」(allowance)、「寄付、贈与、提供」(donation)、「負債、債務」(funding)、「交付金、補助金、譲渡」(grant)、「供給、支給、引当金」(provision)、「給付金、奨学金、年金」(stipend)、「奨励金、上納金、義援金」(subsidy) など金銭面に関連した言葉が多く挙がるが、「盗む」に相当する語は見られない。

シュワブ (Raymond Schwab) が appropriation を使用しており、サイードの『文化と帝国主義』の中では「横領」と訳されている。

ここでとくに関心があるのは、西洋文化と帝国との関係において今世紀初頭に起こった途方もない、ほとんどコペルニクス的とも言える変動である。この変動を、その規模と意義という点で、それ以前のふたつの変動になぞらえてみるのも有益であろう。そのふたつの転換のうち、ひとつはヨーロッパ・ルネッサンスの人文主義時代におけるギリシアの再発見。いまひとつは、一八世紀後期から一九世紀中葉にかけての「オリエント・ルネサンス」――ペルシア、イスラムの豊かな文化資源がヨーロッパ文化への心臓部にしっかりと刻み込まれたのである。この二番目の変動をシュワブはヨーロッパによるオリエントの壮大な横領（アプロプリエーション）と呼ぶ――ドイツとフランスの文法学者によるサンスクリットの発見、イギリス、ドイツ、フランスの詩人や芸術家によるインドの大叙事詩の発見、ゲーテからエマソンに至るヨーロッパやアメリカまでも含む多くの思想家たちによるペルシア的イメージやスーフィ哲学の発見。これは、人間の冒険の歴史のなかでもっともすばらしいエピソードの一つであり、それ自体で主題となるに十分なものをもっている。

（サイード『文化と帝国主義』二巻　九）

「文化盗用」などという狭隘（きょうあい）な日本語よりもっと適切な語があるし、そちらを使用すべきだろう。

おわりに――どの訳語が適切か？

文化盗用がすべて間違っているわけでも、正しいわけでもない。全肯定も全否定もできない不完全な用語だからこそ、使う側に熟考が求められる。

この言葉の濫用に警鐘を鳴らし続けてきたロンドン在住のジャーナリスト、アッシュ・サーカー氏は「不完全な用語だから、よく考えて使う必要がある」と警告する。「誰が利益を得ているか」、そして「背後に存在する人々に敬意を払っているか」を考えることが必要だと説き、「少数民族の文化を引用した作品に、その民族の誰も関わっていないとしたら、それはやはり問題です」と語る。「支配的な文化は、周辺化されたマイノリティーの文化について無知のまま搾取している傾向にある、という事実は認めるべきだ。ただし、ハラスメントや人種差別と同様、された側が不快感を覚えたらすなわち文化の盗用なのかといえば、それは間違いだ」とも指摘する。「文化は目に見えない複雑な背景から生まれます。つい感情的になりがちですが、だからこそ冷静で建設的な対話が必要です」。(19)

結局「盗用」という言葉は、盗んだ方ではなく、盗まれた方からの呼称であろう。cultural appropriation 自体がこちらの文化をそちらで我がものとしていると、その使用先を非難する言葉だから、それでもいいように思う。しかし、我がものとした方は、故意ではないにしても、自ら「盗用」と呼ぶことはないだろうし、はなはだ不本意な場合もあるであろう。最終的に、「文化濫用」、「文化乱用」、「文化誤用」などという表記が適当ではないかと考える次第である。(20)

注

（1）"New words notes March 2018" (accessed August 11, 2023) https://web.archive.org/web/20220119021300/https://public.oed.com/blog/march-2018-new-words-notes/

（2）ミーハン、アンドリュー・右田「つまり cultural appropriation は「文化の盗用・横取り」等が一般的に知られた訳語ですが、「他文化に対する迷惑行為」とも訳せると思います。そして、その「迷惑レベル」は様々です。」(「文化の盗用／Cultural appropriation ——報道から学ぶ英語表現——」二〇二三年一一月二日（二〇二四年一月四日閲覧）https://meehan-japan.com/2023/10/26/blog176/

（3）due care (diligence) とは、法律用語で「相当な注意（=reasonable care)《通常の思慮分別をもった個人が払う程度の注意》」

のことである。

（4）ウィキペディア「文化の盗用」参照。二〇二四年一月一日閲覧。例えば、映画《スター・ウォーズ》（*Star Wars*, 1977–2019）は黒澤明監督の《隠し砦の三悪人》（一九五八）の要素を取り入れたが、さらに、この作品自体がシェイクスピア劇の要素を取り入れている。こうした翻案、脚色、改作、編曲（adaptation）との問題については、Nicklas, Pascal and Lindner, Oliver ed. *Adaptation and Cultural Appropriation: Literature, Film, and the Arts*. De Gruyter, 2012. 参照。

（5）八節で文化についてまとめたが、ここでは、フランスの社会学者ブルデュー（Pierre Bourdieu, 一九三〇—二〇〇二）の「文化資本」（cultural capital）の三つの形態を確認しておきたい。これは、金銭によるもの以外の、学歴や文化的素養といった個人的資産を指す。ブルデューがこの言葉を最初に用いたのは、『文化の再生産と社会の再生産』（*Cultural Reproduction and Social Reproduction*, 1973; ジャン＝クロード・パスロンとの共著）の中で提唱されて以来、現在に至るまで幅広い支持を受けている。社会階層間の流動性を高める上では、単なる経済支援よりも重視しなければならない場合もある。

以下、文化資本の三つの形態である。

㈠客体化された形態（Objectified state）絵画、ピアノなどの楽器、本、骨董品、蔵書等、客体化した形で存在する文化財。

㈡制度化された形態（Institutionalized state）学歴、各種「教育資格」、免状など、権威筋が保証できる文化制度。

㈢身体化された形態（embodied state）ハビトゥス（習慣、体質）で、言語使用、行動様式、美的倫理的慣習行動等の諸性向。

（6）McWhorter, John. "You Can't 'Steal' a Culture: In Defense of Cultural Appropriation." Updated Apr. 14, 2017 3:21PM EDT/ Published Jul. 15, 2014 5:45AM EDT　二〇二四年一月四日閲覧　https://www.thedailybeast.com/you-cant-steal-a-culture-in-defense-of-cultural-appropriation

（7）"Dear White Gays: Stop Stealing Black Female Culture" JULY 9, 2014 1:07 PM EDT　二〇二四年一月四日閲覧。https://time.com/2969951/dear-white-gays-stop-stealing-black-female-culture/

（8）かつて、ホミ・バーバ（Homi K. Bhabha, 1949–）は、『文化の場所』（*The Location of Culture*, 1994、邦訳二〇〇五）で、非西欧諸国（特に旧植民地国）の「擬態」（mimicry）について、それは「差異化の表象であり、それ自体拒否する経緯でもある。……改変し、調整し、調教するという複雑な戦略を取りつつ、他者を「appropriate」し、権力を可視化する」（Bhabha 86）と論じた。

（9）チャールズ・バンド監督の映画《バーベンハイマー》が予定されている。あらすじは、こういうことらしい。主人公は、優秀な科学者のバンビ・J・バーベンハイマー。ボーイフレンドのトゥインク・ドールマンと共に、夏とビーチ・パーティーが永遠に続く世界「ドールトピア」(Dolltopia) で暮らしている。しかし、人形たちが人間の子どもたちから残忍な扱いを受けることに憤慨してしまう。人間の現実の世界に飛び込み、最悪な人間性を目の当たりにした博士は、全てを破壊しようと決意し、巨大な核爆弾製造に取りかかる……というものだ。https://theriver.jp/berbenheimer-movie-in-the-works/　二〇二四年一月五日閲覧。

(10) 加藤勇介「映画《バービー》、『キノコ雲』に好意的反応　公式SNSめぐり謝罪」、朝日新聞デジタル、二〇二三年七月三一日二一時一六分、二〇二四年一月三日閲覧。https://www.asahi.com/articles/ASR706WNFR70UCVL039.html　他に、以下参照。「原爆の聖地で大ハシャギ、酷すぎるお土産品、募金で原爆投下ショー……日本人男性がアメリカで見た〝呆れた光景〟【映画バービー・キノコ雲騒動の闇】」(二〇二三年八月二二日) 二〇二四年一月五日閲覧。https://www.dailyshincho.jp/article/2023/08221100/?photo=9

(11) モーリー・ロバートソン「無知ゆえの軽いノリ? 〝バーベンハイマー〟の炎上に見るアメリカ人の『原爆観』」(二〇二三年八月二七日) 二〇二四年一月三日閲覧　https://wpb.shueisha.co.jp/news/politics/2023/08/27/120446/

(12)「パックン、映画《バービー》騒動の背景解説『配慮が足りないのはきのこ雲の扱い方だけではない』」(二〇二三年八月一六日(水) 一〇時五二分配信) 二〇二四年一月四日閲覧。https://www.nikkansports.com/entertainment/news/202308160000236.html　二〇二四年七月パリオリンピック開会式でマリー・アントワネットを思わせる死体が自分の首をかかえて登場し、その首が歌い出すという演出があったことも同系列の文化的背景であろう。

(13) 河崎環「キノコ雲を茶化すアメリカ人の感覚とは……日本の〝甘やかし〟が生んだ『バーベンハイマー』騒動の根深さ——『ジョークにしてはいけないもの』として伝わっていない」二〇二四年一月四日閲覧　https://president.jp/articles/-/72886?page=1

(14) 河崎「同右」　https://president.jp/articles/-/72886?page=4

(15)「モーリー・ロバートソンさん『被爆地をなんだと思っているんだ』米国で憤り抱え、周囲から孤立も［広島サミットに望む］〈一〉」(二〇二三年五月一一日九時四分) 二〇二四年一月四日閲覧。https://www.yomiuri.co.jp/national/ 20230511-OYT1T50050/

(16) 伊藤弘了「バービーの髪の毛はなぜキノコ雲になったのか——前編　女性と兵器を結ぶもの——よくばり映画鑑賞術」二一

〇二四年一月五日閲覧。https://hitocinema.mainichi.jp/article/yokubari-barbenheimer-part1

(17) 一方で当然予想される反応だが、二〇二三年八月四日の朝日新聞天声人語「バービーとキノコ雲」に対して、一橋大学の市原麻衣子教授は、本記事が日本の加害性としてアジアに対する侵略のみに触れ、対米攻撃を仕掛けたことに触れていないことを問題視した。二〇二四年一月四日閲覧。https://ggr.hias.hit-u.ac.jp/2023/09/20/comment-on-barbie-and-the-mushroom-cloud-in-japanese/

(18) コトバンク「教養と無秩序」二〇二四年一月四日閲覧。https://kotobank.jp/word/%E6%95%99%E9%A4%8A%E3%81%A8%E7%84%A1%E7%A7%A9%E5%BA%8F-53104

(19) REINA SHIMIZU「文化の盗用 (Cultural Appropriation)」、その不完全な用語が担うものとは。【コトバから考える社会とこれから】」(二〇二〇年八月三一日) 二〇二四年一月五日閲覧。https://www.vogue.co.jp/change/article/words-matter-cultural-appropriation

(20) いずれにしても、「盗用」ではなく、「冒涜」、「不適切借用」、「不当流用」、「私有化」、「私有地化」、「私有財産化」、「悪用」、「濫用」、「租借」(concession)、「占有」、「専有」、「誤用」、「誤使用」、「迷惑借用」、「流用」、「不適切借用」、「不正利用」、「意図的誤用」等の日本語の方が妥当に思える。

文献一覧（新しい順）

花房吾早子「米映画騒動と原爆観――どう向き合う」、『朝日新聞　夕刊』二〇二三年八月一〇日木曜日、一。

北島純「伝統文化の『盗用』と文化デューデリジェンス――広告をはじめとする表現活動において『文化の盗用』非難が惹起される蓋然性を事前精査する基準定立の試み――」、『社会構想研究』四巻一号、二〇二二年九月、三五―四四。

木村聡『不謹慎な旅（負の記憶を巡る「ダークツーリズム」）』弦書房、二〇二二年二月。

家田崇「ファッションに関連する文化流用と差別表現」、『南山法学』四四巻二号、一―三八頁、二〇二一年一月。

Jackson, Jason Baird. "On Cultural Appropriation." *Journal of Folklore Research*, vol. 58, no. 1, January-April 2021, Indiana UP, 77-122.

白山羊「時代を読む　社会　下着ブランド『KIMONO』炎上と日本人『文化の盗用』が理解できない」、『アエラ』(Aera) 三

二巻三七号、二〇一九年八月、二九―三二。

渡辺一暁「文化的盗用――その限界、その分析の限界」、『フィルカル (philosophy & culture) ――分析哲学と文化をつなぐ』三巻二号、二〇一八年九月、三四―五一。

Nicklas, Pascal and Lindner, Oliver editors. *Adaptation and Cultural Appropriation: Literature, Film, and the Arts*. De Gruyter, 2012.

大貫隆史ほか編著『文化と社会を読む批評キーワード辞典』研究社、二〇一三年九月。

Young, James O. *Cultural Appropriation and the Arts*. Blackwell, 2008.

サイード、エドワード・W『文化と抵抗』大橋洋一ほか訳、筑摩書房、二〇〇八年。原著 Said, Edward W. *Culture and Resistance: Conversations with David Barsamian*. South End Press, 2003.

Bhabha, Homi K. *The Location of Culture*. Routledge, 1994. ホミ・K・バーバ『文化の場所――ポストコロニアリズムの位相』本橋哲也ほか訳、法政大学出版局、二〇〇五年二月。

サイード、エドワード・W『文化と帝国主義』大橋洋一訳、みすず書房、一九九八年一二月～二〇〇一年七月。原著 Said, Edward W. *Culture and Imperialism*. Knopf, Distributed by Random House, 1993.

サイード、エドワード・W『オリエンタリズム』今沢紀子訳、平凡社、一九八六年一〇月。原著 Said, Edward W. *Orientalism*. Pantheon Books, 1978.

ウィリアムズ、レイモンド『完訳キーワード辞典』椎名美智ほか訳、平凡社、二〇一一年六月。初版二〇〇二年八月。原著 Williams, Raymond. *Keywords: A Vocabulary of Culture and Society*. OUP, 1976.

Schwab, Raymond. *The Oriental Renaissance: Europe's Rediscovery of India and the East, 1680–1880*. Translated by Gene Patterson-Black and Victor Reinking; foreword by Edward W. Said. Columbia University Press, 1984. 1st ed. La Renaissance orientale. préface de Louis Renou; Payot, 1950, Bibliothèque historique.

Christy, Arthur E. ed. *The Asian Legacy and American Life: Essays*. John Day, 1945.

あとがき――「危機と言語とサピエンス」

山木　聖史

二〇一九年の暮れだったと思う。大陸で謎の感染症が広がっているという報道を見たときは、まだ実感がなくありふれた日常がずっと続くものだと思っていた。年が明けると、世界のいたるところから日本にまで感染症が爆発的に拡大し、ひっきりなしに病院に担架で運びこまれる重症者たちの現場報道や、埋葬が間に合わず積み重なる棺桶の画像、いつも賑やかな繁華街がゴーストタウンの廃墟群のようになった光景を見ていると、ＳＦパニック映画の中に入り込んでしまった心地がしたと同時に、湧いてきたのは「下手したら自分も命を失うかもしれない」という切迫感だった。新型コロナのパンデミックは、前の世代が経験した戦争の被害を被ることなく済んだ我々の世代が初めて経験する「危機」である。「危機」を扱った英米の作品で論集が出来ないかと思ったのは、この「危機」への切迫感からである。

さて、論集のテーマとなる「危機」である。危機はいきなり眼前に迫ってくるとは限らない。あるときは背後からそっと忍び寄り、またあるときはかすかな遠雷にしか聞こえないかもしれない。しかし安全な日常の中で私たちはあえて「何か違うことに気づかないことにして」、（ドゥルーズの言を借りれば）「差異を抜き取って」つまり差異に目をつぶることで「受動的総合」と言われる慣習を身につける。そうすることで私たちはそれほど考えることもなく毎日を乗り切ってしまう。しかしあるとき、ドゥルーズのいう「シーニュ（sign）」が習慣の安逸を侵犯することで、否応なく私たちは「強制的に」考えることを余儀なくさせられる（『差異と反復』原著一九六八年、邦訳一九九二年）。シーニュ（sign）は私たちの脳髄に突き刺さる棘なのだ。文学とは確かに虚構ではあるが、このシーニュ (sign) にほかならない。この論集で扱った「危機」はこの最も強度の高い「シーニュ (sign)」と言えるのではないかと考える。

これはジュリアン・ジェインズの『神々の沈黙』（原著一九七六年、邦訳二〇〇五年）で展開されている仮説であるが、かつて、人間の脳は右脳と左脳で (Bi-Cameral-Mind)、それぞれ別個に機能していたとのことである（要するに左右の脳を繋ぐ脳梁の連携が弱かった）。当時の人間は、現在でいう「意識」を持たず、右脳のウェルニッケ野 (Wernicke's area) から聴こえてくる「神々の声」を左脳で受けとって、それをもとに行動していたという。ホメーロスの『イーリアス』の描写を思い出してほしい。トロイア戦争の人間のドラマと神々のドラマの二重のドラマが描かれ、アキレウスはパラス・アテーネーに守られ、ヘクトールはポイボス・アポローンの加護を受けていた。ヘクトールはアポローンが離れたからアキレウスに討たれた。当時の人間は「神の声」にしたがってさえいれば、危機から逃れることができた。ところが、人間は言語を手にしてしまってから「神々の声」が聴こえなくなった。なぜなら言語による象徴・抽象作用と連想作用によって外の世界のあらゆるものをシミュレートする「意識」を獲得したからだ。言語による合理化は左脳で担当するようになる。神々の声が聴こえなくなった人間はそれを補填するものとして、巫女の神託にすがることとなった。

今となってはデルフォイのアポローン神殿にも神託が聴こえる巫女はいない。しかし、その役割を受け継いだのが、まだ目には見えない危機を感知する作家（詩人）たちであると筆者は考える。彼ら作家（詩人）たちは、危機の臭いを感知するともう居ても立っても居られなくなる。そしてまさにその言語で構築された作品によって警告を発するのだ。

たとえば、デフォーはフランスの港湾都市のマルセイユで一七二〇年にペストが蔓延して多数の死者を出していることを知って、貿易国家のイギリスでもペストが流行しかねないことを一六六五年にイギリスを襲った大ペストを題材に『疫病の年の記録』（一七二二年）という作品をもって警告した。作家（詩人）とは「危機のカナリア」なのだ。

たしかに日常の生活基盤が破壊されるだけでなく最悪の場合、生命が持続できなくなるから「危機」は否定的に捉えられるのはあたりまえのことだろう。しかし、危機を上記のような別の観点から捉えなおしてみると、「習慣」という安逸に浸りきっていても、一旦危機に直面すると安逸な状況から強制的に覚醒させられて、生き抜くために思考せざるをえなくなる。危機とは積極的に考えざるを得なくなる一つの契機でもある。

ともあれ、我らがホモ・サピエンスは、怠け癖があっても危機をなんとか乗り切りながら二〇万年もこの地球上でこれまで生きてきたのである。

しかしここ近年でまた新たな危機が浮上してきたと筆者は考えている。それは「生成ＡＩ」の登場である。生成ＡＩは、レポートでも手紙文でもこれまでの多くの文章を蓄積しているデータを元にそれらしい文例を作ってくれる。確かに若者たちがいうように、タイムパフォーマンスとコストパフォーマンスという点から見て誠に効率がいい。

しかし、二〇万年前に地上に現れた我らがホモ・サピエンスは、頑健な爪や牙や顎も持たず、過酷な自然環境の中では身体的に貧弱でひ弱であっただが、手に取った石や木などの素材を加工し、はじめは食料調達という目的のために、加工した素材を組み合わせて道具（槍、弓矢など）を組み立てる技術を発達させた。同時に、集団における意思疎通のために音声を組み合わせた単語を加工し、しかるべきメッセージをも伝達するよう、加工された（屈折された）単語を組み合わせて文を組み立てる能力を発達させてきた。この言語能力がさらに比喩や象徴を表現できるようになるのと共に抽象表現を理解するという能力を備えて認知に革命を引き起こしたのだ。素材を加工し組み合わせて道具を作り出す思考作業と、単語を加工し組み立てて文を作りメッセージを表象する思考作業は脳の同じ部位―ブローカ野（Broca's area）で行われる。目的遂行のために道具を作る技術と、メッセージ発信のための言語技術はいわば人間の生産活動という車の両輪なのだ。我々の文明がここまで発達してきたのも、これらの技術発展という両輪があってこそなのだ。では、「素材を加工し、組み立てる作業」を放棄してそれを生成ＡＩにすべてまかせてしまったら人類はどうなるのであろうか。そうなった人類はもはや「ホモ・サピエンス」（賢い人）ではなく、生成ＡＩに振り回される愚かな存在となり果てる。我々が面倒くさいと思っている「考えること」そのものは、人間が人間たる「最後の砦」なのだ。その最後の砦を、生成ＡＩなどにやすやすと引き渡してはならない。あくまでも生成ＡＩの機能とは、人間の生産活動の補助的な役割でしかないのだ。生成ＡＩをあくまでも補助と見なす人間のみ生き残り、面倒だからとすべての頭脳活動を生成ＡＩに任せきりになる人間は、生成ＡＩの奴隷と化すであろう。

人は元来か弱い存在である。しかし危機を嗅ぎ取って思考するとき、人間は強くなるのだ。すなわち人間の強みとは「考えること」そのものなのである。

＊＊＊

今回はじめて編集作業をすることになった。作業をやってみてはじめてわかったのだが、編集に必要なのは鋭い「目」だということだった。編集作業は確かに大変ではあったが、本をプロデュースしているのだという産みの喜びが背後にあったせいか、存外に楽しい作業ではあった。とはいえ、編集作業が遅々として進まず、いつ出版できるのかと苛々と焦燥感に駆られた執筆者もいらしたと思うが、これはひとえに編集担当の未熟さゆえであるとここで衷心からお詫び申し上げる。

この論集を編むにあたって、たくさんの方々にお世話になった。執筆者は同じ大学の出身者や学会関係者だけに限ることをしない、という植月先生のお考えのもとで執筆者を募るのに際しては、長崎大学の鈴木章能先生に大きなご尽力をいただいた。鈴木章能先生には心からお礼申し上げます。この論集に寄稿してくださった執筆者の方々にもお礼を申し上げたい。寄稿していただいた原稿の一本一本に目を通すたび、危機をテーマに論じられる議論に、暗闇に曙光が射したように感じられた。また、音羽書房鶴見書店の山口隆史社長にお礼を申し上げたい。山口社長がいらっしゃらなければ、この企画は出版にまで漕ぎつけることができなかった。そしてなにより、この企画のご発案者でもあり執筆者でもあり編集者でもある植月惠一郎先生にはお礼を申し上げたい。イギリス文学だけでなく原稿の編集作業までご指導いただき感謝している。

植月先生は私が所属していた大学院の一回り上の大先輩であり、共通の恩師である松島正一先生（學習院大學名誉教授）の月例の勉強会（群島会）に共に参加していたこともあり、三〇年余のご交誼を頂いている。この論集が書籍というカタチになるということで、植月先生からこれまで私が受けてきた数々のご恩に対するわずかなりとものの恩返しになればと願っている。本論集は植月惠一郎先生の日本大学ご退職を機に企画されたものである。

令和六（二〇二四）年十一月　アメリカ大統領選挙の日に

タ

ナ

ハ

マ

ヤ

ラ

ワ

(事項・作品名)

マ

ヤ

ラ

ワ

索　引*

（人名）

*本文のみとした

古河 美喜子（ふるかわ　みきこ）

日本大学工学部専任講師。

初期近代英詩、比較文学。

『聖なる俗歌——ロバート・ヘリックの王党派的思想——』（単著、金星堂、2018年）、"Herrick's Whiter Island as Utopia: Comparative Examination of Herrick, Marvell and Walcott"（日本比較文学会編『比較文化研究』No. 125 2017年所収）、『十七世紀英文学における終わりと始まり』（共著、金星堂、2013年）。

山木 聖史（やまき　さとし）

明治学院大学非常勤講師。

イギリス文学、ピューリタン文学。

『現実と言語の隙間——文学における曖昧性』（共著、音羽書房鶴見書店、2022年）、『文学に飽きた者は人生に飽きた者である』（共著、音羽書房鶴見書店、2020年）、『帝国と文化——シェイクスピアからアントニオ・ネグりまで』（共著、春風社、2016年）。

山﨑 亮介（やまざき　りょうすけ）

日本大学芸術学部助教。

アメリカ文学（1930年代）。

マルクス・ガブリエルほか『資本主義と危機——世界の知識人からの警告』（共訳、岩波書店、2021年）、スラヴォイ・ジジェク「亀裂はどこに?　マルクス、ラカン、資本主義、そしてエコロジー」（単訳、よはく舎編『nyx diffusion line』1号、2020年12月所収）。

横山 孝一（よこやま　こういち）

国立群馬工業高等専門学校・一般教科（人文）教授。

比較文学。

『多次元のトピカ——英米の言語と文化』（共著、金星堂、2021年）、「『マルコ・ポーロの冒険』と「稲むらの火」——ハーンの「生き神様」を中国起源に変えたNHK」（八雲会編『へるん』第60号、2023年所収）、「真の「仮面ライダー」とは何か——藤岡弘、対 庵野秀明」（群馬工業高等専門学校編『群馬高専レビュー』第42号、2024年所収）。

照屋 由佳（てるや　ゆか）
学習院大学非常勤講師。
現代スコットランド文学。
"Imperial Monsters". *The Expanding World of the Gothic* (co-author, Asahi Press, 2020)、「アラスター・グレイのモンスター――『プアー・シングズ』論――」（日本カレドニア学会編『Caledonia』第34号、2006年所収）、Merrill, Lynn L.『博物学のロマンス』（共訳、国文社、2004年）。

鳥飼 真人（とりかい　まさと）
高知県立大学文化学部教授。
イギリス文学（近現代）、西洋文学理論。
"Art, Metaphysics and Civilization: Reading *The White Peacock* as the First Philosophical Work of D. H. Lawrence." Included in Brolly: Journal of Social Sciences, (vol. 5, no. 1, London Academic Publishing, Apr. 2024)、『クラッシュ・ザ・バリケード――個を超えて、分断を越えて――』（共著、金星堂、2024年）、「現代テクスト理論再考の意義――英米文学研究における文学理論受容の批判的検討――」（片平会編『英語英文学論叢 片平』第59号、2024年所収）。

直原 典子（なおはら　のりこ）
元早稲田大学講師（学術博士）。
イギリス・ロマン派時代の文学と思想（サミュエル・テイラー・コウルリッジ）。
『コウルリッジのロマン主義――その詩学・哲学・宗教・科学』（共著、東京大学出版会、2020年）、『ロマン主義エコロジーの詩学――環境感受性の芽生えと展開』（共著、音羽書房鶴見書店、2015年）、'The Will to Faith: Coleridge's Contemplative Philosophy', *Coleridge and Contemplation* (co-author, Oxford University Press, 2017.)。

平沼 公子（ひらぬま　きみこ）
愛知教育大学教育学部外国語教育講座准教授。
アメリカ文学、アフリカ系アメリカ文学。
「病を断つ――バーバラ・ニーリィの「こぼれた塩」とアフリカ系アメリカ人家庭の病理化への抵抗」（筑波アメリカ文学会編『アメリカ文学評論』、第27号、2023年所収）、「売れない黒人（知識）層――パーシヴァル・エヴェレットの『イレイジャー』における文学と人種の商品化の問題」（黒人研究学会編『黒人研究』、第92号、2023年所収）、*Narratives of Marginalized Identities in Higher Education: Inside and Outside the Academy* (co-author, Routledge, 2018)。

常名 朗央（じょうな　あきお）
大妻女子大学非常勤講師。
イギリス文学（近現代小説）。
「コミック・ノベルにおける「アポリア」――デイヴィッド・ロッジ『素敵な仕事』の小説手法――」（『大妻女子大学紀要』第7号、2023年所収）、『現実と言語の隙間――文学における曖昧性』（共著、音羽書房鶴見書店、2021年）、『文学に飽きた者は人生に飽きたものである』（共著、音羽書房鶴見書店、2019年）。

鈴木 章能（すずき　あきよし）
長崎大学人文社会科学域教授。
アメリカ文学、世界文学。
Time Travel in World Literature and Cinema (co-author, Palgrave Macmillan, 2024)、『モダンの身体――マシン・アート・メディア』（共著、小鳥遊書房、2022年）、*Science Fiction and Anticipation: Utopias, Dystopias and Time Travel* (co-author, Lexington Books, 2022)。

関　修（せき　おさむ）
明治大学非常勤講師。
現代思想、ジェンダー論。
『美男論序説』（単著、夏目書房、1996年）、『隣の嵐くん』（単著、サイゾー、2014年、光文社知恵の森文庫、2021年）、『挑発するセクシュアリティ』（共著、新泉社、2009年）。

関戸 冬彦（せきど　ふゆひこ）
白鷗大学法学部教授。
アメリカ文学、英語教育。
『大学英語教育と文学の新たなる統合――日本の大学における英語と文学の授業実践』（単著、「白鴎大学法政策叢書12」、日本評論社、2022年）、『クラッシュ・ザ・バリケード　個を超えて、分断を越えて』（共著、金星堂、2024年）、「かたつけたくないホールデン――『ライ麦畑でつかまえて』を整理学の観点から考察する」（『白鷗法学』28巻1号、2021年6月所収）。

高橋 綾子（たかはし　あやこ）
兵庫県立大学環境人間学部教授。
アメリカ文学、アメリカ現代詩、環境文学。Wago Ryoichi. *Since Fukushima* (joint translator, Vagabond Press, 2023)、『アンビエンス――人新世の環境詩学』（単著、思潮社、2022年）、『ゲーリー・スナイダーを読む――場所・神話・生態』（単著、思潮社、2018年）。

執筆者紹介

（五十音順）

氏名（よみ）、現職名、専門分野、主要業績

植月 惠一郎（うえつき　けいいちろう）

日本大学特任教授。

17～18 世紀イギリス詩。

『ハートの図像学』（共著、小鳥遊書房、2024 年）、『西洋文学にみる異類婚姻譚』（共著、小鳥遊書房、2020 年）、『トランスアトランティック・エコロジー――ロマン主義を語り直す』（共著、彩流社、2019 年）。

金津 和美（かなつ　かずみ）

同志社大学文学部教授 (D.Phil.)。

イギリス・ロマン主義文学、環境文学。

『オックスフォードと英文学』（共著、英宝社、2024 年）、『スコットランド文学の深層―場所、言語、想像力』（共著、春風社、2020 年）、『トランスアトランティック・エコロジー――ロマン主義を語り直す』（共著、彩流社、2019 年）、『ロマン主義エコロジーの詩学――環境感受性の芽生えと展開』（共著、音羽書房鶴見書店、2015 年）。

工藤 由布子（くどう　ゆうこ）

日本大学危機管理学部専任講師。

イギリス文学（エミリ・ブロンテ）。

アレグザンダーほか『子どもが描く世界――オースティンからウルフまで』（共訳、彩流社、2010 年）、ローゼンブラットほか『シャーロック・ホームズとお食事を』（共訳、東京堂出版、2006 年）、「*Wuthering Heights* に見られる『自然描写』とその役割」（日本大学英文学会編『英文学論叢』53 号、2005 年所収）。

久保 陽子（くぼ　ようこ）

日本大学芸術学部教授。

イギリス、アイルランドの文学・文化。

『西洋文学にみる異類婚姻譚』（共著、小鳥遊書房、2020 年）、『ジェイン・オースティン研究の今　同時代のテクストも視野に入れて』（共著、彩流社、2017 年）、『二つのケルト　その個別性と普遍性』（共著、世界思想社、2011 年）。

英米文学における〈危機〉を読み解く
ダモクレスの剣の変容

2025年3月15日　初版発行

編著者　植月　恵一郎
　　　　山木　聖史

発行者　山口　隆史

発行所　株式会社 音羽書房鶴見書店
〒113–0033 東京都文京区本郷 3–26–13
TEL　03–3814–0491
FAX　03–3814–9250
URL: https://www.otowatsurumi.com
e-mail: info@otowatsurumi.com

Printed in Japan
ISBN978–4–7553–0447–7 C3098
組版　ほんのしろ／装幀　吉成美佐（オセロ）
印刷・製本　シナノ パブリッシング プレス